EMIKO JEAN

Mika im echten Leben

Roman

Deutsch von
Charlotte Lungstrass-Kapfer

dtv

Deutsche Erstausgabe 2023
dtv Verlagsgesellschaft mbH & Co. KG, München

Titel der amerikanischen Originalausgabe:
›Mika in Real Life‹

Umschlaggestaltung: dtv unter Verwendung
einer Illustration von Vi-An Nguyen
Satz: Greiner & Reichel, Köln
Gesetzt aus der Franziska und der Avenir Next
Druck und Bindung: CPI books GmbH, Leck
Printed in Germany · ISBN 978-3-423-26357-3

Für Yumi und Kenzo,
die mich zu diesem Buch
inspiriert haben

Liebe Penny,

am Tag deiner Geburt hat es geregnet. Der Himmel draußen vor dem Fenster hatte die Farbe von flüssiger Asche, und auf der Entbindungsstation hing ein Schild mit der Aufschrift: GEBURTEN SIND UNSERE SPEZIALITÄT.

Darauf habe ich mich konzentriert, als die Wehen kamen, als die Schwestern und Ärzte hektisch herumschrien. Du hast es fast geschafft, *rief eine der Schwestern.*

Ich habe gezittert, habe gepresst, wollte, dass es vorbei ist. Irgendwann habe ich geschrien. Ich drückte, die Ärztin zog, und dann warst du da. Du. Warst. Da. Wurdest hochgehoben, umspielt von strahlendem Licht.

Eine schreckliche Stille folgte, quälend lange Sekunden dehnten sich aus zu einer Ewigkeit. Als wolltest du selbst entscheiden, wie dein Eintritt in diese Welt ablaufen sollte. Und dann, endlich, ein so hohes und schrilles Brüllen, dass selbst die Ärztin einen Kommentar dazu abgab. Diese Kleine hat schon jetzt eine Menge zu sagen, *meinte sie.*

Insgeheim war ich stolz darauf, wie wütend dein Gebrüll klang. Ich hielt das für ein gutes Omen. Dich würde man nicht so leicht zum Schweigen bringen.

Die Ärztin schnitt die Nabelschnur durch, und ich streckte mich dir entgegen. In diesem Moment vergaß ich, dass ich dich nicht behalten durfte. Man legte dich in meine Arme.

Staunend sah ich mir deine winzigen Hände an, dein zobelbraunes Haar, deine geschwungenen Lippen. Dein Näschen, das an einen wilden Stier denken ließ, wenn sich die Nasenflügel blähten. Mein Körper hatte einen Zweck, und zwar dich. Innerhalb eines Atemzuges zerfiel ich in tausend Stücke und wurde wieder zusammengefügt.

Was dann kam, ist mir nur verschwommen in Erinnerung geblieben: eine Naht, frisches Bettzeug und eine Menge zu essen. Hana war da. War sie schon von Anfang an gewesen. Eine der Schwestern hatte uns angesehen, unsere erschreckend jungen Gesichter, gerade mal neunzehn Jahre alt, und hatte missbilligend mit der Zunge geschnalzt.

Wenn Kinder Kinder kriegen, *hatte sie gesagt. Die eigentliche Botschaft war leicht herauszuhören: dumme Mädchen, verantwortungslose Mädchen,* solche Mädchen. *Sie registrierte, dass Hana die Stationsküche wie ihren persönlichen Snackautomaten benutzte, dass sie Nierenschalen klaute und sich die Taschen mit Binden füllte. Doch sie bekam nicht mit, wie Hana mir beim Duschen half, als mir so schwindelig war, dass ich nicht alleine stehen konnte. Wie ich heulend dort im Badezimmer stand und immer wieder* es tut mir leid *flüsterte, während Hana meinen Körper einseifte, mir die Achseln wusch, sanft den Bereich zwischen meinen Beinen abtupfte. Und sie bekam auch nicht mit, dass sie all das mit einem Lächeln auf den Lippen tat, als wäre es keine große Sache.*

Meine Haare waren noch nicht ganz trocken, als Mrs. Pearson von der Adoptionsagentur eintraf. Sie holte einige Unterlagen aus ihrer Tasche. Alles war bereits ausgefüllt. Ich musste nur noch unterschreiben. Draußen auf dem Flur klingelten Glöckchen, dann ertönte ein Lied mit dem Namen »Breath of Life«; das spielten sie jedes Mal, wenn ein Baby geboren wurde. Als ich nach dem Stift griff, packte Hana meine Hand. Bist du dir sicher?, fragte sie.

Ich konnte nur stumm nicken. Atmen. Ich blätterte zur richtigen Seite und kritzelte meinen Namen. Die leisen Geräusche, die du im Schlaf von dir gabst, blendete ich aus. Auch den Geruch von Desinfektionsmittel, der im Zimmer hing. Ich konzentrierte mich voll und ganz auf den neonpinken Pfeilaufkleber, der die Stelle markierte, an der ich die letzte Unterschrift leisten musste. Darüber stand eine fett gedruckte Warnung: **Nach Abtretung der Rechte wird die Originalgeburtsurkunde versiegelt, und es wird eine neue Geburtsurkunde erstellt.** Auf der dann die Namen deiner Adoptiveltern stehen würden.

Ich unterschrieb und löschte mich damit aus deinem Leben. Fertig.

Dann hielt ich dich ein letztes Mal. Ich schlug die Decke zurück, in die du eingewickelt warst, und küsste jeden deiner Finger, deine Wangen, dein winziges Näschen. Schließlich legte ich meine Hand auf deine Brust. Ganz warm warst du, und ich spürte, wie sich tief in meinem Inneren etwas veränderte, als hättest du mir deinen Stempel aufgedrückt. Es tut mir leid, flüsterte ich. Leid um das, was ich wollte, aber nicht behalten konnte. Eine Minute drückte ich dich noch an meine Brust, dann ließ ich dich los. Ließ zu, dass Mrs. Pearson dich wegbrachte.

Ich konnte nicht hinsehen. Stattdessen ließ ich den Kopf hängen und beschwor den Moment herauf, als ich dich das erste Mal auf dem Ultraschall gesehen hatte: runder Bauch, kräftig mit dem Arm rudernd, die Nabelschnur schwerelos neben dir. Eine kleine Taucherin. Ich selbst kam mir in diesem Moment wie eines dieser Walkälber vor, die im flachen Wasser kreisen und immer wieder *stranden. Ich wollte nicht, dass du vergeblich schwimmst. Du solltest das offene Meer erreichen, solltest tief hinabtauchen. Dein Leben sollte in einer kräftigen, geraden, makellosen Linie verlaufen.*

Die Tür fiel zu. Noch heute höre ich das leise Klicken, das Geräusch, mit dem du mir entglitten bist. Als du fort warst, kam mir das Krankenzimmer unglaublich leer vor. Das Gefühl der Einsamkeit brachte mich fast um. Jemand anders würde nun deinen Schlaf bewachen. Jemand anders würde sanft deine Brust berühren, um sich zu vergewissern, dass du noch atmest. Ich verfiel in einen so heftigen Weinkrampf, dass Hana dachte, meine Dammnaht wäre gerissen.

Das war's. All das ist noch immer lebendig in mir. Du lebst noch immer in mir. Die Hälfte meiner Atemzüge, ein Viertel eines jeden Herzschlages gehören dir. So ist das wohl, wenn man Kinder bekommt – sie holen sich einen Teil von dir.

An jenem Tag habe ich nicht über deine Zukunft nachgedacht. Ich dachte nicht an die Calvins, deine neuen Eltern, dachte nicht daran, wie weiß sie waren. Wer würde dir beibringen, was es hieß, als Asiat in Amerika zu leben? Ich dachte nicht darüber nach, was ich dir sagen sollte, wenn du zu mir kommen und mich fragen würdest: Warum? Wer bist du? Wer bin ich? Natürlich träumte ich davon, ein Teil deines Lebens zu sein, aber in der Art, wie man sich eine Sternschnuppe herbeiwünscht oder einen Lottogewinn. Ich habe nie geglaubt, dass der Traum Wirklichkeit werden könnte. Und ich hätte niemals geglaubt, dass wir irgendwann wieder in demselben Krankenhaus landen würden – du sechzehn, ich fünfunddreißig – oder dass du *einmal in einem dieser Betten liegen würdest, während ich mich erneut bei dir entschuldige.*

Es tut mir leid, Penny. Ich habe es verbockt. Ich habe dich verletzt.
Ich kann dir nicht versprechen, dass ich dich niemals wieder verletzen werde. In Wahrheit gibt es kaum etwas, das ich dir versprechen könnte. Und trotzdem: Das bisschen, was mein ist, gehört dir. Was auch immer geschehen mag. Ob du mir nun verzeihst oder nicht. Du sollst wissen, dass ich immer da sein werde. Wie alle Eltern werde ich da sein und darauf warten, dass mein Kind nach Hause kommt.

Mika

Sieben Monate zuvor …

Kapitel EINS

GEFEUERT. Mika blinzelte verwirrt. »Bitte, was?«, fragte sie Greg in seinem schuhkartongroßen Büro. Eigentlich war es gar kein Büro, sondern nur eine abgeteilte Ecke des Kopierraums der Anwaltskanzlei Kennedy, Smith & McDougal. Greg allerdings herrschte über sein winziges Reich, als wäre es ein Eckbüro in der dreißigsten Etage. Er hatte es sogar dekoriert: Auf dem Schreibtisch stand ein Bonsai, an der Wand hing ein billiges Samurai-Schwert. Schief. Greg war weiß und selbst ernannter Japanophiler. Mehr als einmal hatte er versucht, sich mit Mika auf Japanisch zu unterhalten, wogegen sie sich jedes Mal gesträubt hatte. Sie beherrschte die Sprache fließend, aber eben nicht bei ihm. Ja, genau, diese Art von Mensch war er.

Greg lehnte sich in seinem Stuhl zurück. »Das dürfte dich doch nicht überraschen«, sagte er, legte die Fingerspitzen aneinander und schob sie unter sein haarloses Kinn. »Bestimmt hast du die Gerüchte gehört.«

Mika nickte wie abwesend. Kürzlich hatte einer der Seniorpartner, einer der ganz wichtigen, zu einer anderen Kanzlei gewechselt. Die Gewinne waren im Keller. Sie hob die Hände. »Aber ich bekomme gerade mal zwanzig Dollar die Stunde.« Lächerlich wenig im Vergleich zu den Gehältern der anderen Angestellten. Glaubten die Mächtigen dort oben wirklich, sie könnten ihre finanzielle Schlagseite ausgleichen, indem sie eine Bürohilfe feuerten?

Greg winkte ab. »Schon klar. Aber du weißt doch, wie das läuft. Wer in der Hackordnung ganz unten steht …« Er verstummte.

»Bitte.« Sie hasste es, betteln zu müssen, vor allem bei Greg. »Ich brauche diesen Job.« Es gefiel ihr bei Kennedy, Smith & McDougal. Die Arbeit war leicht, die Bezahlung gut, es reichte für Miete und Nebenkosten, und am Ende blieb ihr noch genug übrig für Lebensmittel, vor allem aus der Weichkäseabteilung. Außerdem lag das Büro in der Nähe des Museums. In der Mittagspause machte sie oft einen Verdauungsspaziergang dorthin, versenkte sich in den Anblick der Monets oder schlenderte durch die Antiquitätensammlung. Eine Auszeit für ihre Seele. »Was ist mit Stephanie?« Sie war erst nach Mika eingestellt worden.

»Stephanie hat mehr Erfahrung als Rechtsanwaltsgehilfin. Bei der Entscheidung ging es vor allem darum, wer der Firma den größten Nutzen bringt. Hör mal, du findest doch bestimmt schnell etwas Neues. Unglücklicherweise kannst du dich nicht arbeitslos melden, weil du kein volles Jahr bei uns warst, aber ich werde dir eine super Empfehlung schreiben.« Greg erhob sich. Das Gespräch war beendet.

»Ich wäre auch mit einer Gehaltskürzung einverstanden«, platzte es aus ihr heraus. Mika starrte zu Boden. Irgendwo dort musste auch ihr Stolz verschwunden sein. Sie packte das einfach nicht. Tränen stiegen in ihre Augen. Fünfunddreißig und der nächste Job futsch. Wieder einmal.

Greg schüttelte den Kopf. »Tut mir leid, Mika. Es hat keinen Sinn. Heute ist dein letzter Tag bei uns.«

*

Der unterschwellige Geruch von altem Popcorn, Seelentrostkerzen im Ausverkauf. Was hatte dieser Laden nur an sich, dass er Mika so anzog? Sie stand in der Dekoabteilung und musterte ein Kissen mit dem gestickten Schriftzug: MIT GELD KANN MAN SICH EIN HAUS KAUFEN, ABER KEIN HEIM. Hanas Lachen drang aus dem Telefon. »Nur damit ich das richtig verstehe: Er hat dich gefragt, während er dich gefeuert hat?«

»Direkt danach«, präzisierte Mika. Greg hatte sie zu ihrem Schreibtisch begleitet und zugesehen, als sie ihren Kram zusammenpackte, und *dann* hatte er sie gefragt, ob sie später vielleicht Lust hätte auf Kino oder ob sie am Wochenende das Kirschblütenfest an der Universität mit ihm besuchen wolle. Die Wut über diese Erniedrigung saß tief.

Wieder lachte Hana spöttisch.

Mikas Lippen verzogen sich zu einem Lächeln. »Bitte tu das nicht. Ich befinde mich gerade in einem Zustand höchster Verletzlichkeit.«

»Du bist bei Target«, konterte Hana.

Nachdenklich starrte Mika weiter auf das Kissen. Es war von einem Pärchen designt worden, das stinkreich geworden war, indem es neuen Häusern einen alten Look verpasste. Alles eine Frage der Holzbearbeitung. Dieses Kissen konnte sie für 29,99 Dollar erstehen. »Ich hätte nie gedacht, dass ich an ein und demselben Tag gefeuert und sexuell belästigt werden könnte. Wieder was Neues.« Mika ließ das Kissen liegen und ging weiter zur Weinabteilung. In ihrem Geldbeutel herrschte ziemliche Ebbe, aber eine Fünf-Dollar-Flasche Wein war jetzt ein Muss.

Hana brummte mitfühlend. »Es könnte schlimmer sein. Weißt du noch, als du damals in dem Donutladen gefeuert wurdest, weil du eine Schachtel Müsliriegel im Kühlschrank gelagert und zwischen den Bestellungen davon gegessen hattest?«

»Das war noch im College.« Mika klemmte das Handy zwischen Ohr und Schulter. Nachdem sie den Wein ausgesucht hatte, war sie nun in der Lebensmittelabteilung und füllte ihren Korb mit Käsecrackern. Stilvoll bis ins Letzte.

»Oder dieser Nannyjob, bei dem du den Kindern *Shining* gezeigt hast?«

»Sie wollten was mit Geistern sehen«, verteidigte sie sich.

»Oder die Sache mit der nicht jugendfreien *Predator*-Fanfiction, die du für jeden sichtbar auf deinem Arbeitscomputer verfasst hast?«

Mika runzelte die Stirn. »So etwas ist nie passiert.« Hana lachte wieder. Mika kam es vor, als wäre sie gerade mit Karacho von einem Unglücksbaum gefallen, dabei gegen jeden einzelnen Ast geknallt und unten in einer Grube voller Schlangen und Bären gelandet. »Was soll ich jetzt machen?«

»Keine Ahnung. Aber du bist in bester Gesellschaft. Ich habe heute Morgen erfahren, dass Pearl Jam für ihre Sommertour Garrett engagiert haben.«

Hana arbeitete als Gehörlosendolmetscherin in der Musikindustrie, und Garrett – gerade erst aus christlichen Alt-Rock-Kreisen übergewechselt – drängte sich nun in ihr Revier. »Vermutlich werde ich jetzt eine Menge Earth-Wind-and-Fire-Gigs machen müssen. Der dämliche Garrett. Komm nach Hause, wir fressen und saufen unsere Gefühle gemeinsam unter den Tisch.«

»Klingt gut.« Mika legte auf und ließ das Telefon in ihre Handtasche gleiten. Eine Minute verging. Mika ging umher. Ihr Telefon klingelte. Vielleicht wieder Hana. Oder ihre Mutter; Hiromi hatte ihr bereits am Morgen auf die Mailbox gesprochen: *Ich war gerade kurz in der Kirche und habe das neue Gemeindemitglied kennengelernt. Sein Name ist Hayato, und er arbeitet für Nike. Ich habe ihm deine Nummer gegeben.*

Wieder klingelte das Telefon. Manchmal rief Hiromi zwei- oder dreimal hintereinander an. Richtig panisch machte einen das. Beim letzten Mal war Mika vollkommen atemlos drangegangen, die Autoschlüssel bereits in der Hand, um ins Krankenhaus zu fahren. *Was ist los?*

Nichts, hatte Hiromis Antwort gelautet. *Warum klingst du denn so gehetzt? Ich wollte dir nur sagen, dass bei Fred Meyer gerade Hühnchen im Angebot ist ...*

Mit jedem Wort war Mika wütender geworden. *Du kannst nicht so oft hintereinander anrufen. Ich dachte, es wäre etwas passiert*, hatte sie gezischt.

Daraufhin hatte Hiromi empört geschnaubt. *Bitte verzeih, dass ich nicht tot umgefallen bin.*

Es klingelte immer weiter. Mika fischte das Handy aus der Handtasche und warf einen Blick auf das Display. Unterdrückte Rufnummer.

Neugierig nahm sie den Anruf an. »Hallo?«, fragte sie stirnrunzelnd. *Verdammt*, dachte sie einen Moment zu spät. Das konnte ja auch dieses neue Gemeindemitglied sein, dieser Hayato. Hastig ging sie im Kopf mögliche Ausreden durch. *Mein Akku gibt gerade den Geist auf.* Ich *gebe gerade den Geist auf.*

»Oh, wow! Sie sind drangegangen! Ich war mir nicht sicher, ob ...«, antwortete eine extrem positiv klingende, junge Stimme. Das Folgende drang nur noch gedämpft zu Mika durch, als würde eine Hand auf das Mikrofon gehalten. »Sie ist drangegangen. Was soll ich jetzt machen?«, rief die Stimme jemandem im Hintergrund zu.

»Hallo?«, wiederholte Mika, diesmal etwas lauter.

»Tut mir leid, meine Freundin Sophie ist auch hier. Zur moralischen Unterstützung, verstehen Sie? Spricht dort Mika Suzuki?«

»Ja.« Mika stellte ihren Einkaufskorb ab. »Wer ist da?«

»Hier spricht Penny. Penelope Calvin. Ich glaube, ich bin Ihre Tochter.«

*

Obwohl ihre Gliedmaßen vollkommen taub waren, schaffte Mika es irgendwie, das Telefon weiter festzuhalten. Auch noch, als das Blut in ihren Ohren rauschte, ihr Blick verschwamm, sich dann extrem verengte. Auch noch, als sie in der Zeit zurückversetzt wurde, zurück in dieses Krankenhaus, zurück zu der neugeborenen Penny. In grellen Blitzen zog jener Tag an ihr vorbei: Penny, warm und fest in ihrer Armbeuge; zarte Küsse auf die kleine Stirn; das flaumige Haar, das sie ihr sanft zurückgestrichen hatte, um das blau-rosa gestreifte Mützchen darüberzuziehen. So unerträglich wundervolle Momente.

»Sind Sie noch dran?«, fragte Penny. »Ist dort die richtige Mika Suzuki? Ich habe einen dieser Suchdienste im Internet benutzt. Musste für das gratis Probe-Abo die Kreditkarte von meinem Dad angeben. Er wird mich umbringen, wenn er das herausfindet! Aber keine Sorge, ich kündige das, bevor sie die Karte belasten können.«

Dann schwieg sie. Offenbar wartete Penny darauf, dass Mika etwas sagte. Die schloss kurz die Augen. »Das ist echt clever«, murmelte sie, innerlich zitternd. Setzen. Sie musste sich dringend irgendwo hinsetzen. Kraftlos ließ sie sich auf einen Plastikstuhl fallen, umklammerte die Armlehne so fest, dass ihre Knöchel weiß hervortraten. Wie war sie überhaupt in der Abteilung für Gartenmöbel gelandet?

»Ja, nicht wahr? Mein Dad sagt immer: ›Wenn du deine Kräfte doch nur für das Gute einsetzen würdest!‹« Penny sprach plötzlich eine Oktave tiefer, wohl um ihren Vater nachzuahmen. Beinahe hätte Mika gegrinst. *Beinahe.* »Dann spricht dort also die richtige Mika Suzuki?«, fragte Penny noch einmal. »In Oregon gibt es nicht so viele davon. Die beiden anderen Kandidatinnen waren älter. Ich meine, theoretisch könnten sie natürlich meine biologische Mutter sein. War da nicht diese Frau, die mit ... fünfzig oder so noch Zwillinge gekriegt hat? Aber ich war mir eigentlich sicher, dass Sie das sein müssen. Sind Sie noch dran?«

Inzwischen war Mika der Schweiß ausgebrochen, das Handy drohte von ihrem Ohr abzurutschen. Mühsam atmete sie ein und aus. Ein und aus. »Ja, ich bin dran.«

»Und sind Sie Mika Suzuki? Haben Sie vor sechzehn Jahren ein Baby zur Adoption freigegeben?«

In Mikas Schläfen begann es dumpf zu pochen. »Ja, die bin ich. Und das habe ich«, antwortete sie mit trockener Kehle. Insgeheim hatte sie immer von diesem Moment geträumt. Von dem Tag, an dem sie die Stimme ihrer Tochter hören würde. Mit ihr *sprechen* würde. Manchmal nahm diese Fantasie beinahe wahnhafte Züge an. Ein paarmal in all den Jahren hatte sie geglaubt, Penny stünde vor ihr. Was absolut lächerlich war. Sie wusste ja, dass Penny im Mittleren Westen lebte. Doch dann hatte sie irgendwo ein dunkelhaariges kleines Mädchen mit Ponyfransen gesehen und plötzlich diese Gewissheit empfunden. Hatte ein unsichtbares Band gespürt. *Das ist meine Tochter,* hatte sie gedacht, nur um dann von Enttäuschung überwältigt zu werden, wenn sich das Mädchen umdrehte und die falsche Nase hatte oder grüne Augen anstelle von dunkelbraunen. Nicht Penny. *Eine Täuschung.*

Mika löste ihre Finger von dem Gartenstuhl und stand mit zittrigen Beinen auf. Ziellos lief sie durch die Gänge. Sie musste sich bewegen. Bewegung half ihr dabei, auf dem Boden zu bleiben, im Hier und Jetzt. Half ihr dabei, den emotionalen Sturm zu bändigen, der sich in ihr zusammenbraute.

»Das ist endgeil!«, quietschte Penny.

»Ich kann nicht glauben, dass du mich gefunden hast.« Mika war noch immer benommen. Gerade ging sie an einem Aufsteller vorbei, auf dem sich violette Flaschen mit Magnesiumtabletten türmten.

»Das war nicht schwer. Ihr Name ist so einzigartig und cool. Ich wünschte, ich hätte einen japanischen Namen«, seufzte Penny sehnsüchtig.

»Oh.« Mika wusste nicht, was sie sagen sollte. Sie selbst hatte Pennys Namen ausgesucht. Das war ihr unglaublich wichtig gewesen, sie hatte sogar darauf bestanden, dass er in den Adoptionsvertrag aufgenommen wurde. *Meine Tochter könnt ihr haben, aber ihren Namen kriegt ihr nicht.* Wenngleich Mrs. Pearson ihr Bestes gegeben hatte, damit die Adoption nicht so geschäftsmäßig wirkte, waren gewisse Dinge nun einmal unabänderlich – Anwälte, Verhandlungen, rechtssichere Vereinbarungen, die gerne zugunsten der Adoptionsfamilie formuliert waren. Aber der Name … der Name gehörte Mika. Zuerst hatte sie an Holly gedacht, da Stechpalmen im Winter blühen. In Japan war es Tradition, einen Namen zu wählen, der die Hoffnungen widerspiegelt, die man für das Kind hegt. Das *kanji* zu Mikas eigenem Namen ließ sich mit »herrlicher Duft« übersetzen. Was viel darüber aussagte, welchen Stellenwert sie für ihre Mutter hatte: Sie war ein Accessoire. Etwas, das die Aufmerksamkeit anderer auf sich zieht. So etwas wollte sie nicht für ihr Kind. Deshalb hatte sich Mika am Ende für Penelope entschieden, aus Homers *Odyssee*. Ein Name, der ihrer Ansicht nach Stärke, Widerstandskraft und Ehrgeiz vermittelte. Und ein solches Leben wünschte sich Mika für ihre Tochter. Ein solcher Mensch konnte sie ihrer Meinung nach werden. Zu einer solchen Familie konnte sie gehören.

Außerdem hatte sie gehofft, dass sie es mit einem eher amerikanisch klingenden Namen leichter haben würde. Sie selbst hatte mehr als genug Erfahrung damit, dass ihr Name falsch ausgesprochen und geschrieben wurde. Unzählige Male schon hatte man sie »Mickey« genannt. Penny sollte sich integrieren können. Doch irgendwie war jetzt nicht der richtige Zeitpunkt, ihr all das zu erklären. Stattdessen sagte Mika: »Das mit deiner Mum tut mir sehr leid.« Als Mrs. Pearson ihr fünf Jahre zuvor mitgeteilt hatte, dass Caroline Calvin an einer Krebserkrankung litt und sterben würde, hatte Mika sie angefleht, einen Kontakt zu Penny herzustellen, hatte geschworen, sie spüre die Trauer ihrer Tochter wie ein brennendes Eisen auf der Haut.

Sie braucht mich, hatte Mika betont.

Ich werde es versuchen, hatte Mrs. Pearsons Antwort im Namen der Adoptionsagentur gelautet. Dann hatte Thomas Calvin die Bitte abgelehnt. *Es tut mir leid, Mika*, hatte Mrs. Pearson gesagt. *Caroline hat nicht mehr viel Zeit. Krebs im Endstadium. Es kam alles ganz plötzlich. Er möchte, dass sie während dieser letzten Tage ganz für sich sind.*

»Ja.« Penny klang bedrückt. »Das war eine harte Zeit. Wir haben gerade ihren fünften Todestag überstanden. Irgendwie kann ich gar nicht glauben, dass es schon so lange her ist.«

Wieder wurde es still in der Leitung. Mika ging weiter, Ziel unbekannt. Ihr ganzer Körper war in Aufruhr. Sie lief an dem Gang mit den Schwangerschaftstests vorbei. Vor knapp siebzehn Jahren hatte sie die Münzen in Hanas Auto zusammengesucht, um sich im Ein-Dollar-Shop einen Test kaufen zu können. Auf einer Supermarkttoilette hatte sie dann auf den Streifen gepinkelt. Sie hatte sich kaum abgewischt, als schon die beiden pinken Linien erschienen und ihre Welt nicht mehr die alte war.

Mika wurde bewusst, dass sie viel zu lange nichts mehr gesagt hatte. »Sie hat mir Briefe geschickt. Deine Mum. Und sie hat mir Fotos und Zeichnungen von dir geschickt. Sie hatte eine wirklich schöne Handschrift«, platzte es aus ihr heraus. Eigentlich wusste Mika so gut wie nichts über das Ehepaar, das Penny adoptiert hatte. Sie hatte aus Dutzenden von Familienprofilen gewählt, die man ihr vorgelegt hatte. Nach der Entscheidung hatte sie sich oft die Fotos von Pennys künftigen Eltern angesehen. Thomas, Urheberrechtsanwalt, abgebildet mit seinem College-Ruderteam. Sie hatte auf seine Hände gestarrt, die fest die Ruder gepackt hielten, auf die steile Falte zwischen seinen grünen Augen. *Er ist stark*, hatte sie damals gedacht. *Er wird für Penny einstehen.* Und Caroline, ebenfalls ein Foto aus Collegezeiten, in einem Pulli mit griechischen Buchstaben auf der Brust und einem offenen Lächeln im Gesicht. Es war nicht schwer, sich vorzustellen, wie sie Penny auf genau diese Weise anlächeln würde, ihr so schöne Dinge sagen würde wie: *Ich bin stolz auf dich. Ich bin so froh, dass ich dich habe. Für dich würde ich durchs Feuer gehen.*

»Ja, sie hatte wirklich eine schöne Handschrift. Absolut makellos«, bekräftigte Penny liebevoll. Das überraschte Mika nicht. Caroline schien in jeder Hinsicht makellos gewesen zu sein. »Meine ist so schlampig. Ich habe mich immer gefragt, ob das genetisch bedingt ist.«

Wohl eher nicht, fand Mika. Aber sie sehnte sich nach einer Verbindung zu Penny, nach irgendetwas, das sie zusammenschweißte. »Meine Handschrift ist auch grauenhaft.«

»Wirklich?« In Pennys Stimme klang leise Hoffnung an.

Mika lief nun langsamer, versuchte sich zu beruhigen. »Ich stelle mir gerne vor, dass es meine ganz persönliche Schriftart ist. Ich würde sie ›Zu viel Kaffee und Donuts‹ nennen.«

Penny lachte. Es klang angenehm, voll und ernsthaft. *Ihre Tochter.* »Oder auch: ›Räum deinen Scheiß weg.‹«

Endlich blieb Mika stehen, mitten in der Putzmittelabteilung. Hier war niemand. Sie lehnte sich gegen ein Regal und atmete tief den Duft nach frischer Wäsche ein. Früher einmal hatte sie geglaubt, die Erinnerungen an Penny und das, was davor geschehen war, würden irgendwann verblassen, doch das Gegenteil war der Fall: Sie stachen nur umso schärfer aus den verschwommenen, weniger wichtigen Szenen ihrer Vergangenheit hervor. Der Collegeabschluss, ihr erster Job, zum Teil sogar die Schwangerschaft … all dem hatte der Zahn der Zeit die scharfen Kanten genommen. Aber Penny, das Baby, *Mikas Baby*, war unverändert geblieben, wie der Abdruck einer Hand auf Zement. Hätte sie damals doch nur gewusst, was sie heute wusste. Dass sie jeden Morgen beim Aufwachen an

Penny denken würde. Daran, wie alt sie inzwischen war. Was sie wohl anhatte. Wem sie ein Lächeln schenkte. Dass die Liebe zu ihr sich in ihr verbeißen würde, mit Zähnen und Klauen, um sie nie wieder loszulassen.

»Ist alles in Ordnung?« Eine Mutter mit zwei Kindern war in den Gang eingebogen.

Sofort richtete Mika sich auf. »Ja, alles gut. Mir geht es gut.« Eines der Kinder hatte Schokolade im Gesicht, die es nun langsam rund um den Mund ableckte. Die Mutter wartete ab, bis Mika weiterging, erst dann setzte sie ihren Einkauf fort.

»Ist da jemand bei Ihnen?«, fragte Penny.

»Nein, ich bin gerade beim Einkaufen. Im Target«, erklärte Mika, ohne groß nachzudenken. Dafür hätte sie sich am liebsten eine verpasst. Richtig hart, mitten ins Gesicht. Was würde Penny jetzt von ihr denken? Eine erwachsene Frau geht an einem Mittwochnachmittag zu Target. Sicher würde sie sich wundern, dass Mika nicht bei der Arbeit war.

Penny fluchte leise. »Tut mir leid, ich hätte fragen sollen, ob es Ihnen gerade passt. Dann lasse ich Sie jetzt besser in Ruhe.«

Der Gedanke gefiel Mika überhaupt nicht. Dass das zarte Band zwischen ihnen schon im nächsten Moment zerschnitten sein sollte. Konnte Penny es auch spüren? Diese Glückseligkeit, diese Energie, die sie verband? »Nein, ist schon okay.«

»Ich muss sowieso aufhören. Mein Dad kommt bald nach Hause.«

Nein, sprich weiter. Ich würde dir auch zuhören, wenn du mir Krieg und Frieden *vorliest.* Plötzlich überkam sie der Drang zu weinen. »Ja, natürlich. Es war schön, mit dir zu sprechen.« Mika verließ den Laden. Der Himmel war wolkenverhangen – Frühling in Portland. Ein paar Krähen pickten im Müll auf dem Parkplatz herum. Als Mika blinzelte, sah sie vor ihrem inneren Auge ebenfalls Krähen. Krähen aus der Vergangenheit, die sich um eine weggeworfene Schachtel mit Wassermelonenresten stritten. Schnell verdrängte sie die Erinnerung. »Falls du jemals etwas brauchst … falls ich irgendetwas für dich tun kann …«

»Also, eigentlich …« Penny stieß hörbar den Atem aus. »Eigentlich würde ich gerne noch weiter mit Ihnen reden. Ich könnte wieder anrufen. Oder vielleicht skypen wir mal? Es wäre wirklich schön, wenn wir uns dabei ansehen könnten …«

»Oh.« Mika war so überwältigt, dass sie kaum Luft bekam. Sie konnte es nicht glauben. Penny wollte sie. Penny wollte *sie*. Plötzlich wurde Mika von einer derart brennenden Sehnsucht gepackt, dass sie glaubte, in Stücke gerissen zu werden. Aus diesem Gefühl heraus antwortete sie: »Ja, natürlich. Sehr gerne sogar.«

Kapitel ZWEI

Halb betäubt fuhr Mika nach Hause. Sie wusste hinterher nicht mehr, wie sie den Schlüssel in die Zündung gesteckt hatte, wie sie den Wagen angelassen hatte, wie sie vom Parkplatz gefahren war. Ampeln, Blinker, abbiegen, Parken – alles weg. Nachdem sie angekommen war, schaltete sie den Motor ab und blieb im Wagen sitzen. Regen prasselte auf die Windschutzscheibe. »Penny«, flüsterte sie in die Stille hinein. Den Namen ihrer Tochter auszusprechen war wie ein Gebet, wie ein Geheimnis, wie der Schlag einer Glocke, die das Kind zum Essen nach Hause rief. »Penny, Penny, Penny«, sagte sie wieder und wieder. Als sie aus dem Auto stieg, hatte sich ein Lächeln auf ihrem Gesicht ausgebreitet.

Unkraut und dornige Büsche wucherten zwischen den Latten eines angeschlagenen Zauns hindurch, dessen weiße Farbe an vielen Stellen abblätterte. Der Fußweg zum Haus war kaum zu erkennen. Es war eher ein Cottage als ein richtiges Haus. Einer der Fensterläden hing schief, er wurde nur noch von einem Nagel gehalten. Wollte man ihr Zuhause beschreiben, war »Schandfleck« wohl noch der freundlichste Ausdruck. Mika schloss die Haustür auf, drückte und … nichts. Irgendetwas blockierte den Eingang. Ächzend stemmte sie sich gegen die Tür und schob die Kartons, die sich dahinter türmten, beiseite.

Das verpasste ihrer Freude einen kleinen Dämpfer.

»Wow. Bist du heute Morgen aufgewacht und hast dir gedacht: ›Heute ist es so weit! Ich werde die nächste Stufe meines zwanghaften Sammeltriebs zünden und mich hier drin verbarrikadieren, bis man in zwanzig Jahren mein mumifiziertes Skelett findet‹?«, schnauzte sie Hana an.

Die saß auf der Couch, ein halb gegessenes Stück Kuchen im Schoß, und erwiderte, ohne den Blick vom Fernseher zu lösen: »Ist ja witzig. Genau das habe ich gedacht. Du kommst spät.« Hana schob sich Kuchen in den Mund. »Ich habe schon ohne dich angefangen. Und ich habe mir etwas überlegt: Wir sollten uns einen Hund anschaffen und ihm beibringen, dass ›Scheißhaufen‹ dasselbe bedeutet wie ›Garrett‹. Dann sagen wir nicht ›Geh und mach einen Scheißhaufen‹, sondern ›Geh und mach einen Garrett‹. Das nehmen wir dann auf Video auf, und ich schicke es ihm.« Jetzt erst blickte sie hoch. »Wo ist der Wein?«

»Kein Hund, keine Videonachrichten an Garrett. Und den Wein habe ich vergessen.« Mika schob sich zwischen ungeöffneten Paketen und toten Pflanzen hindurch und schob einen Stapel Zeitschriften von einem Sessel, um sich hinsetzen zu können. Eine Zeit lang hatte Hana ihre Sammelleidenschaft unter Kontrolle gehabt. Das Haus hatte sie zusammen mit ihrer Partnerin Nicole gekauft. Die beiden waren glücklich und richteten sich ein mit was immer sie auf Flohmärkten und bei Garagenverkäufen auftreiben konnten. Sogar einen Welpen schafften sie sich an. Dann hatte Nicole sie betrogen. Hana behielt das Haus, Nicole den Golden Retriever. Hana bot Mika, die sich gerade erst von Leif getrennt hatte und knapp bei Kasse war, an, bei ihr einzuziehen. Gemeinsam hatten sie ihre gebrochenen Herzen mit Wein und teurem Lieferessen betäubt und waren übereingekommen, dass Freundschaft sowieso viel besser sei als das, was sie mit ihren Ex-Partnern gehabt hatten. Weil sie einander besser verstanden. Mika machte es nichts aus, dass Hana das Onlineshopping offenbar für ihre patriotische Pflicht hielt. Und Hana störte sich nicht an Mikas lausiger Bilanz auf dem Arbeitsmarkt. Niemand war perfekt. Ihre Freundschaft basierte darauf, dass eine die Fehler der anderen akzeptierte.

Deshalb fand Mika auch nichts Beunruhigendes daran, dass Hana auf der Couch hockte, über einen Kollegen lästerte und sich … »*Monster*? Du siehst dir allen Ernstes *Monster* an? Einen Film über eine lesbische Serienmörderin?« Mika zog die Fernbedienung zwischen einigen leeren Getränkedosen hervor und schaltete den Fernseher aus.

»Hey!«, protestierte Hana.

»Hier gibt es eine Menge anzupacken.« Mit einer ausholenden Geste umschrieb Mika die Kuchen-*Monster*-Sammelsituation im Raum. »Außerdem habe ich keine Zeit dafür. Ich muss dir etwas erzählen.«

Sofort setzte Hana sich auf und stellte den Kuchenteller zur Seite. »Ich bin gespannt.« An ihrem bauchfreien Roller-Derby-T-Shirt klebte ein Stück Glasur.

»Penny hat mich angerufen.«

»Ha!« Hana stieß ein bellendes Lachen aus, verstummte aber, als sie Mikas Gesicht sah. »Heilige Scheiße, das war ernst gemeint.«

Mika konnte nur nicken. Ihr Magen machte Purzelbäume, wenn sie daran dachte. *Sie duftet voll nach Baby*, hatte Hana gesäuselt, als sie damals im Krankenhaus die kleine Penny im Arm hielt, und hatte ihre Wange an der des Kindes gerieben.

Nun ließ sich Hana in die Polster fallen. »Wow. Das ist heftig.«

»Was du nicht sagst.« Mika wollte noch etwas hinzufügen, doch in diesem Moment piepte ihr Handy. Eine neue Nachricht. *Vielleicht von Penny?*

»Ist sie das?« Offenbar hatte Hana denselben Gedanken gehabt, denn sie lehnte sich gespannt vor.

Mika sah auf das Display. »Nein, die ist von Charlie.« Sie las die Nachricht. »Sie überlegt, ob sie Tuan« – das war Charlies Ehemann – »ein lebensgroßes Lego-Porträt kaufen soll.«

Hana verdrehte genervt die Augen. »Vergiss sie einfach. Wie hat Penny dich gefunden?« Hana nahm ein Holzkistchen vom Couchtisch und klappte es auf. Darin befand sich ein Beutel mit Gras und Zigarettenpapier. Geschickt machte sie sich daran, sich mit ihren langen Fingern einen Joint zu drehen.

Achselzuckend berichtete Mika: »Internet. Penny hat mir erklärt, dass man so heutzutage quasi jeden aufspüren kann.« Dennoch ... wie hatte Penny das geschafft? Mika hatte sich damals für eine geschlossene Adoption entschieden: Ihre Identität blieb unter Verschluss, und im Gegenzug bekam sie einmal im Jahr Informationen über die Entwicklung ihres Kindes. Alles andere wäre zu schmerzhaft gewesen. Sie hatte sich bewusst für die Brosamen entschieden, da sie wusste, dass sie sich andernfalls überfressen hätte. Vermutlich spielte es keine Rolle, ob Thomas Calvin Mikas Namen verraten hatte oder ob Penny darauf gestoßen war, weil sie in den Unterlagen ihrer Eltern herumgeschnüffelt hatte. Entscheidend war nur das Hier und Jetzt. Dass Penny sie angerufen hatte. Dass Penny Mika kennenlernen wollte.

»Das stimmt natürlich.« Hana leckte das Blättchen an und versiegelte den Joint. Wenn jemand wusste, wie leicht es war, Menschen im Netz ausfindig zu machen, dann war es Mikas Freundin. Einige Jahre zuvor hatte sie im Netz ihre ehemalige Grundschullehrerin aufgespürt – die, die ihre Hautfarbe als »halb und halb« bezeichnet hatte, wie Kaffeesahne. Hana war teils Schwarz, ein Viertel Vietnamesin und ein Viertel weiß, mit ungarischen und irischen Wurzeln. Hana hatte sie so lange getrollt, bis sie sich aus allen sozialen Medien zurückgezogen hatte.

Nun zündete Hana ihren Joint an, nahm einen Zug und reichte ihn dann an Mika weiter. »Wie ist sie denn so?«

Nachdenklich rollte Mika den Joint zwischen den Fingern und blickte zur Decke hinauf. Ein langer Riss spaltete den Putz; er setzte sich über die Wand bis zum Boden fort. Bestimmt war etwas mit dem Fundament nicht in Ordnung. »Keine Ahnung, wir haben nur kurz geredet. Sie ist jung, voller Hoffnung, positiv eingestellt.« Eine Naturgewalt. »Sie hat die Kreditkarte von ihrem Dad benutzt, um sich für eine Gratisrunde bei diesem Suchdienst einzutragen.« Mit einem schiefen Grinsen schob sich Mika den Joint zwischen die Lippen. »Und sie will das Abo wieder kündigen, bevor er draufkommt.« Sie gab den Joint an Hana zurück.

»Erinnert mich irgendwie an uns.« Grinsend nahm Hana einen Zug. »Also«, fuhr sie fort, während sie den Rauch ausstieß, »was wollte sie von dir?«

Nervös kaute Mika auf ihrer Unterlippe. Die Tür zu ihrem Zimmer stand offen. Das Bett war nicht gemacht, die Decke bis zum Fußende heruntergeschoben. Wozu sich die Mühe machen, wenn sie ein paar Stunden später sowieso wieder schlafen ging? Auf dem Boden lag ihr Lieblingsshirt, das mit dem Gudetama vorne drauf – einer Comicfigur von den Machern von Hello Kitty. Was eigentlich nur wie ein gelber Klumpen aussah, sollte in Wirklichkeit ein faules Ei darstellen. Faul wie träge. »Sie will mich kennenlernen.« Langsam nahm ihr Gehirn wieder Fahrt auf und katalogisierte nun eifrig ihr Umfeld, ihr Leben, sie selbst. Was Mika sofort bereute.

Was konnte sie Penny schon bieten? Was hatte sie vorzuweisen? Ihr Liebesleben war am Boden. Ein paar Freunde hatte sie gehabt, aber nur eine ernsthafte Beziehung, die mit Leif. Und die hatte unrühmlich geendet. Beim Thema Arbeit sah es ähnlich dürftig aus. Eine Reihe unbefriedigender Jobs, alles Lückenfüller. Mika hatte sich selbst als Stein gesehen, der über einen trüben Teich hüpft. Zeit vergeht ohne Konsequenzen, ohne einen Gedanken, ohne Veränderung, einfach immer weiter und weiter weg vom Ufer. Aber der Stein erreicht niemals die andere Seite des Teiches. Irgendwann geht er unter. *Wann bin ich untergegangen?*, fragte sie sich. Plötzlich rutschte ihr das Herz in die Hose. »Ich habe ihr gesagt, dass wir gerne noch mal reden können, aber jetzt … ich weiß nicht.« Nicht gut genug – so fühlte sie sich wieder, genau wie damals im Krankenhaus.

»Erklär's mir.« Hana drückte den Joint aus.

Mühsam riss sich Mika vom Anblick des Hauses los und starrte in ihren Schoß. Welche Risiken brachte es mit sich, wenn sie mit Penny in Verbindung blieb? »Vielleicht kann sie mich nicht ausstehen. Oder ich sie nicht«, überlegte sie laut. Obwohl sie es für ausgeschlossen hielt, dass sie Penny einmal nicht lieben könnte. Würde Penny jemanden umbringen, käme Mika mit einer Schaufel und würde ihr dabei helfen, die Leiche zu vergraben. Penny hätte bei ihr immer einen Stein im Brett. *Glaube ihr.* »Bestimmt hat sie eine Menge Fragen. Sie scheint … hartnäckig zu sein. Vielleicht will sie etwas über ihren biologischen Vater erfahren. Und sie wünscht sich, sie hätte einen japanischen Namen.«

Hana atmete einmal tief durch, dann rutschte sie zum Ende der Couch, um näher bei Mika zu sein. »Natürlich ist sie neugierig. Wir wollen doch alle wissen, woher wir kommen. Aber diese spezielle Information kann sie nun einmal erst bekommen, wenn du so weit bist.«

Mika hatte ein rechtsverbindliches Formular unterzeichnet, in dem sie versicherte, nichts über den biologischen Vater ihres Kindes zu wissen – nichts über sein Alter, seinen Aufenthaltsort oder das Muttermal auf seiner Brust, das die Form des Bundesstaates Maine hatte. »Und wenn sie wütend auf mich ist?«, fragte sie leise.

Wieder holte Hana tief Luft. »Darf ich dir einen ungebetenen Ratschlag geben?«

»Du hast dich noch nie davon abhalten lassen.«

»Als Nicole mich damals betrogen hat, hat Charlie sich mit mir hingesetzt und gesagt: ›Es erfordert Stärke zu gehen, und es erfordert Stärke zu bleiben.‹« Sie schnippte ein Ascheflöckchen von ihrem Knie. »Das hatte sie bestimmt von einem dieser Selbsthilfe-Gurus.«

Mika runzelte die Stirn. »Keine Ahnung, was du meinst.«

»Ich meine damit, dass es eine Menge Stärke gebraucht hätte, Penny zu behalten, dass es aber ebenso viel Stärke brauchte, sie aufzugeben. Und wenn Penny so clever ist, wie es den Anschein hat, wird sie sich nicht dafür interessieren, was du getan hast. Dann interessiert sie sich nur dafür, wer du bist.«

»Und wer bin ich?« Mikas Frage klang wie eine Herausforderung angesichts ihres wenig beeindruckenden Lebens. Arbeitslos aus Leidenschaft. Gras-Raucherin. Biologische Mutter.

Hana hob die Finger und zählte ab: »Erstens: Du bist loyal. Zweitens: Du bist mitfühlend. Drittens: Du hast ein großes Herz. Viertens: Du bist eine fantastische Künstlerin, die alles Mögliche über Kunst weiß, vor allem so uninteressanten Kram wie in welchen Höhlen Malereien von Höhlenmenschen-Pimmeln zu sehen sind. Fünftens – «

»Das reicht.« Mika hob abwehrend die Hände. »Ich bin emotional nicht wirklich auf so etwas vorbereitet.« Hana wusste, wie schlimm es werden konnte. Jedes Jahr kam irgendwann um die Zeit von Pennys Geburtstag ein Päckchen. Dann las Mika den Brief von Caroline oder Thomas, starrte auf die Fotos von Penny mit ihrer glücklichen Familie, strich mit dem Daumen über ihre Wachsmalbilder, um anschließend alles um sich herum auszubreiten wie eine erstickende Umarmung. An diesen Tagen verließ Mika ihr Bett nicht. Und Hana blieb bei ihr. Sie kroch zu ihr unter die Decke, schloss sie wortlos in ihre Arme, schuf einen Kokon der Trauer. Sie weinten zusammen – Mika um Penny, Hana um Mika.

»Kann man sich überhaupt auf so etwas vorbereiten? Das ist doch der Sinn und Zweck von Gefühlen. Je weniger man sich auf sie einstellen kann, desto intensiver sind sie. Das ist das Schöne daran.«

»Das ist einfach nur dämlich.« Mika ließ ihren Kopf an die Rückenlehne des Sessels fallen. Die Situation überforderte sie in jeder Hinsicht. Aber Hana war bei ihr. Hana war immer bei ihr gewesen. »Hab dich lieb, Schönheit«, sagte sie zu ihrer besten Freundin. Diese vier Worte waren zu ihrem Mantra geworden, seit sie sich auf ihrer »alternativen« Highschool das erste Mal begegnet waren. Es war die Art von Schule gewesen, auf die Kinder geschickt wurden, von denen man kaum etwas erwartete. Ein Blick hatte genügt, und Mika hatte in Hana eine verwandte Seele entdeckt. Sie waren beide die krummen Äste an ihren Familienstammbäumen.

»Hab dich auch lieb, Schönheit.«

Mika tastete nach ihrem Handy. Bevor sie sich verabschiedet hatten, hatte Penny ihr noch ihre Nummer gegeben. Nun schickte Mika eine Nachricht an diese Nummer. **Freue mich schon auf unseren Videochat. Wann würde es dir passen?**

So, geschafft. Sie legte das Telefon weg. Trommelte mit den Fingerspitzen auf ihrem Bein herum. *Es wird gut werden.* Wieder holte sie eine Erinnerung an damals ein: der Moment, als sie die kleine Penny zum allerersten Mal gesehen hatte, in den Arm der Ärztin geschmiegt. Ja, es würde gut werden. Wie konnte es auch anders sein? Penny und Mika, das war Liebe auf den ersten Blick gewesen.

Kapitel DREI

Eine Woche später ging Mika zum Gottesdienst. Mit ihren Eltern. Eingequetscht in der Kirchenbank, warf Mika einen verstohlenen Blick zu ihrer Mutter hinüber. Hiromi Suzuki blickte starr nach vorne. Ihre dunklen Augen fixierten die Kanzel. Klein und schmal war sie, mit zarten Gesichtszügen und einem Mund, der sich häufiger abfällig verzog, als dass er lächelte. Zu Hause hatte sie einen ganzen Schrank voller Trainingsanzüge, alle aus Veloursamt. Heute trug sie einen auberginefarbenen. Er passte zu ihrem dauergewellten, halblangen dunklen Haar, das in Locken ihren Kopf umkränzte, wie bei der Königin von England. Neben Hiromi saß Mikas Vater Shige und döste.

Die Predigt zog sich, es ging um Freundschaft oder so etwas. Mika holte ihr Telefon hervor und öffnete ihr Instagram-Profil. Es enthielt genau fünf Bilder: ihre Zehen im Sand, entstanden in Puerto Rico, kurz bevor das mit Leif in die Brüche gegangen war. Noch ein Foto von dieser Reise, diesmal Leif und sie, zurechtgemacht für den Abend. Hanas Garten kurz nach Mikas Einzug – sie hatten überall Lichterketten aufgehängt und sich mit dem guten Tequila Margaritas gemixt. Ein Foto von ihr als Brautjungfer auf Charlies Hochzeit und ein Foto von einem Rote-Beete-Salat mit Ziegenkäse. Das war alles. Penny hatte sie alle gelikt. Sie hatten sich für ein Gespräch am nächsten Tag verabredet, zu ihrem allerersten Skype-Meeting. Jetzt verließ Mika ihr Profil und tippte auf die Lupe – die Suchfunktion.

Sofort erschienen unzählige Posts auf ihrem Display, algorithmusgenerierte Inhalte, basierend auf ihren bisherigen Klicks und Suchanfragen. Viele von ihnen zeigten Frauen mit symmetrischen Gesichtern, die perfekt zu ihren beigebraunen Häusern passten. In einer Werbeanzeige wurde sie aufgefordert, den landesweiten Feiertag zu begehen, indem sie Gedenktoilettenpapier kaufte. Und dann war da diese eine Berühmtheit, die Hiromi vergötterte, weil sie keine Nanny hatte. Äußerst beeindruckend.

Mika tippte das Wort *Adoption* in die Suchzeile. Das Display füllte sich wieder, vor allem mit Beiträgen von Adoptivmüttern. *Endlich ist er bei uns zu Hause. Mateo (wir nennen ihn Matty!) ist sechs Wochen alt und wurde noch nie von jemandem gehalten. Um das aufzuholen, trage ich ihn so viel wie möglich in der Ring Sling mit mir herum (kein gesponserter Beitrag). Mir tut der Rücken weh und ich bin hundemüde – Mateo wacht nachts alle zwei Stunden auf. Gibt es da draußen noch mehr Mamas, die sich heute etwas überfordert fühlen?* Darunter standen Kommentare wie: *Du schaffst das! Du machst das super! Probier doch mal dieses Smoothie-Rezept aus, das verschafft dir einen Energiekick.* Mika spürte ein Ziehen im Bauch. Keiner schrieb: *Es ist okay, aufzugeben. Du kannst dir ruhig eingestehen, dass du das nicht schaffst. Dass es zu viel für dich ist.* Ständig wurde betont, was Frauen alles alleine schaffen konnten. Dass sie weitermachten, auch wenn sie erschöpft waren oder arm oder sich an ihrem letzten Strohhalm festklammerten. Noch einmal sah sie sich das Bild von der Frau mit ihrem frisch adoptierten Sohn an. Sie lächelte heldenhaft. Hatten Thomas und Caroline das etwa auch so gesehen? Dass sie Penny gerettet hatten?

Eine Hand schob sich von hinten an Mikas Arm heran und kniff sie in die weiche Haut an der Rückseite des Oberarms. »Aufpassen«, zischte ihre Mutter in demselben Tonfall, den sie immer angeschlagen hatte, wenn sie Mika zu Grundschulzeiten auf ihr Zimmer geschickt hatte.

»Aua.« Mit einem finsteren Blick zu ihrer Mutter rieb sich Mika den Arm. *Und hier ist es immer noch besser, als wenn ich sie zu Hause besuche.*

Bei dem Gedanken an das Haus, in dem sie ihre Kindheit verbracht hatte, wuchs die Anspannung in Mika, und ihr Körper bereitete sich auf die Flucht vor. Dabei war das Haus an sich nicht sonderlich furchteinflößend, ein Bungalow aus den 1970ern mit seinem ursprünglichen Charme: kotzgrüner Flauschteppich, gelbe Kugellampen, Holzverkleidung an den Wänden. Von außen ähnelte es allen anderen Häusern in der Nachbarschaft, architektonisch vollkommen unspektakulär – sicher kein Fall für ein Lexikon der Kunstgeschichte. Doch im Inneren fanden sich all diese typisch japanischen Dinge: Schubladen voller Sojasoßenpäckchen und Plastikbesteck, ordentlich aufgereihte Hausschuhe an der Eingangstür, eine Wäscheleine im Garten, Pistazienschalenreste an den Stellen, wo ihr Vater gerne knabberte, während er NHK oder japanisches Baseball im Fernsehen schaute. Die Hanshin Tigers waren sein Lieblingsteam.

Trotz des Durcheinanders, trotz des Geruchs nach Weihrauch, trotz der altmodischen Einrichtung war dieses Haus durchdrungen von dem Streben nach Perfektion. Es steckte in dem verstaubten Kimono, den Mika nie wieder getragen hatte, nachdem sie traditionelles Tanzen aufgegeben hatte. Und in den leeren Bilderrahmen, in denen eigentlich Mikas Eliteuniversitätsdiplom und ihre Hochzeitsfotos stecken sollten. In den Töpfen und Pfannen, mit denen Mika nie das Kochen erlernt hatte.

Ungefähr im fünften Monat hatte man Mika angesehen, dass sie schwanger war. Nun hatte sie es nicht länger verstecken können, wollte es auch nicht. Sie putzte gerade mit Hiromi die limettengrüne Küche, als sie ihr ohne Vorwarnung die Wahrheit gestand. »Ich bin schwanger.« Mikas Vater saß nebenan vor dem Fernseher. Die Türen im Flur waren alle ordentlich geschlossen – hier bekam man nur das zu sehen, was Hiromi einem gestattete. Ihre Mutter, die gerade die Arbeitsflächen abwischte, hielt inne. Einen Augenblick lang verharrte sie vollkommen reglos. Offenbar war sie nicht in der Lage, diese neue Realität zu verarbeiten. »Hast du gehört? Ich sagte, ich bin schwanger.« Tief in Mikas Bauch regte sich Penny, es fühlte sich an wie ein sanfter Flügelschlag. Erste Kindsbewegungen, hatte man ihr in der öffentlichen Klinik auf dem Campus erklärt.

Hiromi blinzelte, dann richtete sie sich auf. »Wer ist der Vater?«, fragte sie kühl.

Im Haus roch es nach Sukiyaki – Rindfleisch, gekocht in Mirin, Sojasoße und Zucker. Diesen traditionellen Eintopf aßen sie immer, wenn es draußen kälter wurde. Für den Abend waren erste Schneefälle vorausgesagt. »Es ist ein Mädchen«, sagte Mika nur.

Hiromi wrang ihren Schwamm über der Spüle aus. »Mädchen sind schwierig.« *Du bist schwierig*, meinte sie damit. Im Fernsehen lachte jemand.

»Ich werde sie zur Adoption freigeben.« Ganz spontan kam das aus ihr heraus. Mika hatte sich bis dahin noch nicht entschieden. Sie war noch dabei, die Schwangerschaft zu verarbeiten, schwankte zwischen Unglauben und nackter Angst. Welche Reaktion hatte sie von ihrer Mutter erwartet? Zu spät wurde ihr klar, was sie mit dem Satz eigentlich bewirken wollte: dass Hiromi ihr sagte, sie solle das Kind behalten. Dass sie ihr helfen werde, diesen kleinen Zellhaufen großzuziehen. Aber Mika hätte es besser wissen müssen. Unterstützung durch Hiromi hatte immer einen hohen Preis, und Mika hatte nie herausgefunden, wie sie dafür aufkommen sollte. Und doch konnte sie nicht anders, immer wieder musste sie vor ihre Mutter treten, ihr ihre kaputten Sehnsüchte auf einem Silbertablett darreichen, in der Hoffnung auf mehr, auf etwas Besseres, auf eine Wandlung ihrer Mutter. Damit sie Mika heilen konnte. Das Wort Adoption war eigentlich als Herausforderung gedacht gewesen.

Hiromi drehte den Wasserhahn auf, um die letzten Essensreste aus dem Becken zu spülen. Das Wasser war so heiß, dass es ihre Haut rötete, und der aufsteigende Dampf befeuchtete ihre Kehle, als sie erwiderte: »Das ist vermutlich das Beste. Was weißt du schon darüber, wie man ein Kind großzieht?« Wieder ein Gebiet, auf dem sie ihre Mutter enttäuscht hatte. Hiromi hatte versucht, Mika beizubringen, wie man eine gute Hausfrau wurde, wie man kochte, eine gute Gastgeberin und Hauswirtschafterin war. Alles, um sie auf die Zeit vorzubereiten, wenn sie selbst einen Partner und ein Kind haben würde. Aber Hiromi hatte Mika nie etwas über Verhütung beigebracht, über Sex, über Liebe. Sie hatte ihr nie gesagt, was zu tun war, wenn man plötzlich schwanger wurde. Denn dieses Szenario war nicht erwünscht. Und man sprach nicht über Dinge, die nicht geschehen sollten.

Einen Moment lang stand Mika wie betäubt mitten in der Küche. Die Enttäuschung steckte wie ein pappiger

Reisklumpen in ihrem Hals. »Das ist alles? Mehr hast du mir nicht zu sagen?«

Hiromis stechender Blick richtete sich auf Mika, huschte kurz zu ihrem Bauch hinunter. Genauso hatte sie Mika angesehen, als sie zu Highschool-Zeiten einmal mit Klamotten aus dem Secondhandladen nach Hause gekommen war. Mit dem, was damals angesagt war: zerrissene Jeans, Flanellhemd, bauchfreies Top. *Was sollen die Damen in der Kirche denken?*, hatte Hiromi mit Blick auf die nackte Körpermitte ihrer Tochter gefragt.

»Was soll ich denn sonst noch sagen? Ich werde es deinem Vater mitteilen.« *Es*. Mehr war Penny für Hiromi nicht, nur ein Es. Sie wandte sich von ihrer Tochter ab und ballte kurz die Fäuste. »Soll ich dir die Reste einpacken, damit du sie mit ins Wohnheim nehmen kannst?«

Schützend legte Mika eine Hand an ihren Bauch. »Nein. Nein, danke.«

Das nächste Mal sah sie ihre Eltern nach Pennys Geburt, nachdem sie Teile ihres ersten und zweiten Studienjahrs geschmissen hatte. *Es* wurde zu einem der Dinge, über die nicht gesprochen wurde, verborgen hinter einer der fest verschlossenen Türen in Hiromis Heim.

Mika lehnte sich in der Kirchenbank zurück. Draußen vor den Buntglasfenstern wehten eine Regenbogenflagge und das Symbol der *Black Lives Matter*-Bewegung im Wind. Hiromi und Shige tolerierten die progressive Haltung ihrer Kirche und kamen jeden Sonntag zum Gottesdienst. Dabei war Mika sich nicht einmal sicher, ob sie überhaupt an den Gott der Christen glaubten. In ihrem Haus standen überall Buddhastatuetten und Butsudan herum, kleine Altäre und Schreine. Hauptsächlich kamen sie wohl her, um *ocha* zu trinken und sich mit den anderen Gläubigen zu treffen, die zu neunundneunzig Prozent japanischer Herkunft waren. Und um potenzielle Partner für Mika auszuspähen.

»Wir suchen noch jemanden, der sich um unsere Social-Media-Kanäle kümmert«, verkündete Pastorin Barbara nun von der Kanzel aus. »Damit die aktuellen Neuigkeiten eingepflegt werden.« Pastorin Barbara war eine kräftige Frau mit sanfter Stimme; eine Weiße, die aber fließend Japanisch sprach. Sie hielt gerne beide Hände ihres Gegenübers, wenn sie mit einem sprach. Hinter ihr an der Wand hing ein speziell angefertigter Jesus mit asiatischen Gesichtszügen. Der Künstler verwendete nur Klaubholz und Plastik, das von den schwimmenden Müllbergen im Pazifischen Ozean stammte und nicht auf dem Gebiet der indigenen Bevölkerung gesammelt wurde.

Eigentlich wäre Mikas Mutter diejenige, die man wegen ihres nachhaltigen Lebensstils würdigen sollte. Diese Frau benutzte seit zwanzig Jahren ein und denselben ausgewaschenen Schmand-Becher als Frischebox für Lebensmittel. Außerdem war sie ein echter Profi in der Wiederverwertung von Geschenkpapier. Mikas Geburtstagsgeschenk war fünf Jahre in Folge mit demselben *My Little Pony*-Papier verpackt worden. Hiromis Eltern hatten den Zweiten Weltkrieg in Japan überlebt und waren in einer Zeit aufgewachsen, in der frisches Obst nicht mehr gewesen war als eine verblasste Erinnerung, ihr Leben war von Krieg und Hunger geprägt worden. Deshalb hatten sie Hiromi dazu erzogen, jeden Fetzen Papier aufzubewahren, hatten ihr beigebracht, wie man aus einfachem Gras ein Pfannengericht zubereitete oder durch Bomben geschwärzte Erde wieder fruchtbar machte.

»Außerdem brauchen wir noch Freiwillige für den Essensstand bei unserem alljährlichen Kirchenbasar«, fuhr

Pastorin Barbara fort. »Aber vor allem fehlt es uns an Taiko-Spielern und Tänzerinnen für unsere Vorführung. Also, wer ein besonderes Talent hat, bekommt nun die Gelegenheit, es erstrahlen zu lassen!« Jedes Jahr im Frühling veranstaltete die Kirche einen Wohltätigkeitsbasar. Dann wurden auf dem Parkplatz Zelte errichtet, in großen Wannen wurde Teriyaki-Hühnchen eingelegt, Soba-Nudeln wurden in ausladenden Woks gebraten. Draußen gab es japanisches Streetfood, drinnen wurden auf langen Tischen handgemachte Häkeltopflappen, Kokeshi-Puppen oder Yosegi-Holzarbeiten angeboten. Am Abend gaben die Gemeindemitglieder musikalische Darbietungen und Tänze zum Besten.

Wieder zwickte ihre Mutter sie. »Das solltest du machen. Hilf beim Essen oder tanze bei der Vorführung mit.« Mit einem gezielten Ellbogenstoß beendete Hiromi Shiges Nickerchen. »Weißt du noch, wie Mika getanzt hat?« Bevor sie sich Hals über Kopf in Shige verliebt und ihn geheiratet hatte, war Mikas Mutter eine Maiko gewesen, eine angehende Geisha. Nach ihrem Umzug in die Staaten hatte sie eine Sensei ausfindig gemacht, die Mika unterrichtet hatte. Wenn Hiromi keine Maiko sein konnte, sollte Mika zumindest eine Tänzerin werden. Hiromi wollte ein Abbild von sich schaffen, Mika wollte nur ihre Freiheit.

Mikas Vater nickte benommen. »Ja, ja, natürlich.«

Stumm rutschte Mika bis an das äußerste Ende der Bank. Sie musste gar nichts sagen, der Widerwille zeichnete sich deutlich in ihren zusammengepressten Lippen ab. Mika würde erst an dem Tag wieder tanzen, an dem Hiromi eine Mikrowelle benutzte – also niemals.

»All die Unterrichtsstunden, welch eine Verschwendung.« Missbilligend schnalzte Hiromi mit der Zunge.

Schule, Haushaltspflichten, Tanzunterricht. Früher einmal war Mikas Leben ein kleines Streichholzmodell in der Hand ihrer Mutter gewesen.

Nach dem Ende des Gottesdienstes ging Mika zu dem Tisch mit den Erfrischungen. Dort lud sie sich Dorayaki, winzige Chiffon-Küchlein und Matcha-Kuchen auf ihren Teller, während sie gleichzeitig eine Teetasse in der Hand balancierte. Zwischen ihren Schläfen hatte sich ein dumpfes Pochen eingenistet. Offiziell war es eine Migräne, keinesfalls ein Kater von dem Tetrapakwein am Vorabend.

Mika stopfte sich etwas von dem Süßkartoffelkuchen in den Mund. »Und, was hast du in letzter Zeit so gemacht, Dad?«

Shige drehte sich zu ihr um. »Ich habe eine Dokumentation über das Postwesen der Vereinigten Staaten gesehen.«

»Ach, wirklich?« Mika heuchelte Interesse. Ihre Mom ließ derweil den Blick durch den Raum schweifen, grüßte mit einem knappen Nicken eine Freundin, nur um sich dann abzuwenden; offenbar hielt sie nach jemandem Ausschau.

Ihr Vater nippte an seinem Tee, serviert von Mikas Mutter. Nun keine Maiko mehr, war Hiromi eine *sengyō shufu*, eine professionelle Hausfrau. Das war ihr *ikigai*, ihr Lebensinhalt – zu unterhalten und zu versorgen. Mika konnte sich nicht daran erinnern, dass ihr Vater jemals eine Mahlzeit oder auch nur einen Snack selbst zubereitet hätte. »Hast du gewusst, dass man sogar Vögel per Post verschicken kann?« Shiges Lächeln war entwaffnend liebenswert. Während ihrer Kindheit war er stets freundlich zu Mika gewesen, hatte sich aber aus ihrer Erziehung vollkommen herausgehalten. Mika konnte das verstehen. Hiromi Suzuki war eine Macht, mit der Shige sich nicht anlegen wollte. Unglücklicherweise hatte Mika so immer allein den Gewitterstürmen ihrer Mutter trotzen müssen. Wenn sie in ihrem Ford Taurus Kombi durch die Gegend gefahren waren, hatte Mika oft die Scheibe angehaucht und »Hilfe, ich wurde entführt« auf das Fenster geschrieben, in der Hoffnung, dass sie jemand anhalten würde.

Aufgeheitert durch seine gute Laune, erwiderte Mika das Lächeln des Vaters. Ihre Mutter war gerade abgelenkt, da Mrs. Ito mit den Fotos ihrer Japanreise prahlte. Hiromi und Mrs. Ito waren die besten Freundinnen und bis aufs Blut verfeindet. Sie hatten das Muttersein zu einem sportlichen Wettkampf gemacht. Nein, eher zu einem Krieg. Ihre bevorzugte Waffe war die Verurteilung von allem und jedem. Jedenfalls war der Moment günstig, die Aufmerksamkeit ihres Vaters war ihr sicher, während die ihrer Mutter auf andere Dinge gerichtet war. »Otōsan …«, begann Mika, »ich habe kürzlich einen kleinen Rückschlag erlitten.«

Shiges Gesicht legte sich in tiefe Falten. »Nicht schon wieder.«

Mika war noch nie der sparsame Typ gewesen. Sie lebte impulsiv, immer von Scheck zu Scheck, frei nach dem Motto »am Ende kann man nichts mitnehmen«. So zerrann ihr das Geld zwischen den Fingern. In wenigen Tagen würde ihre Lage wirklich bedenklich werden: Die Miete war fällig, ebenso die Nebenkosten. Plan A (so schnell wie möglich einen neuen Job finden) hatte nicht funktioniert. Plan B (aufhören zu essen) war nach vier Stunden gescheitert. Deshalb wurde es nun Zeit für Plan C – ihre Eltern um Geld bitten. Was ihr ziemlich zuwider war. Nervös befeuchtete Mika ihre Lippen und machte tapfer weiter: »Ich schreibe ja schon wie eine Irre Bewerbungen. Bestimmt habe ich schon bald etwas Neues. Ich brauche nur ein wenig Unterstützung, um für den Rest des Monats über die Runden zu kommen. Es tut mir leid.« Eine Universalentschuldigung, gültig für all ihre Defizite ebenso wie für die Tatsache, dass sie an einem öffentlichen Ort um Geld bat. Aber einen Besuch bei den Eltern zu Hause konnte sie einfach nicht ertragen.

»Was ist hier los?« Hiromi war mit Mrs. Ito fertig und fegte herbei.

Es dauerte einen Moment, bis Mikas Vater antwortete. Zunächst sah er sich verstohlen um, um sicherzugehen, dass ihnen niemand zuhörte. »Mi-chan hat mich um Geld gebeten«, sagte er dann fast unhörbar leise.

Hiromis Miene wurde eisig. Mika kannte diesen Ausdruck; alles lag in den Augen. Gut getarnte Enttäuschung, die Mika jedes Mal an die Nieren ging. Aber auch Furcht. *Wer ist diese Kind-Frau, die ich großgezogen habe? So unwissend. Ohne eine Verbindung zu ihrer Vergangenheit. Wie kann sie da eine Zukunft haben? Ich habe so vieles zu bereuen.* Beschämt und gedemütigt starrte Mika auf ihren Teller.

»Wie viel brauchst du?«, fragte Shige.

Nervös rieb Mika mit dem Daumen über den Tellerrand. »Ein paar Tausend. Ich zahle es euch auch zurück.«

Hiromi winkte ab. »Ja, natürlich. Das sagst du jedes Mal.«

Mika schwieg. Sie hatte sich geschworen, ihre Eltern nie wieder um Geld zu bitten. Wie oft hatte sie sich dieses Versprechen nun schon gegeben und es dann gebrochen?

Nun hatte Hiromi jemanden entdeckt. »Stell deinen Teller weg«, befahl sie mit einem finsteren Blick auf den Süßigkeitenberg auf Mikas Teller. Mrs. Ito merkte häufig an, dass Mika über einen gesunden Appetit verfüge. »Dort drüben ist unser neues Gemeindemitglied.« Sie musterte

Mikas Outfit – Hose und eine Bluse, an der ein Knopf fehlte. Die letzten sauberen Sachen, die sie noch im Schrank gehabt hatte. »So etwas ziehst du an?«

Mika runzelte die Stirn. »Ich möchte keine neue Bekanntschaft machen.« Nachdem die Sache mit Leif in die Brüche gegangen war, hatte Hiromi sie gefragt: *Wie willst du überleben?* »Und was das Darlehen angeht …«

»Still«, fuhr Hiromi ihr über den Mund. »Sonst merken die Leute, dass wir uneins sind. Du wirst jetzt diesen Menschen kennenlernen«, forderte sie mit einem Funkeln in den Augen, »und danach wird dein Vater dir einen Scheck ausstellen.« Mika hatte sich schon gefragt, was der Haken an der Sache sein würde.

Ein Date mit einem Mann, den ihre Mutter für geeignet hielt, war ungefähr so reizvoll wie eine Ganzkörperleibesvisitation. »Kaasan …«

»Hör auf deine Mutter. Zeig uns, dass du bereit bist, dich zu ändern«, forderte ihr Vater. Wenn er sich für eine Seite entscheiden musste, wählte Shige stets die seiner Ehefrau. »Du musst dein Leben ernster nehmen, und das schließt die Partnersuche mit ein.«

Mika schluckte schwer, dann stellte sie ihren Teller zur Seite. »Also schön.«

Mit dem Grinsen einer zufriedenen Katze schob Hiromi ihre Tochter auf das neue Gemeindemitglied zu, das sich gerade mit der Pastorin unterhielt. »Mika-san.« Pastorin Barbara ergriff Mikas Hände und schenkte ihr ein warmherziges Lächeln. »Wie geht es Ihnen?«

»Ich wollte Mika mit unserem neuen Mitglied bekanntmachen«, verkündete Hiromi süßlich. Dabei drückte sie Mikas Arm, als wäre die gerade ihrem größten Glück begegnet.

»Oh, natürlich!« Sofort ließ die Pastorin Mikas Hände los. »Das ist Hayato Nakaya. Er wurde kürzlich von Nike Japan in unser hübsches Städtchen versetzt.«

Hayato verbeugte sich. »Wie geht es Ihnen?« Er war schlank und ein ganzes Stück größer als Mika, was allerdings nicht viel hieß. An einem guten Tag kam sie gerade mal auf eins achtundfünfzig. Aber sein Lächeln war ganz nett.

»Frau Pastorin, ich muss dringend mit Ihnen über den Basar sprechen«, fuhr Hiromi ernst fort. »Esther Watanabe möchte, dass wir wieder ihr Tempurarezept verwenden. Doch ich habe mich gefragt, ob wir sie nicht vielleicht umstimmen könnten.«

»Aber sicher doch.« Pastorin Barbara nickte, und die beiden gingen davon, sodass Mika allein mit Hayato zurückblieb.

»Nun, das ist ja mal ziemlich peinlich«, stellte er in akzentfreiem Englisch fest.

»Sind Sie in Japan aufgewachsen?«, erkundigte sich Mika höflich.

»Nein, in Kalifornien. Los Angeles.« Er wippte auf den Fußsohlen vor und zurück. »Meine Mutter ist japanische Amerikanerin der ersten Generation. Und Sie?«

»Ich wurde in Daito geboren, in der Nähe von Osaka.« Dieses erste Zuhause in Japan hatte sie nur noch bruchstückhaft in Erinnerung. Das tiefgezogene Dach mit geschwungenen Ziegeln. Die Eingangsterrasse mit Plastik-Sichtschutz. Der schlammige Garten, der an eine Süßkartoffelplantage grenzte. Und die Tansu-Kommode, die von den Vorbesitzern geblieben war. Ihre Mutter hatte das Ding geliebt, doch ein Transport in die Staaten war zu teuer gewesen. »Wir sind umgezogen, als ich sechs war.«

Mika konnte sich noch gut an den Tag erinnern, an dem sie in Amerika angekommen waren. Ihre kleine Familie, zerknittert und gereizt nach einem Fünfzehnstundenflug. Welcher Tag war heute? Welche Uhrzeit? In dem fensterlosen Flur der Zollabfertigung ließ sich das unmöglich sagen. Ventilatoren wälzten die Luft um, die vom Atem der Reisenden verbraucht war. Ein Mann in blauer Uniform, der hinter einer Plexiglasscheibe saß, prüfte ihre Pässe, während Shige ihm von der Arbeitsstelle berichtete, die er bald antreten würde, und dass die Firma sich nicht nur um sein Arbeitsvisum, sondern auch um eine Wohnung für sie gekümmert hatte. Hiromi starrte den Beamten reglos an, als blickte sie in die Mündung einer Pistole. Und Mika stahl sich davon. Sie konnte sich an ihre Schritte erinnern. Eins, zwei, drei. Sie lief mit Bedacht, wie auf einem Hochseil. Dann erreichte sie eine Wand und blickte hoch.

Dort hing ein Porträt von Louis Armstrong, in Öl gemalt.

Es war, als hätte sich ein Tor zum Himmel geöffnet, als erblickte sie eine andere Welt. Sie weiß noch, dass sie schlucken musste, um die Tränen zurückzuhalten. Dass etwas in ihr erwachte. *Ein Wunder,* hatte Mika gedacht, als ihre Augen die kräftigen Pinselstriche nachfuhren. *Es ist ein Wunder*. An jenem Tag brach ihre Welt zusammen und setzte sich neu zusammen. Straßen waren nun Linien, die es zu zeichnen galt. Bäume waren Farbkleckse, die gefüllt werden mussten. Die Sonne war Licht, das sich unterschiedlich einsetzen ließ. Endlose Möglichkeiten. Genau wie ihre Liebe zu Penny war Mikas Liebe zur Malerei instinktiv, vorsprachlich. Mika hörte auf, als Mensch zu existieren, sie wurde zu einem Pinselstrich, einer Farbflasche, einer leeren Leinwand.

»Das dachte ich mir schon. Das Konzept, zwei Singles zusammenzusperren, in der Hoffnung, es könnten kleine japanische Nachkommen daraus hervorgehen, ist mir bestens bekannt«, sagte Hayato und riss Mika damit aus ihren Erinnerungen.

Sie rang sich ein Lächeln ab. »Ich weiß, dass meine Mom Ihnen neulich meine Nummer gegeben hat, aber ich bin momentan wirklich nicht auf der Suche. Ist nicht persönlich gemeint.«

»Keine Sorge. Was Dates angeht, gilt mein Interesse sowieso nur Männern.« Hayato hob die Hände und deutete mit beiden Daumen auf sich selbst. »Durch und durch schwul.«

Sofort wurde Mikas Lächeln entspannter. »Na dann.«

»Na dann«, wiederholte Hayato freundlich.

Sie unterhielten sich noch eine Weile und beschlossen, sich irgendwann einmal zu treffen. Vielleicht würde Mika ihn mit zu Charlies Hauseinweihungsparty nehmen, die in ein paar Wochen stattfinden sollte. Nach der Kirche stellte ihr Vater ihr auf dem Parkplatz einen Scheck aus.

»Wenn du mit ihm ausgehst«, riet Hiromi in Bezug auf Hayato, »solltest du unbedingt ein Kleid tragen. Und vielleicht etwas Parfum. Nichts allzu Schweres.«

»Er hat kein Interesse an mir«, erwiderte Mika, während sie Shige den Scheck abnahm.

»Was soll das heißen, er hat kein Interesse an dir? Was hast du getan?« Hiromis Stimme wurde mit jedem Wort schriller. Sie klang wie eine Möwe, die sich mit ihren Artgenossen um einen vergammelten Fisch streitet.

Steif entgegnete Mika: »Ich habe gar nichts getan.«

»Dann musst du eben dafür sorgen, dass er sich für dich interessiert«, beharrte Hiromi.

»Nein bedeutet Nein«, betonte Mika entschlossen.

»Ach.« Shige rieb sich die Stirn. »Kommt ihr zwei denn keine fünf Minuten ohne Streit aus? Ihr seid wie zwei Flammen, die alles um sich herum niederbrennen.«

Mika biss die Zähne zusammen und schwieg. Nachdem sie den Scheck zusammengefaltet und in ihrer Hosentasche verstaut hatte, presste sie ein knappes Dankeschön hervor und ging davon.

Kapitel VIER

Ein Videoanruf.

Erst wenige Minuten bevor sie Pennys Nummer wählen sollte, wurde Mika bewusst, dass sie gleich ihre Tochter sehen würde – zum ersten Mal seit sechzehn Jahren. Natürlich hatte sie die Fotos, die Caroline ihr einmal im Jahr geschickt hatte. Aber das waren statische Aufnahmen gewesen. Eingefrorene Momente, umschlossen von dickem Bernstein. Daraus konnte Mika nicht Pennys Mimik ableiten, ihre Gestik, wie sie reagierte, wenn sie fröhlich, traurig oder ängstlich war. Und sie konnte damit auch nicht ihre Stimme hören, ihre Betonung, ihren Rhythmus. Wirklich live gesehen hatte sie Penny nur als Baby.

Sie saß am Esstisch in der Küche. Hana hatte sich aus dem Staub gemacht, nachdem sie Mika bei den Vorbereitungen geholfen hatte. Nun schaltete Mika die Kamera ein und musterte sich. Ihr Pullover hatte ein kleines Loch am Ärmel. Der war Hanas Wahl, nachdem sie Mikas Schrank durchforstet und lange nach einem Teil gesucht hatte, das sie nicht schrecklich fand. »Der wird's dann wohl tun müssen«, hatte sie beschlossen, den dunkelblauen Strickpulli mit Zopfmuster mit spitzen Fingern angehoben und an Mika weitergereicht.

Dann hatte sie Mika allein vor dem Laptop zurückgelassen. Ihr Herz raste, und ihre Hände waren schweißnass. Eine Minute noch. Sie hatten sich für vier Uhr nachmittags verabredet, das war sieben Uhr abends in Pennys Zeitzone. Mika loggte sich ein und wählte Pennys Nummer. Einmal Klingeln, dann war sie da. Mikas Tochter. Staunend betrachtete Mika ihre hohen Wangenknochen, die kühne Nase, das glänzende Haar. *Ich habe sie erschaffen.* Es war ein ganz ähnliches Gefühl wie nach Pennys Geburt, als Mika sie das erste Mal gehalten hatte. Eine Mischung aus Faszination und Ehrfurcht. Als würde ein Teil ihrer Seele sich in ihr wiedererkennen.

Mika grinste Penny an wie eine alte Freundin. »Hi.«

»Wow!« Pennys Lächeln war so breit, dass es sämtliche Zähne präsentierte. So hatte Mika früher auch gelächelt. Mit sechzehn. Als ihr die Welt zu Füßen lag. Als sie die Zeit in den Händen balancieren konnte. Es war ein besonderes Gefühl, als hätte man nichts zu verlieren. »Du siehst so jung aus«, stellte Penny fest.

»Tja, du weißt ja: Asiaten kriegen keine Falten.«

Penny lachte. »Voll komisch, aber irgendwie denke ich die ganze Zeit nur: ›Sie hat mein Gesicht, sie hat mein Gesicht!‹«

Mikas Lächeln wurde noch strahlender. Dann schwiegen sie beide. Bei Penny war es schon fast dunkel. Die letzten Sonnenstrahlen fielen durch ein Fenster, und ihr Gesicht wurde unscharf, wenn sie es in einem bestimmten Winkel neigte. Früher, als Mika noch gemalt hatte, hätte sie vielleicht ein Foto davon gemacht und eine Bleistiftzeichnung von Penny angefertigt. Für den Aufwärtsschwung ihrer fröhlichen Lippen hätte sie die feinste Spitze verwenden müssen. Doch stattdessen machte sich Mika Gedanken über das Wetter, die aufziehende Dunkelheit, den Regen, der an die Fensterscheiben trommelte, und wie merkwürdig es sich doch anfühlte, Penny zu sehen, damals wie heute. Es fühlte sich beides an wie ein erstes Mal.

»Ich habe mich immer gefragt, wie du wohl bist«, gestand Penny, als offenbarte sie ein finsteres Geheimnis. Sie saß in ihrem Zimmer, hinter ihr war eine rosa Tapete mit Kirschblütenmuster zu erkennen. Als Mika schwanger war, hatte Caroline versprochen, Pennys japanisches Erbe in das Familienleben zu integrieren. In einem ihrer Briefe beschrieb sie das mit Kirschblütenmuster dekorierte Kinderzimmer und den Sushi-Kochkurs, zu dem sie und ihr Mann sich angemeldet hatten. Mika ging davon aus, dass die Calvins ihr Wissen über Japan hauptsächlich aus Wikipedia bezogen hatten.

»Hier bin ich also«, begann sie. »Haben deine ... haben Thomas und Caroline dir irgendetwas über mich erzählt?« Neben dem Laptop lagen zwei zerknüllte Papiertaschentücher, die Mika sich gerade noch unter die Achseln gestopft hatte.

»Nicht viel.« Penny nippte an einem dampfenden Becher. Kaffee? Nein, Tee. Mika wünschte sich, sie hätte ein Glas Wasser bereitgestellt. Penny hatte sogar ein Schälchen mit Knabberzeug und ein Notizbuch samt Stift in Reichweite. Sie war eindeutig besser vorbereitet. »Dass du noch sehr jung warst, erst neunzehn. Dass du gerade erst mit dem College angefangen hattest und kein Baby wolltest.«

Wollen? Die Frage, ob sie Penny wollte, hatte sich eigentlich gar nicht gestellt. Sie konnte sie einfach nicht behalten. Gewollt hatte sie, dass Penny in einer Familie aufwuchs, die besser war als ihre eigene. Besser als sie. Sie liebte Penny und hatte sich immer dafür geschämt, dass sie nicht für sie hatte sorgen können. Dass sie nicht gut genug war. *Was weißt du schon darüber, wie man ein Kind großzieht?* Hiromis Worte verfolgten sie noch immer.

»Aber egal.« Penny stellte ihren Becher ab. »Sie haben jedenfalls nie versucht, es vor mir zu verheimlichen. Ich meine – hallo?« Sie deutete auf ihr Gesicht. »Ging ja auch nicht anders. Kind zur Hälfte japanisch, Eltern weiß. Eine Zeit lang habe ich sogar geglaubt, alle Kinder wären adoptiert.« Penny kicherte. »Als gäbe es irgendwo einen Ort, wo Eltern einfach hingehen und sich ihre Babys aussuchen. Aber dann hat meine Freundin Sophie – ich kenne sie schon seit dem Kindergarten – erzählt, dass sie diesen seltsamen verdrehten Zeh von ihrem Vater geerbt hat. Ich bin nach Hause gegangen und habe gefragt, was ich von meinen Eltern geerbt habe. Sie kamen dann mit solchen Sachen wie Sinn für Humor, Freundlichkeit und so weiter.« Penny ballte die Fäuste und schlug auf den Tisch. Mika war überrascht. Hatte sie sich selbst mit sechzehn schon so klar gesehen? Oder mit achtzehn? In ihrer Erinnerung war sie fröhlich, verletzlich, einsam gewesen. Ahnungslos. Nein, Penny war anders erzogen worden als sie. Sie war so ... selbstsicher. »Aber dann meinte ich, nicht so, sondern *körperlich*. Welche Teile von mir stammen von euch? Da haben sie mir alles erklärt. Dass wir nicht dieselbe Blutgruppe haben oder die gleichen Hände, Füße oder sonst etwas. Dass jemand anders dort draußen meine DNA in sich trägt. Seit damals habe ich viel darüber nachgedacht. Darüber, dass irgendwo noch ein Teil von mir existiert. Ich meine, wer bin ich?«

Mika krallte die Finger in ihre Knie. *Wer bin ich?* Auf diese Frage hatte sie keine Antwort für ihre Tochter. Sie konnte sie ja nicht einmal für sich selbst beantworten. Noch ein Defizit.

»Puh.« Penny seufzte kurz. »Irgendwie scheine die ganze Zeit nur ich zu reden. Sorry. Ich bin es einfach gewöhnt, im Mittelpunkt zu stehen.« Sie tippte sich an die Brust. »Einzelkind, verstehst du?«

»Ist schon gut«, versicherte Mika. Nein, es war mehr als gut. Penny zuzuhören, sie zu sehen ... Mika fühlte sich, als hätte man sie aus den kältesten Tiefen des Ozeans geborgen und als spürte sie endlich wieder die Sonne auf ihrer Haut. »Ich freue mich, wenn du mir von dir erzählst.«

»Okay.« Penny strahlte. »Aber ich will auch alles über dich wissen.«

Mika strich sich die Haare hinter das Ohr. Sie blickte auf die schmutzigen Teller in der Spüle, die aufgestapelten Kartons, den Brief auf dem Küchentresen, der sie daran erinnern sollte, dass ihre Handyrechnung überfällig war. »Da gibt es nicht viel zu erzählen. Ich fürchte, ich bin ziemlich langweilig.«

»Lebst du immer noch in Oregon?«

Mika nickte. »Ja, in Portland.« Der Stadt mit den meisten Striplokalen pro Einwohner. Doch hier gab es auch einen Donutshop, in dem man Zombie-Eclairs kaufen konnte, und den größten täglich stattfindenden Straßenmarkt der USA. Dorthin ging man, um Hanf oder Schmuck zu kaufen und Streetfood zu essen. Ungefähr jedes vierte Auto hier hatte einen Aufkleber, auf dem stand: PORTLAND IST UND BLEIBT SCHRÄG. »Ich wohne im Stadtteil Alberta«, fuhr sie fort. Eine Ecke, die absolut typisch für Portland war. »Wir haben hier ein paar Läden, zum Beispiel Ziegen-Yoga-Studios, die von bärtigen Hipstern betrieben werden, bei denen man außerdem nachhaltig und orang-utan-freundlich angebauten Biokaffee kaufen kann. So etwas eben.«

»Das ist so cool.« Penny grinste wieder. »Und dein Haus sieht superniedlich aus.« Super. Ein Wort, das Penny oft benutzte, und irgendwie passte es zu ihr. In jeder Hinsicht. Überlebensgroß. »Na ja, also zumindest der Garten. Mehr konnte ich auf Instagram ja nicht erkennen.«

Mika sah durch das Fenster in den Garten hinaus: windschiefer Zaun, ungemähtes Gras, umgekippte Gartenmöbel und leere Bierflaschen voller Schnecken. Dann erst wurde ihr bewusst, dass Penny ja *dein* Haus gesagt hatte. Also Mikas. Sie versuchte, das richtigzustellen: »Also, eigentlich ist es nicht – «

»Ich kann es kaum erwarten, von zu Hause auszuziehen«, fiel Penny ihr ins Wort. »Ich werde mich an Colleges an der gesamten West- und Ostküste bewerben. Nur nicht im Mittleren Westen. Versteh mich nicht falsch, ich lebe wirklich gerne in Dayton. Also in Ohio. Aber es ist so klein, verstehst du? Sophie und ich werden Zimmergenossinnen, egal wohin es uns verschlägt.« Endlich eine Gemeinsamkeit. Mit sechzehn hatten Mika und Hana beide bei Taco Bell gearbeitet. Begleitet von Hip-Hop-Klängen hatten sie Fleischtüten aufgewärmt, sich ihre Zukunft ausgemalt, ein Band geknüpft, das in ihrer asiatisch-amerikanischen Herkunft wurzelte – wie oft hatte man ihnen schon die Frage gestellt, wo sie herkämen. *Ich werde später mal herumreisen und malen*, hatte Mika verkündet. So viele Zukunftspläne hatte sie geschmiedet. Eine Motorradtour durch Südamerika. Eine Gondelfahrt durch die Kanäle von Venedig. Schokocroissants in Paris. »Was gibt es noch?« Penny trommelte mit den Fingerspitzen auf die Tischplatte. »Was ist mit deinem Job? Und – OMG – war das dein Freund auf den Bildern?« Damit musste Leif gemeint sein. Mika hatte ihn seit zwei Jahren nicht mehr gesehen. Zu behaupten, die Sache zwischen ihnen sei nicht gut ausgegangen, war so, als würde man van Gogh schlicht einen Maler nennen. »Er ist supersüß. Reist du eigentlich viel? Und wo warst du auf der Highschool?« Penny hielt inne, um Luft zu holen. Anschließend würde sie bestimmt weiterfragen.

Mika hob lachend die Hand. »Warte mal, stopp. Ich möchte mehr über dich erfahren.«

Penny runzelte die Stirn. Mika hatte ein Foto von ihr, auf dem exakt dieser Gesichtsausdruck festgehalten war. Es gehörte zu ihren Lieblingsbildern. Caroline hatte einen Schnappschuss geschickt, auf dem Penny eine leere Eistüte in der Hand hielt, während vor ihren Füßen zwei Kugeln Eis auf dem Asphalt zerflossen. Sie trug auf dem Bild ein weißes Kleidchen mit handgestickten Blumen, ihr Haar wehte im Wind. »Ich mache Geländelauf und lese viel, aber nichts irgendwie Wichtiges oder Bedeutsames, weißt du. Obwohl, neulich hat mein Dad mir *Die Einsamkeit des Langstreckenläufers* geschenkt. Wahrscheinlich hat er es nur wegen des Titels gekauft, und ich dachte, es wäre total düster. Aber am Ende hat es mir richtig gut gefallen, wegen dieser ganzen Antiestablishment-Thematik.«

»Das habe ich nie gelesen.«

»Ist wirklich gut, du solltest es versuchen. Wie war denn deine Highschool-Zeit? Ich bin superneugierig.«

Mika zupfte sich am Ohrläppchen. In ihrer Jugend war sie einsam gewesen, hatte nirgendwo reingepasst. Dieses Loch war nur durch Hana und die Malerei gefüllt worden. Abends hatte sie sich oft in ihr Zimmer geschlichen und sich mit Taschenlampe, Zeichenblock und Stift unter ihrer Bettdecke verkrochen. Hatte Skizzen von ihrer eigenen Hand angefertigt, dann von den Händen anderer, hatte die dicken Venen auf dem Handrücken ihrer Mutter studiert, die Altersflecken auf der ihres Vaters. Kunst war für Mika wie die Luft zum Atmen. Ihr *ikigai*. Sie führte sie durch die Finsternis hin zum ersten Licht des Morgens. Aber Mika malte nicht mehr. Das war *vorher* gewesen. Warum also davon anfangen? »Ich war auf einer Magnetschule. Dort gingen die Kinder hin, die nicht so wirklich mit den normalen Lehrplänen zurechtkamen.« Die meisten hatten während des Unterrichts einfach gepennt, und die Lehrer hatten es ihnen durchgehen lassen. »Als ich jung war, stand ich total auf die Beat Generation, also Jack Kerouac, Gary Snyder, Neal Cassady.« Wieder einmal schrieb Penny sich etwas auf, flüsterte leise *Beat Generation*. »Meine Freundin Hana war auch auf der Schule. Sie war auch bei deiner Geburt dabei.«

»Wirklich?«

»Ja, wirklich.« Penny sah sie abwartend an, doch Mika wusste nicht, ob sie noch mehr sagen sollte. Was gäbe es da schon? *Die Schwestern haben uns gehasst, weil wir ständig Essen bestellt haben. Ich habe heute noch eine schwache Blase, wenn ich zu heftig lache. Meine Brüste sehen aus wie kleine Sockenpuppen. Ich trauere an jedem einzelnen Tag.* Schließlich entschied sie sich für: »Sie hat dich im Arm gehalten. Also, nach mir natürlich.«

Penny dachte kurz nach. »Könntest du mir vielleicht ein Foto von ihr zeigen?«

»Klar, ich habe nur gerade keins hier.« Zwar stand eines auf dem Kaminsims, halb versteckt hinter ein paar bauchigen Vasen, aber darauf waren sie beide als Nonnen verkleidet – zu Halloween –, und zwischen ihnen stand eine Bong. »Aber ich kann dir eins schicken.«

»Super.« Penny lächelte strahlend.

Mika erwiderte das Lächeln.

»Und wo arbeitest du?«, fragte Penny dann.

»Ich hänge gerade zwischen zwei Sachen.« Penny kaute auf ihrer Unterlippe – ihr Gesichtsausdruck gefangen in diesem heiklen Moment, der sie mehr erhoffen und gleichzeitig weniger erwarten ließ. Mika stellte sich vor, wie ihre Miene in sich zusammenfiel und sich in etwas verwandelte, das ihre Mutter nur allzu oft zur Schau trug. Unverhohlene Enttäuschung. Was machte eine perfekte Mutter aus? Oder eine perfekte Frau? Was immer es war, für Mika war es das Gegenteil von ihr selbst. »Soll heißen, ich habe meinen alten Job aufgegeben, um mich selbstständig zu machen.« Sie schloss die Augen. Sie war fünfunddreißig Jahre alt. Ein Drittel ihres Lebens war vorbei. Eigentlich hätte sie längst etwas erreichen müssen. In was für eine miese Ecke hatte sie sich da nur reinmanövriert? Sie öffnete die Augen wieder. Ein wenig schleppend kam ihr die Lüge über die Lippen. »Ich liebe Kunst und ... und ich suche gerade nach den richtigen Räumlichkeiten für eine Galerie. Hinterher finde ich hoffentlich ein paar Künstler, die ich dort ausstellen kann, um so mein eigenes Geschäft zu gründen. Aber das steckt alles noch in den Kinderschuhen ...«

Penny strahlte noch fröhlicher als zuvor. »Das ist fantastisch!«

Mika wurde rot. Sie war zu beschämt, zu unsicher, um die Wahrheit zu gestehen. Außerdem wollte sie, dass Penny sie auch weiterhin so ansah wie jetzt. Als wäre sie ein guter, liebenswerter, besonderer Mensch. Und eine kleine Notlüge hatte ja noch nie jemandem geschadet. »Na ja, vermutlich ...«

Sie setzten ihr Frage-Antwort-Spiel noch eine ganze Weile fort, plauderten einfach. Penny hatte mit ihren Geländeläufen schon mehrere Wettkämpfe gewonnen. Sie war gut genug für ein Stipendium. Ihre Freundin Sophie lief ebenfalls und hatte sechs Geschwister. »Mormonen, du verstehst?« Nein, Mika verstand nicht, lächelte aber trotzdem. Bevor es ihnen bewusst wurde, war eine Stunde vergangen. Das Gespräch versiegte langsam.

»Können wir bald wieder telefonieren?«, fragte Penny.

»Sehr gerne«, antwortete Mika und meinte es so. Anfangs waren ihre Erwartungen nicht sehr hoch gewesen. Sie hatte sich nur versichern wollen, dass es Penny gut ging und dass sie geliebt wurde. Dass sie ihr durch ihre Entscheidung nicht das Leben versaut hatte. Doch jetzt empfand sie das dringende Bedürfnis, noch einmal mit Penny zu sprechen. Es war nur menschlich, sich nach mehr zu sehnen.

»Wir bleiben in Kontakt«, sagte Penny und streckte den Zeigefinger aus, als Mika gerade den Anruf beenden wollte.

Die hielt verwirrt inne, wusste nicht, was diese Geste bedeuten sollte. »Wie bitte?«

»Das haben meine Mom und ich …« Penny senkte den Blick. Ihre Wimpern zeichneten sichelförmige Schatten auf ihre Wangen. Dann hob sie den Kopf und sah Mika eindringlich an. »Das haben meine Mom und ich früher immer gemacht. Wir haben die Zeigefinger ausgestreckt und aneinandergedrückt. Total albern …«

»Das ist überhaupt nicht albern.« Mika hatte einen Kloß im Hals. Entschlossen drückte sie ihren Finger auf den Bildschirm. Penny folgte ihrem Beispiel. »Wir bleiben in Kontakt, Penny.«

Adoption Across America
Landeszweigstelle
56544 W 57th Ave. Suite 111
Topeka, KS 66546
(800)555–7794

Liebe Mika,

hoffentlich geht es Ihnen gut. Anbei erhalten Sie die erforderlichen Unterlagen bezüglich der Adoptionsvereinbarung zwischen Ihnen, Mika Suzuki (biologische Mutter), und Thomas und Caroline Calvin (Adoptiveltern) für Penelope Calvin (adoptiertes Kind). Dazu zählen:

- Ein jährlicher Bericht der Adoptiveltern über die Entwicklung und Fortschritte des Kindes in Form eines Briefes
- Fotografien und/oder andere Erinnerungsstücke

Sollten Sie noch Fragen haben, können Sie mich jederzeit anrufen. (Und entschuldigen Sie den formellen Ton, so ist der Juristensprech nun einmal.)

Mit besten Grüßen
Monica Pearson
Adoptionsagentin

Liebe Mika,

ich kann kaum glauben, dass schon sechs Jahre vergangen sind, seit Penny in unser Leben getreten ist. Die Zeit ist nur so verflogen. Penny ist kräftig gewachsen und hat sich zu einem sportlichen Mädchen entwickelt. Neulich erst hat sie Thomas bei einem Wettrennen geschlagen! Würde man ihr Gehirn auf eine Leinwand projizieren, stünde dort vermutlich nur: Los, los, los!

*

Vor einem Monat hat sie uns einen kurzen Schreckmoment beschert. Penny hat nicht mehr reagiert, wenn wir sie gerufen haben. Der Kinderarzt hat uns an einen Audiologen verwiesen, und wir haben einen ganzen Nachmittag in der Kinderklinik verbracht. Dort haben sie eine Reihe von Tests mit ihr gemacht, haben ihr große Kopfhörer aufgesetzt und ihr gesagt, sie solle bestimmte Knöpfe drücken, wenn sie die eingespielten Geräusche hört. Dann haben wir in einem kleinen Zimmerchen auf die Ergebnisse gewartet. Wir waren so angespannt. Thomas hat ständig mit dem Fuß gewippt und davon geredet, Penny nach Kalifornien zu bringen. Er war schon dabei, nach weiteren Spezialisten zu suchen, als der Audiologe kam.

»Wir haben Pennys Tests vollständig ausgewertet«, sagte der Arzt. »Wie es aussieht, hat Ihre Tochter ein selektives Gehör.« Dabei betonte er das Wort selektiv.

*

Draußen auf dem Parkplatz haben wir uns bemüht, ein ernstes Gesicht aufzusetzen. Wir haben Penny einen Vortrag darüber gehalten, wie überaus wichtig es ist, anderen zuzuhören, und erklärten ihr, dass all diese Tests hätten vermieden werden können. Im Auto fing Thomas dann an zu lachen, und ich wurde davon angesteckt. Wir konnten gar nicht mehr aufhören. Eines ist sicher: Mit Penny wird unser Leben niemals langweilig werden. Wie immer habe ich ein paar Bilder beigelegt, darunter ein Selbstporträt von Penny, kreiert aus Senf und ein paar Brotstücken.

Herzlichst,
Caroline

Kapitel FÜNF

Drei Wochen lang redeten Mika und Penny quasi ununterbrochen. Sie blieben Abend für Abend zusammen auf und gaben sich verschlungenen Gesprächspfaden hin. Wenn Penny schrieb: **Kannst du reden?**, antwortete Mika: **Klar!** Dabei war es nicht so, dass sie nichts zu tun gehabt hätte. Sie tat nur einfach nichts.

Sie feierten ihre jeweiligen Errungenschaften mit Apfelwein für Penny und Sekt für Mika. Penny wurde Erste bei einem wichtigen Geländelauf, und Mika gab vor, die perfekten Galerieräume für einen neuen Künstler gefunden zu haben, den sie präsentieren wollte. In ein paar Wochen würde die offizielle Eröffnung stattfinden, mächtig aufregend, sie konnte es kaum erwarten. In Wahrheit hatte sie sich auf ein paar etwas besser bezahlte Stellen beworben, aber noch keine Rückmeldung bekommen. Mit einer Mischung aus Resignation und Panik behielt sie ihren stetig sinkenden Kontostand im Auge. Penny trennte sich von ihrem Freund Jack, weil der plötzlich nur noch an Orten rumhängen wollte, wo es Matratzen gab. Wenn Penny sie nach Leif fragte, behauptete Mika, er habe sie zu einem romantischen Essen ausgeführt, sei mit ihr wandern gewesen, im Museum …

Mit jeder Lüge tauchte Mika ihr Leben in strahlendere Farben – erfolgreich im Job, liebevoller Freund. Die vergangenen sechzehn Jahre kamen ihr vor wie ein Leben in der Verbannung. Mit Penny hatte sie ihr aktuelles Leben verlassen und ein Schiff bestiegen, mit dem sie das eine Ziel ansteuerte, das sie sich immer erträumt, aber irgendwie nie erreicht hatte. Nächster Halt: Liebe, Karriere, Familie, Heim. Ein Leben, wie sie es hätte haben können, bevor sie Penny bekam, bevor sie das Malen aufgab. Penny verschaffte das ein gutes Gefühl, und Mika ebenfalls. Es war so viel einfacher, über Dinge zu sprechen, die man sich herbeisehnte. Zum ersten Mal seit sehr langer Zeit war Mika zufrieden. Erfüllt.

»Igitt, anscheinend hat Charlie wieder Tuan die Musikauswahl überlassen«, meckerte Hana, als sie vor Charlies frisch lackierter Haustür standen. Heute hatten Charlie und Tuan zur Hauseinweihung geladen.

Das Paar war vor einem Monat umgezogen. Mika und Hana hatten ihnen dabei geholfen, das Haus für sein Debüt vorzubereiten, und sie in so wichtigen Fragen beraten, wie welches Bild über den Kamin gehängt werden sollte oder wie man die Möbel am besten anordnete. Außerdem hatten sie sämtliche Räume mit Salbei gereinigt, nachdem das Licht in der Küche ständig geflackert hatte. Tuan war in dem Moment nach Hause gekommen, als sie den duftenden Rauch im Wohnzimmer verteilten. *Habt ihr überprüft, ob es an der Glühbirne liegt?*, hatte er gefragt. *Selbstverständlich haben wir das überprüft, Tuan*, hatten sie geantwortet. *Als ob wir das nicht als Allererstes getan hätten. Wir sind doch nicht blöd, Tuan!* Sobald er zu seiner üblichen Fahrradrunde aufgebrochen war, hatte Charlie die Glühbirne ausgetauscht, und sie hatten sich geschworen, niemals irgendjemandem davon zu erzählen.

Jetzt hörte Mika hinter der Tür leise, sanfte R-&-B-Klänge – laut Charlie war das Tuans bevorzugte Musikrichtung für Partys und anschließende Liebesakte. Das gehörte definitiv zur Kategorie »Dinge, die Mika ganz und gar nicht zu wissen braucht«. Außerdem drangen gedämpfte Stimmen und das Klirren von Gläsern zu ihnen heraus. Die Party war also in vollem Gange. Natürlich kamen Mika und Hana wieder einmal zu spät.

Hinter ihnen wurden Schritte laut. »Hi, Mika. Tut mir leid, dass ich so spät komme. Der Verkehr hier ist grauenhaft. Allerdings nicht so schlimm wie in L. A.« Hayato trug ein ordentliches Hemd mit passender Hose, an einem Schlüsselband, das er um den Hals trug, baumelte sein Arbeitsausweis mit dem weltweit bekannten schwarzen Swoosh über Namen und Titel. Unter seinem Arm klemmte eine Flasche Wein.

»Du hast es geschafft!« Seit ihrer Begegnung in der Kirche hatten Hayato und Mika sich regelmäßig geschrieben. Einmal hatten sie einen ganzen Samstag lang Geschichten über ihre japanischen Mütter ausgetauscht und die Gemeinsamkeiten abgehakt: weigert sich, den Geschirrspüler zu benutzen, packt übertrieben volle Bento-Boxen für die Schule … solche Dinge eben. Jetzt umarmte Mika ihn herzlich, bevor sie sich zu Hana umdrehte. »Hayato, Hana. Hana, Hayato.«

Die beiden begrüßten sich freundlich.

»Das ist witzig.« Hayato zeigte auf die Topfpflanze in Hanas Hand. Die beiden Freundinnen schenkten zur Hauseinweihung eine dickblättrige Agave, auf deren Topf sie NETTE HÜTTE, LÜTTE geschrieben hatten.

Hana musterte ihr Geschenk kritisch. »Ich setze zwanzig Mäuse darauf, dass Charlie sie ins Gästezimmer verbannt.«

»Ihr Gästezimmer ist der Friedhof der unerwünschten

Geschenke«, erklärte Mika. Herausragende Beispiele waren das von ihrer Schwiegermutter gemalte Porträt von Baby Tuan, ein riesiges Kristallkreuz inklusive Potpourrischale von Charlies Mutter und eine Gitarre. Letztere hatte Tuan sich selbst geschenkt. Außerdem fand sich dort im Kleiderschrank ein Plüschhase mit unfassbar weichen Ohren. Auf den war Charlie in einer Kinderboutique gestoßen. Ihr achselzuckender Kommentar dazu: »Irgendwann einmal.« Hiromi liebte Charlie. Charlie tat stets das Richtige und immer in der richtigen Reihenfolge. Sie hatte in einem Rutsch ihr Lehramtsstudium absolviert. An dem Tag, an dem sie die Zusage zu ihrem ersten Job bekam, hatte Tuan ihr einen Antrag gemacht. Ein Jahr später hatten sie geheiratet. Und wieder ein Jahr später hatten sie dieses Haus gekauft und widmeten sich nun der Familienplanung.

Warum kannst du nicht so sein wie deine Freundin Charlie?, sagte Hiromi oft. *Sein* war ein Schlüsselbegriff, wenn Hiromi mit Mika sprach. *Sei still*, hatte sie, mit schlechtem Atem, befohlen, wenn die kleine Mika geweint hatte. *Sei eine Tänzerin*, hatte Hiromi gefordert, wenn sie den Obi vor dem Odori so fest um Mikas Bauch geschlungen hatte, dass diese kaum noch Luft bekam. Sei, sei, sei. Sei dies und das für mich. Aber sei niemals du selbst.

Hayato lachte und wandte sich dann der Tür mit dem eisernen Klopfer zu. Schnell zog er sich das Schlüsselband über den Kopf und schob es in seine Hosentasche. »Hier wohnt deine Freundin also? Wirklich hübsch. Und du bist sicher, dass es okay ist, wenn ich einfach so mitkomme?« Das Haus war wunderschön. Das Gebäude aus dem Jahr 1909, malerisch auf einem Eckgrundstück erbaut, war innen wie außen komplett restauriert worden. Eine breite

Veranda führte um das gesamte Haus, an der Vorderseite akzentuiert durch klassische Holzstühle und die originalen Bleiglasfenster. Charlie und Tuan hatten unzählige Stunden damit zugebracht, den Garten zu entwerfen, und dabei nur Pflanzen gewählt, die im pazifischen Nordwesten beheimatet waren – hohe Gräser, Ahornbäume und buschige Farnstauden.

»Natürlich ist das okay«, versicherte Hana. »Charlie ist einfach großartig. Ihr Mann heißt Tuan und ist ein Juwel. Die beiden sind total verliebt.« Hana öffnete die Tür, und warmes Licht fiel auf die Verandastufen. Sie drehte sich noch einmal um und raunte Mika und Hayato zu: »Falls einer von euch Hunger bekommt – ich habe Sandwiches in meiner Handtasche.«

»Du nimmst zur Einweihungsparty deiner Freundin Sandwiches mit?«, zischelte Mika, während sie sich an Hanas Seite ins Haus schob, dicht gefolgt von Hayato. Die Tür fiel hinter ihnen zu.

»Du weißt doch genau, dass sie bei solchen Anlässen nie genug Essen dahat«, verteidigte sich Hana. Ein belustigtes Funkeln trat in Hayatos Augen.

Die blonde, braunäugige Charlie schwebte ihnen entgegen. »Da seid ihr ja!« Hana und Mika hatten Charlie während ihres ersten Collegejahres kennengelernt. Charlie hatte ein Herz für Underdogs, was ihr Faible für Hana und Mika erklärte. Natürlich hatten die beiden sich auf sie gestürzt wie ein Paar verlassener Wolfswelpen.

Charlie hatte ihr Zimmer direkt gegenüber von Mika, die für sie – wie für die meisten Studenten im Wohnheim – ein Faszinosum darstellte: schwanger auf dem College und wohnte nicht einmal daheim. Am Tag nachdem sie aus dem Krankenhaus zurück war, schoss bei Mika die Milch ein. Charlie hatte Hana und Mika entdeckt, als sie verzweifelt Klopapier in Mikas BH stopften.

Naiverweise hatte Mika geglaubt, sobald die Adoptionspapiere unterschrieben wären, wäre alles wie zuvor. Stattdessen wurde es schlimmer. Die Milch war ein Signal ihres Körpers. Sein Baby wegzugeben, war nicht natürlich. *Es hört einfach nicht auf*, hatte Mika geschluchzt.

Du solltest dir Stilleinlagen besorgen. Vollkommen gelassen hatte Charlie im Waschraum vor ihnen gestanden, den Duschbeutel in der Hand. *Meine Schwester hat letztes Jahr ein Baby bekommen, und sie hat auch welche benutzt.* Später hatte Charlie ihre Schwester angerufen und herausgefunden, wie Mika den Milchfluss stoppen konnte.

Als Umarmerin aus Leidenschaft schlang Charlie die Arme erst um Mika, dann um Hana und schließlich um Hayato. »Du bist Mikas Freund aus der Kirche, richtig? Sie hat mir erzählt, dass du gerade erst hergezogen bist«, legte sie los, während sie Hayato an sich drückte. Charlie war klein, aber überraschend stark. Von jemandem, der seinen Körper mit drei Spinning- und zwei Krav-Maga-Stunden pro Woche formte, war auch nichts anderes zu erwarten. »Hättest du vielleicht Interesse an einem großen Kristallkreuz mit integrierter Potpourrischale? Das wäre bestimmt eine Bereicherung für deine Wohnung.«

Hayato hüstelte. »Nicht ganz mein Geschmack, aber trotzdem danke.«

»Schade.« Charlie zog einen Schmollmund.

»Entschuldige«, sagte Mika zu Hayato.

Charlie zuckte mit den Schultern, als wollte sie sagen: Versuchen kann man es ja mal.

»Alles Gute zum neuen Haus!« Hana überreichte die Pflanze.

Während Charlie das Geschenk musterte, warf Mika einen prüfenden Blick zu der mit Marmor verkleideten Kücheninsel hinüber. Neben jeder Menge Alkohol fand sich dort ein lieblos zusammengestelltes Häppchenbuffet: Miniburger in Brioche, Fruchtspieße, etwas Rohkost mit Dip. Mika wusste, dass in der Speisekammer eine Dose Pringles und Desserts mit ungesund hohem Butteranteil darauf warteten, verspeist zu werden, sobald die Gäste gegangen waren. Dann würden es sich die drei Frauen auf der Couch gemütlich machen, während Tuan seine Gitarre aus der Gästezimmerhaft befreite und ihnen das einzige Lied vorspielte, das er beherrschte – »Stairway to Heaven«.

»Tuan!«, rief Charlie. »Komm und sieh dir an, was Hana und Mika uns geschenkt haben.«

Tuan kam zu ihnen herüber. Für einen Vietnamesen war er ziemlich groß, hatte den Körper eines Läufers und dickes schwarzes Haar, das er sich ständig aus der Stirn schob. »Hi, ich bin Tuan.« Er schüttelte Hayato die Hand.

Charlie tippte sich nachdenklich mit dem Finger an die Lippen. »Ich denke, ich weiß genau, wo wir dieses Prachtstück hinstellen. Im Gästezimmer fehlen doch noch Pflanzen, oder?«, wandte sie sich an ihren Ehemann.

»Keine Ahnung.« Er strich sich das Haar aus dem Gesicht. »Warum stellen wir sie nicht auf den Kaminsims?« Charlie bedachte ihn mit einem Ich-verpasse-dir-gleich-einen-dahin-wo-es-wehtut-Blick. Mit einem angedeuteten Lächeln hauchte Tuan einen Kuss auf ihre Nase.

»Sieht alles wirklich toll aus«, schaltete sich Mika schnell ein.

»Danke!« Ihre Freundin belohnte sie mit einem strahlenden Lächeln. Das Erdgeschoss des Hauses war offen gestaltet. In der Küche glänzten die Edelstahlgerätschaften mit den Marmorarbeitsplatten um die Wette, während das Wohnzimmer von einer ausladenden grauen Ecklounge dominiert wurde. Ein Feuer brannte im Kamin. Dimmer regelten die Beleuchtung und schufen unterschiedliche, dem Anlass angemessene Stimmungen. Am heutigen Abend bedeutete das warmes, gedämpftes Licht mit einem Hauch Romantik. Weine und Bier aus allen Regionen der Welt waren zu haben. Früher einmal war Mika Biertrinkerin gewesen, doch seit dem College nicht mehr. Nein, die Zeiten von Fassanstich und roten Plastikbechern waren vorbei. Deshalb ging sie an den braunen Flaschen vorbei und füllte sich ein Glas mit genügend Wein, um jegliche schlimme Erinnerung im Keim zu ersticken.

*

Zwei, drei oder vier Gläser Wein später – wer zählte schon mit? – war Mika in ein Gespräch mit Hayato vertieft. Sie saßen Schulter an Schulter auf der Couch, während Hana wenige Schritte entfernt eng umschlungen mit einer Kollegin von Tuan tanzte. Gerade hatte Hayato Mika von seinem Job erzählt; er entwarf Werbematerial und Schuhe für Nike. Nun ließ er den Wein in seinem Glas kreisen. »Und womit verdienst du dein Geld?«

Mika winkte ab. »Bedauerlicherweise bin ich gerade arbeitslos.«

»Oh?«

Das klang so mitfühlend, dass sie ihm hastig versicherte: »Alles gut. Alles bestens.« Schließlich hatte sie noch das Geld von ihren Eltern.

»Wo hast du dich denn überall beworben?«

Mika nippte an ihrem Wein. Der Chardonnay wurde langsam warm, weil sie das Glas nie abstellte. »Da ist nichts Großartiges dabei.« In den wenigen Wochen, die sie auf der Suche war, hatte sich nichts ergeben, was auch nur ansatzweise reizvoll gewesen wäre. »Aber ich habe beschlossen, das als Chance zu betrachten. Du weißt schon: Schließt sich eine Tür, geht irgendwo anders eine auf.«

»Die Einstellung gefällt mir«, sagte Hayato. »Schau doch mal bei Nike, ob etwas dabei ist, das zu deinen Qualifikationen passt. Ich kann gerne ein gutes Wort für dich einlegen.«

»Wow, vielen Dank. Das wäre großartig.« Sie war ihm dankbar, sah sich aber nicht aktiv werden. Sie verfielen in träges Schweigen. Mika ließ den Kopf an die Rückenlehne des Sofas sinken und starrte an die Decke. Sie musste an Hana und ihre Karriere denken, an Charlie und ihre Ehe. Daran, dass die Steine ihrer Freundinnen das andere Ufer erreicht hatten.

Charlies Stimme drang durch den Raum. »Achtung!«, rief sie Mika zu. »Dein Telefon klingelt wie verrückt.« Geschickt warf sie Mika das Handy zu, doch genau in diesem Moment verstummte der Klingelton. Drei Anrufe in Abwesenheit, von Penny.

»Würdest du mich einen Moment entschuldigen?«, bat sie Hayato, dann stand sie auf und schlich sich durch die Hintertür nach draußen. Penny hatte ihr zweimal auf die Mailbox gesprochen. Zitternd stand Mika in der kalten Frühlingsluft und drückte das Handy ans Ohr, um Pennys erste Nachricht abzuhören. »Hi, ich bin's. Ruf mich zurück, wenn du das abhörst. Ich habe eine Überraschung für dich.«

Dann die zweite. »Okay, ich kann nicht länger warten. Ich platze gleich. Ehrlich, ich platze. Weißt du noch, wie ich dir erzählt habe, dass ich von meinen Großeltern einen Scheck zu meinem Sechzehnten bekommen habe? Fünfhundert Dollar oder so? Und dass ich mir seitdem überlege, was ich damit machen soll?« Pause. Wahrscheinlich hatte Penny Luft holen müssen. Mika war auch oft aus der Puste nach einem Telefonat mit ihr. »Erst wollte ich mir davon ein neues Handy kaufen, aber jetzt kam mir eine absolut fantastische Idee! Ich werde dich in den Ferien besuchen kommen!«

Mika musste sich am Gartenzaun abstützen. In Portland gab es kaum Erdbeben, aber es hatte sich gerade nach einem angefühlt.

Penny fuhr fort. »Wir werden uns also ganz offiziell in zwei Wochen gegenüberstehen! Ich kann noch gar nicht fassen, dass ich mir ein Ticket gekauft habe. OMG, mein Dad wird es so was von bereuen, dass er mir erlaubt hat, eine eigene Kreditkarte zu besitzen. Aber keine Sorge, ich werde es ihm heute Abend beichten. Kaum zu glauben, dass ich dich bald sehen werde! Ich will mir unbedingt dein Haus ansehen und die Galerie. Dann bin ich auch bei der großen Eröffnung dabei! Und ich will Leif kennenlernen!« Ein Quietschen. Ja, das war eindeutig ein Quietschen. »Ich freu mich so!«

Mika hörte die Nachricht dreimal ab. Die Worte änderten sich nicht, doch sie sanken beunruhigend klar in ihr Bewusstsein. Ihr verlogenes Herz krampfte sich zusammen, und dann noch einmal vor Schuldgefühl. Oh Gott, Penny kam nach Portland. Penny, die sie so sehr liebte. Penny, die glaubte, dass Mika ein vollkommen anderer Mensch war. Sie starrte in den Nachthimmel hinauf, erwartete, dort bedrohliche Gewitterwolken zu sehen. Oder Männer mit nacktem Oberkörper auf mächtigen Schlachtrössern. Aber nichts dergleichen. Okay, nicht die Endzeit. Gut zu wissen, dass sie die Einzige war, die biblisch gesehen am Arsch war.

Kapitel SECHS

Mika stürmte durch das Haus. Erster Halt: Hana. »Entschuldigung.« Sie packte ihre beste Freundin am Arm und zog sie von der Frau mit den blau gefärbten Haaren weg, mit der sie gerade tanzte.

»Hey.« Die Frau runzelte die Stirn. »Du hast mir gesagt, du seist Single.«

»Bin ich auch«, versicherte Hana konsterniert.

Nackte Panik kroch Mikas Rücken hinauf. Die Worte aus Pennys Nachricht blinkten vor ihrem inneren Auge wie die Warnleuchten an einer Klippe. *Ich werde dich besuchen kommen. In zwei Wochen.* »Notfall, Code Red, ich brauche dich.«

Hana hob fragend die Brauen. »Klingt spannend. Lily – «

»Ich heiße Lola.« Der Blick der Blauhaarigen verfinsterte sich weiter. Hayato saß noch immer auf der Couch, war nun aber in ein lebhaftes Gespräch mit Tuan und einigen anderen Kerlen verstrickt.

»Lola.« Hana salutierte knapp. »Es war mir ein Fest.«

Dann ließ sie sich in Charlies Schlafzimmer schieben. Mika schloss die Tür hinter ihnen, und der Lärm der Party verstummte. »Hör zu.« Mika schaltete den Lautsprecher an ihrem Handy ein, legte das Gerät auf das riesige Doppelbett und spielte Pennys Nachricht ab. Die fröhliche Stimme ihrer Tochter hallte durch den schummrigen Raum. Während sie zuhörten, rutschte Mika wieder das Herz in die Hose. Sie hätte wissen müssen, dass das passieren würde. Es war immer so. Alles lief gut, bis es dann ganz plötzlich nicht mehr lief. Nichts war jemals sicher.

»Penny kommt dich besuchen. Das ist doch toll!«, sagte Hana. Als sie Mikas Gesicht sah, revidierte sie ihre Meinung: »Nicht toll?« Dann runzelte sie die Stirn. »Moment mal, hat sie da etwas von einer Galerie gesagt? Und was war das mit Leif?«

Mika brach kraftlos auf dem Bett zusammen. Sie drückte die Hände auf die Knie, spreizte die Finger. Das half auch nicht. »Deshalb brauche ich ja deine Hilfe. Möglicherweise habe ich die Wahrheit in unseren Gesprächen ein wenig … optimiert.« Sie presste Daumen und Zeigefinger aufeinander. »Ein bisschen.«

Misstrauisch kniff Hana die Augen zusammen. »Wie klein ist dieses bisschen?«

»Na ja …« Mika strich sich über den Ärmel; ihr brach schon wieder der Schweiß aus. »Ich habe ihr gesagt, ich hätte einen Abschluss in Kunstgeschichte.« Früher, vor sehr langer Zeit, hatte sie davon geträumt, diesen Abschluss zu machen und anschließend mit dem Rucksack durch Europa oder Südamerika zu reisen. Stattdessen hatte sie einen Abschluss in Wirtschaftswissenschaften. Und sie hatte sieben Jahre dafür gebraucht anstelle der üblichen vier.

»Okay.« Hana sah nicht so aus, als fände sie das besonders schlimm.

Mika biss sich auf die Wange. »Mit Auszeichnung.«

Jetzt lachte Hana. *Dieses Miststück.* »Was noch?«

»Keine Ahnung. Ich habe eine eigene Galerie, ein eigenes Haus, bin durch die Welt gereist und habe einen extrem erfolgreichen Freund. Und möglicherweise habe ich auch behauptet, ich würde überall nur mit dem Rad hinfahren.«

Nun runzelte Hana belustigt die Stirn. »Du bist also eine verlogene Lügenbaronesse?«

»Noch mal: Ich bevorzuge den Ausdruck ›Wahrheitsoptimierung‹.«

Hana wurde ernst. »Aber warum?«

Vermutlich war das für Hana schwer zu begreifen, denn abgesehen von der Tatsache, dass sie eine grauenhafte Hausfrau war, hatte sie nichts zu verbergen. Sie hatte einen tollen Job, und die Frauen lagen ihr zu Füßen. Wie sollte Mika ihr das erklären? »Das bleibt unter uns?«

»Ist doch klar«, erwiderte Hana automatisch.

»So möchte ich gerne sein. So hätte ich sein können ... dachte ich zumindest ... davor.« Sich etwas auszudenken bedeutete immer auch Hoffnung, ohne Risiko. Endlose Möglichkeiten. Ein anderes Leben. Ein günstigerer Lebenslauf. Wenn doch nur. Wenn doch nur ... Außerdem wollte sie für Penny das sein, was sie sechzehn Jahre zuvor Caroline hatte überlassen müssen – eine gute Mutter. Eine passende Mutter.

»Mika.« Hana seufzte schwer. Schließlich stand sie auf und ging zur Tür.

Sofort bohrte sich die Panik wie ein Santoku-Messer in Mikas Eingeweide. »Wo gehst du hin?«

Hana drehte sich um. »Ich hole Charlie. Dafür werden wir Verstärkung brauchen.«

*

Wenig später saßen Charlie, Mika und Hana in Charlies Badezimmer – weil Hana auf dem Klo immer die besten Ideen hatte.

»Du hast ihr erzählt, du wärst bei der Premiere von *Hamilton* gewesen? Backstage?« Charlie saß auf dem geschlossenen Klodeckel, den aufgeklappten Laptop mit einer geöffneten Excel-Tabelle auf dem Schoß. Und weil sie eben Charlie war, hatte sie entschieden, dass Mikas Leben in Kategorien unterteilt werden musste: Ausbildung und Karriere, Hobbys, Liebesleben etc.

Mika runzelte die Stirn. »Es ist nicht so, dass ich gesagt hätte, ich sei *in* der Vorstellung gewesen. Sondern nur, dass Leif mich nach New York entführt und mich mit den Backstagepässen überrascht hat, damit wir die Darsteller nach der Premiere treffen konnten.«

Hana lag lang ausgestreckt in der leeren Badewanne (mit Löwentatzen), ein Glas Wein in der Hand. »Das ist aber schon sehr ausgefeilt.«

»Der Teufel steckt im Detail«, konterte Mika.

»Ich trage das mal bei Hobbys ein«, entschied Charlie.

Im Wohnzimmer schrie jemand; anscheinend war man zu Brettspielen übergegangen. »Bist du sicher, dass du jetzt nicht bei deinen Leuten sein solltest?«, fragte Mika.

»Ihr seid meine Leute«, betonte Charlie. »Außerdem ist das okay. Tuan springt für mich ein. Er versteht das.«

»Tuan ist einfach großartig.« Mika wünschte sich, sie hätte einen Partner wie Tuan. Einmal hatte er an einem Radrennen quer durch Kalifornien teilgenommen. Er hätte eine Menge Geld gewinnen können, doch er war kurz vor Schluss ausgestiegen, weil er Charlie »so unglaublich vermisst« hatte. Ein Mal so geliebt werden, dachte Mika mit leiser Traurigkeit. Während ihres ersten Collegejahres hatte sie einmal geglaubt, verliebt zu sein. Dumm war sie damals gewesen. So naiv. So leicht zu manipulieren. Kopfschüttelnd verdrängte Mika das Bild von Pennys biologischem Vater aus ihren Gedanken. Nein, an ihn wollte sie sich bestimmt nicht mehr erinnern.

Charlie winkte ab. »Glaub mir, du verpasst nichts. Immer wenn ich aus der Dusche komme, geht er an mir vorbei und ruft ›Mopsalarm‹.« Sie hob die Hände und hielt sie vor sich ausgestreckt, als betatsche sie zwei Melonen. »Und dann muss ich wieder eine Ewigkeit lang versuchen, ihm mit seinem eigenen Arm in die Eier zu boxen.« Sie grinste, die liebestolle Närrin.

»Konzentration«, forderte Hana von ihrem Platz in der Wanne aus. »Was fehlt noch?«

Mika durchforstete ihr Gedächtnis. Eine weitere Stunde verging, im Wohnzimmer wurde es ruhiger, mehrmals ging die Haustür. Irgendwann klopfte Tuan an die Badezimmertür und verkündete, Hayato und er würden noch einen Abstecher in die Kneipe an der Ecke machen. Die Liste wurde immer länger.

*

AUSBILDUNG UND KARRIERE
Abschluss in Kunstgeschichte
Praktikum bei einem örtlichen Museum
Festanstellung bei dem örtlichen Museum
Langsam hochgearbeitet zur Kuratorin
Genug Geld gespart, um eigene Galerie zu eröffnen
Große Eröffnungsfeier (in zwei Wochen!)

HOBBYS
Reisen (bereits überall in Europa und Südamerika gewesen)
Fahrradfahren

LIEBESLEBEN
Freund: Leif, Unternehmer
Leif macht ihr regelmäßig einen Antrag, aber Mika ist noch nicht bereit, sich festzulegen

Charlie wollte noch ein Flussdiagramm daraus machen, was Mika dankend ablehnte. Schließlich holte Charlie tief Luft und klappte mit einem entschlossenen Schwung den Laptop zu. »So wie ich das sehe, gibt es zwei Möglichkeiten.«

»Okay.« Mika nickte ernst.

»Nummer eins: Du sagst Penny die Wahrheit. Machst reinen Tisch.«

Mika erwog diese Möglichkeit in weniger als einer Sekunde. »Ja, finde ich jetzt nicht so toll.«

»Nummer zwei: Wir erschaffen dieses Leben für dich.«

»Ich höre.« Mika hatte einen dicken Kloß in der Kehle. Brennende Sehnsucht breitete sich in ihr aus. Seit sie Penny zur Adoption freigegeben hatte, hatte sie davon geträumt, ihrer Tochter irgendwann einmal gegenüberzustehen. Okay, in dieser Traumvorstellung war sie eigentlich immer auf der Durchreise, unterwegs zu irgendeinem genialen Ereignis wie etwa der Enthüllung ihres ersten Kunstwerkes in der Met, mit einem kurzen Zwischenstopp in Dayton. Gerade genug Zeit für ein Mittagessen und um den stolzen Glanz in Pennys Augen zu sehen, weil sie jemandem wie Mika entsprungen war. Von ihr erschaffen worden war. Aber Penny würde sie nie mit diesem Ausdruck in den Augen ansehen, wenn sie erfuhr, dass Mikas Leben einem taumelnden Jenga-Turm glich.

Hana hatte eine Frage. »Und wie sollen wir das anstellen?«

Nachdenklich blies Charlie die Backen auf. »Na ja, das meiste davon scheint im Bereich des Möglichen zu liegen. Etwa das Haus – «

»Mika wohnt bei mir zur Untermiete«, wandte Hana wenig hilfreich ein.

Mika blinzelte und sah Hanas Haus vor ihrem inneren Auge. Der Vorgarten mit den Unkrautteppichen und seiner erlesenen Auswahl an Dornbüschen. Das Innere, vollgestellt mit Kartons und verstaubten Zeitschriftenstapeln. Der Kühlschrank, aus dem dieser merkwürdige Geruch drang. Mikas Schamlevel erreichte seinen bisherigen Höchststand.

»Ja, und du lebst in einem Haus«, erwiderte Charlie übertrieben langsam. »Zumindest bin ich mir fast sicher, dass es eines ist. Gelten Abrisshäuser eigentlich noch als Eigenheim?«

»Ha – ha – ha.« Hana fand das gar nicht witzig.

Mika drückte die Wange an den kühlen Badewannenrand. Es erinnerte sie daran, wie kalt die Decke im Krankenhaus gewesen war, nachdem sie Penny abgegeben hatte. Wie es aussah, verfügte auch der Tastsinn über ein Gedächtnis. Schnell konzentrierte sie sich auf etwas anderes. Auf das Hier und Jetzt. Hanas goldene Kreolen. Tuans Rasierer, der am Waschbeckenrand lag. Charlie schüttelte den Kopf.

»Auch egal«, verkündete sie. »Wir bezeichnen es jetzt einfach mal als Haus. Und da müssen wir lediglich ein wenig Ordnung schaffen.« Charlie war schon immer sehr optimistisch gewesen. »Was die Hobbys angeht: Tuan fährt Rad, der kann dir bestimmt mit ein paar Fachbegriffen aushelfen.«

»Und was ist mit der Galerie?« Im Gegensatz zu Charlie war Hana immer eher pessimistisch eingestellt.

»Keine Ahnung. Aber da überlegen wir uns was. Nun zu der Situation mit Leif …« Angestrengt nachdenkend spitzte Charlie die Lippen. Penny hatte Fotos von Leif gesehen, Mika konnte also nicht einfach jemanden anheuern, der seine Rolle übernahm, selbst wenn sie sich das hätte leisten können. Was nicht der Fall war. Schließlich holte Charlie so tief Luft, als wollte sie einen Dämon beschwören. »Du solltest ihn anrufen.«

Gequält verzog Mika das Gesicht. »Bin dagegen.« Leif wusste nichts von Penny. Sie hatte immer sehr darauf geachtet, dass er nichts von diesem Teil ihres Lebens erfuhr. So würde sie es ihm erzählen müssen. Und würde sich mit ihm treffen müssen. Eigentlich hatte Mika vorgehabt, den Rest ihres Lebens hinter sich zu bringen, ohne je wieder ein Wort mit Leif zu sprechen.

»Das wird nicht schlimm«, behauptete Charlie. Zwei Worte reichten aus, um die Beziehung von Mika und Leif zu beschreiben: verbrannte Erde. All ihre Freunde wussten, dass man dieses Gebiet besser nicht betrat, weil das nur schiefgehen konnte. »Tuan trifft sich ständig mit ihm.« Zu Tuans Freundschaft mit Leif sagte Mika nichts. Sie wusste, dass die beiden sich noch immer gut verstanden. Aber Tuan zog neue Freunde an wie eine Stoffhose die Fussel. Charlie fuhr fort: »Seit Gras legalisiert wurde, schlägt er sich richtig gut. Er hat jetzt einen eigenen Laden und so.« Mika spitzte die Lippen. Die Nachricht, dass es Leif gutging, war beinahe so angenehm wie die Diagnose Genitalwarzen. Genau in diesem Moment klingelte Mikas Handy. Eine unbekannte Nummer erschien auf dem Display. »Aus Ohio«, flüsterte Mika, als sie die Vorwahl erkannte.

»Ist es Penny?«, fragte Hana.

Mika schüttelte den Kopf. »Nein.« Penny war in ihren Kontakten gespeichert.

»Geh nicht dran«, sagte Hana.

»Geh dran«, sagte Charlie.

Mika wischte den grünen Punkt über das Display und stellte auf Lautsprecher. »Hallo?«

»Hi. Mika Suzuki?«

»Am Apparat.« Ein mieses Gefühl machte sich in ihrem Bauch breit.

»Hier spricht Thomas Calvin. Penelopes Vater.« Er hatte eine tiefe, etwas abweisende Stimme. Zu streng, zu ernst. Quasi das Gegenteil der lebenslustigen Penny. *Das* war der Mann, der Mikas Tochter großgezogen hatte?

Mika sagte nichts, stand aber ruckartig auf. Dabei verschüttete sie etwas von ihrem Wein, weshalb sie sich hektisch die Finger ableckte, während sie das Telefon flach auf der Handfläche balancierte.

»Hallo? Sind Sie noch dran?«, fragte Thomas.

»Ja, bin da.« Mikas Wangen brannten.

»Können wir uns kurz unterhalten? Passt es Ihnen gerade? Es klingt so, als wären Sie in einem Tunnel. Es hallt ziemlich.«

»Ich bin in der Galerie.«

Hana reckte fröhlich die Daumen, während Charlie das Gesicht in den Händen vergrub.

»Hören Sie, es tut mir leid, dass ich Sie einfach so anrufe. Penny hat mich gerade darüber informiert, dass sie

Sie besuchen möchte. Ich wusste bislang nicht einmal, dass Sie überhaupt Kontakt zu ihr haben. Oder dass sie Ihren Namen kennt.« Mika zuckte erschrocken zusammen. *Ach, Penny, was hast du getan?* Sie war nie auf die Idee gekommen nachzufragen, ob Pennys Adoptivvater Bescheid wusste oder was er davon hielt, dass sie nun Kontakt hatten. Bei ihren Gesprächen war es immer nur um sie beide gegangen. Um ihre Gemeinsamkeiten, etwa dass sie beide emotionsgetriebene Esser waren: Glück, Trauer, Langeweile – dafür war Kuchen die geeignete Wahl. Oder dass sie Hunde liebten, aber gegen sie allergisch waren, selbst gegen die mit diesem speziellen Fell. Den Rest der Welt hatten sie einfach ausgeblendet, es hatte nichts gegeben außer ihnen. »Verzeihen Sie, aber das war ein ziemlicher Schock für mich. Normalerweise hat sie keine Geheimnisse vor mir. Und jetzt hat sie sich einfach ein Flugticket nach Portland gekauft. Ich … nun ja, ich bin ein wenig besorgt, dass sie sich das vielleicht nicht gründlich genug überlegt hat.«

»Was gibt es denn da zu überlegen?« Automatisch ging Mika in die Defensive. Sie war so verunsichert, dass ihre Wangen sich verfärbten. Zweifelte Thomas etwa an ihr? An ihrer Person? Daran, dass sie ein Teil von Pennys Leben wurde? Dass sie eine Mutter sein konnte?

»Eine ganze Menge«, erwiderte er scharf. »Sie hat ihr ganzes Geburtstagsgeld für dieses Ticket ausgegeben. Eigentlich hätte sie das in ihren Collegefonds einzahlen sollen.« Er unterbrach sich, ließ diese Information einfach so stehen. »Ich … Ich werde Penelope sagen, dass wir uns unterhalten haben und dass der Zeitpunkt für einen Besuch gerade nicht günstig ist, in Ordnung?«

»Ja.«

»Hervorragend«, lobte Thomas, dann schwieg er.

»Ich meine Nein«, platzte Mika zu ihrer eigenen Überraschung heraus.

»Wie war das bitte?« Anscheinend kam es nicht oft vor, dass jemand Thomas widersprach.

»Zufälligerweise ist mein Terminkalender gerade ziemlich leer«, verkündete Mika fröhlich. Penny wollte nach Portland kommen, und Mika wollte Penny treffen. »Ich würde mich sehr freuen, wenn Penny kommt, damit ich sie auch persönlich kennenlernen kann.«

»Ist das Ihr Ernst?«

»Absolut.«

»Ms. Suzuki – «

»Bitte, nennen Sie mich Mika.«

»Ms. Suzuki, ich bin Ihnen wirklich dankbar, dass Sie helfen wollen. Aber bei allem gebotenen Respekt: Sie kennen meine Tochter nicht. Penelope ist sehr impulsiv, sie braucht eine gewisse Führung. Ursprünglich hatte sie andere Pläne für die Ferien, und auch für das Geld ... Wie ich bereits sagte: Ich glaube nicht, dass sie das gründlich genug durchdacht hat.«

Mika hörte nichts außer: *Sie kennen meine Tochter nicht.* Was für ein Tiefschlag. Sie versuchte, den Schmerz zu überspielen und möglichst gleichmütig zu klingen. »Wissen Sie, wenn Menschen mit voller Kraft auf etwas zulaufen, heißt das oftmals, dass sie gleichzeitig vor etwas davonlaufen.«

»Was soll das denn bitte heißen?«

Frustriert streckte Mika den Arm aus. »Nur eine allgemeine Feststellung. Vielleicht steckt ja mehr dahinter als reine Impulsivität. Vielleicht hat Penny einiges zu verarbeiten.« Mika wusste noch genau, wie sie selbst mit sechzehn gewesen war. Ständig hatte sie gezeichnet, hatte mit Hana abgehangen, auf der Suche nach einem besseren Leben. Und machten das nicht alle so? Hatten Mikas Eltern nicht genau das getan, als sie in die USA ausgewandert waren? Oder Mika selbst, später im College? Nach so viel mehr hatte sie sich gesehnt. Und das tat Penny auch. Mika verstand so gut, wie stark die Anziehungskraft von diesem »mehr« war, wie unwiderstehlich es sein konnte.

Thomas seufzte, nun ein klein wenig milder. »Das könnte natürlich sein. Sie ... Ich dachte eigentlich, alles wäre in Ordnung. Aber ihre Mutter – «, das Wort ließ Mika kurz schlucken, » – hat ihr diesen Brief geschrieben, den ich ihr erst an ihrem sechzehnten Geburtstag aushändigen durfte. Ich durfte ihn nicht lesen, aber seitdem verhält sie sich irgendwie anders. Diese Reise ... Sie zu treffen und Sie kennenzulernen ... Das könnte mehr Fragen aufwerfen als Antworten bringen.«

»Thomas. Darf ich Sie Thomas nennen?« Nun wanderte Mika rastlos in dem kleinen Badezimmer auf und ab. Drei Schritte vor, umdrehen, drei Schritte zurück. »Ich verstehe natürlich, dass Sie besorgt sind. Aber ich werde Penny ganz sicher nicht zurückweisen.«

»Falls sie kommen sollte«, sein Tonfall hatte sich plötzlich verändert, »dann kommt sie nicht allein. Ich werde sie begleiten.«

»Fantastisch.« Auf eine sehr schräge Art fühlte Mika sich nun besser, und ein zorniges Funkeln trat in ihre Augen. »Je mehr, desto besser. Bitte grüßen Sie Penny von mir. Ich freue mich schon darauf, euch beide kennenzulernen. Aber jetzt muss ich los.« Der Schweiß lief in Strömen über Mikas Körper. »War nett, mit Ihnen zu reden.«

»Warten – «

Sie legte auf.

»Wow.« Charlie stieß den Atem aus.

»Heilige Scheiße«, meinte Hana.

»Dann also Möglichkeit zwei?«, folgerte Charlie und strich mit den Händen über ihren Laptop.

»Möglichkeit zwei«, bestätigte Mika, die noch immer auf ihr Telefon starrte.

Hana hob ihr Weinglas. »Darauf trinke ich.«

Kapitel SIEBEN

Während der nächsten achtundvierzig Stunden passierte eine Menge. Penny schickte ihr die Flugdaten, gefolgt von einer Nachricht: **Würg, mein Dad kommt mit. Aber den werden wir schon los. Er will deine Mailadresse haben. Darf ich sie ihm geben? Er ist so was von drüber. Sorry.** Mika willigte ein, dass Thomas ihre Mailadresse erhielt. Was hätte sie auch sonst tun sollen? Wenig später informierte Thomas sie darüber, dass er mit derselben Maschine kommen würde wie Penny. Außerdem schickte er den Entwurf eines Reiseplans mit, ein Word-Dokument in Bearbeitungsmodus, damit sie den Ablauf besprechen (also aushandeln) konnten. Scheiß Anwälte.

Man einigte sich auf die letzten Details.

Tag eins (Sonntag): Ankunft mit Flug 3021, 10:21 Uhr. Ungefähr fünfzehn Minuten nach der Landung Eintreffen an der Gepäckausgabe, wo Mika sie abholen würde. Mit dem Gepäck ging es dann direkt zum Mittagessen. *Penny besteht auf Streetfood?*, hatte Thomas geschrieben, für den das offenbar vollkommen unvorstellbar war. Nach dem Essen würden Penny und Thomas sich in ihr Hotel begeben, sich dort den Nachmittag über ausruhen und auch dort zu Abend essen, da Thomas offenbar ein mürrischer alter Mann im Körper eines mürrischen jüngeren Mannes war.

Tag zwei (Montag): Ein Besuch im Kunsthistorischen Museum von Portland, wo Fake-Mika mal ein Praktikum gemacht hatte, dann Abendessen bei Mika zu Hause, bei dem Fake-Mikas charmanter Lebensgefährte Leif zu ihnen stoßen würde.

Und dann immer so weiter. Tag drei (Dienstag): Abendessen in einem der Sternerestaurants von Portland. Tag vier (Mittwoch): Mittagessen mit Hana … Und der absolute Höhepunkt am Tag fünf (Donnerstag): Fake-Mikas Galerieeröffnung. Über die sie Penny schon so viel erzählt hatte. *Ich habe einen großartigen Künstler entdeckt, er ist absolut brillant. Ich kann kaum glauben, dass er mir nicht von einer anderen Galerie weggeschnappt worden ist. Was habe ich doch für ein Glück!*

Mika pendelte zwischen Panik und Vorfreude. Vierzehn Tage. Nein, zwölf Tage. Ihr blieben weniger als zwei Wochen, um ihr Leben neu zu erfinden. Weniger als zwei Wochen, bis sie Penny sehen würde. Der Countdown lief.

Charlie und Hana versprachen, sie bei allem zu unterstützen. Sie hielten sich die Abende und Wochenenden frei, um ihr bei den Vorbereitungen zu helfen. Charlie wollte sogar den Computertechniker ihrer Schule bitten, ein paar Bilder von Mika auf ihren Reisen in aller Welt zu photoshoppen. Das Haus. Die Hobbys. Alles geregelt. Oder würde geregelt werden. Zwei Puzzlestücke fehlten noch: die Galerieräume und Leif. Und von den beiden schien Leif das kleinere Problem zu sein, die Traube, die tiefer hing.

Aber Leif reagierte weder auf ihre Anrufe noch auf ihre Nachrichten. *Arschloch.* Mika hatte es schon ein halbes Dutzend Mal versucht, aber nichts. Dabei hatte er ihre Nachrichten gelesen, da war sie sich sicher. Ein paarmal erschien sogar die kleine Sprechblase mit den drei Punkten, verschwand aber wieder. Als könnte er sich nicht entscheiden, was er ihr antworten sollte. Am Ende wählte er passiv-aggressives Schweigen. Womit er ihr keine andere Wahl gelassen hatte. Deshalb stand sie nun an der Ecke Northwest/Twenty-Third Avenue, in einem angesagten, modernen Shoppingviertel. Als Tuan ihr die Adresse genannt hatte, war sie ehrlich überrascht gewesen. Eigentlich war sie davon ausgegangen, dass Leifs Laden sich irgendwo im Norden von Portland befinden müsse, vielleicht neben einem schmierigen Striplokal mit dem Namen *Pirate's Booty*. Von außen sah er gar nicht aus wie ein Weed Shop. Die Schaufenster waren mit beigefarbenen Bambusmatten abgedeckt, der Name *Twenty-Third Marijuana* – wirklich wahnsinnig kreativ, dachte Mika selbstgefällig – hing in hölzernen Lettern über dem Eingang, diskret von unten angestrahlt. Mit einem schweren Seufzer stieß Mika die Tür auf. *Auch egal.*

Am Eingang wurde sie von einem großen Weißen mit Halstattoos empfangen. »Ausweis.«

Mika holte ihren Führerschein aus der Handtasche. »Ich möchte zu Leif.«

Der Typ richtete seine Taschenlampe auf ihren Führerschein, musterte erst sie, dann das Foto, dann gab er ihr den Ausweis zurück. »Frag Adelle.« Er zeigte auf eine coole Weiße mit Fünfziger-Jahre-Frisur. »Sie regelt seine Termine. Wenn du was kaufen willst, nur Barzahlung. Drüben in der Ecke steht ein Geldautomat.«

»Danke.« Mika packte ihren Führerschein ein und ging zu Adelle hinüber. Dieser Laden sollte Leif gehören? Diese Mischung aus Apple Store und Spa? Im Hintergrund lief leise New-Age-Musik. Vermutlich Enya. In Vitrinen mit hellen Holzrahmen waren unterschiedlichste Waren ausgestellt: Knospen, Cremes, Backwaren. Und der Laden brummte, man unterhielt sich ausführlich über die verschiedenen Möglichkeiten, high zu werden. »Du suchst also etwas Mildes?«, hörte sie einen Verkäufer fragen.

»Genau«, antwortete der jugendliche Kunde, auf dessen Sweatshirt das Logo der University of Portland prangte. »Einfach was total Chilliges.«

Adelle hielt ein Klemmbrett im Arm, auf dem sie sich eifrig Notizen machte. Als Mika vor ihr stand, blickte sie auf. »Wie kann ich Ihnen helfen?« Laut Namensschild war sie hier der *Manager*.

»Ich möchte zu Leif.«

Fröhlich weiter auf ihrem Kaugummi kauend, warf Adelle ihr einen fragenden Blick zu. »Haben Sie einen Termin?«

»Äh, nein.«

»Tut mir leid, Leif empfängt niemanden ohne Termin. Und er ist momentan sowieso nicht im Haus.« Sie wandte sich wieder ihrem Klemmbrett zu. Auf ihrem Arm entdeckte Mika ein Tattoo: ein Koi, zusammen mit einem *kanji*.

»Schönes Tattoo. Was ist das für ein Schriftzeichen?«

»Oh!« Adelle sah noch einmal kurz hoch. »Es bedeutet ›furchtlos‹.«

Äh … nein. Mika hatte zehn Jahre lang Unterricht in japanischer Kalligraphie gehabt. Und dieses *kanji* bedeutete »Wiesel«. »Hör mal, ich weiß, dass Leif hier ist. Der Truck, den er so umgebaut hat, dass er mit recyceltem Pflanzenöl läuft, steht hinten auf dem Parkplatz.« Mika nahm die Schultern zurück, plötzlich voller Selbstvertrauen. »Bitte sag ihm, die Frau, die ihm früher immer den Rücken rasiert hat, ist hier.«

Adelle fiel die Kinnlade runter, dann schloss sie den Mund hastig wieder. Sie ließ ihren Kaugummi knallen. Schließlich griff sie zum Telefon und drückte eine Taste. »Ja, hi. Tut mir leid, dass ich störe. Hier ist jemand, der dich sprechen möchte.« Sie warf Mika einen abschätzenden Blick zu. »Asiatin, klein, irgendwie angepisst … Okay.« Sie legte auf. »Du kannst nach hinten durchgehen.« Ihr Finger zeigte auf eine weiße Tür mit der Aufschrift NUR FÜR ANGESTELLTE. »Sein Büro ist ganz hinten rechts.«

Mika zog ihre Handtasche über der Schulter zurecht. »War schön, Sie kennenzulernen.« Bevor Adelle zu einer Antwort ansetzen konnte, war sie bereits hinter der weißen Tür verschwunden.

Leifs Bürotür stand einen Spalt weit offen. Mika machte sich nicht die Mühe, anzuklopfen. Er machte sich nicht die Mühe, vom Schreibtisch aufzustehen. Als Erstes nahm sie sein Büro ins Visier. Viel zu sehen gab es nicht. Alles sehr schlicht, mit einem weißen Schreibtisch und einem riesigen Computer. Keine Fenster. Als ihr nichts anderes mehr übrig blieb, sah sie Leif an.

Er lehnte sich in seinem Stuhl zurück und sortierte seine langen Gliedmaßen. Seine neuen, *schlankeren* langen Gliedmaßen. Kein Bauchansatz mehr, keine runden Wangen. Jetzt zeichneten sich unter seinem Bartschatten scharfe, kantige Züge ab. Die langen blonden Haare waren einem Kurzhaarschnitt mit gewolltem Strubbel-Look gewichen. Mikas Herz machte einen kleinen Sprung. Bei ihrem ersten Kuss hatte er sie um Erlaubnis gefragt. Er hatte ihre Wangen so sanft umfasst, als wäre sie eine seiner Pflanzen. *Ich würde dich jetzt gerne küssen, darf ich?*

»Soso.« Seine Stimme zerfetzte Mikas Rückschau. »Sieh mal einer an, wer mich da mit seiner Anwesenheit beehrt.«

»Dale.« Leifs richtiger Name. Er hasste ihn. »Freut mich, dich zu sehen.«

Seine Lippen verzogen sich zu einem frechen Grinsen und präsentierten dabei Zahnreihen, die wesentlich weißer waren als in Mikas Erinnerung. »Mik.« Sie hasste diesen Spitznamen. Viel zu nah an Mickey. »Ich wünschte, ich könnte das auch von mir behaupten.«

Sie lächelte verlogen, er lächelte verlogen. Es war fast eine Art Duell. Ungerührt ging Mika zu seinem Schreibtisch hinüber und setzte sich. »Fühl dich ganz wie zu Hause«, schnaubte Leif.

»Hübsch hast du's hier«, sagte sie steif.

»Alles selbst gebaut«, brüstete er sich. »Solarpaneele auf dem Dach sorgen dafür, dass wir im Monat weniger als hundert Dollar Stromkosten haben. Und wir produzieren so gut wie keinen Müll, sondern kompostieren fast alles.«

»Wow. Scheint ja eine Menge passiert zu sein, seit du auf einer Matratze auf dem Boden geschlafen und den ganzen Tag Frisbee-Golf gespielt hast.« Mika unterbrach sich kurz und fügte leicht blasiert hinzu: »Ich habe versucht, dich zu erreichen.«

»Ich weiß. Und ich habe mit voller Absicht nicht darauf reagiert.« Er lehnte sich noch weiter zurück und spreizte die Beine. *Ekelpaket.* Das hier war nicht ihr Leif. Ihr Leif schaute sich bekifft und nur in Unterwäsche *The Blair Witch Project* an. Ihr Leif misstraute Banken, stand auf Tiny Houses und Hacky Sack. Ihr Leif hasste Ronald Reagan, aß im Whirlpool Burritos und hatte einen Freund, der nur Schnurrbart gerufen wurde und dessen richtigen Namen er gar nicht kannte. Ihr Leif überprüfte immer, ob die Haustür und die Fenster verriegelt waren, weil er befürchtete, jemand könnte ihm sein Gras klauen. Aber dadurch hatte Mika sich sicher gefühlt. Und es störte ihn auch nicht, dass sie beim Sex die Schlafzimmertür offen ließ. Eine ihrer Marotten, hatte Leif bestimmt gedacht, genau wie ihre

Abneigung gegen »Return of the Mack«, denn wer, bitte schön, liebte diesen Song denn nicht? Jedes Mal, wenn sie gefeuert wurde, hatte ihr Leif sich in viel zu enge Klamotten gezwängt, war in der Wohnung herumgetanzt und hatte »Fetter Mann im engen Mantel« geträllert. Das hier war ein neuer Leif. Dieser neue Leif trug maßgeschneiderte Jeans, einen Haufen Lederarmbänder und trank grünen Saft. Der neue Leif verbrachte vermutlich jede Menge Zeit mit Sport, während er den Hass auf seine Ex pflegte wie einen scharfen Dolch.

Mika schlug einen neuen Ton an. »Du musst mir einen Gefallen tun.«

Leif blinzelte nur. »Nein.«

Sie wartete auf eine Erklärung. Wartete. Wartete. Offenbar kam da nichts mehr.

»Schönen Tag noch.« Er nahm sein Handy vom Schreibtisch und tippte auf dem Display herum.

»Leif.« Nur mit Mühe konnte Mika ihre Stimme ruhig halten. »Du schuldest mir was. Für Puerto Rico.«

Er ließ das Telefon fallen und presste eine Hand an diese wunderbare, T-Shirt-bedeckte Brust. Hatte Leif neuerdings Brustmuskeln? »Ich schulde dir was?« Er hatte seine Stimme erhoben und Mika zuckte erschrocken zusammen. »Warum denn das?«

Brennend heißer Zorn durchfuhr sie wie ein elektrischer Schlag. »Ich habe für dich den Drogenkurier gespielt«, zischte sie. Am Flughafen hatte er ihr plötzlich eine Tüte in die Hand gedrückt und sie mit diesem Funkeln in den Augen angesehen, als hätte er gerade eine vollkommen neuartige Erkenntnis gehabt, die den Lauf der Welt verändern würde. *Tu das einfach in deine Tasche, Babe. Bitte, das könnte der Startschuss für mein Geschäft sein, ist eine ganz neue*

Sorte. Wir werden reich. Und sie hatte es getan. Hatte tausend Ängste ausgestanden während des Fluges und bei der Zollkontrolle.

»Samen«, konterte Leif gereizt, als würde sie vollkommen überreagieren. »Es waren nur Samen.« Kopfschüttelnd fuhr er sich mit der Hand durch die Haare. Dann riss er sich zusammen.

Als sie wieder zu Hause waren, hatte Leif geschmollt. *Nie unterstützt du mich bei meinen Plänen.*

Vollkommen perplex hatte sie geantwortet. *Aber ich habe doch die Samen für dich geschmuggelt.*

Leif wurde endgültig trotzig. *Aber du wolltest es nicht tun. Ich glaube nicht, dass ich mit jemandem zusammen sein kann, der nicht auf meiner Seite steht.*

Willst du mich verarschen? Mika war wie vom Donner gerührt. *Du machst mit mir Schluss, weil ich deine Drogen für dich geschmuggelt habe, es aber nicht wollte?* Von da an ging es sehr schnell bergab. Möglicherweise hatte sie behauptet, seine Eltern seien Cousins ersten Grades. Und als ihn das nicht genug traf, hatte sie sich über seine Träume lustig gemacht. *Warum zum Teufel stehst du eigentlich auf diese winzigen Häuser?*, hatte sie geschrien, während sie wie ein Wirbelwind durch die Wohnung fegte und ihre Klamotten in Müllsäcke stopfte. Sie hatte bereits Hana angerufen, damit die sie abholte. *Du wirst nie einen Weed Shop eröffnen. Das ist lächerlich. Zweiunddreißig Jahre alt, und du jagst immer noch deinen Träumen hinterher.*

Wenigstens habe ich noch Träume, hatte er gesagt.

Bevor sie abgehauen war, hatte sie Leifs heißgeliebte Samen eingesteckt und sich später dabei gefilmt, wie sie sie die Toilette runterspülte. Das Video hatte sie an Leif geschickt. Seine Antwort bestand aus einem einzigen Wort:

Schlampe. Woraufhin sie zurückschrieb: **Fick dich, Leif.** Und so waren sie dann verblieben.

Nun brannten Mikas Wangen vor Scham. Sie strich mit gespreizten Fingern über ihre Knie. »Hör mal, es tut mir leid, dass ich gesagt habe, deine Eltern seien Cousins, und … alles andere auch. Mir ist inzwischen klar, dass wir überhaupt nicht zusammengepasst haben.« Ihre Beziehung war eine Art Verkehrsunfall gewesen. Irgendwie waren sie zusammengeprallt und auf eine Art aneinander hängengeblieben, die keiner von ihnen beabsichtigt hatte. Auf die Dauer hätte das niemals gutgehen können. Leif war die meiste Zeit high gewesen (manchmal warf er auch Pillen ein), während Mika sich emotional total abgeschottet hatte. Leif wusste nichts von Penny, aber sie stand immer zwischen ihnen wie eine unsichtbare Wand. Hin und wieder spürte er das. Wenn Mika plötzlich ganz still wurde. Wenn sie blind in einen Topf oder eine Pfanne starrte, in der gerade das Essen anbrannte. Aber sie brachte es einfach nicht über sich, ihm davon zu erzählen. Ihm all die finsteren Schatten in ihrem Inneren zu offenbaren. Was würde er dann von ihr denken? Außerdem wollte Leif sich sowieso betäuben, und Mika war es bereits. Wirklich lebendig hatte sie sich nicht mehr gefühlt seit … eben schon sehr lange nicht mehr.

»Da hast du recht.« Mit seinem Kopfschütteln deutete er all das an, was es zu bereuen galt.

Einen Moment lang saßen sie sich schweigend gegenüber. Drückende Stille breitete sich im Raum aus. »Ich brauche deine Hilfe«, sagte Mika schließlich. Jetzt musste sie betteln. Ihr wurde übel. Er hatte sie genau da, wo er sie haben wollte, auf den Rücken gerollt, mit einer weißen Fahne in der Hand. Sagte er jetzt wieder Nein, würde sie nach Hause fahren und sich eine neue Geschichte ausdenken, die sie Penny erzählen konnte. *Leif hatte einen Unfall mit dem Boot. Er ist auf See verschollen, vermutlich tot. Wirklich traurig, aber ich muss weitermachen. Kennst du vielleicht irgendwelche Singlemänner Mitte dreißig?* Andererseits wollte sie, dass Penny sie mit Leif zusammen sah. Sah, dass Mika geliebt wurde. Dass sie es wert war, auch von ihr geliebt zu werden. »Vor sechzehn Jahren habe ich mein Baby zur Adoption freigegeben.« Die Worte hatten ihren Mund verlassen, bevor es ihr bewusst wurde.

Stumm starrte sie ihn an, versuchte, in seinem Gesicht zu lesen. Seine Kiefermuskulatur spannte sich an. Schließlich stand er auf und nahm seinen Schlüsselbund vom Tisch.

»Bitte, Leif.« Mika sprang auf und stellte sich ihm in den Weg.

Ruhig blickte er auf sie herunter. »Komm, Mika.« Ganz sanft sagte er das, viel zu nett. »Ich habe noch nichts gegessen. Gönnen wir uns einen Happen. Ich lade dich ein.«

Nun war sie sprachlos. Sie hatte keine Ahnung, was sie mit diesem neuen Leif anfangen sollte. Oder auch mit sich selbst. »Okay«, sagte sie unsicher.

Wieder huschte dieses freche Grinsen über sein Gesicht, aber diesmal schimmerte dabei auch etwas von dem alten Leif durch. »War ja klar. Du hast noch nie eine kostenlose Mahlzeit ausgeschlagen.«

Wie sie es hasste, wenn er recht hatte.

*

Leif führte sie zu einem Diner am Ende der Straße. Dort bestellte sie sich eine doppelte Portion Pfannkuchen mit

Speck. Leif nahm einen Salat ohne Dressing und schien irritiert darüber zu sein, dass sie keine Knochenbrühe hatten. Während sie aßen, erzählte Mika ihm von Penny, von ihren Lügengeschichten, einfach alles. Als sie damit fertig war, griff Leif nach seinem Wasser, trank einen Schluck und sah sie über den Rand des Glases hinweg nachdenklich an. »Also?« Mika zerfetzte ihre Serviette, rollte die einzelnen Stücke zu kleinen Kügelchen und reihte diese an der Tischkante auf wie Soldaten.

Er stellte das Glas ab und fuhr sich mit der Hand über das Gesicht. »Oh Mann, lass mir einen Moment Zeit. Das war schließlich eine Menge Information. Ich habe immer gespürt, dass du etwas vor mir verheimlicht hast.« Leif begann, laut nachzudenken. »Manchmal habe ich mich gefragt, ob du vielleicht gar nicht auf mich stehst, sondern eher auf Hana ...«

Verblüfft zog Mika die Brauen hoch. Er meinte es ernst. Aber das konnte er doch gar nicht ernst meinen. »Echt jetzt? Das war deine Schlussfolgerung? Und das hast du die ganze Zeit mit dir herumgeschleppt?« Typisch Mann: *Sie steht nicht auf mich, also muss sie eine Lesbe sein.* »Bitte sag mir, dass dein Ego nicht wirklich so schwach ist.«

Feine rote Linien zeichneten sich auf seinen Wangen ab. »Du hast recht, tut mir leid. Aber so ganz habe ich es mir dann auch nicht eingebildet, oder? Du warst vielleicht nicht in Hana verliebt, aber du hast ihr auf eine Art und Weise vertraut, wie du mir nie vertraut hast.«

»Das stimmt wohl.« Wenn es hart auf hart kam, ging Mika zu Hana. Wenn Pennys Geburtstag näher rückte, hatte Mika ihre Sachen gepackt. *Mädelsausflug,* hatte sie immer verkündet. Dann hatte sie die Woche bei Hana verbracht, hatte Leifs Anrufe ignoriert und sich der Ungerechtigkeit des Lebens hingegeben. Dem unerklärlichen Schmerz.

»Und was ist … ich meine … wer ist Pennys biologischer Vater? Weiß er von ihr?«

»Er wird nie erfahren, dass es sie gibt«, antwortete Mika scharf.

»Okay.« Leif warf ihr einen fragenden Blick zu.

»Er ist kein Thema«, betonte Mika hastig, »das Thema ist Penny. Sie wird zu Besuch kommen, und sie denkt, du wärst mein Freund und würdest mich anbeten.«

»Mika.« Auf Leifs Gesicht zeichnete sich so unendliche Traurigkeit ab, dass Mika sich abwenden musste, um nicht loszuheulen. Die Kellnerin brachte die Rechnung. Leif holte mehrere Scheine aus seiner Brieftasche und legte sie auf das Tablett. »Ich brauche frische Luft.« Damit ging er hinaus. Mika bekam die zuschwingende Tür zu fassen und hetzte hinter ihm her. Auf diesem Abschnitt der Twenty-Third war nicht viel los. Ein Fahrradfahrer schoss an ihnen vorbei. Wesentlich langsamer war da die Mutter mit ihrem Kleinkind.

»Leif«, begann Mika wieder, als er an einer Ecke stehen blieb. »Ohne dich schaffe ich das nicht.« Sie schluckte schwer. »Ich brauche dich. Brauche … das.«

Fünf quälend lange Sekunden sah er sie an, mit leicht geneigtem Kopf und prüfendem Blick. »Also gut«, sagte er dann, obwohl er alles andere als überzeugt klang. »Ich werde es tun.«

Mika begann zu strahlen. »Ehrlich?«

»Nur fürs Protokoll: Ich halte das für eine ganz miese Idee.« Er breitete ergeben die Hände aus. »Aber wenn es dir so viel bedeutet …«

»Ja, das tut es. Mehr als irgendetwas sonst.«

»Dann sag mir, was ich zu tun habe.«

Sie nannte ihm Datum und Uhrzeit, und er vermerkte es in seinem Handy. »Am besten trägst du einen Anzug oder so. Ich schicke dir eine Zusammenfassung von allem, was ich Penny erzählt habe. Aber die Highlights sind folgende: Wir sind wahnsinnig verliebt, ich eröffne gerade meine eigene Galerie, du bist im Agrarwesen tätig, was ich aber nicht genauer ausgeführt habe.« Sie überlegte kurz. »Für den Rest ihres Aufenthalts finde ich dann schon irgendwelche Ausreden.«

Leif seufzte schwer. »Okay, ist klar.«

»Und du hast mich zur Premiere von *Hamilton* eingeladen.« Pause. »Wo wir auch die Darsteller getroffen haben.«

»Wow.«

»Es war total romantisch. Du hast mich damit überrascht, und hinterher haben wir uns am Times Square geküsst.«

»Ich bin wirklich stolz auf mich.«

Mika sah ihn an. »Das wird schon laufen.«

Leif ließ seinen Schlüsselbund kreisen. »Die Chancen stehen fünfzig-fünfzig, dass dir das Ganze um die Ohren fliegt.« Mit einem Zungenschnalzer fügte er hinzu: »Wie willst du eigentlich das mit der Galerie hinkriegen?«

»Den Teil habe ich noch nicht ganz ausgetüftelt. Vielleicht sage ich Penny einfach, da würde noch renoviert.«

»Sie wird die Räumlichkeiten trotzdem sehen wollen.«

»Ach, keine Ahnung.« Mika winkte ab. »Dann behaupte ich eben, dort gäbe es Asbest oder so.« Wie mühelos sie inzwischen log. Viel zu mühelos. Sie tröstete sich mit dem Gedanken, dass es ja keine schlimmen Lügen waren. Wichtig war nur die Verbundenheit zwischen Penny und ihr. Die war echt. Und das zählte.

»Ich hätte da vielleicht etwas für dich. Im Norden der Stadt … ich besitze da ein Lagerhaus. Ursprünglich wollte ich es als Gewächshaus nutzen, aber dann haben in der Straße überall Künstlerateliers aufgemacht, weil die Miete so billig ist. Also habe ich das als Fingerzeig des Universums gesehen und in dem Lagerhaus ebenfalls Ateliers eingerichtet.« Mika blinzelte überrascht. Ein Gewerbegebiet, das zur Künstlerhochburg wurde. Leif kratzte sich am Kopf. »Jedenfalls bin ich mit einem der Künstler befreundet, der dort eingezogen ist. Vermutlich könntest du seine Werke ausstellen.«

Ohne nachzudenken, fiel Mika ihm um den Hals. »Danke.« Sie drückte ihr Gesicht an seine Brust. Er benutzte noch die gleiche Seife wie früher. Aber der kleine Rettungsring an seiner Hüfte war verschwunden. Irgendwie fehlte er ihr. Einmal hatte er ihr gestanden, dass die Kinder in der Schule ihn deswegen immer geärgert, ihn gezwickt und gepikt hatten. Sie hätte ihm sagen sollen, wie sehr sie seinen Körper liebte. Dass der Sex immer besser war, wenn der Partner kleine Makel hatte. Dadurch fühlte sie sich weniger befangen. Damals hatte es ihr nichts ausgemacht, wenn Leif ihre Ecken und Kanten sah.

»Gern geschehen.« Er erwiderte die Umarmung mit einem Arm.

Mika löste sich von ihm und blinzelte gegen die Sonne an. »Hey, weißt du noch, als wir damals im Bioladen waren und du den Kassierer gebeten hast, die Nummern vom Strichcode einzutippen, weil du nicht wolltest, dass der Laser dein Essen berührt?«

»Ja, ich erinnere mich.« Ein belustigtes Funkeln trat in seine Augen.

»Von allen nervigen Momenten mit dir war das der schlimmste.«

Er trat einen Schritt zurück. »Ich werde dafür sorgen, dass Adelle dir ein paar Bücher über Laser und ihren Einfluss auf Lebensmittel schickt.«

»Mach das.« Mika war schon ein ganzes Stück die Straße hinuntergelaufen, als sie sich noch einmal umdrehte und rief: »Und wenn du schon dabei bist, sag ihr, dass das *kanji* auf ihrem Arm ›Wiesel‹ bedeutet.« Fröhlich winkte sie Leif zu. »Halt mich auf dem Laufenden wegen der Galerie.«

Kapitel ACHT

»Aufwachen, Dornröschen, raus aus den Federn.« Am Samstagmorgen stand Mika mit zwei Bechern in der Hand an Hanas Bett.

Die ächzte gequält. »Geh weg.«

»Hoch mit dir«, lautete die fröhliche Antwort. »Wir haben eine Menge zu tun heute. Ich muss ein komplettes Leben faken, und dafür bleiben mir nur noch –«, Mika warf einen Blick auf die imaginäre Uhr an ihrem Handgelenk, »– acht Tage. Ich – drehe – gleich – durch. Außerdem hängt bei dir was raus.«

Grummelnd setzte Hana sich auf und zog ihr Schlafshirt zurecht, um sich zu bedecken. »Ich werde ein Schloss an meiner Zimmertür anbringen. Trägst du da einen Overall?«

»Gefällt er dir?« Mika warf sich in Pose.

»Mal so gar nicht. Wir müssen uns dringend deinem Kleiderschrank widmen, bevor Penny kommt. Mit deinem Walmart-Schick kommst du nicht weit.«

Mika reichte ihr einen der Becher. »Keine Sorge, Charlie will mir ihr schönstes Vorschullehrerinnen-Business-Casual-Outfit leihen, auch bekannt als mein persönlicher Ann-Taylor-Albtraum. Kleider machen Frauen. Oder sie vernichten sie. Und jetzt los, wir beginnen gleich mit unserer Hausrundumerneuerung, Spesen nicht inklusive.«

Hana nahm einen Schluck und spuckte ihn sofort zurück in den Becher. »Was ist das denn, verdammt?«

»Lauwarmer Apfel-Kombucha. Habe ich aus dem Ziegen-Yoga-Studio unten an der Ecke.«

»Das Zeug ist widerlich.«

»Aber es ist das, was Mika 2.0 eben trinkt. Gesunde Ernährung und eine probiotische Lebensweise sind ihr sehr wichtig. Sie ist absolut verrückt nach Fahrrädern, vor allem, wenn sie diese schmalen Sitze haben, die sich so richtig schön in den Hintern graben. Mit denen fährt sie am allerliebsten.« Mika quetschte ihren Becher zwischen einen Brotbackautomaten und vier tote Topfpflanzen. Dann hob sie ein T-Shirt vom Boden auf und schüttelte es aus. »Dieses Shirt riecht nach Rauch und schlechten Entscheidungen.« Sie warf es Hana zu. »Anziehen.«

»Bitte hör auf, von dir selbst in der dritten Person zu sprechen.« Hana drückte einen Arm auf die Augen.

»Aber, Hana«, erwiderte Mika in gespieltem Ernst, »wir müssen das Leben am Schamhaar packen.«

»Oh mein Gott, sag so etwas nie wieder.«

»Na los, in der Küche gibt es Donuts.«

Das überzeugte Hana. Wenig später kam sie aus ihrem Zimmer getappt, zwar mit Shirt, aber ohne Hose. Sie lehnte sich gegen den Küchentresen und knabberte an einem Müsliriegel. »Wie lautet der Plan?«

»Charlie und Tuan kommen gleich mit einem Truck. Hayato ist auch mit von der Partie, weil er gerade nichts Besseres zu tun hat. Dann beginnen wir mit der …« Mika suchte nach der richtigen Formulierung. Teufelsaustreibung? Reinigenden Feuersbrunst? »Entrümpelung. Und am Nachmittag machen wir ein bisschen was im Garten. Wir werden sowieso nicht alles an einem Tag schaffen.«

Hana legte ihren Müsliriegel auf einen Unterteller, den sie bei einem Garagenflohmarkt gegenüber gekauft hatte.

Sie strich kurz über eine der Schachteln, dann schlossen sich ihre Finger um einen Stapel *Architectural Digest*-Ausgaben. Sie waren an ihre Ex-Freundin Nicole adressiert. »Ich weiß nicht«, meinte sie mit leisem Trotz in der Stimme.

Sanft löste Mika ihre Finger von den Zeitschriften. »Vielleicht sollten wir klein anfangen, zum Beispiel mit den Schuhen im Backofen?«

Hana atmete gepresst durch die Nase. »Okay. Okay.«

Mit viel Überredungskunst brachte Mika sie dazu, sich eine Hose anzuziehen, und zwanzig Minuten später standen Charlie und Tuan mit einem leuchtend grünen Lieferwagen vor der Tür: *B. J.'s Transport und Entsorgung*. Ungefähr zur gleichen Zeit traf Hayato ein, der etwas von Umzügen sagte und dass sie das Schrecklichste überhaupt seien. Sie machten sich nicht die Mühe, ihn zu korrigieren. Hana lebte seit Jahren in diesem Haus.

Sie schufteten den ganzen Tag. Aus dem Kühlschrank beförderten sie einen versteinerten Hackbraten, klumpige Milch und matschigen Kimchi ans Licht. Kisten und Schachteln wurden geöffnet und ausgepackt. Was bleiben durfte, wurde auf dem leergeräumten Küchentisch zwischengelagert, alles andere in den Lieferwagen gebracht, den Tuan sich ausgeliehen hatte. Hinterher war das Chaos noch größer als zu Beginn. Tuan montierte eine Fahrradhalterung an der Wand, und Charlie brachte Mika neue Klamotten und ein paar Fahrradoutfits vorbei.

»Penny wird bestimmt nicht in meinen Schubladen herumwühlen«, wehrte sich Mika, als Charlie die Trikots und Lycra-Shorts einräumte.

Die aber streckte ihr noch einige Teile entgegen. »Elastan gibt Selbstvertrauen.«

Als es ihnen drinnen zu heiß und stickig wurde, verlagerten sie sich in den Garten. Charlie zog sich ein paar Handschuhe über und begann, Unkraut zu jäten. Tuan und Hayato beschnitten die riesige Eiche im Vorgarten. Im Herbst warf der Baum immer so viele tote Blätter ab, dass sich die Nachbarn bereits beschwert hatten.

Irgendwann ging Mika nach hinten, um Hana zu suchen. »Charlie will zum Gartenmarkt fahren und ein paar Einjährige kaufen ... zumindest habe ich das so verstanden. Ich gehe mal davon aus, dass sie Pflanzen meint. Willst du mitkommen? Was machst du da eigentlich?« Hana hatte ihr den Rücken zugedreht, sie hielt den Gartenschlauch in der Hand. Langsam ging Mika um sie herum. Das vertrocknete Gras knirschte unter ihren Füßen. »Ich bin mir ziemlich sicher, dass dieser Baum tot ist.« Hana wässerte einen kleinen, braunen, verkümmerten Ahornbaum.

»Den haben Nicole und ich gepflanzt. Das war das Allererste, was wir nach dem Einzug gemacht haben.«

Mika musterte den Baum vorsichtig. »Ich weiß ja nicht, ob der noch zu retten ist.«

Doch Hana schüttelte entschlossen den Kopf. Zwischen ihren Brauen war eine traurige Falte entstanden. »Ich werde ihn durch meine Liebe wieder zum Leben erwecken.«

Nun kam Charlie angestapft. »Vergesst das mit dem Gartencenter.« Sie zog ihre Handschuhe aus. »Ich bin platt. Braucht hier noch jemand einen Drink?«

Sofort ließ Hana den Schlauch fallen. »Ich hole Gläser.«

Am Ende des Tages hatte Mika Schmerzen an Stellen, wo sie bislang nie Muskeln vermutet hatte. Sie lag auf ihrem Bett, sah dem trägen Deckenventilator bei der Arbeit zu und hatte nicht einmal mehr genug Kraft, um sich die Schuhe auszuziehen. Ihre Mutter wäre gestorben vor

Scham. Küche und Wohnzimmer versanken im Chaos, aber zumindest waren alle Kisten und Schachteln verschwunden. Definitiv ein Fortschritt. Ihr Telefon piepte. Blind tastete sie auf dem Boden vor dem Bett herum, bis sie es fand. Zwei Nachrichten. Die erste war von Leif, er hatte ihr eine Adresse geschickt und dazugeschrieben: **Stanley hat nichts dagegen, dass du seine Werke ausstellst, aber er arbeitet diese Woche noch im Atelier, du kannst also vorerst nicht rein.**

Die zweite Nachricht stammte von Penny: **Ich freue mich so darauf, dich zu sehen. Nur noch gut eine Woche! Morgen Facetime?**

Mika antwortete: **Klar, morgen Facetime. Freue mich auch total. Habe heute schon mal das Haus für dich aufgeräumt.** Ihr fielen die Lider zu, doch das Telefon piepte schon wieder. Noch einmal Penny: **Hoffentlich machst du dir nicht zu viele Umstände.** Mika konnte nur noch lachen.

*

Fünf qualvolle Tage später setzten sich Hana, Charlie und Mika in dem frisch geputzten Haus zu einem Abendessen zusammen. Die Böden waren geschrubbt, die Wände frisch gestrichen. Das Gras war gemäht, und der Fußweg durch den Vorgarten wurde nun von kleinen Blumen gesäumt. Tuan hatte sogar den Riss in der Decke repariert. Sie hatten die Möbel in Richtung Kamin ausgerichtet und dort Fotos aufgestellt, die Mika an den spektakulärsten Orten der Welt zeigten – zusammengeschustert von dem Techniker an Charlies Schule. Es gab einen gemütlichen Sessel, in dem man sich an Regentagen zu einem Lesestündchen niederlassen konnte. Mikas Bett hatte eine neue weiße Decke bekommen, außerdem standen eine Kristalllampe und ein Schmuckschälchen auf dem Nachttisch.

In der Küche waren die Arbeitsflächen nun ordentlich, dank des großen Fensters zum Garten war es hell und luftig. Draußen hatten sie die Lichterkette wieder aufgehängt, einen alten Picknicktisch abgespritzt und ihn mit Windlichtern und weißen Kerzen dekoriert, um Mikas Instagram-Bild nachzustellen. Auf den Granitflächen in der Küche standen funkelnde kleine Küchenhelfer – alles dank Hanas nächtlichen QVC-Käufen. *Ich wollte Nicole ein echtes Heim schaffen*, hatte sie erklärt, als sie die Geräte einsteckten. Den Esstisch schmückten nun ein zarter Farn und eine weiße Orchidee. Alles hier schrie nach selbst gebackenem Brot, Abenden am Kamin und Marmelade einkochen an sonnigen Tagen. Als sie sich umsah, spürte Mika, wie ihr ganz leicht ums Herz wurde. Hier hätte sie ein Baby großziehen können. Hierher könnte sie nach ihren ausgedehnten Reisen oder einem harten Arbeitstag in der Galerie heimkehren. Diese Wandlung erinnerte sie an ihre Highschool-Zeit. Damals hatte sie im Ramschladen alte Bilder gekauft, weil sie sich keine neuen Leinwände leisten konnte. Anschließend hatte sie die Farbe abgekratzt oder einfach übermalt. Hatte etwas Neues geschaffen. Etwas Besseres.

»Nicht schlecht. Wirklich gar nicht schlecht.« Charlie ließ sich auf die Couch fallen. Heute Abend gab es Pad Thai und Pho. Eine letzte kleine Feier, bevor Penny kam. Zwischen den einzelnen Bissen stellte Mika ein Fotoalbum für Penny zusammen. Charlie und Mika hatten Abzüge auf dem Couchtisch ausgebreitet und suchten nun die besten heraus. Hana war während der vergangenen Stunde seltsam abwesend gewesen, hatte hauptsächlich in ihr Weinglas gestarrt, offenbar entschlossen, ihr Abendessen in flüssiger Form zu sich zu nehmen.

»Oh! Das hier muss unbedingt mit rein.« Charlie reichte Mika ein Foto.

Auf dem Hochglanzbild war Mika ungefähr in Pennys Alter. Eine Sechzehnjährige vor einer Staffelei, hinter ihr eine Kohlezeichnung. Unwillkürlich rieb Mika die Fingerspitzen aneinander, glaubte wieder den feinen Staub auf der Haut zu spüren. Es hatte sich so gut angefühlt, etwas zu erschaffen. So befreiend, als würde man aus seiner Haut herausplatzen. Mika legte das Foto zurück. Als das Porträt, das im Hintergrund zu sehen war, schließlich fertig gewesen war, hatte Hiromi sich kritisch darübergebeugt und die Nase gerümpft. *Das hast du selbst gemalt? Nicht nur abgepaust?* Einen Großteil ihrer Kindheit hatte Mika damit verbracht, ihre Mutter davon zu überzeugen, dass sie malen konnte. Im ersten Jahr am College dann hatte sie Hiromi beweisen wollen, dass sie es auch verdiente. »Das hier nicht.«

Verwundert runzelte Charlie die Stirn. »Okay …« Für sie war es ein Mysterium: Warum malte Mika nicht mehr? Nur Hana kannte die Wahrheit. »Du warst so gut.«

Warst. Das war das Schlüsselwort. Das alles – die Reisen, die Malerei – war heute nur noch ein Geisterleben. Etwas, das Wirklichkeit hätte werden können, aber nie hatte sein sollen. »Haben wir auch ein Bild von meinen Eltern?«, fragte Mika schnell.

Hana schenkte sich Wein nach.

»Hier.« Charlie reichte ihr ein anderes Foto. Hierauf sah man die sechsjährige Mika mit Hiromi und Shige, stolz vor einem nagelneuen Fernseher posierend. Shige hatte ihn extra gekauft, um Kristi Yamaguchi bei den Olympischen Spielen sehen zu können. Drei Jahre später verfolgten sie auf dem Gerät die Berichte über die Anschläge der Aum-Sekte in Japan. Hiromi blieb die ganze Nacht wach und telefonierte mit Angehörigen, weinte mit ihnen. Auf dem Foto hielt Mika die Hände brav vor dem Körper gefaltet, ihr Haar hatte den klassischen Topfschnitt, den alle asiatischen Kinder damals getragen hatten. Hiromi, die hinter ihr stand, trug weit geschnittene gebleichte Jeans und eine goldene Brille mit rosa getönten Gläsern. Ihre Hand ruhte wie eine Warnung auf Mikas Schulter: *Du bleibst hier bei mir.*

Ohne zu zögern, klebte Mika das Bild in das Album. »Perfekt.« Vielleicht wollte Penny ihre biologischen Großeltern sogar kennenlernen. Dann würde sich Mika eine Ausrede einfallen lassen. *Sie machen gerade eine Kreuzfahrt, aber vielleicht klappt es ja beim nächsten Mal.* Nur dass Mika wusste, dass es kein nächstes Mal geben würde, egal was Penny in diesem Moment glauben mochte. Ihre Tochter kam her, um ihre biologische Mutter kennenzulernen, um Antworten auf ihre Fragen zu bekommen, und danach würde sie ihr echtes Leben weiterleben – ohne Mika. Mika kannte sich selbst gut genug, um zu wissen, dass sie immer nur für eine Saison geliebt wurde, nie ein ganzes Leben lang.

Auf dem Tisch lagen eine Menge Fotos aus Hanas und Mikas Highschool-Zeit. Eines davon sprang Mika ins Auge: Sie beide, zusammen in der Stadt unterwegs. Hana hatte Mika einen Arm um die Schultern gelegt, hinter ihnen waren Demonstranten mit einem SÍ SE PUEDE-Schild zu sehen. Damals hatten sie die Schule geschwänzt, um sich einem Landarbeiterprotest anzuschließen. Wofür genau sie auf die Straße gegangen waren, hatte Mika gar nicht gewusst – Demos waren eher Hanas Ding –, aber es hatte sich einfach gut angefühlt, dort mitzubrüllen, zu singen, aus dem Rahmen zu fallen. Hana hatte ihr dabei geholfen, ihre eigene Stimme zu finden. Laut und kraftvoll war das gewesen. Sie klebte auch dieses Foto in das Album.

Als Nächstes nahm sie ein Polaroid zur Hand, das Hana von ihr geschossen hatte: ihr erster Tag am College, Mikas Grinsen so breit wie bei einem Kind an Weihnachten. Nach Hiromis Plan hätte Mika Wirtschaft studieren und zu Hause wohnen sollen, aber Mika hatte immer ein Kunststudium mit Zimmer im Wohnheim angestrebt.

Also hatten Hana und sie gemeinsam den Papierkram für die Studienbeihilfe und das Wohnheim eingereicht und tatsächlich einen staatlichen Zuschuss erhalten. Am Abend vor ihrem Umzug hatte Mika die Zeiger nicht aus den Augen gelassen und neun Uhr herbeigesehnt, da Hiromi dann üblicherweise schlafen ging. Ihre Mutter sollte möglichst müde sein, dann war das Risiko eines großen Streits am geringsten. Als ihr Vater den Fernseher ausschaltete, wappnete sich Mika und verkündete schließlich, dass sie ausziehen und Kunst studieren werde. Mit geballten Fäusten hatte sie dagestanden, bereit, ihr Leben für diesen Traum in die Waagschale zu werfen.

Undankbar hatte Hiromi sie genannt. Sie trug bereits ihren Morgenmantel. Shige hatte seine Tochter nicht einmal angesehen. *Dieses Mädchen glaubt, es könne eine Malerin werden*, hatte Hiromi ihm entgegengeschleudert. Dann hatte sie ihre Wut gegen Mika gerichtet. *Du wirst nie eine Künstlerin sein. Du wirfst dein Leben weg. Verschwinde.* Abfällig hatte sie mit der Hand gewedelt. Ihr Zorn hatte eine solche Wucht gehabt, dass er Mika die Zähne hätte ausschlagen können. *Wenn du das alles hier so sehr hasst, verschwinde. Vielleicht kann ich dann endlich wieder schlafen.* Also hatte Mika ihre Sachen gepackt und war zu Hana gefahren. Es hatte geregnet in dieser Nacht. Mika hatte sich die Tränen abgewischt und sich mit dem Gedanken getröstet, dass sie sowieso nicht hätte bleiben wollen, keinen weiteren Moment mit einer Frau verschwenden wollte, die bereit war, sie so einfach aus ihrem Leben zu verbannen. Großartige Ambitionen hatte sie. Das gebrochene Mädchen, das sich freikämpft.

Im Wohnheim hatte sie sich zum ersten Mal wie eine richtige Künstlerin gefühlt: schmuddelige Wände, eine zischende Heizung, der Schrank voll mit schwarzen Klamotten. Zu allem kam sie immer fünf Minuten zu früh. Oh Mann, sie erinnerte sich daran, wie sie ständig auf die Uhr geschaut hatte, so sehr hatte sie dem Beginn ihres wahren Lebens entgegengefiebert. Überhaupt hatten Minuten und Stunden immer eine bedeutsame Rolle gespielt. Sie wusste sogar, um welche Uhrzeit Penny gezeugt wurde. Sie hatte den Kopf gedreht und den Wecker auf dem Nachttisch gesehen: 00:01 Uhr. Die digitalen Ziffern hatten im selben Rotton geglüht wie der Laser, mit dem Scharfschützen ihr Ziel markieren. Heute achtete Mika nicht sonderlich auf die Zeit. Ihr war es nur recht, wenn sie einfach verrann. Seufzend klebte sie das Foto ein und hinterließ dabei einen sichtbaren Daumenabdruck auf ihrem strahlenden Gesicht.

Das letzte Bild zeigte Mika, als sie im siebten Monat schwanger war: lächelnd in einen Sessel gekuschelt wie ein kleines Tier, die Haare zu zwei Space Buns aufgesteckt.

Hana ließ den Wein in ihrem Glas kreisen; ein undefinierbarer Ausdruck huschte über ihr Gesicht. »Entschuldigt mich«, sagte sie abrupt, dann verschwand sie durch die Hintertür nach draußen.

Natürlich wollten Charlie und Mika ihr sofort hinterher. Durch das Fenster beobachteten sie, wie Hana zu dem verkümmerten Ahornbaum ging, den sie mit Nicole gepflanzt hatte. Sie bückte sich, packte den Stamm mit beiden Händen und zog. Der Baum rührte sich nicht.

»Sollen wir ihr eine Schaufel holen?«, raunte Charlie.

»Nein. Ich glaube, sie durchlebt gerade einen wichtigen Moment«, sagte Mika.

Hana stieß einen merkwürdig traurigen, halbherzigen Kampfschrei aus. Noch einmal schlang sie die Finger um den Stamm und zog, zog, bis die toten Wurzeln endlich rissen. Es geschah so plötzlich, dass Hana rückwärtstaumelte und auf dem Hintern landete. Sie saß da für einen Moment, schwer atmend und mit geröteten Wangen. Ein wildes Funkeln ließ ihre Augen strahlen. Dann hob sie den Kopf, sah zum Fenster und erwiderte Mikas und Charlies Blick.

Charlie hob ihr Weinglas. Mika folgte ihrem Beispiel. Sie stießen miteinander an. »Auf Neuanfänge«, verkündete Charlie.

»Und die großen Erwartungen«, ergänzte Mika.

Kapitel NEUN

Sonntag. Mika wartete an der Gepäckausgabe des Flughafens Portland. Fünf Mal hatte sie schon auf ihr Handy geschaut, um Pennys und Thomas' Flug zu verfolgen. Sie waren früher gelandet, schon vor zwanzig Minuten. Trotzdem waren sie nirgendwo zu sehen. Und wenn Penny es sich nun anders überlegt hatte? Wenn Thomas dafür gesorgt hatte, dass sie es sich anders überlegte? Unruhig suchte sie die Menge ab. Ein Kind, dicht gefolgt von seinen lächelnden Eltern, rannte auf ein älteres Ehepaar zu. »Opa, Oma!«, schrie es. Ein schlanker Typ ließ seine Reisetasche fallen und umarmte einen Kerl mit Strickmütze. Ein dunkelhaariges Mädchen lief voller Energie neben einem hochgewachsenen, attraktiven Mann. Mikas Eindrücke prallten wie bei einem Autounfall aufeinander und formten sich zur Erkenntnis. *Penny und Thomas*. Sie waren da. Endlich.

Ein breites Lächeln legte sich auf Mikas Züge. Wohlige Wärme breitete sich in ihrem Inneren aus, ein Gruß vom Serotoninspiegel. Penny entdeckte Mika und lief los. Vor Mikas innerem Auge erschienen Videos von Kindern, die ihre ersten Schritte machen, direkt in die ausgebreiteten Arme ihrer Eltern. Penny blieb abrupt vor ihr stehen, und sie starrten einander an. *Eigentlich sollte jetzt Musik spielen*, dachte Mika. Klavier. Eine Liebesschnulze. Ein weicher Filter ließ den Tag verschwimmen, verlieh ihm die zarte Nebelhaftigkeit eines Traumes.

Penny brach das Schweigen. »Darf ich dich umarmen?«, fragte sie schüchtern.

»Ja, bitte.« Mika breitete die Arme aus, und Penny schmiegte sich hinein. Am liebsten hätte Mika sie fest an sich gedrückt und nie wieder losgelassen, aber sie hielt sich zurück. Ganz sachte schloss sie die Arme um ihre Tochter. Doch die Sehnsucht nach Liebe in ihrem Inneren wurde so stark, dass sie glaubte, gleich zu zerplatzen.

Thomas trat zu ihnen; es war, als würde sich eine dunkle Wolke vor die Sonne schieben.

Penny löste sich aus der Umarmung. Thomas versetzte ihr einen leichten Stups. »Das ist das erste Mal, dass ich miterlebe, wie dir die Worte fehlen«, stellte er liebevoll fest. Vielleicht war er ja doch nicht so übel.

Mika zwang sich, ihm ins Gesicht zu sehen. Sie hätte sich innerlich wappnen sollen: scharfe Züge, leuchtend grüne Augen, strubbeliges, nicht ganz kurzes, aber ordentlich geschnittenes Haar, in dem sich erste graue Strähnen zeigten. Thomas sah gut aus. Richtig heiß. Aber nein. Nein. Auf gar keinen Fall. Mika pfiff sich innerlich zurück. Plötzlich fühlte sie sich extrem unwohl, spürte, wie ihre Wangen glühten.

»Freut mich, Sie kennenzulernen, Tom. Ich bin Mika.« Sie streckte ihm die Hand entgegen.

»Thomas«, korrigierte er, und von der Wärme, die er Penny gegenüber gezeigt hatte, war plötzlich nichts mehr zu spüren. Sie schüttelten sich die Hand. Sein Griff war fest und selbstsicher, Mikas ein wenig feucht und nachgiebig. Ungefähr wie ein toter Fisch.

»Ich habe voll Schiss und freue mich gleichzeitig total. Ich weiß gar nicht, wo ich anfangen soll.« Pennys Fingernägel waren kurz und in grellem Pink lackiert. Sie trug einen Ring am rechten Mittelfinger, den sie nervös drehte.

Mika konzentrierte sich wieder auf sie, spürte aber noch immer Thomas' bohrenden Blick. »Lasst uns euer Gepäck einsammeln und dann etwas essen. Klingt das gut?«

»Perfekt«, nickte Penny.

Mika lächelte, Penny ebenso. Es war als würde sie in einen Spiegel blicken. Mika sah sich selbst mit sechzehn, so jung und voller Hoffnung. Eben so, wie sie *davor* gewesen war.

*

»Sind Sie sicher, dass Sie keine Hilfe brauchen?« Sie standen im Parkhaus, und Thomas trat unruhig von einem Fuß auf den anderen. Autos hupten, Motoren wurden gestartet. Es roch ein wenig nach Abgasen. Das Wetter war allerdings gut, die Sonne schien. Es war einer dieser Tage, an denen man eigentlich gar nicht schlecht gelaunt sein konnte. Na ja, zumindest die meisten Menschen nicht. Thomas schien die Rolle des stillen, mürrischen Typen perfekt verinnerlicht zu haben, vollkommen unabhängig vom Wetter. *Das hat er wirklich gut drauf.*

»Nein, das geht schon.« Mika fummelte mit den Autoschlüsseln herum. Sie hatte sich für Pennys und Thomas' Besuch Charlies Volvo geliehen. Eindeutig besser als ihr verrosteter Corolla, dessen einer Seitenspiegel seit der unglücklichen Kollision mit einem Baum nur noch von Klebeband gehalten wurde. Allerdings schien die Batterie im Funkschlüssel spontan den Geist aufgegeben zu haben, weshalb sie nun alles auf die altmodische Art machen und tatsächlich den Schlüssel benutzen musste. Bei den Türen hatte sie es problemlos geschafft, scheiterte nun aber daran, den Kofferraum zu öffnen. »Alles gut.«

»Ja. Das haben Sie jetzt schon sechs Mal gesagt.« Wieder trat Thomas von einem Fuß auf den anderen.

»Ich benutze den Kofferraum einfach so selten«, rief Mika über die Schulter, da sie sich gerade über den Vordersitz nach hinten streckte. Dabei war ihr schmerzlich bewusst, dass ihr Hintern in die Höhe ragte und sie von Penny und Thomas aufmerksam beobachtet wurde. »Augenblick noch, ich glaube, jetzt habe ich es.« In Wahrheit hatte sie ihr Handy aus der Tasche geholt und schickte Charlie eine Nachricht: **Wie öffnet man deinen beschissenen Kofferraum?**

»Lassen Sie mich mal.« Thomas' Stimme klang näher als zuvor. Hastig drehte Mika ihr Handy mit dem Display nach unten und richtete sich auf. Sie standen nun beinahe Brust an Brust. Thomas verzog die Lippen, was trotz des Dämmerlichts im Parkhaus deutlich zu sehen war. »Darf ich?«

»Äh ... klar. Schätze schon«, stammelte Mika, der das sichtlich peinlich war. Betreten stellte sie sich zu Penny an das Heck des Wagens.

Thomas faltete seinen langen Körper zusammen und spähte ins Wageninnere. Viel zu schnell verkündete er: »Da ist er ja.« Durch das Heckfenster beobachtete Mika, wie er einen Hebel betätigte. Der Kofferraum sprang auf.

»Er hat einfach ein Händchen für Autos«, erklärte Penny. Thomas trat mit einem überlegenen Lächeln zu ihnen.

Lässig hob er den Kofferraumdeckel an. »Haben Sie nicht gerade gesagt, dass Sie den Kofferraum nicht benutzen?«, fragte er gedehnt.

»Was?« Mika stellte sich neben ihn, achtete aber sorgfältig auf den passenden Abstand. *Na toll.* Offenbar hatte

Charlie vergessen, den Kofferraum auszuräumen, weshalb sich dort nun ein Verbandskasten, ein paar Wäschestücke aus der Reinigung und eine Kiste mit CDs fanden, Letztere mit einem Schild versehen, auf dem »Spenden« stand.

Thomas zog eine der CDs heraus. »Slow Jams – Musik für heiße Momente«, stand auf dem Cover. Er sah zu Mika hinüber und kniff kaum merklich die Augen zusammen.

Die riss ihm die CD aus der Hand und warf sie zurück in die Kiste. Entschlossen schlug sie den Kofferraumdeckel zu. »Wir verstauen euer Gepäck wohl besser auf der Rückbank.«

Zwischen Thomas' Brauen bildete sich eine kleine Falte. »Koffer auf die Rückbank? Die Rollen sind schmutzig.«

»Das geht doch gut mit dem Gepäck auf der Rückbank, ich setze mich einfach daneben. Ich kann mich gut in enge Ecken quetschen«, versicherte Penny und lächelte Mika strahlend an. Die beiden waren ungefähr gleich groß, also circa eins achtundfünfzig. Natürlich wusste Mika nicht, wie groß Caroline gewesen war, aber Thomas brachte es mindestens auf eins fünfundachtzig. Diesmal war es Mika, die selbstzufrieden grinste. *Das hat sie von mir – die Größe und den schmalen Körperbau,* dachte sie.

Thomas räusperte sich. »Großartig.«

»Großartig«, bekräftigte Penny, während Thomas die Koffer auf die Rückbank schob. »Dann auf zum Essen. Kleine Warnung vorweg: Ich habe in letzter Zeit hart trainiert und nehme mir gerade eine Auszeit. Das heißt, heute kenne ich beim Thema Essen kein Erbarmen.« Penny rieb sich mit einem erwartungsfrohen Grinsen die Hände. »Macht euch auf Erstaunliches gefasst.«

*

Thomas schauderte, als Mika am Straßenrand hielt, direkt neben Cartlandia, dem Mekka der Foodtrucks. Als sie es bemerkte, wurde ihre Stimmung noch besser. *Sein Lieblingsessen ist wahrscheinlich ungetoastetes Brot.*

»Hier gibt es eigentlich für jeden etwas«, verkündete sie, als sie aus dem Wagen stiegen. Der Duft von Curry, Miso und gebratenem Fleisch hing in der Luft. Auf dem Platz hatten mehr als dreißig Foodtrucks einen dauerhaften Standort gefunden. Es gab mehrere weiße Zelte, in deren Schatten Klapptische aufgebaut waren.

Penny und Mika gingen voran, Thomas folgte ihnen mit vor der Brust verschränkten Armen – ein Zeichen seines stummen Protestes. Man einigte sich darauf, erst einmal einen Erkundungsgang zu machen, um herauszufinden, wo es das beste Essen gab. Penny und Mika unterhielten sich fröhlich, wenn sie nicht gerade das Speisenangebot studierten. Wie sich herausstellte, *hasste* Penny Jack Kerouac. Sie hatte sich *Unterwegs* heruntergeladen und im Flugzeug angefangen, es zu lesen.

»Tut mir echt leid«, sagte sie, als sie vor dem Ball-Z-Wagen stehen blieben, an dem kugelförmige Speisen aus aller Welt verkauft wurden. »Ich meine, ich verstehe schon, warum es dir so gut gefällt. Aber der Typ ist ein totaler Sexist. Seine Darstellung von Frauen ist grauenhaft, vielleicht mit Ausnahme seiner Mutter, die scheint er respektiert zu haben.«

»Aber was ist mit der Kraft seiner Worte? Er hat den Roman in nur drei Wochen geschrieben. Ist das nicht erstaunlich? Er hat so etwas Ursprüngliches. Ich wollte nach dem Lesen nie wieder stillstehen.« *Unterwegs* hatte in Mika den Wunsch geweckt, die Welt zu erkunden. Sich auf den Weg zu machen, ihren Träumen zu folgen. »Dieses Buch hat mich dazu inspiriert, auf Reisen zu gehen und Kunst zu studieren.«

»Mir ist es einfach zu verbohrt. Die Beat Generation bestand doch eigentlich nur aus weißen Männern, die ihre Bromance gefeiert haben.«

»Akzeptiert.«

»Aber ist doch gut, dass es für dich funktioniert hat.«

»Es hat seinen Zweck erfüllt, ja.«

Sie gingen weiter. Thomas hielt sich ein, zwei Meter hinter ihnen. Mika erinnerte das an einen Cartoon, den sie mal gesehen hatte; dort war die Hauptfigur ständig von einer dunklen Regenwolke verfolgt worden. Als sie wieder an ihrem Ausgangspunkt waren, tippte sich Penny nachdenklich an die Lippen. »Meinst du, die Ramen sind gut?«

»Oh ja, absolut. Ich esse die ständig. Die nehme ich auch. Wie wäre es, wenn ich das Essen hole, und ihr sucht uns inzwischen einen Platz? Thomas, was möchten Sie haben?«

»Ich nehme das, was Sie empfehlen.« Oh, für ihn hätte sie eine Menge Empfehlungen parat. Aber mit Ramen konnte man nichts falsch machen. Vielleicht sollte sie noch eine Extraportion Ajitsuke Tamago dazubestellen, also weich gekochtes, in Mirin mariniertes Ei. Es schmeckte köstlich, aber das leicht flüssige Eigelb könnte Thomas vielleicht abschrecken. Der holte gerade seine Brieftasche hervor und streckte Mika ein paar faltenfreie Zwanziger entgegen.

Sofort hob sie abwehrend die Hand. »Das geht auf mich.« Keinesfalls würde sie Thomas für ihr Essen bezahlen lassen. Noch immer hingen die Scheine zwischen ihnen in der Luft. Fast befürchtete Mika, er könnte ihr das

Geld mit Gewalt zwischen die Finger schieben. »Ich bestehe darauf.« Sie setzte ihr strahlendstes Lächeln auf, flötete »Bin gleich zurück« und eilte davon.

Mika bestellte und zahlte mit Kreditkarte. Eigentlich konnte sie sich diese Ausgabe nicht leisten; sie konnte förmlich sehen, wie das Geld von ihrem Konto verschwand. *Du hättest sein Geld nehmen sollen.* Es war nicht das erste Mal, dass sie sich ins eigene Fleisch schnitt. Es dauerte nicht lange, bis ihr Essen fertig war und sie alles auf einem Tablett vor sich hertrug. Thomas und Penny hatten Plätze in einem der Zelte gefunden. Sie saßen mit dem Rücken zu ihr. Von ihnen unbemerkt, aber in Hörweite, blieb Mika stehen.

»Das macht doch Spaß, oder?«, fragte Penny beklommen. Mika kannte diesen Tonfall. So sprach man mit den Eltern, wenn man verzweifelt auf deren Zustimmung hoffte. Wie oft hatte sie genauso geklungen, wenn sie mit Hiromi gesprochen hatte! *Mama, ich habe dir eine Raupe gemalt. Gefällt sie dir?* Mika im Alter von sieben. *Hmmm. Sieht eher aus wie ein Wurm*, war Hiromis Antwort gewesen.

»Ich habe immer Spaß, wenn ich Zeit mit dir verbringen kann«, antwortete Thomas ruhig.

»Aber die Foodtrucks gefallen dir nicht?«

»Was willst du jetzt von mir hören? Meiner Meinung nach haben die Dinger Räder, damit sie schnell abhauen können, wenn sich das Gesundheitsamt ankündigt. Bestimmt kann man online ihre Hygienesiegel einsehen.«

Penny kicherte. »Bitte, tu es nicht.« Nach kurzem Zögern fuhr sie fort: »Bist du noch sauer auf mich?«

Thomas legte sein Handy weg und trommelte mit seinen langen Fingern auf den Tisch. Kein Ring an der linken Hand, stellte Mika fest. »Nein, ich bin nicht sauer. War ich eigentlich von Anfang an nicht. Ich wünschte mir nur, du hättest mich nicht angelogen.«

»Aber bist du deswegen … na ja … verletzt?«

»Es ist nicht deine Aufgabe, dir Gedanken über meine Gefühlswelt zu machen. Aber es ist meine Aufgabe, das bei dir zu tun.« Hey, das war aber irgendwie lieb. »Was hältst du von ihr?« Sie, damit war Mika gemeint.

»Ich mag sie wahnsinnig gern. Es ist einfach schön. Wir mögen die gleichen Sachen.«

Mika blühte auf, als hätte sich gerade ein geheimer Wunsch erfüllt. Sie wollte Pennys Freundin sein. Genau das hatte sie sich von ihrer Mutter immer gewünscht: Wärme, Kameradschaftlichkeit, einen Ort der Ruhe, an den man sich zurückziehen konnte.

»Dann ist sie also wie eine Sechzehnjährige?«, erwiderte Thomas trocken. Mika trat unruhig von einem Fuß auf den anderen. Das Tablett wurde langsam schwer, trotzdem brachte sie es nicht über sich, die beiden jetzt zu stören. Sie kam sich wie ein Eindringling vor – wie ein Außenstehender, der durchs Fenster späht.

»Dad …«

Thomas räusperte sich. »Tut mir leid. Mach weiter.«

»Ach, keine Ahnung. Wir reden eben über Bücher und Jungs und unsere Träume.«

»Ich würde auch gerne mit dir über diese Dinge reden.«

»Das ist einfach nicht dasselbe.« Penny rutschte auf ihrem Sitz herum. »Es ist doch so: Meine eine Mom ist tot, die andere hat mich weggegeben. Das ist nicht leicht für mich. Ich brauche einfach etwas … jemanden.«

»Du hast mich.«

Penny winkte ab. »Typisch Mann, zu glauben, dass ein Penis alle Probleme lösen kann.«

Thomas bekam einen Hustenanfall und klopfte sich auf die Brust. »Penny, bitte.«

»Ich wollte nur ein bisschen die Stimmung heben. Schön cool bleiben.«

»Also, meiner Meinung nach war ich wirklich nett. Aber findest du es nicht auch merkwürdig, dass sie nicht wusste, wie sich der Kofferraum öffnen lässt?«

»Bereit fürs Essen?« Mika stellte das Tablett auf dem Tisch ab, und Thomas setzte ein schmales Lächeln auf.

Während Mika die Schalen mit den dampfenden Ramen vor ihnen abstellte, huschte Pennys Blick unsicher zwischen den Gabeln und den Stäbchen aus Holz hin und her. Mit hochrotem Kopf entschied sie sich für die Gabel. Mika biss sich kurz auf die Unterlippe, legte die Stäbchen weg, die sie bereits in der Hand hielt, und nahm stattdessen ebenfalls eine Gabel. »Bei denen ziehe ich mir immer Splitter ein«, erklärte sie.

»Echt?« Penny warf Mika einen scheuen Blick zu, bevor sie wieder auf ihre Nudelschale starrte. Auf ihrer Nase schimmerten ein paar Sommersprossen, die sich auch auf ihren Wangen fortsetzten. Pennys Vater hatte Sommersprossen auf den Armen gehabt.

»Oh ja, diese billigen Hashi sind wirklich übel.«

»Hashi?«, fragte Penny neugierig.

»So heißen die Essstäbchen auf Japanisch.«

Penny wirkte überaus glücklich, das zu hören. »Hashi.«

Thomas spreizte die Finger, wobei seine Adern hervortraten. »Wisst ihr, ich glaube, ich habe meine Meinung geändert. Ich werde mir auch noch ein Curry holen. Kann ja nicht schaden, oder?« Er stand auf. »Pen, wie wäre es mit einem Hafer-Chocolate-Chip-Cookie? Die isst du doch so gerne.«

Penny nickte. »Klar, klingt super.«

»Bin gleich wieder da.« Thomas legte Penny die Hand auf die Schulter, dann beugte er sich vor und drückte ihr einen Kuss auf den glänzenden dunklen Scheitel.

Sie schob ihn weg. »Lass das.«

»Möchten Sie noch etwas?«, wandte er sich an Mika.

Oh ja, so einiges, dachte sie, schüttelte aber den Kopf und sagte: »Für mich nichts mehr, danke. Alles bestens.«

Adoption Across America
Landeszweigstelle
56544 W 57th Ave. Suite 111
Topeka, KS 66546
(800)555–7794

Liebe Mika,

es ist schon viel zu lange her, dass wir miteinander gesprochen haben. Ich hoffe, es geht Ihnen gut. Wieder einmal schicke ich Ihnen die erforderlichen Unterlagen bezüglich der Adoptionsvereinbarung zwischen Ihnen, Mika Suzuki (biologische Mutter), und Thomas und Caroline Calvin (Adoptiveltern) für Penelope Calvin (adoptiertes Kind). Dazu zählen:

- Ein jährlicher Bericht der Adoptiveltern über die Entwicklung und Fortschritte des Kindes in Form eines Briefes
- Fotografien und/oder andere Erinnerungsstücke

Wie immer können Sie mich jederzeit kontaktieren, falls Sie Fragen haben.

Mit besten Grüßen

Monica Pearson
Adoptionsagentin

Liebe Mika,

… zehn! Penny ist nun zehn, und ich bin mir absolut sicher, dass unsere kleine Viertklässlerin nur ein einziges Ziel im Leben hat: möglichst viel Chaos anzurichten. Vor zwei Monaten hat sie plötzlich beschlossen, nur noch rückwärts zu laufen. Und in letzter Zeit hat sie das Backen für sich entdeckt. Dazu inspiriert hat sie wohl diese Fernsehshow.
Sie schickt Thomas regelmäßig in den Supermarkt, damit er ihr die Zutaten besorgt, und offenbar hat sie sich hohe Ziele gesteckt: Chocolate Chess Pie, Shortbread mit Pekannüssen oder dieses Ding aus Äpfeln und Karamell, das, glaube ich, in einem Tiegel gebacken wird. Egal was es ist, sie will alles ausprobieren. Sobald sie nachmittags aus der Schule kommt, heizt sie den Ofen vor und holt die Rührschüsseln raus. Am Ende ist die Spüle voll mit schmutzigem Geschirr und der Boden mit Mehl bedeckt. Wir beurteilen das Ergebnis immer wie in der Fernsehshow. Es ist wirklich gelungen, vielleicht ein wenig zu weich in der Mitte, aber dafür hervorragend präsentiert. Ausgezeichnet im Geschmack. *Ehrlich gesagt ist Penny eine grauenvolle Bäckerin. Trotzdem essen wir alles, was sie macht, und lächeln dabei, bis wir einen Wangenkrampf bekommen. Was soll ich sagen? Penny*

ist einfach unwiderstehlich. Und ich möchte, dass sie ihre Träume auslebt. Ich habe ein Bild ihrer neuesten Kreation beigelegt. Es sollte ein Igelkuchen werden. Glaube ich zumindest.

Alles Liebe,
Caroline

Kapitel ZEHN

Am nächsten Morgen wartete Mika in der Hotelhalle auf Penny und Thomas. Sie lehnte an einer Samtcouch, die vermutlich mehr kostete als Hanas monatliche Hypothekenrate, und stellte fest, dass sie dringend ihre Fingernägel feilen sollte und ihr Haar schon viel zu lange nicht mehr geschnitten worden war. Endlich klingelte der Fahrstuhl, und die Kabinentüren öffneten sich. Penny und Thomas traten heraus.

»Hi!« Strahlend hüpfte Penny auf sie zu.

»Guten Morgen.« Thomas hatte es weniger eilig. Wie Penny trug er Sweatshirt, Jeans und Sneakers.

»Seid ihr startklar?« Mika knöpfte ihren Mantel zu und wandte sich zur Tür. »Ich dachte mir, wir gehen zu Fuß. Laut Wetterbericht soll es erst am Nachmittag regnen.« Das war ein Grund, vor allem aber konnte sie sich den Sprit nicht leisten und wollte auch nicht zweimal fürs Parken bezahlen. »Das Museum ist nur ein paar Blocks entfernt.« Als sie durch die Drehtür nach draußen ging, summte ihr Handy. Mika sah nach, wer anrief. Hiromi. Sie lehnte den Anruf ab und ließ ihre Mutter auf die Mailbox sprechen. Entschlossen schob sie das Telefon zurück in die Tasche.

Nachdem sie ein paar Schritte gegangen waren, stellte Penny fest: »Es ist wirklich schön hier.« Vom Willamette River wehte ein scharfer Wind herüber, und sie zogen die

Schultern hoch, um ihn über sich hinwegfegen zu lassen. »Ich bin gestern Abend noch ein bisschen herumgelaufen und zu diesem Platz gekommen, wo die Bäume mit ganz vielen Lichterketten umwickelt waren.«

Thomas runzelte finster die Stirn. »Du hast das Hotel verlassen?«

»Ich wollte nur kurz in die Mall auf der anderen Straßenseite«, erklärte Penny ungerührt.

»Penny – «, setzte Thomas an.

»Ich habe mir diese Socken gekauft.« Penny blieb vor einem Art-déco-Gebäude mit mystisch wirkenden Eisentoren stehen und lupfte das Hosenbein. Blaue Socken mit Katzengesichtern schmückten ihre schlanken Fesseln. »Sind die nicht süß?«

»Extrem süß«, sagte Mika lächelnd.

Thomas' finsterer Blick richtete sich auf sie, aber er sprach mit Penny. »Es wäre mir lieber, wenn du mir das nächste Mal Bescheid gibst, bevor du das Hotel verlässt.«

Penny zeigte sich nicht beeindruckt. Sie zog gelassen ihre Hose zurecht, rief »Aye, aye!« und salutierte. Thomas verdrehte die Augen gen Himmel, als wollte er sagen »Herr, gib mir Geduld«. Sie machten sich wieder auf den Weg. Schließlich tauchten die roten Ziegelmauern des Portland Art Museum vor ihnen auf.

Ein Stück weiter, hinter dem angrenzenden Park, befand sich ein College, Mikas Alma Mater. Von hier aus konnte sie das Gebäude gerade so erkennen. Besonders hübsch war es nicht, ein grauer Würfelbau. Doch an diesem Ort geschahen wundervolle Dinge. Mikas Wunsch, ein Teil davon zu sein, war so stark gewesen, dass es körperlich wehgetan hatte. Das Wetter war ähnlich wie heute gewesen – grauer Himmel, feuchte Luft –, als sie Marcus Guerrero,

Professor für bildende Künste, zum ersten Mal begegnet war. Mit ihrem gelben Zettel in der Hand hatte sie an seine Tür geklopft. Sie öffnete sich, und Mika stand vor einem Mann mit farbfleckigem hellblauem T-Shirt und einem roten Bandana, das sein dunkles Haar aus dem Gesicht hielt. Eine Wolke aus Zigarettenrauch und Kaffeeduft umgab ihn.

»In der Verwaltung hat man mir gesagt, ich bräuchte eine Sondererlaubnis, um die beiden Einführungskurse Malerei überspringen zu können.« Ungeduldig hatte sie ihm das Formular entgegengestreckt. Damals war sie mutiger gewesen. Willensstark. Bereit, alles zu tun, egal wie hoch der Preis sein mochte.

Er starrte sie so lange wortlos an, dass sie schon wieder gehen wollte. Schließlich löste er die Hand vom Türknauf, schlenderte zurück zu seinem Schreibtisch und ließ sich dort in einen alten, mit grünem Leder bezogenen Stuhl mit hölzernen Armlehnen fallen. Vermutlich gab es dieses Ding schon seit Gründung der Universität in den Vierziger Jahren. Entspannt lehnte er sich zurück. »Okay«, meinte er nur. »Dann zeigen Sie mal, was Sie haben.«

Mika schluckte. »Wie bitte?«

»Ihr Portfolio.« Er sprach mit einem kaum hörbaren Akzent. Marcus war für die Kunststudenten eine Art Kultfigur, um ihn rankten sich die wildesten Gerüchte: Er sei ein Golfkrieg-Veteran und bewahre ein Verwundetenabzeichen in der Schreibtischschublade auf, das Purple Heart. Sein Vater sei ein berühmter Reeder, und er sei auf verschiedenen Yachten im Mittelmeer aufgewachsen. Nein, in Wahrheit sei er der Sohn armer Einwanderer und habe während seiner Kindheit auf Bananenplantagen in Florida geschuftet.

»Ich habe keins.«

»Dann malen Sie eben etwas.« Er deutete mit dem Kopf in eine Ecke, wo eine Staffelei aufgebaut war, eingequetscht zwischen Regalen voller Paletten, Farbtuben, Pinseln und Terpentinflaschen.

»Jetzt gleich?« Mika hatte nervös die Finger gespreizt.

Er streckte sich und verschränkte die Hände hinter dem Kopf. »Ja, jetzt gleich.«

»Wow.« Pennys Ausruf brachte Mika in die Gegenwart zurück. »Hier hast du dein Praktikum gemacht?« Überwältigt blickte sie an der Museumsfassade hinauf.

Mika stieß einen undefinierbaren Laut aus, der wohl als Bestätigung durchgehen konnte. Dann fügte sie hinzu: »Direkt nach dem College, und auch nur kurz. Das ist Jahre her. Bestimmt ist von meinen damaligen Kollegen keiner mehr hier.«

»Also, du hast mich im ersten Studienjahr bekommen«, rekonstruierte Penny Mikas erfundenen Lebenslauf, »dann hast du deinen Abschluss gemacht und hier im Museum gearbeitet. Das ist ziemlich beeindruckend. In meiner Stufe gibt es ein Mädchen, Taylor Hines, die hatte in ihrem ersten Jahr auf der Highschool Pfeiffersches Drüsenfieber und musste deshalb das Jahr wiederholen. Du hast ein Baby bekommen und das mit Ausbildung und Karriere trotzdem hinbekommen.«

Dieses Kompliment trieb Mika die Schamröte ins Gesicht. Was würden Thomas und Penny von ihr denken, wenn sie die Wahrheit wüssten? Mika hatte acht Jahre gebraucht, um ihren Abschluss zu machen. Nachdem sie im ersten Jahr durch die Prüfungen gefallen war, hatte man ihr den staatlichen Zuschuss gestrichen, und sie hatte zu ihren Eltern zurückkriechen und sie um Hilfe bitten müssen. *Gute Nachrichten*, hatte sie damals verkündet, *ich habe mein Hauptfach gewechselt und mich nun doch für Wirtschaftswissenschaften entschieden. Könnte ich bitte etwas Geld bekommen?* Die Gesellschaft bejubelte einen, wenn man das Unmögliche schaffte. Gib dein Bestes. Zieh dich an deinen Hosenträgern aus dem Dreck. So machte man das in Amerika. Aber Mika hatte keine Hosenträger. Und dann war da noch die Erwartung, dass ihr Leben ohne Penny besser verlaufen müsse. Dass es dieses Opfer wert gewesen sei.

An der Museumskasse griffen Mika und Thomas zeitgleich nach ihren Geldbörsen. »Sie haben gestern das Essen bezahlt und uns für heute Abend zu sich eingeladen. Ich bestehe darauf.« Thomas warf ihr einen strengen Blick zu, der keinerlei Widerspruch duldete. Bei Penny funktionierte das gar nicht, hatte Mika festgestellt, bei ihr allerdings klappte es ziemlich gut.

»Äh ... okay. Dann vielen Dank.« Erleichtert steckte sie ihr Geld wieder weg. Sie hatte noch immer keinen neuen Job gefunden.

Thomas kaufte die Eintrittskarten und bekam einen Lageplan dazu, den Mika allerdings nicht brauchte. Drinnen angekommen, holte sie erst einmal tief Luft. Dieser Geruch wirkte immer tröstlich auf sie. Sie konnte ihn nicht genau beschreiben, aber irgendwie gehörte er zu Gebäuden, die so groß waren. Sie besuchte dieses Museum regelmäßig. Es war so still hier. Unmöglich, sich vor seinen eigenen Gedanken zu verstecken, und gleichzeitig fühlte sie sich sicher. Hier konnte sie trauern oder träumen und am Ende alles zurücklassen. Dass Penny nun mit ihr an diesem heiligen Ort war, gab Mika das Gefühl, endlich wieder vollständig zu sein.

Sie stiegen die Marmortreppe hinauf und machten sich auf den Weg zur Abteilung für europäische Kunst. Dabei kamen sie an der asiatischen Ausstellung vorbei, die wie immer in irgendwelchen Nebenräumen untergebracht war. In Museen bevorzugte man eindeutig die Werke toter weißer Männer.

Mika gab ihren Gästen eine kleine Führung, beginnend mit einem Gemälde, auf dem Ikarus zu sehen war. Schon oft hatte sich Mika Gedanken über diesen Sterblichen gemacht, der so dicht an die Sonne herangeflogen war, dass seine Wachsflügel schmolzen. Hätte Ikarus vorher gewusst, was ihm blühte, wäre er dann trotzdem so hoch geflogen? War der Aufstieg es wert gewesen, wenn der Absturz unvermeidlich war?

Als sie vor einem Monet standen, umriss Mika die Epoche des Impressionismus. »Seht ihr diese kleinen, schmalen, kaum sichtbaren Pinselstriche? Das ist ein typisches Merkmal der Impressionisten. Monet hat draußen gemalt. Pleinairmalerei nennt man das, eine Methode, um das Licht und die Essenz der Landschaft in einem bestimmten Moment einzufangen.« Der Lehrplan auf dem College hatte auch einige Kurse in Kunstgeschichte umfasst. Talent allein reichte nicht aus. Wahre Künstler waren immer auch Hüter. Man musste die großen Meister studieren, ihre Techniken erlernen. Es war ähnlich wie beim Jazz – bevor man improvisieren konnte, musste man das Handwerk perfekt beherrschen. Und so wie Hiromi sich nach dem letzten Frost in die Gartenarbeit vertiefte, hatte Mika sich auf die Kunst gestürzt, nur um auf halbem Weg alles hinzuschmeißen. Das war noch bevor sie wusste, dass sie mit Penny schwanger war.

»Da sind Risse drin«, stellte Penny naserümpfend fest.

Mika lächelte. »Krakelee. Es entsteht, wenn der Firnis austrocknet. Eine Folge des Alters.«

Penny ging weiter und blieb vor einem Degas stehen. Sie starrte auf das Pastellgemälde, schniefte leise und putzte sich die Nase. Thomas war noch ganz in den Anblick des Monet versunken. Also ging Mika zu Penny hinüber. »Alles okay?«, fragte sie leise.

Das Mädchen ließ den Kopf hängen. »Ja, alles klar. Es ist nur ... meine Mom ... sie hatte immer so alberne Spitznamen für mich. Dann hat sie mich ›Zuckerpflaumenfee‹ genannt oder ›mein kleiner Truthahn‹ oder ›meine kleine Tänzerin‹. Und das hier hat mich daran erinnert.« Auf dem Gemälde von Degas war eine Ballerina zu sehen, die geschickt ihren Tüllrock glattstrich.

»Das ist doch schön.« Bei Degas war Mika aus dem Studium ausgestiegen, und Caroline hatte Penny als »kleine Tänzerin« bezeichnet. Ob das eine Bedeutung hatte? Ein Ende und ein Anfang. Als wäre alles vorherbestimmt gewesen. Aber vielleicht suchte sie auch nur verzweifelt nach einem Zeichen, versuchte sich an Luft festzuhalten, wie Ikarus bei seinem Sturz.

Penny lächelte schwach. »Dumm, wegen so etwas zu heulen.«

»Das finde ich nicht«, flüsterte Mika. »Du kannst ruhig über sie reden.« Über Caroline, meinte sie. »Du brauchst keine Angst zu haben. Du kannst mit mir über alles reden.« *Ich werde dir immer zuhören. Ich werde immer für dich da sein. Ich werde immer an dich glauben.*

»Danke.« Penny ging weiter und setzte sich hinter der nächsten Ecke auf eine Bank. Mika folgte ihr. Die anderen Museumsbesucher hielten sie sicherlich für Mutter und Tochter. Sie bekam Schuldgefühle. Caroline und Thomas waren diesen Marathon mit Penny gelaufen, während Mika untätig neben der Strecke gestanden hatte. »Sie war wirklich unglaublich. Sie mochte Khalil Gibran und E. E. Cummings. Und ihr Ehering trug die Gravur *I carry your heart in my heart*.« Penny streifte den Ring von ihrem Mittelfinger, um Mika die Innenseite zu zeigen, wo die Textzeile aus dem Lied in verschnörkelter Schrift eingraviert war. Dann steckte sie ihn wieder an. »Trotzdem war es schwierig, Eltern zu haben, die mir so gar nicht ähnlich sehen. Aber wenn mein Dad dabei ist, kann ich das nicht sagen, weil er immer noch trauert.«

Mikas Magen zog sich zusammen. Natürlich, Thomas und Penny waren noch in Trauer. »Es war also schwierig für dich, von Weißen adoptiert worden zu sein?«, fragte sie, um den Schwerpunkt auf das erste Thema zu legen.

Penny lehnte sich zurück und zog die Beine zum Schneidersitz an. »Ich weiß nicht. Meine Eltern haben schon versucht, japanische Sachen mit mir zu machen. Sie haben mich in verschiedene Kurse geschickt, und wir waren auf einigen Festen in Dayton. Aber ich hatte nie eine wirkliche Verbindung dazu. Und ich glaube, es war ihnen unangenehm, wenn die Leute Fragen gestellt haben. ›Wo haben Sie sie denn her?‹« Penny zupfte an ihrem Fingernagel herum. »In der Grundschule haben die Kinder mich wegen meiner Augen gehänselt. Sie haben dieses Lied aus *Susi und Strolch* gesungen, ›Wir sind Siamesen‹, und dabei mit den Fingern ihre Augenwinkel hochgezogen.«

Mikas Schmerzen wurden schlimmer. Ein Kind zu haben war eine süße Qual. Man spürte seine Empfindungen ebenso intensiv wie die eigenen. »Arschlöcher.«

Ein kurzes Lächeln huschte über Pennys Gesicht.

»Manchmal kommt mir Dayton so klein vor, als wäre ich selbst viel zu groß dafür. Ergibt das einen Sinn?«

»Absolut«, versicherte Mika. Sie sah sich selbst in diesem jungen Mädchen, ihrer Tochter. Genau so hatte Mika sich während ihrer Highschool-Zeit gefühlt. Sie hatte es kaum erwarten können, endlich aufs College zu gehen, auf dem Campus zu wohnen, nicht mehr unter der Fuchtel ihrer Mutter zu stehen. Bloß weg von Hiromis zerstörerischem Perfektionismus. Jetzt würde sie Penny gerne warnen. *Lass dir Zeit, mach keine zu großen Sprünge. Es ist kein Wettrennen. Du musst das alles nicht sofort auf die Reihe kriegen.*

»Außerdem erinnert mich in Dayton einfach alles an sie«, fuhr Penny fort. »An sie, an die beiden, an uns als Familie. Aber wir sind jetzt keine Familie mehr, oder schon, aber eben anders, und ich begreife das alles einfach nicht. Keine Ahnung.« Penny nahm die Füße herunter und klopfte mit den Schuhspitzen auf den glänzenden Boden. Eine Gruppe Frauen mit violetten Hüten lief an ihnen vorbei, sie unterhielten sich fröhlich über den Picasso im nächsten Saal. »Angeblich war er ja ein richtiger Frauenheld«, sagte eine von ihnen. Mika sah ihnen hinterher und bemerkte, wie Thomas um die Ecke kam.

»Hey, ihr seid einfach verschwunden«, beschwerte er sich, als er sie erreichte. »Alles klar, Kleines?«, fragte er stirnrunzelnd.

»Alles gut.« Penny schenkte ihm ein strahlendes Lächeln. *Absolut überzeugend.* »Sogar mehr als das«, fügte sie noch hinzu. »Alles großartig.« Noch immer lächelnd drehte sie sich zu Mika um, deren Herz plötzlich wild zu pochen begann.

In Pennys Blick lag so viel Zuneigung, so viel Dankbarkeit, dass etwas in ihrem Inneren zerbrach und wieder zusammenschmolz. Etwas, das vielleicht schon lange zerbrochen gewesen war. Am liebsten hätte sie den Wissenschaftlern dieser Welt zugerufen: *Hört auf zu forschen, ich habe den Schlüssel zur Fusion entdeckt.* Er lag in dem Band zwischen Eltern und Kind.

Kapitel ELF

Sechs Stunden später wirbelte Mika in ihrer Küche herum und linste immer wieder in den Ofen, um nach den hausgemachten Makkaroni mit Käse zu sehen. Leif sah ihr dabei über die Schulter. »Herr im Himmel, wie viel Käse ist da drin?« Die weiße Béchamelsoße hatte gerade angefangen zu kochen.

»Ungefähr eineinhalb Pfund Cheddar und Gruyère.« Was auch wieder teuer gewesen war. Wie sich herausstellte, war so ein Fake-Leben ganz schön kostspielig. Mika schloss die Ofentür und schob sich an Leif vorbei zum Kühlschrank, um den Salat zu holen. »Das Rezept ist von Martha Stewart.«

Leif rieb sich den wohlgerundeten Bizeps. »Weißt du noch, als Martha Stewart und Snoop Dog plötzlich Freunde waren?« Mika zog es vor, darauf nicht zu antworten. Stattdessen schüttete sie den Salat in eine silberne Schüssel. Er nahm eine der Zitronen, die dekorativ in der Obstschale arrangiert waren. »Auch nicht echt«, murmelte er. Nachdem er sie zurückgelegt hatte, drehte er sich zu Mika um. »Hätte ich mich schicker anziehen sollen?« Er trug ein lose herabfallendes Hemd und Jeans.

Gereizt legte Mika das Salatbesteck zur Seite. Sie war so schon nervös genug, und er machte es nicht besser. »Leif, bitte.«

»Wow, diesen Ton habe ich von dir schon lange nicht

mehr gehört. Da werden Erinnerungen wach.« Er schauderte theatralisch.

Misstrauisch kniff Mika die Augen zusammen. »Sag mal, bist du etwa high?«

Leif schnaubte empört. »Natürlich nicht. Ich bin ein Profi, ich berausche mich nicht an meiner eigenen Ware.«

Mika stöhnte gequält. »Was dann bitte der letzte Drogenkommentar für heute war.«

»Du hast damit angefangen«, stichelte er. Dann beugte er sich vor und stützte die Hände auf die Knie, sodass sie auf Augenhöhe waren. »Es wird alles gutgehen, versprochen. Ich habe die Stichpunkte auswendig gelernt, die du mir geschickt hast, und du siehst absolut großartig aus. Wie Julia Child, die im Begriff ist, ein Hühnchen zu braten.«

Schon etwas entspannter, ließ Mika die Schultern hängen. »Danke.« Ihr Blick wanderte zur Uhr am Herd. »Sie werden in zwanzig Minuten hier sein.«

»Wie sind die beiden denn so?« Leif richtete sich wieder auf, holte sich eine der künstlichen Zitronen aus der Schale und rollte sie zwischen seinen breiten Händen hin und her. »Wie ist sie in echt?«

Darüber musste Mika nicht lange nachdenken. »Erstaunlich. Sie ist einfach erstaunlich.« Glückstrunken vom Gedanken an ihre Tochter begann sie zu strahlen. »Eigentlich freue ich mich sogar darauf, dass du sie kennenlernst.« Penny war etwas, das Mika gerne mit anderen teilen wollte. Vielleicht hatte Hiromi ja ähnlich empfunden, als Mika noch getanzt hatte – getrieben von dem Impuls, Menschen anzurufen, einfach um mit der kleinen Person anzugeben, die man erschaffen hatte. *Was auch immer sie tut, es ist MEIN Werk.*

»Und der Vater?«

Sobald Thomas ins Spiel kam, fiel Mika in sich zusammen. »Eine harte Nuss. Keine Ahnung, ob er speziell mich nicht mag oder einfach die ganze Welt. Aber es ist nicht zu übersehen, wie sehr er Penny liebt.« Sie dachte daran zurück, wie er bei ihrem Food-Truck-Essen einen ganzen Haufen Cookies angeschleppt hatte oder wie aufmerksam er seine Tochter beobachtete, als wäre ihm schon der Gedanke unerträglich, dass ihr jemals ein Leid geschehen könnte.

Es klingelte. »Scheiße, sie sind zu früh.« Mika starrte Leif panisch an, als wüsste er, was nun zu tun sei. »Ich muss den Salat noch fertig machen.«

»Du gehst an die Tür, ich mache das fertig.« Er scheuchte sie aus der Küche, und Mika rannte zur Haustür. Mühsam zwang sie sich, ihr Tempo zu zügeln, bevor sie dort ankam. Sie strich sich die Haare hinter das Ohr und setzte ein strahlendes Lächeln auf, dann riss sie die Haustür auf.

Thomas und Penny standen auf den Stufen, das Uber, mit dem sie gekommen waren, fuhr gerade davon. Thomas trug einen dunkelblauen Anzug ohne Krawatte, Penny Rock und Bluse. »Verdammt«, fluchte Penny, »ich habe doch gewusst, dass wir uns nicht schick machen müssen. Ich habe es dir ja gesagt«, wandte sie sich vorwurfsvoll an ihren Vater.

Thomas grinste nur, ganz der kühle Bösewicht. Demonstrativ musterte er Mikas Outfit, das aus Jeans und T-Shirt bestand. »Besser overdressed als underdressed.«

»Ihr seht großartig aus.« Mika zwang sich, immer weiter zu lächeln, während sie einladend die Tür aufhielt. Thomas zögerte noch. »Kommt ruhig rein. Leif ist in der Küche, und das Abendessen ist fast fertig.«

»Sind wir zu früh?«, fragte Penny, während sie ins Haus ging. »Ich habe Dad gesagt, dass wir besser noch eine Runde um den Block drehen.«

»Nein, ihr kommt genau richtig«, versicherte Mika.

Endlich trat auch Thomas ein. Die Hände lässig in die Taschen geschoben, sah er sich um. Er blieb genau unter der Stelle stehen, wo Tuan den Riss in der Decke geflickt hatte. Vor Mikas innerem Auge löste sich eine dicke Putzplatte aus der Decke und fiel herab. »Leif, das sind Penny und ... Thomas.« Schnell schob sie die beiden Richtung Küche.

Leif, der gerade Gemüse für den Salat schnitt, legte das Messer weg und wischte sich die Hände ab. Nachdem er Thomas die Hand gegeben hatte, begrüßte er Penny ebenso.

Übereifrig wie ein Eichhörnchen verfiel sie in wildes Händeschütteln. »Das ist so super. Ich habe schon so viel von dir gehört.«

»Gleichfalls.« Lächelnd drehte sich Leif zu Mika um und befreite sich so aus Pennys Griff. »Warum geht ihr drei nicht schon mal nach draußen? Wir dachten, bei dem schönen Wetter könnten wir gut auf der Terrasse essen. Ich bringe das Essen raus.«

»Echt jetzt?« Mika war vollkommen baff. Wenn Leif ihr früher Essen gebracht hatte, hatte das immer nur in Papiertüten gesteckt.

»Natürlich, geht ruhig. Männer gehören genauso in die Küche wie Frauen.«

Mika setzte wegen Penny und Thomas wieder ein Lächeln auf. Dann drehte sie sich zu Leif um und raunte ihm verstohlen zu: »Schalt mal einen Gang runter.« Anschließend führte sie ihre Gäste durch das Wohnzimmer in den Garten hinaus.

Penny blieb kurz stehen, um sich die Fotos auf dem Kaminsims anzusehen. »Von all deinen Reisen«, stellte sie begeistert fest. Mika hielt ebenfalls inne, stand nun Schulter an Schulter mit ihrer Tochter. Auf einem Bild hockte Mika – oder zumindest eine digitale Version von ihr – lächelnd in den Ruinen von Pompeji, genauer gesagt in der Mysterienvilla. Hinter ihr leuchtete ein zinnoberrotes Fresko. Das nächste Foto zeigte sie ebenfalls lächelnd vor der Mona Lisa im Louvre.

Thomas trat zu ihnen und musterte die Bilder mit zusammengekniffenen Augen. Konnte er sehen, was Mika sah? Dass der Lichteinfall nicht ganz stimmte? Dass Schatten und Licht nicht den Gesetzen der Physik folgten? »Lasst uns nach draußen gehen«, schlug sie hastig vor. Mit hellroten Wangen schob sie die beiden durch die Gartentür hinaus.

Die Lichterketten im Garten spiegelten sich in Pennys dunklen Augen. »Genau wie auf deinem Instagram-Foto!«

Thomas entdeckte das Loch, aus dem Hana den Ahornbaum gerissen hatte. »Haben Sie hier Maulwürfe?«

»Was?« Irritiert runzelte Mika die Stirn. Ihre Wangen nahmen langsam wieder ihre normale Färbung an. »Nein, nur eine kleine Umgestaltung. Sie wissen ja, wie es ist: Hat man ein Haus, hat man immer Arbeit.«

»Sie sollten das Loch auffüllen. So könnte jemand reinfallen und sich den Fuß verstauchen«, mahnte Thomas.

»Ist das nicht herrlich, Dad?«, schaltete sich Penny ein. »Bei uns zu Hause liegt noch Schnee. Ich wusste gar nicht, dass es in Portland im Frühling so warm wird.«

Mika schluckte. »Das kommt auch nicht oft vor. Aber laut Wetterbericht soll es in den nächsten Tagen schön bleiben. Offenbar habt ihr die Sonne mitgebracht.« Sie warf Penny einen liebevollen Blick zu und versuchte, Ordnung in ihre Glückseligkeit zu bringen. Es fühlte sich so richtig an, Penny hier zu haben. So heimelig.

Sie setzten sich an den Picknicktisch, wenig später erschien Leif mit den Nudeln und dem Salat. Jeder nahm sich etwas. Mika hatte die Windlichter angezündet, und eine Weile saßen sie schweigend im Kerzenschein und aßen.

»Also, wie haben Sie zwei sich kennengelernt?«, fragte Thomas schließlich und wischte sich den Mund ab.

»Wie wir uns kennengelernt haben?« Mikas Blick huschte zu Leif hinüber; ihr blieb der Bissen im Hals stecken. *Verdammt.* Sie hatten sich nie eine gefakte Kennenlernstory zurechtgelegt. In ihrem echten Leben hatte Hana bei Leif Drogen gekauft, sie hatten zusammen gekifft, und Mika war mit ihm ins Bett gestiegen. Aus gelegentlichem Sex wurde regelmäßiger Sex, und irgendwann war Mika bei Leif eingezogen. Plötzlich wurde Mika bewusst, wie wenig Kontrolle sie in den letzten Jahren über ihr Leben gehabt hatte: In ihre Jobs war sie ebenso zufällig reingestolpert wie in die Beziehung mit Leif. Eigentlich war sie immer nur von einem Tag zum nächsten gestolpert.

Leif legte seine Gabel ab. »Ach, wissen Sie, das kann Mika besser erzählen. Na los.« Herausfordernd grinste er sie an.

»Na ja …« Mikas Finger krallten sich um die Tischkante, ihr Magen schlug einen Purzelbaum und wieder einmal stieg ihr das Blut in den Kopf. »Ich war in einem Restaurant beim Essen, zusammen mit ein paar Künstlerfreunden aus …« Krampfhaft suchte sie nach einer Stadt, einem Ort, *irgendetwas.*

»Griechenland«, half Leif ihr gelassen aus. »Sie waren doch aus Griechenland, richtig?«

»Ja, genau. Und Leif war ebenfalls dort, allerdings weiß ich jetzt gar nicht mehr warum.« Angestrengt zog sie die Nase kraus und sah Leif an.

Der nippte in aller Ruhe an seinem Wein, bevor er antwortete. »Geschäftlich.«

»Was genau machen Sie eigentlich?«, erkundigte sich Thomas. »Penny hat etwas in Richtung Landwirtschaft erwähnt, wusste aber nichts Genaueres.«

»Ja, das ist richtig, ich bin im Agrarwesen. Mika findet das ziemlich langweilig, wahrscheinlich ist sie deswegen nicht weiter ins Detail gegangen. Ich beschäftige mich hauptsächlich mit Biochemie und arbeite freiberuflich als Berater für Universitäten, hin und wieder auch mal für die Regierung. Solche Sachen eben.« Mika atmete auf. Das klang gut. Und glaubwürdig. »Und Sie?«, spielte Leif nun den Ball zu Thomas zurück.

Der legte sein Besteck beiseite. »Ich bin Urheberrechtsanwalt mit eigener Kanzlei in Dayton. Was nicht mehr viel mit meinem Kindheitstraum vom Feuerwehrmann zu tun hat«, scherzte er.

»Nicht jeder kann seiner Leidenschaft folgen. Aber ich halte es für wichtig, auch mal Risiken einzugehen. Nehmen wir zum Beispiel den World Naked Bike Ride, der auch hier in Portland – «

»Penny«, fiel Mika ihm etwas zu laut ins Wort. »Ich habe ja noch ein Geschenk für dich. Das hätte ich beinahe vergessen.«

»Wirklich?« Penny strahlte.

»Bin gleich wieder da.« Mika holte das Fotoalbum aus dem Haus und legte es vor ihr auf den Tisch.

»Leif, wärst du so lieb und würdest das Dessert holen?«, fragte sie mit einem durchdringenden Blick, während Penny vorsichtig die Kanten des Albums befühlte.

»Aber natürlich.« Leif klopfte tatkräftig auf den Tisch und erhob sich. Mika hauchte ihm einen lautlosen Dank zu.

»Es ist nichts Besonderes«, sagte sie an Penny gewandt, die nun über den Leineneinband strich. »Nur ein paar Bilder von mir, als ich in deinem Alter war …«

Thomas schwieg kurz, dann sagte er ruhig: »Das ist sehr freundlich von Ihnen.«

Penny sah Mika mit leuchtenden Augen an. »Ja, ist es wirklich.« Sie fing an, das Album durchzublättern.

Als sie bei einem Bild verharrte, das die sechzehnjährige Mika zeigte, meinte die: »Gott, ich war mit sechzehn so unsicher. Ich hatte nicht einmal annähernd so viel Selbstvertrauen wie du. Das hast du wohl deinen Eltern zu verdanken.« Thomas' Blick huschte zu Mika, und ein aufrichtiges Lächeln erschien auf seinem Gesicht. Mika räusperte sich verlegen. »Da hatte ich meine Eltern dazu überredet, mir eine Dauerwelle zu erlauben. Allerdings konnten wir uns keine ganze leisten, also ließ ich nur den Pony machen.«

Penny lachte fröhlich, wurde dann aber wieder ernst. »Ist da auch ein Bild von deinen Eltern drin?«, fragte sie so leise, als fürchtete sie sich vor der Frage, ohne jedoch auf sie verzichten zu können.

»Oh ja.« Nun war Mika froh, dass sie eines mit reingenommen hatte. »Irgendwo weiter hinten, glaube ich.«

»Wohnen sie hier in der Nähe?«, erkundigte sich Thomas. Seine tiefe Stimme erschreckte Mika.

»Äh, ja«, antwortete sie an Penny gewandt. »Aber im Moment sind sie … auf einer Kreuzfahrt.«

Penny nickte geistesabwesend, da sie noch immer langsam durch das Album blätterte und die einzelnen Bilder in sich aufsog. Als sie erneut innehielt, stemmte sich Mika in ihrem Stuhl hoch, um herauszufinden, was sie so sehr fesselte. Es war das Foto der schwangeren Mika.

»Da bin ich drin.« Penny strich mit der Fingerspitze über den prallen Bauch. »Wie war das so? Als du mit mir schwanger warst?«

Wieder warf Thomas ihr einen durchdringenden Blick zu, und Mika wurde das Herz schwer. »Wie es war?« Nachdenklich tippte sie an ihre Lippen und tat so, als müsste sie die Erinnerung erst mühsam hervorkramen. Dabei war das gar nicht nötig. Sie war fest in ihr verankert, hatte sich um ihre Knochen geschlungen und drohte sie in die Tiefe zu ziehen. Die langen Monate, in denen ein Baby in ihr gewachsen war, von dem sie nicht wusste, ob sie es lieben oder hassen sollte. Dabei waren all diese Zweifel vollkommen überflüssig gewesen. Als sie Penny zur Welt brachte, war die Liebe sofort da, strömte ebenso selbstverständlich aus ihr heraus wie das Blut in der Nabelschnur. Aber wie sollte sie Penny das erklären? Noch dazu im Beisein von Thomas? »Na ja, vor allem war ich mir ziemlich sicher, dass du mich umbringen wolltest.« Sie gab sich humorvoll. »Im ersten Trimester wollte mein Essen nicht drinbleiben, im zweiten hatte ich dann so schlimmes Sodbrennen, dass ich dachte, ich hätte einen Vulkan verschluckt. Schlafen konnte ich eigentlich nur in der Senkrechten, und beim Finale, im dritten Trimester, bekam ich schon beim Gedanken daran, mich zu bücken und meine Schuhe anzuziehen, keine Luft mehr.« Es hatte keinen Bereich in Mikas Körper gegeben, den Penny nicht für sich beansprucht hätte.

Penny lachte, und sogar Thomas grinste breit. »Anscheinend warst du von Anfang an sehr temperamentvoll«, neckte er seine Tochter.

Wieder lachte Penny laut auf, und nun lachte Mika mit. Sie blickte zum Mond hinauf und versuchte sich einzureden, dass dieser Moment nicht weiter bedeutsam war. Dass sich ihr Herz nicht so warm und unbeschwert anfühlte wie ein endloser Sommerabend. Dass sie nicht von dieser Leichtigkeit überwältigt wurde, die sie zuletzt mit achtzehn empfunden hatte, als alles noch vor ihr lag, als ihr Leben aus satten, leuchtenden Farben und kräftigen Pinselstrichen bestanden hatte.

Kapitel ZWÖLF

Am folgenden Abend war Mika spät dran; sie wollte Thomas und Penny wieder in ihrem Hotel abholen. Diesmal war ein Abendessen in einem Restaurant in der Nähe geplant. Sie schaffte es gerade noch, einen Parkplatz an der Straße zu finden, bevor der Himmel seine Schleusen öffnete und dicke Regentropfen auf sie einprasselten. Als sie in die Hotelhalle stürmte, klebte ihr Haar durchnässt an ihrem Kopf. »Ich bin da«, verkündete sie, während sie halb rutschend zu Thomas hinübereilte. »Tut mir leid, dass ich zu spät komme. Der Verkehr war grauenvoll, und ich habe ewig keinen Parkplatz gefunden. Wo ist Penny?« Suchend sah sie sich in der Lobby um.

»Sie müsste jede Minute runterkommen.« Genau in diesem Moment summte Thomas' Handy. »Eine Sekunde«, sagte er an Mika gewandt, »es ist Penny.« Er nahm den Anruf an. »Hey, Kleines. Mika ist da. Bist du fertig?« Er lauschte eine Weile konzentriert, dann fragte er: »Okay, und hast du etwas dabei? Nein, natürlich nicht. Ist doch kein Problem, ich gehe kurz in den Laden. Brauchst du sonst noch etwas? Alles klar, ich bringe sie dir gleich rauf. So lange musst du eben durchhalten. Hey, nein, das ist vollkommen in Ordnung. Ja, ich werde es ihr erklären. Ja, ich werde *nett* sein«, fügte er noch ein wenig leiser hinzu. Dann legte er auf. »Also, Penny wird nicht kommen. Anscheinend ist heute ihr erster Tag.«

Verwirrt runzelte Mika die Stirn. »Wieso erster Tag? Oh …« Nun begriff sie. »Der erste *dieser* Tage.«

Thomas kratzte sich am Hinterkopf. »Ich müsste mal rasch etwas besorgen für sie.«

»Einen Block weiter östlich gibt es einen Target. Ich werde Sie hinbringen.« Sie liehen sich an der Rezeption Schirme und standen zehn Minuten später in genau dem Target, in dem Mika den ersten Anruf von Penny bekommen hatte. *Spricht dort Mika Suzuki? Hier spricht Penny. Penelope Calvin. Ich glaube, ich bin Ihre Tochter.* Thomas suchte die Regale ab und schüttelte dann den Kopf; offenbar war er mit der Auswahl nicht zufrieden. »Entschuldigung?« Er winkte eine Angestellte herbei und fragte nach einer speziellen Tamponmarke. Die größte Größe. Die Verkäuferin versprach, im Lager nachzusehen, und ging davon.

Thomas schob die Hände in die Hosentaschen und wippte auf den Fußballen. »Penny ist speziell.«

Die Situation hatte einen gewissen Charme, dem sich auch Mika nicht entziehen konnte. »Wirklich?«

»Ja.« Er zuckte mit den Schultern. »Sie benutzt immer eine bestimmte Marke. Wenn es die hier nicht gibt, müssen wir eventuell noch in einen anderen Laden gehen. Was ist?«, fragte er, als er Mikas erstaunten Blick bemerkte.

»Nichts, nur … ich bin beeindruckt. Mein Dad hätte niemals Damenhygieneprodukte für mich gekauft.« Die hatte immer Hiromi besorgt und Mika dann in einer schwarzen Plastiktüte zugesteckt, wie bei einem finsteren Hinterhofgeschäft. Einmal hatte sie Leif losgeschickt. Er hatte sie aus dem Laden via Facetime angerufen und in eine Diskussion über nachhaltigere Alternativen verstrickt. Irgendwann hatte sie einfach aufgelegt, willens, nun seine Couch vollzubluten. Verdient gehabt hätte er es.

Thomas kratzte sich am Kinn. »Da ist doch nichts dabei. Ich möchte einfach nicht, dass sie sich für ihren Körper schämt.« Er verstummte, schien aber noch etwas sagen zu wollen. Schließlich rückte er mit der Sprache heraus. »Ich habe eine Periodenparty für sie organisiert.«

»Entschuldigung ... was?«

Er lachte, blickte dabei aber angestrengt auf seine Schuhe. »Ja, genau. Sie hat ungefähr ein Jahr nach Carolines Tod das erste Mal ihre Tage bekommen, also habe ich mich im Internet schlaugemacht. Ich glaube, ich habe ›alleinerziehender Vater, Tochter hat die erste Periode‹ gegoogelt, oder so etwas in der Art. Und da kamen dann jede Menge Beiträge, in denen es hieß, dass sie mit einer Party in der Welt der Frauen willkommen geheißen werden sollte. Also habe ich ein paar ihrer Freundinnen zu einer Überraschungsparty eingeladen.«

»Und das hat ihr gefallen?« Für Mika war es beim ersten Mal schrecklich peinlich gewesen, extrem verwirrend, und sie hatte sich dafür geschämt. Hiromi hatte nie mit ihr darüber gesprochen, also war es eine ziemliche Überraschung gewesen – milde ausgedrückt.

Thomas schüttelte den Kopf. »Kein bisschen. Sie wollte nicht einmal aus ihrem Zimmer kommen. Also habe ich ihre Freundinnen wieder nach Hause geschickt. Nach einer Weile kam sie nach unten und hat verlangt, dass ich ihr niemals wieder eine Periodenparty ausrichte. Die Torte und die Schleifendeko waren vermutlich auch etwas zu viel des Guten.« Verlegen trat er von einem Fuß auf den anderen.

Die Target-Verkäuferin kam zurück und brachte ihnen einen Karton mit den Tampons der richtigen Marke. Sie bezahlten und gingen zum Hotel zurück. Oben im elften

Stock klopften sie an Pennys Zimmertür. »Kleines?«, rief Thomas.

Penny öffnete ihnen. Sie trug einen Bademantel, und im Hintergrund lief der Fernseher, irgendeine Realityshow über Hausfrauen. »Mir ist nicht nach Gesellschaft«, erklärte Penny und streckte fordernd die Hand aus. Thomas gab ihr die Tüte. »Aber geht ihr doch zum Essen«, fuhr sie fort. »Ihr müsst ja nicht meinetwegen auf einen schönen Abend verzichten. Ich werde einfach die Minibar plündern, Hauptsache, schokoladig oder salzig.« Damit schlug sie ihnen die Tür vor der Nase zu.

Im Fahrstuhl meinte Mika: »Wir können das Essen auch ausfallen lassen. Ich fahre dann einfach nach Hause.«

Thomas verschränkte die Arme vor der Brust. »Bin ich wirklich eine so unangenehme Gesellschaft?«

»Nein, natürlich nicht«, stammelte Mika verlegen.

Er sah sie nachdenklich an. »Wie wäre es denn mit einem Drink? Hier unten an der Bar? Vielleicht sollten wir uns wirklich mal in Ruhe unterhalten, uns ein bisschen besser kennenlernen. Penny zuliebe.« Sie erreichten das Erdgeschoss, und die Fahrstuhltüren öffneten sich. Nachdem ihr einfach keine plausible Ausrede einfallen wollte, überlegte Mika kurz, ob sie wegrennen sollte. Aber das schien ihr dann doch die peinlichste Option von allen zu sein.

Thomas hatte die Kabine bereits verlassen und wartete vor dem Fahrstuhl auf sie. »Mika«, sagte er ausdruckslos.

»Thomas.«

»Bitte trinken Sie etwas mit mir.«

»Na schön.« Sie holte tief Luft und schob sich an ihm vorbei. »Aber nur einen Drink.«

Gemeinsam schlenderten sie durch die Hotelhalle zur Bar hinüber. Aus alter Gewohnheit sah sich Mika die Bilder an der Wand an. Abstrakte Gemälde mit monochromen Wirbelmustern, typisch für Hotels. Nach rein ästhetischen Gesichtspunkten ausgewählt. *Sofakunst.* So hatte Marcus, ihr Professor, das genannt.

Thomas wählte einen kleinen Tisch in der Ecke und rückte für Mika den Stuhl zurecht. Das Geräusch der über die Fliesen schabenden Stuhlbeine versetzte Mika zurück zu jenem ersten Tag in Marcus' Büro. Die Staffelei hatte ganz ähnlich geklungen, als Mika sie aus der Ecke gezerrt und eine leere Leinwand aus einem der Schränke draufgestellt hatte.

»Und was soll ich malen?«, hatte sie ihn über die Schulter hinweg gefragt. Warmes Sonnenlicht fiel durch das Fenster herein und ließ feine Staubpartikel aufleuchten.

»Wenn Sie mich das fragen müssen, haben Sie in einem Fortgeschrittenenkurs nichts zu suchen«, war seine Antwort gewesen.

Sie nickte unbestimmt und nahm sich einen weichen Kohlestift aus dem Regal. Unsicher setzte sie ihn an der Leinwand an und zog einen weiten Bogen. Sofort zuckte sie innerlich zusammen. Zu schwer, zu breit. Ohne Sinn und Zweck. Also wischte sie den Bogen mit der Hand weg und fing noch einmal von vorne an, diesmal mit dem Wissen über Anatomie im Hinterkopf, das sie sich in der Bibliothek angelesen hatte. Marcus rauchte, während sie arbeitete. Irgendwann schaltete er Musik ein, eine sanfte Folkballade. Eine Stunde später war sie fertig und ließ den Kohlestift in ihren schwarz verschmierten, blutleeren und schmerzenden Fingern sinken.

Marcus schaltete die Musik ab. »Wer ist das?«, fragte er.

»Meine Mutter.« Mika suchte sich ein Tuch und wischte sich die Hände daran ab. Sie hatte Hiromi gezeichnet: das

Haar in einer weichen Welle aufgetürmt, die Augen gnadenlos und hart, zwei tiefe Falten seitlich des Mundes, die Parenthese ewiger Enttäuschung.

»Fragen Sie niemals wieder, was Sie malen sollen.« Papier knisterte, dann reichte ihr Marcus das unterzeichnete Formular. »Schreiben Sie sich in meinen Kurs der Stufe 3 ein. Ich werde Sie unterrichten.«

Mika hatte sich das Formular geschnappt und war gegangen. Draußen hatte sie eine ganze Weile auf einer Bank gesessen. Zum ersten Mal hatte ihr jemand gesagt, dass sie Potenzial habe. Stark hatte sie sich gefühlt. Lebendig. Noch immer erschien ihr Marcus in der Erinnerung übergroß.

Nun ließ sie sich an dem kleinen Tisch nieder, während Thomas den Stuhl neben ihrem wählte. Er winkte eine Bedienung heran und bestellte sich einen Scotch. Aber natürlich – alles, was ihm noch mehr Brusthaar wachsen ließ. Mit wild pochendem Puls entschied sich Mika für ein Glas Cabernet. Unangenehme Stille breitete sich an ihrem Tisch aus, während sie auf ihre Drinks warteten.

»Kommt Penny denn allein zurecht?«, fragte Mika schließlich.

Thomas lehnte sich zurück und streckte seine langen Beine aus. »Ja, kein Problem. Der erste Tag ist bei ihr immer der schlimmste.«

»Dann ist es ja gut.« Wieder einmal wurde Mika bewusst, wie wenig sie eigentlich über Penny wusste. Früher hatte sie sich immer eingeredet, es wäre okay, ihre Tochter nicht zu kennen. Solange sie wüsste, dass Penny gesund und munter war, wäre das genug. Was für eine Idiotin sie doch gewesen war. Jetzt war Mika voller Gier, war neidisch auf Caroline und Thomas, die all diese vielen Momente mit

Penny geteilt hatten. Sie versuchte mit ganzer Kraft, ihre Eifersucht zu unterdrücken, aber die regte sich trotzdem immer wieder. Jetzt kam ihr die Vorstellung, Penny niemals wiederzusehen, kein Teil ihres Lebens sein zu können, einfach unerträglich vor. Der Kellner kam, legte mit großer Geste zwei Cocktailservietten auf den Tisch und stellte ihre Gläser darauf ab. Sie nahmen einen Schluck und hörten dem Klavierspieler zu, der irgendeine berühmte Mozartsonate zum Besten gab.

»Würden Sie mir etwas mehr über Penny erzählen?« Mika hatte die Finger um den Stiel ihres Weinglases geschlungen und drehte es nervös hin und her.

Thomas neigte fragend den Kopf. Der Tisch war mit einer kleinen Kerze im Glas dekoriert, deren Flamme nun tiefe Schatten unter seine Wangenknochen zeichnete. »Wir haben doch jedes Jahr einen Brief geschickt.«

In den Päckchen von Caroline waren immer eine Menge Fotos gewesen, außerdem selbst gemalte Bilder von Penny und einmal sogar eine kleine Tonschale, die sie in der Grundschule getöpfert hatte. Die dazugehörigen Briefe waren lang und detailreich gewesen, sodass Mika sich gut vorstellen konnte, was für ein Leben ihre Tochter führte – wie gut sie sich entwickelte, wie wohlbehütet sie aufwuchs. Und Carolines Worte waren ihr immer ein Trost gewesen, ihnen hatte die Vertrautheit zwischen Müttern angehaftet. Doch dann war Caroline gestorben. Die Briefe von Thomas waren kurz und sachlich und ließen deshalb jede Menge Raum für Unsicherheit. »Ja, natürlich«, erwiderte sie nun vorsichtig. »Aber Sie konnten darin ja bestimmt nicht alles wiedergeben.«

Verlegen holte Thomas Luft. »Nun ja, von der misslungenen Periodenparty wissen Sie ja schon. Was gibt es noch?« Er verlagerte sein Gewicht, während er nachdachte. »Ihre Briefe-Phase.«

»Briefe-Phase?« Neugierig beugte sich Mika vor.

»Nach Carolines Tod bin ich mit ihr zu einem Therapeuten gegangen, der uns geraten hat, Penny solle ihre Gefühle in Form von Briefen ausdrücken. Also schrieb sie so etwas wie: ›Heute bin ich traurig, denn ich vermisse Mom.‹« Thomas nippte an seinem Glas. Mika beobachtete, wie sein Adamsapfel zuckte, als er den Whisky hinunterschluckte. »Und ich habe dann zurückgeschrieben: ›Das tut mir leid, Kleines. Mir fehlt sie auch.‹ Das war sozusagen eine Sicherheitszone, in der wir offen reden konnten. Diese Technik haben wir in den folgenden Jahren immer mal wieder angewendet. Das hat recht gut geholfen. Eines Tages dann, ich glaube, Penny war damals dreizehn, habe ich sie gebeten, duschen zu gehen und ihr Zimmer aufzuräumen. Etwas ganz Alltägliches eben.« Er wartete ab, bis Mika zustimmend genickt hatte. »Ein paar Minuten später kam sie zu mir und drückte mir einen Brief in die Hand, in dem so etwas stand wie: ›Ich bin im Moment richtig wütend und traurig, also lass mich bis auf Weiteres in Ruhe.‹« Wieder unterbrach er sich und nippte an seinem Scotch.

Schmunzelnd fragte Mika: »Und, haben Sie sie in Ruhe gelassen?«

Thomas sog zischend die Luft ein. »Das wäre vermutlich das Schlaueste gewesen. Aber ich habe den Rat des Therapeuten befolgt und ihr mit einem Brief geantwortet. Darin stand dann: ›Vielen Dank, dass du dich mir mitgeteilt hast. Es ist vollkommen okay, wenn man hin und wieder wütend und traurig ist. Ich bin immer für dich da, wenn du reden willst.‹« Ein verschmitztes Funkeln trat in seine

Augen, und seine Lippen verzogen sich zu einem schmalen Lächeln.

»Keine gute Idee?«, riet Mika.

»Nein, absolut keine gute Idee. Sie kam aus ihrem Zimmer gestürmt, und ich könnte schwören, dass sie finstere Mächte um sich geschart hatte, um mich zu vernichten. Wortlos knallte sie mir noch einmal ihren Brief hin, den sie allerdings mit ein paar Korrekturen versehen hatte.« Er machte eine Kunstpause. »Jetzt war das *richtig* unterstrichen und das *wütend* ausgestrichen und durch *stinksauer* ersetzt worden. Außerdem hatte sie mit einem Edding in Großbuchstaben ›Hau ab‹ quer über den ganzen Text geschrieben.«

»Wow.« Mehr fiel Mika dazu nicht ein. Manchmal kam ihr das alles – ihre Schwangerschaft, die Geburt und auch das Wiedersehen mit Penny – vollkommen unwirklich vor. Als würde sie von außen auf das Leben eines anderen Menschen blicken. In gewisser Weise tat sie das vermutlich. Irgendwie bekam sie es nicht auf die Reihe, dass das *ihr* Leben war.

Thomas leerte sein Glas. »Ja, so war sie schon immer. Klein, aber oho, mit einer Menge Biss. Ich würde mein Geld immer für sie verwetten. Wie waren Sie denn so als Kind?«

»Ich?« Ruckartig setzte Mika sich auf. Dachte zurück an die Mika von *davor*. Hiromi behauptete immer, ihre Tochter sei übersensibel. Für sie war Mika ein merkwürdiges, fremdes Geschöpf, ihre Wesensunterschiede empfand sie als Verrat. »Schüchtern, denke ich, aber mit großen Visionen.« Ja, sie hatte immer etwas Großes werden wollen. »Bis ich meine beste Freundin kennenlernte, Hana. Von da an bin ich öfter Risiken eingegangen.« Unbezwingbar hatte sie sich gefühlt. In der Highschool waren sie am Wochenende ständig auf Partys gegangen, hatten sich mit Collegestudenten und deren Eltern betrunken, die sich der »Wenn mein Kind schon trinkt, sollte es das zumindest unter meinem Dach tun«-Philosophie verschrieben hatten. Auf dem College dann hatte sie ihre Anstrengungen noch verdoppelt. Bereits in der ersten Woche hatte sie ihre Jungfräulichkeit an einen Typen verloren, an dessen Nachnamen sie sich nicht mehr erinnern konnte. Sie hatte Spaß am Sex, an dem Gefühl der körperlichen Nähe.

Mika blinzelte.

Wieder tauchte Marcus am Rande ihres Bewusstseins auf. Sie waren allein in seinem Kursraum, die Tür war geschlossen. Ihr erstes Studienjahr war zur Hälfte rum. Neben Malerei und Kunstgeschichte hatte sie sich auch für Philosophie eingeschrieben. Gerade beschäftigten sie sich mit dem Existenzialismus – Sartre und Kierkegaard, *»Verstehen kann man das Leben rückwärts; leben muss man es aber vorwärts.«* Außerdem studierte sie die alten Griechen, die Römer, die Byzantiner, bis in die Spätantike. Ikonen. Die Heilige Jungfrau Maria. Unter Marcus' Anleitung hatte sie die traditionellen Techniken erlernt: lasieren, Nass-in-Nass, glasieren, Chiaroscuro.

Deinen Bildern mangelt es an Leben, sagte Marcus. Er tauchte einen Pinsel in schwarze Tinte und zog ihn dann quer über ihre Studie einer Orange. *Da fehlt die Geschichte. Was ist deine Geschichte?* Marcus zu enttäuschen tat beinahe körperlich weh. *Sieh dir Peters Gemälde an.* Er zeigte auf eine Leinwand, die an der Wand lehnte; das Werk eines Studenten aus dem Abschlussjahrgang. Er hatte einen Popstar mit der Frucht der Erkenntnis im Garten Eden gemalt. *Das ist plagiative Scheiße, aber es erzählt eine Geschich-*

te. Komm schon, siehst du das denn nicht? Der Geschichte wohnt deine eigentliche Macht inne.

»Penny war alles andere als schüchtern.« Thomas' tiefe Stimme holte Mika in die Gegenwart zurück. »Sie ...« Kopfschüttelnd verstummte er.

»Was?« Wieder beugte sich Mika begierig vor. Irgendwie saßen sie jetzt näher beieinander, ihre Knie berührten sich unter dem Tisch.

»Das hatte ich schon beinahe vergessen. Als sie noch klein war und lernte, aufs Töpfchen zu gehen, wollte sie immer, dass wir ihr beim Kacka-Machen zusehen.« Mika lachte laut auf, und auch Thomas grinste. »Keine Ahnung, vermutlich lag es daran, dass wir so viel Wind um die Sache gemacht haben. Caroline hatte in einem Buch gelesen, dass man sie immer loben soll, wenn sie auf den Topf gehen. Also haben wir sie bejubelt. Aber beim großen Geschäft wurde Penny immer ganz ernst und hat uns fest in die Augen gesehen. ›Guck mal, guck mal‹, forderte sie dann.« Noch immer grinsend, fuhr er fort: »Das wurde ein festes Ritual, bis Caroline irgendwann meinte: ›Wir müssen damit aufhören. Sonst sehen wir ihr noch beim Kacken zu, wenn sie schon aufs College geht.‹ Penny hasst diese Geschichte, aber ich liebe sie einfach.«

Mika stützte den Ellbogen auf den Tisch, legte das Kinn in die offene Hand und musterte Thomas nachdenklich. »Sonst noch etwas?«

»Na ja, in der vierten Klasse hatte sie sich eine Zeit lang der Bauchrednerkunst verschrieben.« Er schauderte theatralisch. »Extrem gruselig. Ich bin wirklich froh, dass das vorbei ist. Wenig später hat sie sich dann der Magie zugewandt.«

»Aber natürlich«, nickte Mika. Sie grinsten sich an, mussten ein Lachen unterdrücken. Schließlich seufzte Mika. Sie hatte sich in Thomas getäuscht. Seine emotionale Tiefe ging doch über die einer Kartoffel hinaus. »Ihr beide wart wirklich gute Eltern. Du bist ein guter Vater.« Mika hatte das nicht sagen und ihn auch nicht einfach duzen wollen, aber die Worte flossen einfach so aus ihr heraus.

Thomas schien die vertrauliche Anrede nicht zu stören, denn er lachte nur. »Vielen Dank. Eine Weile war ich vollkommen planlos unterwegs. Wenn ich heute an die Zeit nach Carolines Tod zurückdenke, schäme ich mich fast ein wenig, weil ich so wenig Ahnung von allem hatte. Was das Elternsein anging, habe ich mich immer voll auf Caroline verlassen. Dann war sie plötzlich nicht mehr da, und ich wurde ins kalte Wasser geworfen ...«

Mika spürte, wie sich ihr Herz mitfühlend zusammenzog. »Wie schlimm war es?«

Stirnrunzelnd erzählte er. »Ich habe ihr Zöpfe gemacht, gar nicht mal schlecht für das erste Mal. Als ich abends die Gummis rausholen wollte, hat sie geweint, also habe ich zur Schere gegriffen. Am Ende hatte ich ihr eine ziemlich breite Strähne abgeschnitten. Ich musste sie zu einem Friseur bringen, der das richten sollte. Als man ihr dort vorschlug, ihr einen Bob zu schneiden, um alles wieder anzugleichen, hat sie einen regelrechten Tobsuchtsanfall bekommen. Wir haben uns dann auf einen Kompromiss geeinigt: vorne kurz, hinten lang.«

Mika verzog das Gesicht. »Das klingt ja fast nach ...«

»Einem Vokuhila.« Mit funkelnden Augen sah Thomas sie an. »Ich habe meiner Tochter einen Vokuhila verpasst.«

Kapitel DREIZEHN

»Und, was hast du ihr über mich erzählt?«, fragte Hana am Mittwoch, an dem Abend vor Mikas Galerieeröffnung. Thomas und Penny sollten nun auch Hana kennenlernen. Mika hatte für das Treffen das Lardo ausgesucht, einen angesagten Sandwichladen auf der Hawthorne, der ihrem Konto nicht allzu viel abverlangen würde.

Grinsend suchte Mika in dem überfüllten Restaurant nach einem freien Tisch. »Ach, das Übliche eben: wie du dich im ersten Collegejahr in unsere Englischdozentin verguckt hast und sie durch endlose Monologe über *Smallville* davon überzeugen wolltest, dass doch eigentlich Kristin Kreuk« – die rehäugige Darstellerin der weiblichen Hauptrolle Lana Lang – »der wahre Star der Serie ist.«

Hana grinste breit. »Ach ja, Mrs. Sampson. Ich hätte jedes Mal am liebsten gesungen, wenn ich ihr gegenüberstand. Was die heute wohl so macht?«

Eine vierköpfige Familie erhob sich, und Mika schoss zu ihnen hinüber, um sich den frei gewordenen Tisch zu schnappen. Sie setzten sich, warteten mit der Bestellung aber noch auf Thomas und Penny.

»Was hast du sonst noch über mich gesagt?« Ungeduldig trommelte Hana mit den Fingern auf der Tischplatte.

Angestrengt musterte Mika das Neonschild an der Wand. HAUT REIN, stand dort. »Was man eben so erzählt. Dass wir seit der Highschool befreundet sind, es auch während unserer Collegezeit noch waren und dass du bei Pennys Geburt dabei warst. Darüber wird sie vermutlich mehr wissen wollen.« Mika zog eine Serviette aus dem Spender und fing an, sie in kleine Stücke zu rupfen. »Bestimmt wird sie dich über uns und die ganze Zeit damals ausfragen. Also geh nicht zu sehr ins Detail, wenn es darum geht, was für eine Art von Studenten wir waren, okay? Sie muss nicht wissen, wie viel wir gefeiert und wie oft wir geschwänzt haben.«

»Mika.« Hana seufzte und warf ihr einen mitfühlenden Blick zu.

»Sie soll stolz auf ihre Herkunft sein. Ich möchte jemand sein, zu dem sie aufblickt.« *Ich möchte der Mensch sein, der ich davor war, nur besser.* Vielleicht war dies ja ihre Chance auf Erlösung. Auf Absolution. Eine Möglichkeit, die Zeit zurückzudrehen und die Dinge ins Lot zu bringen. Eine verdrehte Logik, aber das war sie – die Chance, zurückzubekommen, was sie verloren hatte.

»Dann soll sie also nicht erfahren, dass du dich beinahe eingeschissen hast, als du in den Wehen lagst?«, fragte Hana trocken.

»Oh mein Gott, du hast geschworen, dass wir niemals wieder darüber sprechen.«

Hana zuckte ungerührt mit den Schultern.

»Hab dich lieb, Schönheit«, sagte Mika.

»Dito, Schönheit«, erwiderte Hana. »Auch wenn dieses hübsche Gesicht einer Lügnerin gehört.«

»Bitte, ich fühle mich auch so schon mies genug.« Ja, sie fühlte sich mies, weil sie Penny anlog, aber das war immer noch besser als die Wahrheit. Sie hatte sich geschworen, Penny immer vor allem zu beschützen. Und das war eben Mikas Art, dem Schwur treu zu bleiben.

»Tut mir leid«, sagte Hana. »Ich wünschte nur, du würdest endlich selbst sehen, wie großartig du bist.«

Mika setzte zu einer Antwort an, wurde aber vom Bimmeln der Glöckchen über der Eingangstür unterbrochen. Thomas und Penny kamen herein. »Das sind sie.« Mika hob die Hand und winkte die beiden heran.

Vater und Tochter begannen gleichzeitig zu lächeln.

Hana stieß einen leisen Pfiff aus. »Heißer-Dad-Alarm.«

»Hana.« Mika lief knallrot an, während Thomas und Penny sich zwischen den Tischen hindurchschoben.

»Was denn?« Entrüstet hob Hana eine Hand. »Dass ich lesbisch bin, heißt nicht, dass ich mich nicht vollkommen objektiv und voller Anerkennung zu der Attraktivität von Männern äußern kann.«

»Hi.« Thomas begrüßte Mika mit einem warmherzigen Lächeln, dann streckte er Hana zur Begrüßung die Hand entgegen. »Ich bin Thomas.« Die Vorstellungrunde nahm ihren Lauf, dann setzten sich die beiden, sodass Mika und Hana sich eine Seite des Tisches teilten, Thomas und Penny die andere.

»Was ist denn hier zu empfehlen?«, fragte Thomas.

»Ganz eindeutig die Dirty Bastard Fries«, erklärte Hana. »Die werden frisch zubereitet, mit Speck gebraten und dann mit Kräutern und Parmesan gewürzt.«

Thomas nahm die Bestellungen entgegen und ging dann zum Tresen, um sie aufzugeben. Als er zurückkam, wurde zunächst ein wenig Small Talk gemacht. Es ging vor allem um Hana und ihre Arbeit als Gebärdendolmetscherin in der Musikbranche. Penny strahlte die ganze Zeit. *So begeisterungsfähig, so leicht zu beeindrucken*, dachte Mika. Es erinnerte sie daran, wie sie sich im Beisein von Marcus verhalten hatte. Wie unbedarft sie gewesen war, wie sehr sie sich nach seiner Anerkennung gesehnt hatte. Sie war wie eine Katze gewesen, die um seine Beine strich – und das mit einer solchen Verzweiflung, dass ihr heute noch übel davon wurde. In der Gegenwart stopften sie sich nun mit Sandwiches und Fritten voll. Schließlich wischte sich Thomas den Mund ab und zerknüllte seine Serviette. »Ich kriege keinen Bissen mehr rein«, erklärte er und strich sich über den vollkommen flachen Bauch. Dabei rutschte sein T-Shirt hoch und gab einen schmalen Streifen Haut frei. Schnell suchte sich Mika einen interessanten Punkt an der Wand, den sie anstarren konnte.

Hana beugte sich vor, stützte das Kinn in die Hand und musterte Penny. »Also?«

»Also?«, gab Penny sofort zurück.

»Was möchtest du wissen?«

Hanas unverblümte Frage ließ Penny erröten. »Du warst dabei, als ich geboren wurde.«

»Oh ja, ich war so dicht dran, dass ich alles abbekommen habe«, nickte Hana.

Mika hatte sehr unschöne Bilder vor Augen und verzog angewidert das Gesicht. Vielleicht sollte sie bei der Wahl ihrer engsten Freunde mal neue Prioritäten setzen.

Penny ließ die Daumen kreisen. »Könntest du mir … Könntest du mir alles über den Tag erzählen, an dem ich geboren wurde?« Ihr Blick wanderte von Hana zu Mika, als wollte sie die Frage an beide richten.

Mika lehnte sich zurück. Das Essen in ihrem Magen wurde plötzlich bitter. Sich an diesen Tag zu erinnern, fiel ihr nicht leicht. Noch schwieriger war es für sie, darüber zu sprechen. Darüber, wie die Schwangerschaft ihr gesamtes Leben gesprengt hatte. Wie sie bei Pennys Geburt erst trunken gewesen war vor Liebe, um dann zu spüren, wie ihr Herz in Stücke gerissen wurde. Wie sie in der Zeit danach untergegangen war wie ein Stein. Es tat weh, diesen verknoteten Strang ihres Lebens aufzudröseln und zu glätten.

»Penny«, mahnte Thomas sanft, »vielleicht sollten wir dieses Gespräch lieber ein andermal führen.«

Enttäuscht ließ Penny die Schultern hängen. »Ja, sicher. Ich verstehe schon.« Dabei war ihr deutlich anzusehen, dass sie es kein bisschen verstand.

Hana legte Mika unter dem Tisch die Hand aufs Knie und drückte tröstend zu. »Ich glaube, es hat geregnet«, begann Mikas beste Freundin vorsichtig.

»Ja, das stimmt«, bestätigte Mika leise. Am Tag zuvor war sie bei ihrer Geburtshelferin gewesen, und das in elender Stimmung. *Sie soll einfach nur rauskommen,* hatte sie gesagt, mit verquollenen Wangen, über die dicke Tränen liefen. *Es soll einfach nur vorbei sein. Ich will mein Leben zurückhaben.* Für sie fühlte es sich an, als würde Penny sich an ihr festklammern. Als wüsste sie, dass die Trennung bald bevorstand.

»Mika hatte eine Epiduralanästhesie«, fuhr Hana fort und stupste Mika mit dem Ellbogen an. »Weißt du noch, wie die Schwester meinte, es sei noch zu früh dafür und du solltest es erst mal mit Atmen versuchen?«

Ein fahles Lächeln huschte über Mikas Gesicht. »Sie kam mir mit Schneebällen, dabei wollte ich eine Granate.«

»Danach wurde es ziemlich langweilig. Wir haben eine Weile geschlafen«, erzählte Hana. Mika konnte sie immer noch vor sich sehen, wie sie schlaff in einem Sessel am Fuß ihres Krankenbettes gehangen hatte.

»Hana hat geschlafen«, korrigierte sie. »Ich habe mich nur herumgewälzt, weil ich einfach keine bequeme Haltung finden konnte.« Geweint hatte sie. Weil sie so erschöpft war, weil sie Schmerzen hatte, weil sie emotional am Ende war.

»Und dann, in den frühen Morgenstunden, hat Mika angefangen zu pressen«, nahm Hana den Faden wieder auf. Zwischen zwei Wehen hatte Mika gesagt: *Ich will sie nicht halten.* Dann hatte sie ihre Meinung geändert. *Ich will sie halten, lass nicht zu, dass sie sie mir wegnehmen, bevor ich sie im Arm gehalten habe.* »Mika hatte dich als Erste im Arm, aber direkt danach war ich dran«, verkündete Hana fröhlich. »Dein Gesicht war ganz rot und schrumpelig.«

»Klingt so, als wäre ich eine echte Schönheit gewesen«, stellte Penny lachend fest.

»Ja, das warst du, absolut«, versicherte ihr Mika und meinte es ernst. Ihr Blick huschte zu Thomas hinüber. Ein feines Lächeln umspielte seine Lippen, genau wie bei Penny.

»Wir waren da auch schon im Krankenhaus, in einem der Warteräume«, warf Thomas nun ein. Für Mika war es tröstlich zu wissen, dass Penny direkt ihren Adoptiveltern übergeben worden war. So hatte es keinen Moment gegeben, in dem sie nicht geliebt und behütet gewesen war.

»Ich weiß«, nickte Penny. »Das hat Mom mir in ihrem Brief geschrieben.« Jener Brief, den sie für Pennys sechzehnten Geburtstag vorbereitet hatte. Jener Brief, der den Startschuss für die Suche nach ihrer leiblichen Mutter gegeben hatte.

»Tatsächlich?« Thomas runzelte kurz die Stirn. Ach ja, jetzt fiel es Mika wieder ein: Penny hatte ihm ja nie erlaubt, diese letzten Worte zu lesen, die Caroline ihrer Tochter hinterlassen hatte.

Penny wedelte nur abwehrend mit der Hand. »Themenwechsel. Ich kann es kaum erwarten, mir deine Galerie anzusehen«, erklärte sie Mika mit leuchtenden Augen. »Können wir das morgen machen? Und du führst mich herum, bevor alle anderen es zu sehen kriegen?«

Oh, dachte Mika und sagte: »Oh!« Leif hatte ihr letzte Nacht noch die Adresse geschickt und gemeint, sie könne von morgen an jederzeit rein. Und natürlich hatte sie fest eingeplant, sich alles anzusehen und entsprechend vorzubereiten, allerdings hatte sie nicht damit gerechnet, dass sie dabei Gesellschaft haben könnte. Flehend sah sie zu Hana hinüber, die sich ein spöttisches Lächeln nicht ganz verkneifen konnte. »Aber klar doch!«, sagte sie schließlich, weil ihr nichts anderes übrig blieb. Dann würde sie sich eben später irgendeine Ausrede einfallen lassen.

»Ich würde furchtbar gerne noch bleiben«, schaltete sich Hana nun ein und stand auf, »aber ich habe heute noch ein Roller-Derby-Match.«

»Roller Derby?«, staunte Penny.

»Wollt ihr es euch vielleicht ansehen?«, schlug Hana vor. »Eine brutale, blutrünstige Angelegenheit, das Ganze. Könnte also genau eure Kragenweite sein.« Penny strahlte wie ein Weihnachtsbaum. »Hinterher ist der Ring dann für alle geöffnet.«

Begeistert klammerte sich Penny an der Tischkante fest. »Ja, ja, unbedingt!«

*

Zwanzig Minuten später saßen Thomas, Penny und Mika auf der Tribüne und sahen zu, wie Hana in den Ring rollte. Thomas musterte die Frauen in kurzen Shorts und knappen Tanktops, die geschützt von Helmen und Brillen auf ihren Rollschuhen dahinglitten. »In Ohio gibt es kein Roller Derby«, brummte er.

»Welche Aufgabe hat Hana?«, wollte Penny wissen.

Mika lehnte sich gegen die Sitzreihe hinter ihr. »Sie ist der Jammer, deshalb steht sie beim Start hinter ihrem Team.« In groben Zügen erklärte sie den beiden, dass die Punkte erzielt wurden, indem der Jammer die Mitglieder des gegnerischen Teams überrundete. Dann verbrachten sie die nächsten eineinhalb Stunden damit, Hana anzufeuern, mitfühlend zusammenzuzucken, wenn sie einen Ellbogenstoß kassierte, oder laut zu buhen, wenn der Schiedsrichter Strafen verteilte. Als Hanas Team, die *Asian Invasion*, schließlich den Gegner *Fresh Meat* besiegte, hüpfte Penny begeistert auf ihrem Sitz herum. Hana rief das Mädchen zu sich in den Ring hinunter, woraufhin Penny sich ihr strahlend anschloss, sobald die Bahn freigegeben wurde.

»Sollen wir uns den Rest vom Biergarten aus ansehen?« Mika zeigte an das andere Ende des Ringes, wo es eine Freifläche mit Picknicktischen und Bar gab.

Thomas rieb sich die Knie. »Muss ich mir deswegen Sorgen machen? Oder schon mal meine Versicherungskarte bereithalten?« Unten im Ring bekam Penny von Hana gerade Helm und Knieschoner angezogen.

»Nein«, meinte Mika. »Ihr wird nichts passieren. Hana zeigt ihr nur ein paar Moves und stellt sie den Mädels vor.«

Wenig später saßen sie im Biergarten, Thomas mit einem eiskalten India Pale Ale ausgestattet und Mika mit einem Glas Cider. Sie sahen zu, wie ein Mädchen mit Armtattoos und Sicherheitsnadeln in den Ohren Penny beibrachte, wie man blockt.

Thomas wischte mit den Daumen das Kondenswasser von seinem Glas. »Weißt du, ursprünglich hatte ich große Bedenken, was diese Reise anging.«

»Was du nicht sagst.« Mika lächelte spöttisch und trank dann einen Schluck.

Mit noch ernsterer Miene fuhr Thomas fort: »Es tut mir leid. Ich war ziemlich unausstehlich. In letzter Zeit war es ... Ach, verdammt, keine Ahnung. Schätzungsweise war es in den ganzen letzten Jahren nicht einfach. Eigentlich dachte ich, Penny würde ganz gut klarkommen. Wir waren jetzt so lange nur zu zweit. Sie hat nie nach dir gefragt. Als sie dann verkündet hat, sie habe dich ausfindig gemacht und wolle dich besuchen, stand ich erst mal völlig unter Schock.« Er rieb sich die Brust. »So ganz habe ich es wohl immer noch nicht verdaut. Und dann ist da noch dieser Brief, den Caroline ihr hinterlassen hat. Sie erlaubt mir einfach nicht, ihn zu lesen. Ich versuche ja, ihre Wünsche zu respektieren, aber verdammt noch mal ... Es fühlt sich einfach so an, als würde Penny mir neuerdings so ziemlich alles verheimlichen.« Frustriert starrte Thomas in sein Glas.

Ein verstohlenes Lächeln huschte über Mikas Gesicht. »Penny hat also Geheimnisse vor dir und versucht, sich von dir abzunabeln. Klingt für mich, als wäre sie ein ganz normales Teenie-Mädchen.« Übertrieben langsam hob sie eine Hand an die Brust. »Und ich spreche da aus persönlicher Erfahrung.«

Wenn überhaupt, machte diese Erkenntnis Thomas noch grummeliger. Seine Brauen zogen sich zusammen. »Verflucht noch eins, das gefällt mir nicht.«

»Sie ist ein gutes Mädchen. Du hast einen guten Menschen aus deiner Tochter gemacht.«

Er nickte nachdenklich. »Früher habe ich immer gedacht, Caroline wäre das Beste, was mir im Leben passiert ist, aber dann kam Penny, und ich fühlte mich plötzlich schuldig, weil ... Na ja, weil eigentlich *sie* das Beste ist, was mir passieren konnte.«

Mika sagte nichts darauf, dachte aber bei sich: *Dasselbe gilt für mich.*

»Sie wird wohl einfach erwachsen«, sagte Thomas.

»So ist es. Aber sie ist unglaublich verantwortungsvoll dabei. Wie sie diese Sache mit ihrem Freund geregelt hat, zum Beispiel ...« Als sie Thomas' verwirrten Blick bemerkte, verstummte Mika.

»Welcher Freund?«

»Verdammt.« Mika biss sich auf die Lippe. »Ich hätte das nicht erwähnen dürfen. Bitte verrate Penny nicht, dass ich es dir gesagt habe.«

Thomas hob zum Schwur die gekreuzten Finger ans Herz. »Mit keinem Sterbenswort.«

Nun versuchte Mika, sich das Telefonat mit Penny genauer ins Gedächtnis zu rufen. »Ich glaube, er hieß Jack. Oder James.«

»Jack.« Thomas nickte. »Den hat sie hin und wieder erwähnt.«

»Na ja, sie waren anscheinend zusammen, aber dann hat sie mit ihm Schluss gemacht.« Mika beugte sich vor und fuhr im Flüsterton fort: »Weil er plötzlich ständig irgendwo rumhängen wollte, wo es Betten und Matratzen gab.«

Thomas verzog abfällig die Lippen, gleichzeitig ballte sich seine Hand zur Faust. »Dieses kleine Arschloch.«

Aus einem Impuls heraus tätschelte Mika beruhigend seine Hand, zog dann aber schnell den Arm zurück. Hitze kroch ihren Nacken hinauf. »Kein Grund, gleich ausfallend zu werden. Penny ist ein kluger Kopf.« *Ich will mit jemandem zusammen sein, der meinen Geist zu schätzen weiß*, hatte sie nach der Trennung am Telefon gesagt.

Thomas spreizte kurz die Finger und entspannte sich dann wieder. »Ja, okay.« Mit großen Schlucken trank er sein Bier, um anschließend rau aufzulachen. »Das bin ich einfach noch nicht gewöhnt. Es ist nicht leicht, sie mit jemandem zu teilen.«

»Kann ich mir vorstellen«, erwiderte Mika mit einer gewissen Schärfe in der Stimme. Schließlich hatte sie Penny von Anfang an mit anderen teilen müssen.

»Ach ja, richtig. Entschuldige.« Thomas schenkte ihr ein verlegenes Lächeln. Heute trug er einen Hoodie mit der Aufschrift DARTMOUTH RUDERTEAM. Man sah ihm nicht an, dass er schon sechsundvierzig war.

»Dürfte ich dir eine Frage stellen?«

Mika trank ihren Cider aus. »Nur zu.«

»Bereust du es?«

Leicht verunsichert sah sie ihn an. »Was genau?«

»Penny«, präzisierte er nach kurzem Zögern. »Dass du sie weggegeben hast.«

Mika erstarrte. *Ein Kind abzugeben bedeutet auch, sich Kräften zu überlassen, die stärker sind als man selbst*, hatte Mrs. Pearson zu ihr gesagt. »Es war damals die richtige Entscheidung, und auch heute noch ... Wenn es nach mir geht, hätte niemand anders Penny großziehen sollen. Sie ist genau der Mensch, der sie sein sollte.« Mika schwieg kurz, dann fügte sie hinzu: »Aber ja. Irgendetwas bereut man doch immer, nicht wahr?«

Thomas' Blick wirkte kurz abwesend, dann sagte er: »Das gehört wohl zu der grundsätzlichen Erfahrung der Elternschaft dazu.«

Dieser subtile Hinweis, dass Mika ebenfalls ein Elternteil von Penny war, ließ prickelnde Wärme in ihr aufsteigen. Genau in diesem Moment kam Penny angerollt. Ihre Wangen waren gerötet, und ihre Augen funkelten. Sie streckte ihnen ein T-Shirt aus dem Souvenirladen entgegen. »Das werde ich mir kaufen.« Quer über die Brust war in altmodischer Schrift der Spruch DIE DINGER WERDEN DICH VOM HOCKER HAUEN gedruckt.

Thomas lachte, wurde dann aber schlagartig ernst. »Nein, ganz sicher nicht. Nächster Versuch.«

Penny zog einen Schmollmund. »Aber ...«

Noch etwas, das ich verpasst habe, dachte Mika. Zwar hatte sie entscheiden können, wer ihre Tochter großzog, aber nicht, welche Kleidung sie trug, welches Spielzeug sie bekam, welche Bettdecke die beste für sie war. Im Laufe der Jahre war sie immer wieder in die Kinderabteilungen der Kaufhäuser gegangen, hatte Babyschühchen befühlt, kleine Badeanzüge, bunt bedruckte T-Shirts. Hatte sich dabei gefragt, was Penny wohl gerne trug. So vieles hatte sie verpasst. So vieles war unwiederbringlich verloren.

Nun stand sie entschlossen auf. »Komm mit, ich helfe dir dabei, etwas auszusuchen.«

Zeit für einen Neustart.

Kapitel VIERZEHN

Acht Uhr morgens. Mika war wach und schickte Penny eine Nachricht: **Bist du sicher, dass du dir die Galerie heute schon ansehen willst? Da herrscht noch das totale Chaos.** Für einen Moment schämte sie sich ganz furchtbar, stopfte das Gefühl dann aber hastig zurück in das Loch, aus dem es gekrochen war. **Wenn ihr heute Abend kommt, wird alles fantastisch aussehen, versprochen!**, schob sie noch hinterher.

Die Antwort kam schnell: **Gar kein Problem. Ich könnte dir doch dabei helfen, alles vorzubereiten! Ich mache mir gerne die Hände schmutzig. Schickst du mir die Adresse?** Mit einem ergebenen Seufzer gab sich Mika geschlagen, bat Penny aber, ihr ein paar Stunden Vorsprung zu geben. Dann schickte sie eine Nachricht an Leif, der dem Künstler Stanley noch einmal sagen sollte, dass sie heute kam. Er antwortete mit einem Daumen-hoch-Emoji.

Unterwegs piepte ihr Handy, da eine Nachricht von Hana reinkam: **Penny ist großartig. Und weißt du, was noch großartig ist?**

Mika hatte schon geschlafen, als Hana am Vorabend nach Hause gekommen war, und nun war sie aufgebrochen, bevor ihre Freundin wach wurde. Normalerweise hatten sie beide denselben Rhythmus – lange Nächte, morgens spät aus den Federn. Aber in letzter Zeit war Mika meistens früher aufgestanden, vor allem, um so viel Zeit wie möglich mit Penny verbringen zu können, solange diese in Portland war.

An einer roten Ampel schickte sie eine Antwort: **Lass mich raten: Käsekuchen zum Frühstück? Jogginghosen? Ausdruckstanz?**

Als die Ampel auf Grün sprang, begann das Telefon zu klingeln. Kurzer Blick auf das Display: ihre Mutter. Schon wieder. Mikas Laune trübte sich ein. Bestimmt wollte Hiromi wissen, ob sie schon einen neuen Job gefunden hatte. Sie lehnte den Anruf ab. Wenig später informierte sie das Handy darüber, dass eine neue Nachricht auf ihrer Mailbox eingegangen war. Und an der nächsten roten Ampel war auch Hanas Antwort gekommen. **Ja, das alles und die Tatsache, dass Garrett unter chronischem Durchfall leidet. Er muss die Tour absagen, um sich seinem Reizdarmsyndrom zu widmen.** Trauriges Emoji, Partyemoji. **Was wiederum heißt, dass ich mit Pearl Jam auf Tour gehen werde.**

Mika erwiderte: **Erstens: Bitte erspare mir in Zukunft jegliche Information über Garretts Verdauungstrakt. Zweitens: Ich freue mich wahnsinnig für dich!**

Idee!, schrieb Hana zurück. **Du solltest mich begleiten, als mein emotionales Assistenztier. Gratishotels und -mahlzeiten, Backstagepässe … Was meinst du? In ein paar Wochen geht es los.**

Mika hielt an und parkte vor einem vollkommen durchschnittlichen Lagerhaus. Auf einem Schild wurde für den »Künstlerischen Donnerstag« geworben, was nichts anderes hieß, als dass an jedem ersten Donnerstag im Monat Leute kamen, Wein aus Plastikbechern tranken und sich vom Keller bis zum Loft die neuesten Arbeiten der aufstrebenden, aber vor allem hungernden Künstler ansahen.

Durch eine schwere Eingangstür betrat sie das Gebäude. An der Wand war eine Tafel angebracht, auf der die einzelnen Künstler verzeichnet waren. DAPHNES KREATIONEN, EINHEIT 1; ZEN PRODUCTS, EINHEIT 2 ... STANLEY WOLF, EINHEIT 10.

Mika ging die Treppe hinauf und klopfte kurz an die Tür von Einheit 10, bevor sie eintrat. »Hallo?« Eine alte Stereoanlage malträtierte ihre Ohren mit dröhnenden Metallica-Hits. Einmal hatte sie Essen auf dem Herd anbrennen lassen – das hatte so ähnlich gerochen wie der beißende Gestank in diesem Raum. Überall lag Metallschrott herum: Betonstahl, Stahlbänder, Eisenträger. Durch vier große Fenster fiel natürliches Licht herein. In einer Ecke stand ein Mann mit einem Schneidbrenner; Funken stiegen von der Skulptur auf, an der er gerade arbeitete. Dann erlosch die Flamme, der Mann schob seine Schutzmaske hoch und schaltete die Musik aus.

»Hi, hi! Du bist dann wohl Mika?« Er kam auf sie zu und streifte dabei die schweren Handschuhe ab. »Stanley.« Fröhlich streckte er Mika die Hand entgegen. Ein Weißer mit leuchtend blauen Augen und schwarz gefärbten Haaren. In einem Ohr trug er einen langen, mit Federn geschmückten Ohrring.

Lächelnd schüttelte Mika ihm die Hand. Dann trat sie einen Schritt zurück, um sich eine der über zwei Meter großen Statuen genauer anzusehen. Es war nicht ganz leicht zu erkennen, was sie darstellen sollte. Einen Menschen vielleicht? Allerdings mit sehr verkrümmtem Rücken. »Das ist interessant. Es strahlt eine wahnsinnig starke Emotion aus.«

Stanley wurde rot. »Leif hat mir gesagt, du willst hier eine Galerie aufziehen?«

Nun ging Mika weiter in den Raum hinein. »Ganz genau, und wenn du mitmachst, kann das definitiv funktionieren.« Dieser Ort hatte eine Menge Potenzial. In der Ecke standen sechs weitere Skulpturen, alle einander zugeneigt, wie Liebende, die vor einem heraufziehenden Sturm Schutz suchten. Wenn sie Stanleys Zeug wegschafften, hätten sie jede Menge freie Fläche für die Skulpturen, die noch dazu von den in der Decke eingelassenen Strahlern wunderbar beleuchtet würden. Sie sah kurz zu Stanley hinüber. »Und es macht dir bestimmt nichts aus, wenn ich deine Arbeiten ausstelle und heute einfach dein Atelier übernehme?«

»Nö.« Stanley warf seine Handschuhe auf einen Haufen verschiedenster Materialien, darunter auch einige Ölfarben und eine Staffelei. Als Mika die Farben sah, musste sie die Hände zu Fäusten ballen, damit sie nicht zitterten. Eine Mischung aus Furcht und Sehnsucht überkam sie. In dem Haufen lag auch eine Flasche Terpentin. Der Anblick ließ sie erstarren wie ein kleines Tier, das im Wald von einem Raubtier gejagt wird.

»Ich bin hier so weit fertig, der Laden gehört also ganz dir. Hinten in der Ecke stehen ein paar Farbeimer und Roller. Leif meinte, du willst dem Ganzen vielleicht einen neuen Anstrich verpassen. Ich lass dich dann mal machen«, verkündete Stanley.

Mika setzte ein leeres Lächeln auf, hörte sich einen Dank murmeln. Die Tür fiel zu. Sie schluckte schwer, dann riss sie sich aus ihrer Benommenheit und krempelte die Ärmel hoch. Nun hieß es: an die Arbeit.

*

Zwei schweißtreibende Stunden später bekam sie eine Nachricht von Penny, in der stand, dass das Uber sie gerade abgesetzt habe. Mika lief nach unten, um sie einzusammeln.

»Hiiii«, trällerte Penny und hüpfte fröhlich auf sie zu. »Was sagst du?« Sie breitete die Arme aus. Heute trug sie eine Jeansjacke und darunter das neue T-Shirt, das Mika ihr gekauft hatte. Anstelle des DIESE DINGER-Shirts hatten sie sich für eines von *Asian Invasion* entschieden, und auf Pennys Brust prangte nun das Teamlogo, ein Paar Essstäbchen, das in einer Reiskugel steckte.

»Gefällt mir«, versicherte Mika. Ihre Tochter so fröhlich zu sehen, machte sie glücklich.

Penny rümpfte empört die Nase. »Ich habe gestern Abend noch versucht, Dad dazu zu überreden, dass ich mir die Haare färben darf. Meiner Meinung nach würde es den Look perfekt machen, wenn ich hier eine blaue Strähne hätte.« Sie zupfte an den Haaren, die ihr Gesicht umrahmten.

»Mach das bloß nicht selbst. Ich habe mir in der Highschool mal die Haare gebleicht, und es hat über ein Jahr gedauert, bis sie wieder normal aussahen. Wenn du das wirklich durchziehen willst, sei vernünftig und lass es von einem Profi machen.«

Penny nickte ernst. »Guter Punkt.«

»Wie hast du geschlafen?«, fragte Mika, während sie die Treppe hinaufgingen.

»Traumhaft gut. Ich bin ja so gespannt auf deine Galerie.«

Nervös zupfte sich Mika am Ohrläppchen. »Es gibt noch eine Menge zu tun … versprich dir also nicht zu viel davon.« Als Penny ihr einen besorgten Blick zuwarf, fügte sie schnell hinzu: »Ich stehe im Moment einfach total unter Druck, weil alles perfekt werden soll. Immerhin ist heute Abend Eröffnung.«

»Verstehe. So bin ich immer vor Wettkämpfen – gereizt und aufgeregt, weil ja alles reibungslos ablaufen soll.«

»Ganz genau.« Mika öffnete die Tür zu Einheit 10, und Penny ging hinein.

»Oh, wow!«, rief sie, noch während sie sich an Mika vorbeischob.

»Was?« *So schlimm?* Mika versuchte, den Raum durch Pennys Augen zu sehen. Trotz ihrer Anstrengungen in den letzten Stunden herrschte immer noch ein ziemliches Chaos. Zum Beispiel lag das Schmiedewerkzeug zusammen mit einigen anderen Kunstwerkzeugen mitten im Raum auf dem Boden herum.

»Na ja, da muss wohl noch etwas Ordnung geschaffen werden«, stellte Penny fest, während sie den Raum einmal komplett abging.

»Stimmt«, gab Mika kleinlaut zu.

Penny sah sie einen Moment lang reglos an. Dann klatschte sie in die Hände. »Okay, ich denke, zu zweit sollten wir hier in ein oder zwei Stunden durch sein.«

»Und das macht dir wirklich nichts aus?«

»Natürlich nicht! Womit willst du anfangen?«

Nachdenklich tippte Mika sich mit dem Finger an die Lippen. »Lass uns erst mal die ganzen Werkzeuge wegschaffen.« Sie durchquerte das Atelier und öffnete eine Tür, die – hoffentlich – zu einem Einbauschrank führte. Ein kurzer Blick hinein bestätigte: staubig und leer. Entschlossen zog sie die Tür weiter auf.

Während der kommenden Stunde arbeiteten sie unermüdlich und schleppten die Lötwerkzeuge und das Altmetall in den Schrank. Bald lief ihnen der Schweiß über die Gesichter. »Soll das auch in den Schrank?«, fragte Penny. Sie stand vor dem Haufen mit den Malutensilien.

Mika spreizte angestrengt die Finger, um das Zittern zu vertreiben. Ein paar stumpfe Graphitstifte sprangen ihr ins Auge. Marcus hatte mit solchen Stiften gezeichnet. Eine Tonscherbe, die im richtigen Winkel wie ein schlagendes Herz aussah. Verfaulte Bananen. Ein ausgetrockneter Brunnen. Am Ende des Wintersemesters hatte er sogar einen Preis gewonnen für das Bild mit der Tonscherbe.

»Herzlichen Glückwunsch«, gratulierte Mika ihm strahlend. Sie war ein wenig außer Atem, weil sie quer über den Campus gehetzt war, um ihn nach ihrem Kunstgeschichtekurs noch zu erwischen. Die Heilige Jungfrau hatten sie abgehakt, nun beschäftigten sie sich mit der Renaissance, wo Frauen auf Möbelstücken drapiert, in Muscheln gestellt oder schwebend auf Wolken gemalt wurden, das Licht fokussiert auf Hüften, Schenkel, Brüste – ein Festmahl, bereit, verschlungen zu werden. Mika stand in Marcus' Büro und überreichte ihm ein Geschenk: einen elektrischen Anspitzer, dekoriert mit einer roten Schleife. Die Tatsache, dass er nur altmodische Anspitzer benutzte, die man per Hand drehen musste, war zwischen ihnen zu einem Running Gag geworden.

»Vielen Dank.« Mit einem verstohlenen Lächeln zupfte er an dem Geschenkband.

»Was werden Sie mit der Auszeichnung machen? Ich finde, Sie sollten sie über Ihren Schreibtisch hängen.« Mika zeigte auf die Plakette des Southwestern Institute of Art.

»Keine Ahnung. Vermutlich werde ich sie irgendwann als Aschenbecher benutzen.« Er kratzte sich das stoppelige Kinn.

»Aber das sollte auf jeden Fall gefeiert werden«, fand Mika.

»Nun ja.« Marcus warf ihr einen abschätzenden Blick zu. »Wir wollen uns heute Abend bei Pete treffen, auf ein paar Drinks. Ich wollte eigentlich nichts machen, aber er hat darauf bestanden. Warum kommen Sie nicht auch?«

Mika war rot angelaufen und hatte gestrahlt, hatte sofort angefangen zu überlegen, was sie anziehen könnte. »Sehr gerne, danke.«

»Mika?« Penny hatte sich vor ihr aufgebaut.

Sofort versuchte Mika, sich ein Lächeln abzuringen. »Tut mir leid, ich war in Gedanken. Würde es dir etwas ausmachen, die Sachen in den Schrank zu räumen?«

Penny nickte stumm, sammelte die Farbtuben ein und verschwand damit in dem Einbauschrank. Mika zertrat einen Zeichenstift unter ihrem Schuh und beförderte die Reste mit einem Tritt in die nächste Ecke. Dann ging sie zu den Skulpturen hinüber und machte sich Gedanken über ihre Anordnung – welche sollte wo stehen und in welcher Reihenfolge? Schließlich wählte sie die krummste von allen aus und schob sie auf einen Platz in der Nähe des Eingangs. Sie war bereits bei der vierten angekommen, als Penny mit den Malsachen fertig war.

»Wow«, seufzte sie. »Das ist wirklich eindrucksvoll.«

Mika trat einen Schritt zurück und wischte sich den Schweiß von der Stirn. In dieser Aufstellung war jede Skulptur ein bisschen weniger gekrümmt als die vorhergehende, wie eine Abfolge von Standfotos, bei der eine Gestalt sich nach und nach aus ihrer geduckten Haltung erhob. »Ja, mir gefällt es auch.« Nun war Mikas Lächeln echt. Stolz war sie und überglücklich.

Sie rückten die restlichen Skulpturen an ihre Plätze, nur

nicht das eine Stück, das unter einem schweren Tuch verborgen war. »Ich glaube, an der arbeitet Stanley noch«, erklärte Mika, während sie sich die Hände an ihrer Jeans abwischte. »Ich kontaktiere ihn später noch und frage nach, wo wir sie platzieren sollen. Wir sind ein echt gutes Team«, stellte sie fest, was Penny mit einem Lächeln bestätigte. »Möchtest du etwas trinken? Ich habe draußen im Flur einen Automaten gesehen.«

»Klingt gut.«

Sie benutzten das Kleingeld aus Charlies Auto, um sich Wasser und ein paar Chips zu ziehen, dann ließen sie sich im Schneidersitz auf dem Boden der Galerie nieder. »Und, was macht dein Dad heute?«, erkundigte sich Mika, während sie das Essen wie eine Opfergabe um Penny herum aufbaute.

»Keine Ahnung. Vermutlich arbeitet er oder so. Ich habe ihn jedenfalls darum gebeten, dass er nicht mitkommt.«

»Ach ja?«

Penny biss sich kurz auf die Lippe, während sie sich ein paar Doritos nahm. »Ja. Ich dachte mir, es wäre doch schön, wenn wir mal allein sind. Klar, ich liebe meinen Dad, aber ... manchmal klebt er an mir wie ein nasses Handtuch.«

Mika grinste. »Keine Einwände meinerseits.« Dann aber musste sie an ihren Besuch beim Roller Derby denken, wo Thomas Penny mit so viel Hingabe, Bewunderung und Stolz beobachtet hatte. »Trotzdem scheint er mir ein echt toller Vater zu sein.«

Ein kleines Lächeln huschte über Pennys Gesicht. »Ja, das ist er. Vor allem, als ich noch kleiner war. Er hat mir jeden Abend etwas vorgelesen, das war irgendwie unser gemeinsames Ding. Ich war total verrückt nach *Goldlöck-*

chen, aber bei ihm war es immer ihr wunderschönes, langes *dunkles* Haar, das in der Sonne glänzte. Genau so hat er es gelesen, und dann hat er mich angesehen und gesagt: ›Wie bei dir.‹« Als ich älter wurde, habe ich das Buch selbst gelesen. Er hatte jedes ›blond‹ durchgestrichen und durch ›dunkel‹ ersetzt, und auf den Bildern hatte er die Haare mit einem Edding schwarz übermalt.«

»Das ist wirklich süß.« Mika hatte einen Kloß im Hals.

»In letzter Zeit stehen wir uns nicht mehr so nah.« Nachdenklich strich sich Penny einige Krümel vom Knie. »Dabei weiß ich gar nicht, ob ich mich verändert habe oder er oder wir beide. Vermutlich liegt es vor allem an mir. Manchmal sehe ich mich selbst im Spiegel an und frage mich: Wer bist du? Wer bist du eigentlich?«

Wer bin ich? Wieder diese Frage. Mika hatte einmal eine Dokumentation gesehen, in der gefragt wurde, inwiefern sich das Leben adoptierter Kinder anders entwickelt hätte, wenn sie bei ihren leiblichen Eltern aufgewachsen wären. Biologie versus Sozialisation. Was machte Penny zu Penny? Wie viel von ihr war von Geburt an bestimmt, und wie viel hatte sich in den Jahren danach ausgeprägt? Was hatte Mika ihrer Tochter mitgegeben, was Thomas, was Caroline? Oder ihr biologischer Vater? Und spielte es überhaupt eine Rolle? »Weißt du«, sagte Mika bedächtig, »falls es dich beruhigt: Ich glaube, keiner weiß, wer er genau ist. Ich habe mein ganzes Leben lang versucht, das herauszufinden.«

Penny hob den Kopf. »Das beruhigt mich wirklich. Zumindest fühle ich mich nicht mehr ganz so allein, denke ich.«

»Du bist nicht allein.« Mika drückte ihre Hand.

Sie verfielen in kameradschaftliches Schweigen, bis

Penny plötzlich aufsprang. »Ich kann nicht glauben, dass unsere Zeit hier schon fast vorbei ist.«

»Ich auch nicht.« Mika stand nun ebenfalls auf. Die Tage waren wie im Flug vergangen. Morgen würden Penny und Thomas wieder abreisen. Mika versuchte sich auszumalen, wie es danach weitergehen würde: Penny würde sie wohl noch ein paarmal anrufen, würde versuchen, mit ihr in Kontakt zu bleiben. Doch dann würden diese Anrufe immer weniger werden. Und das Geisterschiff, das Mikas Leben im Moment darstellte, würde in den Hafen einlaufen. Dann würde sie in ihr echtes Leben zurückkehren. Aber wer war Mika in diesem echten Leben? Und wer war sie hier, bei Penny? Ohne Penny? »Ich wünschte, wir hätten mehr Zeit«, sagte sie. Einfache Worte, die ein wahres Gefühlswirrwarr in ihr auslösten. Erleichterung, weil diese Scharade bald ein Ende haben würde, gleichzeitig aber auch Trauer, weil sie Penny erneut würde gehen lassen müssen. Eines wusste sie jedenfalls genau: Die Mika in ihrem echten Leben war sehr, sehr traurig.

»Komisch, dass du das sagst«, erwiderte Penny gelassen. »Denn zufälligerweise bietet die University of Portland ein ganz tolles Sommercamp für Läufer an.« Sie schwieg kurz, blickte angestrengt auf ihre Füße. »Und ich habe mich gestern Abend dort beworben.«

»Wirklich?« Mika versuchte, sich nicht anmerken zu lassen, was in ihr vorging. Wie überrascht sie war. Verängstigt. Begeistert.

»Ja, mir gefällt es hier in Portland.« Unsicher sah Penny sie an. »Und ich habe dich schrecklich gern. Irgendwie passt das alles hier.«

»Ich habe gar nicht darüber nachgedacht, ob du wiederkommen möchtest.« Mikas Gedanken überschlugen sich. Sie wollte, dass Penny für immer blieb. Damit würde ihr Traum wahr. *Halt sie fest. Lass sie nie wieder gehen.* Aber was war mit ihrem Lügenkonstrukt? Der erfundenen Galerie? Ihrem angeblichen Freund? Vielleicht war es ja möglich, das alles aufrechtzuerhalten. Penny würde vor allem mit ihrem Lauftraining beschäftigt sein. Sie würden sich vielleicht abends mal treffen oder an den Wochenenden. Wenn Penny ihre Großeltern kennenlernen wollte, würde Mika einfach behaupten, sie wären wieder auf einer Kreuzfahrt oder würden Verwandte in Japan besuchen. *Das machen sie jeden Sommer*, hörte sie sich schon sagen. *Sie buchen die Tickets immer schon sehr früh, die können sie nicht umtauschen.* Und was ihre Beziehung zu Penny anging ... die würde sie hegen und pflegen und gedeihen lassen. Sie würde sich auf das konzentrieren, was echt war: Gedanken und Gefühle mit ihrer Tochter teilen, sie unterstützen, ihr zuhören, sie lieben. »Was sagt dein Dad dazu?«

Penny holte tief Luft. »Der hat es eigentlich ganz cool aufgenommen. Na ja, oder zumindest tut er so. Als ich ihm gesagt habe, dass das Camp sechs Wochen dauert und die Teilnehmer in den Wohnheimen auf dem Campus untergebracht sind, hat er erst einmal dichtgemacht. Aber dann hat er sich sichtlich zusammengerissen und entspannt.« Wieder zögerte sie kurz. »Dann wäre das für dich also okay, wenn ich wiederkomme? Würdest du mich hier haben wollen?«

Zweifellos war ein Wort in Pennys Frage besonders aufgeladen: *wollen.* »Natürlich will ich, dass du wiederkommst«, sagte Mika ganz automatisch. Ihre Seele erhob sich über jeden rationalen Gedanken.

»Darf ich etwas sagen?«, fragte Penny mit dünner Stimme. Mika nickte. Seit wann glaubten Mädchen, sie müssten um Erlaubnis fragen, bevor sie sich äußerten? »Ich bin so glücklich darüber, dass ich hier bei dir sein kann. Und ich war schon sehr lange nicht mehr glücklich.«

Wohlige Wärme breitete sich in Mikas Brust aus. »Ich bin auch sehr glücklich.«

Kapitel FÜNFZEHN

Beladen mit Weinflaschen und Plastikbechern, schob sich Mika am Abend wieder durch die Tür von Stanleys Atelier. »Warte, ich helfe dir.« Leif kam herbei und nahm ihr einen Teil der Sachen ab.

Sie folgte ihm zu dem langen Klapptisch, den sie aufgestellt und mit einer weißen Stoffdecke aufgehübscht hatten. Dort stellte er die Weinflaschen ab und begann, die ersten zu entkorken. »Ich kann dir gar nicht genug danken, Leif.« Beeindruckt und voller Stolz betrachtete Mika, was Penny und sie geschafft hatten. Die Skulpturen erzählten jetzt eine Geschichte. Blieb nur noch Stanleys letztes Stück, das noch immer verhüllt in der Mitte des Raumes aufragte.

»Das Beste hast du noch gar nicht gesehen. Schau, hier.« Leif zeigte ihr einen kleinen Acrylständer mit Visitenkarten, auf denen ihr Name prangte: MIKA SUZUKI GALERIE, und darunter ihre Telefonnummer. Über dem Tisch war ein Banner gespannt mit demselben Text, nur ohne die Nummer. »Adelle hat mir dabei geholfen. Sie hat echt ein Händchen für Design.«

»Oh, wow.« Mika nahm eine der Karten in die Hand und strich über die Ecken. So nah war sie ihrem Traum noch nie gewesen. Als sie noch gemalt hatte, hätte sie ihren Namen nur zu gerne in einer Ausstellung und ihre Werke im Licht der Scheinwerfer gesehen. Bewunderer, die kamen, um ihr die Hand zu schütteln. Diskussionen darüber, wie sie das Licht einsetzte, um das Motiv zur Geltung zu bringen. Auch wenn das hier nicht ganz dasselbe war, aber ihren Namen in einem Atelier und mit dem Zusatz »Galerie« zu sehen ... das war, nun ja, es ging ihr nahe. Sie blickte Leif in die Augen, während sie nach Worten suchte. »Leif ... danke. Ich weiß nicht, wie ich mich jemals dafür revanchieren kann.«

»Schon gut.« Er drückte den Daumen an seine Unterlippe, um nicht zu grinsen.

»Nein, ist es nicht«, betonte sie. »Ich hätte das alles nicht sagen dürfen, als wir uns getrennt haben. Es tut mir leid, dass ich mich über deine Träume lustig gemacht habe. Sie sind ganz und gar nicht albern.«

»Na ja, ich habe ja auch ziemlich viel Mist gebaut. Ich hätte dich nicht bitten dürfen, die Samen für mich zu schmuggeln.« Er breitete die Arme aus. »Versöhnungsumarmung?«, fragte er in einer schlechten Imitation von Chris Farley.

»Versöhnung«, bekräftigte Mika. Sie grinsten sich an und umarmten sich.

Die Tür öffnete sich, und Mika löste sich von Leif. Thomas, Penny und Stanley kamen herein. Schnell ging Mika zu ihnen hinüber. Thomas trug wieder einmal seinen Anzug, während Penny beim Roller-Derby-Shirt geblieben war. »Es ist so cool hier! Wir sind draußen noch ein wenig rumgelaufen und haben gesehen, wie die ganzen Künstler ihre Zelte aufgebaut haben. Hier liegt so viel positive, kreative Energie in der Luft!«, sagte Penny. »Und ich denke, ich sollte deine neue Ausstellung angemessen würdigen, indem ich mir heute mal ein Glas Wein gönne.«

»Vergiss es.« Mit einem humorvollen Funkeln in den

Augen sah Thomas Mika an. Ihr Kopf fühlte sich plötzlich ganz leer an. Ihre Blicke schienen sich ineinander zu verhaken, ihr Schweigen zog sich unangenehm in die Länge. Das hatte erst ein Ende, als Leif nach Mikas Hand griff und sie fest drückte.

»Hey, freut mich, Sie wiederzusehen.« Leif schüttelte Thomas etwas großspurig die Hand. »Wie schön, dass Sie gekommen sind, um Mika zu unterstützen.«

Stanley klatschte in die Hände. »Nun, es scheinen ja alle da zu sein. Seid ihr bereit, euch mein *pièce de résistance* anzusehen?« Sein Französisch klang einfach nur grauenhaft.

Mika löste sich aus Leifs Griff. »Ja, bitte.« Dann raunte sie Thomas und Penny zu: »Ich kann es kaum erwarten. Stanley ist ein wahnsinnig talentierter Künstler.«

Stanley ging zu der Skulptur hinüber und enthüllte sie mit großer Geste. Unsicher kniff Mika die Augen zusammen; was hatte sie hier vor sich? Metall, das zu einem Wesen mit dem Kopf eines Hundes und dem Körper eines Menschen geformt worden war? Genau. Und … einem Penis. Mikas Gedanken verfingen sich wie in einem Hamsterrad. Jetzt konnte sie nichts anderes mehr sehen, nur noch diesen sehr großen, sehr steifen Penis.

»Penny, Augen zu«, befahl Thomas leise.

»Vergiss es«, erwiderte Penny.

»Und, was sagt ihr?« Mit stolzgeschwellter Brust stand Stanley neben seinem jüngsten Werk. »Damit destigmatisiere ich das Konzept der Männlichkeit.«

Noch breiter hätte Leif nicht grinsen können. »Ich liebe es, Stanley. Du hast dich selbst übertroffen.«

Mika versuchte, sich ihre Verblüffung nicht anmerken zu lassen. Sie schluckte. »Ja, ich sehe es.« Was sollte sie auch sagen? »Deine Technik ist wirklich phänomenal, man kann die Kraft des Tieres tatsächlich spüren. Findet ihr nicht?« Zwar wusste sie nicht so genau, an wen sich ihre Frage richtete, doch sie sah dabei Thomas an.

Der schob entspannt die Hände in die Taschen, während sich rund um seine Augen kleine Lachfältchen bildeten. »Ja, es ist sehr …« Nein, er schaffte es nicht. Stattdessen flüchtete er sich in einen kurzen Hustenanfall. »Verzeihung, trockener Hals.« Er schlug sich gegen die Brust. »Ich brauche wohl einen Drink.«

Penny war an Mikas Seite getreten, hakte sich nun bei ihr ein und zog sie zu sich heran. »Ich habe ja keine Ahnung von Kunst, aber ich finde es toll. Wenn es dir gefällt, gefällt es mir auch«, verkündete sie hingebungsvoll.

»Wirklich?«, fragte Mika leise.

»Na klar. Das alles hier hast doch du geschaffen.« Sie schlangen jeweils einen Arm um die Schulter der anderen und drückten sich kurz.

Der Abend schritt voran, und Stanleys Kunstwerke erregten eine Menge Aufmerksamkeit. Ob gute oder schlechte, würde man noch sehen. Hana schaute kurz vorbei, ging aber bald wieder, um sich die anderen Künstler im Gebäude anzusehen. In der Galerie wurde es immer voller und stickiger, und es dauerte nicht lange, bis der Wein ausgetrunken war. »Ich habe noch ein paar Flaschen im Auto«, sagte Mika.

»Ich komme mit und helfe dir«, bot Thomas an, der längst sein Jackett abgelegt und die Ärmel hochgekrempelt hatte. Er folgte Mika hinunter ins Erdgeschoss und auf den Parkplatz hinaus. Frische Abendluft schlug ihnen entgegen, und Mika blieb einen Moment stehen, um die kühle Brise auf ihren erhitzten Wangen zu genießen. Die Sonne ging gerade unter und tauchte die Verkaufs- und Künstlerstände in einen roten Schimmer. Die Luft roch nach Regen und war von dumpfem Stimmengewirr erfüllt.

»Das tut gut«, stellte Mika fest und fächelte sich zusätzlich Luft zu.

»Ja.« Thomas blieb neben ihr stehen, die Hände wieder in den Hosentaschen. »Ich weiß nicht, diese ganze Kunst hat etwas ...« Er verstummte.

Alarmiert sah Mika ihn an. Er hatte die Lippen fest zusammengepresst. »Was?«

»Irgendwie fühle ich mich dadurch so *steif*.« Seine Mundwinkel zuckten, und dieses belustigte Funkeln war in seinen Blick zurückgekehrt.

»Haha.«

»Tut mir leid.« Er hob beschwichtigend die Hände. »Ich konnte nicht anders. Es war einfach zu *hart*.«

»Lach du ruhig, mein Freund. Ich knall dir gleich einen vor die *Latte*.« Mika grinste trocken.

Thomas presste eine Hand an den Mund und brach in gedämpftes Gelächter aus. Mika gefiel das sehr, es klang warm und gleichzeitig etwas rau. »Du hast recht. Ich werde versuchen, nicht mehr um das Thema herumzu*schwänzeln*.«

Sie hatten ihr Auto erreicht, und Mika öffnete die hintere Tür. »Dann bist du damit jetzt durch?«

Thomas schüttelte den Kopf. »Eigentlich hätte ich genug Material auf Lager, um mindestens noch eine Stunde weiterzumachen. Und überraschenderweise geht es bei zwei von diesen Witzen um Geister.«

»Wer hätte gedacht, dass Urheberrechtsanwälte so witzig sein können?« Sie holte eine Weinflasche vom Rücksitz. »Ich würde das ja persönlich nehmen, wenn ich nicht wüsste, dass der Grund dafür in deinem mangelnden Kunstsachverstand zu finden ist.«

»Autsch.« Thomas zuckte theatralisch zusammen. Dann packte er den Fuß der Weinflasche, sodass sie sie nun beide festhielten. »Bin ich dir etwa zu nahegetreten?«

»Nein.« Mika spürte, wie sie rot wurde. »Natürlich nicht. Stanley kann wirklich tolle Sachen mit Metall anstellen, aber an seinem Konzept muss er noch arbeiten.« Oder es verbrennen. Manche Dinge sollten niemals das Licht der Welt erblicken. Besser noch einmal von vorne anfangen.

»Die Ausstellung ist großartig, Mika«, sagte Thomas mit belegter Stimme.

Mikas Herz machte einen Sprung. Volle sechzig Sekunden lang sagte keiner von ihnen etwas. Thomas' Lider sanken leicht herab. Ein Blinzeln nur, und sie hätte es verpasst. Dieses Feuer in seinen Augen. Der Pulsschlag, der an seinem Hals sichtbar war. Eindeutige Anzeichen von Leidenschaft. Was würde passieren, wenn sie auch noch den letzten Schritt auf ihn zuging? So viele Möglichkeiten lagen in der Luft. Sie schüttelte den Kopf. *Das ist lächerlich.* Sie benahm sich lächerlich. Auch nur darüber nachzudenken, wie sich Thomas' Lippen wohl auf ihren anfühlen würden. Sie ließ den Flaschenhals los, der prickelnde Funke verglühte, und sie trat nervös von einem Fuß auf den anderen. »D-danke«, stammelte sie. Ihr Blick wanderte zur Rückbank des Autos, auf der noch mehr Flaschen lagen. »Äh … ich habe noch ungefähr ein halbes Dutzend … überwiegend Roten, aber …« Plötzlich war ihr Hals ganz trocken. »Aber zu zweit sollten wir eigentlich alles tragen können.«

»Ja, sicher.« Thomas trat einen Schritt zurück. Sie luden sich die Weinflaschen auf und machten sich auf den Rückweg.

Zwischendurch warf sie Thomas verstohlene Blicke zu. Er wirkte vollkommen entspannt. Hatte sie sich das nur eingebildet? Diese Glut in seinen Augen? *Ja, eindeutig.* Er hatte ihr ein Kompliment gemacht, mehr nicht. Wann würde sie es endlich lernen? Bei Marcus war es dasselbe gewesen. Sie hatte ihre Gefühle auf ihn projiziert, hatte zu viel hineingedeutet in sein Lächeln, in seine freundliche Art. Hatte Lust mit Liebe verwechselt. Hatte zugelassen, dass ihre Sehnsucht die Realität aushebelte und sie sich darin verlor.

An dem Abend von Marcus' Party war sie ein wenig zu früh gekommen. Nachdem sie an die Tür geklopft hatte, überprüfte sie noch einmal ihr Outfit. In Faltenrock, Strumpfhose und dem dünnen Rollkragenpulli fühlte sie sich älter, aber eigentlich war sie ein Kind, das Verkleiden spielte. Peter, Student im letzten Jahr und Gastgeber der Party, hatte ihr aufgemacht. Hinter ihm wartete Marcus in der leeren Wohnung.

Ich bin zu früh, hatte sie gesagt und sich schon wieder halb abgewandt. *Ich komme später wieder*.

Grinsend hatte Marcus sie am Arm gepackt und durch die Tür gezogen. Seine Augen waren leicht gerötet, sein Blick trübe. Er war bereits betrunken. *Du kommst genau richtig*, sagte er und wirbelte sie herum. Dann drückte er eine Hand an ihren Rücken und fing an, sich im Takt der Musik hin und her zu wiegen. Sie legte eine Hand auf seine Schulter. Es war das erste Mal, dass sie ihn berührte. Sie wusste noch genau, wie fest seine sehnigen Muskeln sich unter ihren Fingern angefühlt hatten, wie warm seine Haut unter dem Hemd geglüht hatte. Kurz nach ihr kamen noch mehr Gäste – ältere Studenten, ein oder zwei von Marcus' Kollegen.

Peter brachte ihr etwas zu trinken, irgendetwas Starkes in einem roten Plastikbecher. Dann tanzte sie wieder mit Marcus. Lachte. Sie spürte seine Aufmerksamkeit wie eine physikalische Kraft, wie einen Felsblock, der sie überrollte, wie eine Hand, die sie in eine neue Richtung lenkte. Von Anfang an war sie fasziniert von ihm gewesen, wie verzaubert. Es erinnerte sie an *koi no yokan* – das Gefühl, jemandem zu begegnen, in den man sich unweigerlich verlieben musste.

Ein kalter Windstoß holte Mika in die Gegenwart zurück. Beschämt zog sie den Kopf ein. »Also …« Sie blinzelte gegen die tiefstehende Sonne an. »Penny hat mir erzählt, dass sie sich für ein Sommercamp hier beworben hat.«

»Ja, mir hat sie das heute Morgen mitgeteilt«, seufzte Thomas.

»Sie meinte aber, das sei für dich okay.«

Das entlockte ihm ein kurzes Auflachen. »Mir bleibt ja wohl kaum etwas anderes übrig.« Automatisch gingen beide etwas langsamer. »Aber ja, ich habe nichts dagegen. Ich denke, das hier hat Penny gutgetan.« Er war nachdenklich geworden. »Uns beiden«, fügte er dann hinzu. »Außerdem bist du ja da.«

Mika konnte nicht verhindern, dass sich ein strahlendes Lächeln auf ihrem Gesicht ausbreitete. Thomas vertraute ihr die Sorge um Penny an. »Ich werde gut auf sie aufpassen.«

Sie hatten das Lagerhaus erreicht, und Mika schob sich rückwärts durch die Eingangstür. Dann stapfte sie die Stufen hinauf, wobei ihr Thomas' Gegenwart in ihrem Rücken überdeutlich bewusst war. Sie brachten den Wein zum Tisch, wo Leif sich sofort daranmachte, die Flaschen zu öffnen. »Du bist ja ganz rot im Gesicht«, stellte er fest.

Mikas Magen machte einen Purzelbaum. »Ist ja auch heiß hier drin.«

Leif warf ihr einen prüfenden Blick zu, dann musterte er Thomas, der hinter ihr stand. »Während ihr weg wart, hat Stanley einen Auftrag an Land gezogen.«

»Wirklich?« Mika schenkte sich eine ordentliche Portion Wein ein.

»Irgend so ein Hipster möchte, dass er eine Skulptur von ihm anfertigt. In der Gestalt eines Zentauren«, erklärte Leif.

Mika hätte sich fast an ihrem Wein verschluckt. Krampfhaft schlug sie sich vor die Brust. »Oh – mein – Gott.«

Penny trat zu ihnen. »Ich finde, wir sollten auf den Abend anstoßen. Leif, würdest du mir bitte einen Cabernet einschenken?«

»Penny, nein«, mahnte Thomas wieder.

Sie zuckte ungerührt mit den Schultern. »Ein Versuch kann nicht schaden.«

»Mi-chan.« Mika schüttelte den Kopf. Sie hätte schwören können, dass sie gerade die Stimme ihrer Mutter gehört hatte. Was natürlich ausgeschlossen war. Warum sollte Hiromi hier auftauchen? »Mika.« Wieder hörte sie ihren Namen, diesmal unmissverständlich.

Mika gefror das Blut in den Adern, als sie sich langsam umdrehte. Dort stand Hiromi, das Haar zu einer strengen Welle aufgetürmt, in einem knielangen Rock, die Handtasche in der Armbeuge. »Mom.« Nein, Mika war nicht überrascht. Sie war starr vor Entsetzen. »Was machst du denn hier?« Das Stimmengewirr in der Galerie verstummte, plötzlich schienen alle in einer Blase gefangen zu sein – Leif, Penny, Thomas, Mika und Hiromi.

»Was machst *du* hier?«, schoss Hiromi prompt zurück.

»Hi.« Thomas warf sich ins Feld. »Ich bin Thomas Calvin, Pennys Dad.« Er streckte Hiromi die Hand hin, und diese starrte so lange wortlos darauf, bis er sie wieder zurückzog.

Penny trat ebenfalls einen Schritt vor und begrüßte Hiromi mit einem unsicheren Lächeln. Mika konnte nur zusehen, wie die beiden einander musterten, sich das erste Mal sahen. Merkten, dass sie die gleichen Wangenknochen hatten, die gleiche winzige Nase, die gleichen geschwungenen Lippen. Dass sich ihre Hände ähnelten, die langen Finger und ovalen Nägel. Dass Hiromi, als hätte gerade ein Zeitsprung stattgefunden, aussah wie ein gealtertes Abbild von Penny oder von Mika. Mika konnte genau sagen, wann Hiromi es erkannte. Die Lippen ihrer Mutter teilten sich, Tränen stiegen in ihren dunklen Augen auf. Unverwandt starrte sie Penny an.

Ihre Enkeltochter.

»Das ist ja toll! Ich dachte, du wärst auf einer Kreuzfahrt«, sagte Penny unbefangen. Warum auch nicht? Sie war es gewöhnt, geliebt zu werden, von Menschen umgeben zu sein, die ihre eigene Liebe erwiderten. Sie wusste nicht, dass Hiromi damals nicht wollte, dass Mika sie bekam. Dass Penny für sie nie »das Baby« oder »sie«, sondern immer nur »es« war.

»Kreuzfahrt?« Hiromis tintenschwarze Brauen zogen sich zusammen. »Ich war noch nie auf einer Kreuzfahrt.«

»Hey, Kleines.« Mit einer unauffälligen Geste winkte Thomas seine Tochter zu sich.

Mikas Magen sackte nach unten, als stünde sie in einem Fahrstuhl, dessen Kabel durchtrennt worden waren. »Mom.« Etwas anderes wollte ihr einfach nicht einfallen. »Woher wusstest du, dass ich hier bin?«

»Ich bin dir gefolgt. Du hast mich nicht zurückgerufen.

Da habe ich mir Sorgen gemacht. Was ist hier los?« Hiromis Blick streifte die Visitenkarten auf dem Tisch, dann das Banner darüber. MIKA SUZUKI GALERIE. »Hast du dafür etwa das Geld ausgegeben, das du von mir bekommen hast?« Mit einer ausholenden Geste umschrieb sie den Raum mitsamt den schrecklichen Kunstwerken. »Du solltest dir doch einen neuen Job suchen.«

Mika bemerkte, wie Thomas irritiert die Stirn runzelte. Wie Pennys Lächeln erlosch. Sah ihre fragenden Blicke.

»Okāsan.« Langsam und mit ausgestreckter Hand ging Mika auf ihre Mutter zu, um sie aus dem Raum zu führen. »Lass uns draußen weiterreden.«

Hiromi wich ihr aus. »Was hat er hier verloren? Ich dachte, du hättest dich von ihm getrennt.« Sie musterte Leif so angewidert, als blickte sie auf einen Teller mit ekelerregenden Speisen.

Mika rieb sich die Stirn. Sie spürte, wie alles auseinanderfiel. Aber wie sollte sie die vielen Scherben auffangen mit nur zwei Händen? »Ja, so war es. Aber …«

Als er das hörte, flackerte etwas in Thomas' Augen auf.

»Wir versuchen, das wieder hinzukriegen«, versuchte Leif ihr auf die denkbar schlechteste Art zu helfen.

Hiromi schnaubte abfällig, ein Laut, der alles sagte. »Und wer ist das?« Mit einer knappen Geste deutete sie auf Penny, was Mikas Tochter wie ein körperlicher Schlag zu treffen schien. Sie zuckte heftig zusammen. »Mi-chan?« Hiromi ließ nicht locker. Natürlich wusste sie genau, wer Penny war. Das war nicht zu übersehen. Aber so ging Hiromi nun einmal vor: Sie weigerte sich anzuerkennen, dass Mika überhaupt ein Baby bekommen hatte. Und sie setzte Worte ein wie eine Heckenschere, mit der sie Mika so weit stutzte, bis nichts mehr von ihr übrig war.

»Mika?«, drängte nun auch Thomas.

Aber Mika hatte keine Antwort. Sie war nicht in der Lage, eine Antwort zu geben. Vor die Wahl gestellt, entweder eine neue Lüge aufzutischen oder die Wahrheit zu bekennen, hatte ihr Verstand die Notbremse gezogen. Ihre Welt war außer Kontrolle geraten. Bittere Kälte erfasste sie, strömte in ihre Füße, ihre Hände, ihre Knochen. Es war vorbei. Sie war zu Eis erstarrt.

Thomas holte tief Luft und sagte: »Das ist Penny. Mika ist ihre biologische Mutter.« Er zögerte kurz, legte Penny einen Arm um die Schultern und zog sie an sich. »Anscheinend haben Ihre Tochter und Sie einiges zu besprechen, wir sollten Sie also nicht länger stören.« Damit wollte er gehen, aber Penny riss sich von ihrem Vater los und baute sich vor Mika auf.

»Einen Job suchen? Warum solltest du nach einem Job suchen? Du hast doch extra gekündigt, um die Galerie eröffnen zu können. Das hier ist doch dein Job.« Hilflos runzelte das Mädchen die Stirn. »Ich bin total verwirrt. Mir hast du gesagt, du hättest für die Galerie einen Kredit aufgenommen. Aber du hast dir das Geld von deinen Eltern geliehen? Hast du mich belogen? Warum lügst du wegen so etwas?«, fragte sie beinahe flehend, dann versagte ihr die Stimme.

Die Vergangenheit hatte sie eingeholt und sich wie ein tonnenschweres Gewicht auf Mikas Schultern gelegt. In diesem Moment bereute sie so vieles. Doch wenn Penny sie so ansah ... was blieb ihr anderes übrig, als die Wahrheit zu gestehen?

»Ich habe meinen Job nicht gekündigt«, flüsterte Mika. »Ich wurde gefeuert.« Penny hatte sich steif aufgerichtet, doch ihr Blick war offen, fragend, zeigte deutlich, wie sehr sie sich wünschte, das alles möge nur ein Missverständnis sein. Mika räusperte sich. »Und ich habe mir Geld von meinen Eltern geliehen, um irgendwie über die Runden zu kommen.«

Penny schüttelte den Kopf. »Ich verstehe das trotzdem nicht.«

Nervös presste Mika die Lippen zusammen. »Ähm ... eigentlich habe ich dir in ziemlich vielen Punkten nicht die Wahrheit gesagt. Ich habe keinen Abschluss in Kunstgeschichte. Ich habe mit Mühe und Not meinen Abschluss in Wirtschaftswissenschaften geschafft, und auch dafür habe ich acht Jahre gebraucht. Seitdem bin ich von einem Job zum nächsten gesprungen. Die Galerie hier gehört eigentlich Stanley, der sie wiederum von Leif gemietet hat. Die beiden haben sie mir für heute nur ausgeliehen. Und Leif und ich sind auch nicht zusammen. Früher waren wir mal ein Paar, haben uns aber längst getrennt.« Sie breitete die Hände aus und schenkte Penny ein hilfloses Lächeln. »Es scheint, als könnte ich nichts festhalten.«

»Mika«, sagte Leif leise. Traurig.

»Du bist also eine Lügnerin?«, schleuderte Penny ihr mit flammendem Blick entgegen.

Thomas, Penny, Leif und Hiromi – sie alle sahen Mika an. Mika wandte den Blick ab. Sie konnte es nicht laut aussprechen, also nickte sie nur. *Ja, ich bin eine Lügnerin.*

»Na komm, Kleines«, sagte Thomas. »Ich denke, wir sind hier fertig.« Mika blickte hoch, als Thomas Penny von ihr fortzog und ihr wieder schützend den Arm um die Schultern legte.

»Warum tut sie so etwas?«, flüsterte Penny. Eine Träne lief über ihre Wange.

»Ich weiß es nicht«, antwortete Thomas. »Lass uns erst

mal zurück ins Hotel fahren. Dort können wir dann in Ruhe reden.« Noch einmal sah er zu Mika hinüber. Sein Blick war kühl und abweisend – wie eine Tür, die ins Schloss gefallen war. »Leb wohl, Mika.«

Penny ließ sich von ihrem Dad hinausführen, und Mika stand einfach nur da. Wie festgewachsen. Sah reglos zu, wie sie die Galerie verließ, ihr Leben verließ. Am Tag nach Pennys Geburt, als man sie aus dem Krankenhaus entlassen hatte, war sie von einer Schwester in einem Rollstuhl bis zum Ausgang gefahren und dann auf einer Bank abgeladen worden, direkt vor der Wöchnerinnenstation. Hana hatte sich mit ihren Rucksäcken neben sie gesetzt. Eine Zeit lang saßen sie einfach nur da. Mika starrte ins Nichts, öffnete und schloss ihre leeren Hände. Ärzte und Schwestern gingen an ihnen vorbei. Eine frischgebackene Mama wurde herausgebracht, ihr Kind in der Babyschale. Am Griff hingen bunte Ballons. Der dazugehörige Vater hielt direkt vor ihr und half beiden liebevoll in den Wagen.

Jeder machte einfach so sein Ding. *Hier gibt es nichts zu sehen.* Für diese Familie ging das Leben weiter, nicht aber für Mika. Sie war schwanger gewesen, hatte etwas Wundervolles, Lebendiges zur Welt gebracht, hatte es für ein paar wenige, kostbare Stunden bei sich gehabt, und nun war es fort. Ihr Baby war fort. Und Mika war nichts geblieben außer Krämpfen und Blutungen.

Wenn wir nicht bald gehen, verpassen wir den letzten Bus, mahnte Hana sanft. Ihre Stimme klang dünn. Ein Windstoß zerrte an ihren Haaren, das Licht zerlief verwaschen am Himmel.

Ja, okay, hatte Mika gemurmelt.

Und nun war sie wieder von fremden Menschen umgeben, die sich die Kunstwerke ansahen, als wäre in ihrer Ecke der Galerie rein gar nichts passiert. Als wäre Mikas Herz gerade nicht noch einmal zerbrochen. Sie konzentrierte sich auf Hiromi. Auch wenn die Erfahrung sie eines Besseren belehrt hatte, zog es sie instinktiv noch immer zu ihrer Mutter hin.

Hiromi schnalzte mit der Zunge. »Mi-chan«, sagte sie mit so bitterer Enttäuschung, dass Mika sich sofort noch tiefer in sich selbst zurückzog, so tief, dass ihr niemand mehr folgen konnte.

Jemand drückte ihre Schulter. Vermutlich Leif. Aber Mika spürte es kaum durch all den Schmerz hindurch. Am liebsten hätte sie laut geschrien, wäre Penny hinterhergerannt, hätte sich an sie geklammert wie eine Efeuranke. Aber Mika rührte sich nicht. Sie gab keinen Ton von sich. Denn so hatte man sie nun einmal erzogen: Halte den Schmerz in dir zurück. Sei still. Mach keine Szene.

Adoption Across America
Landeszweigstelle
56544 W 57th Ave. Suite 111
Topeka, KS 66546
(800)555–7794

Liebe Mika,

ich habe versucht, Sie anzurufen, konnte Sie aber nicht erreichen. Caroline Calvin ist gestorben. Das ist sicher nicht einfach für Sie, ich möchte Ihnen aber versichern, dass Penelope bei Thomas in den allerbesten Händen ist. Außerdem werden die beiden in dieser schweren Zeit von vielen Angehörigen unterstützt. Erinnern Sie sich noch an Carolines Eltern? Sie waren auf einigen Fotos zu sehen. Sie leben nicht weit von den beiden entfernt. Bitte rufen Sie mich an, wenn Sie irgendetwas brauchen, oder auch, wenn Sie einfach nur reden wollen. Ich bin für Sie da.

Mit den besten Wünschen,

Monica Pearson
Adoptionsagentin

PS: Ich habe Ihnen die Trauerkarte beigelegt, dort wird Penny von Thomas mit sehr liebevollen Worten erwähnt.

Caroline »Linney« Calvin, 1972–2016

Dayton, Ohio

Caroline Abigail Calvin verstarb am 21. Januar 2016.
Geboren wurde Caroline am 19. September 1972, sie wuchs in Dayton, Ohio, auf. Dort heiratete sie im Mai 2000 ihre Jugendliebe Thomas Preston Calvin, einen Anwalt für Urheberrecht. Sie arbeitete als Kinderkrankenschwester und war bekannt für ihren herzlichen Umgang mit den Patienten. Viele von ihnen haben Carolines Bereitschaft, sich zu ihnen zu setzen und mit ihnen zu sprechen, hervorgehoben. »Sie hatte immer Zeit für uns«, waren die Worte einer Patientenmutter.

*

Caroline träumte von einer eigenen Familie und erfüllte sich diesen Wunsch, als sie und Thomas 2005 ihre Tochter Penelope adoptierten. Danach gab Caroline ihren Beruf auf, um sich ganz um Penny kümmern zu können. Als ihre Krebserkrankung bekannt wurde, nahm sich Thomas eine berufliche Auszeit. Die drei reisten ein wenig, verbrachten den Großteil der Zeit jedoch im Kreis der Familie, die für Caroline immer das Wichtigste gewesen war.

*

Von Thomas: Caroline liebte durchgebratene Hamburger, das Quilten, Gartenarbeit und Gedichte. Außerdem war sie versessen darauf, auf Schnäppchenjagd zu gehen; nie ließ sie sich ein gutes Geschäft entgehen. Aber vor allem liebte sie unsere Tochter Penelope, die sie immer, bis zum Schluss, zum Lächeln bringen konnte. Von dem Moment an, als wir Penny adoptierten, haben wir mehr Liebe erfahren, als ein ganzes Leben bereithalten kann. Das hat Caroline immer gesagt. Ich weiß nicht, wie oft sie mich ansah und meinte: Ich bin gerade so unbeschreiblich glücklich. Als ihr Leben sich dem Ende zuneigte, versicherte mir Caroline, dass sie frohen Herzens gehen könne. Mit ihren letzten Worten wollte sie Penny und alle anderen, die um sie trauern, wissen lassen, dass die Liebe niemals stirbt, egal was auch geschieht.

Kapitel SECHZEHN

Mika war zu Hause, lag im Bett, schlief. Träumte. Im Traum war sie wieder zehn Jahre alt, stand im Kimono auf einer Bühne, von einem einzelnen Scheinwerfer angestrahlt. Die roten Plüschsitze im Zuschauerraum waren leer, nur zwei Plätze in der ersten Reihe waren belegt. Dort saßen ihre Eltern. Plötzlich wurde der hintere Teil des Saales weggerissen, Holzsplitter wirbelten durch die Luft, als wäre das Gebäude von einer Bombe getroffen worden. Nein, es war keine Bombe, sondern ein Sturm. Ein Tornado brach über sie herein, und in seinem zerstörerischen Wirbel trug er Apfelkuchen heran, rote Plastikbecher, Farbtuben, Tonscherben. Mikas Mund öffnete sich, sie schrie, spürte, wie sie in ihren eigenen dunklen Schlund stürzte.

Der Traum näherte sich der Realität, wurde zu einer Erinnerung.

Sie war wieder in Peters Wohnung, auf der Party zu Ehren von Marcus. Viele Körper auf engem Raum. Aus den Lautsprechern dröhnte Mark Morrison, »Return of the Mack«. Mika lehnte an der Wand, beobachtete, wie sich Marcus am anderen Ende des Raumes rhythmisch an einer Studentin rieb. Ihre Augenlider fühlten sich ebenso schwer an wie ihr Körper. Damals dachte sie, das käme von der Traurigkeit, erkannte erst später, dass die Ursache eine ganz andere war. Sie blinzelte träge. Als sich ihre Lider wieder hoben, stand Peter vor ihr.

»Hey«, sagte er mit einem wölfischen Grinsen. »Ich habe dir noch einen Drink mitgebracht.« Schon den ganzen Abend hatte er ihr ständig nachgeschenkt. Nun setzte er den frischen Becher an ihre Lippen. Mika drehte den Kopf weg, das Bier floss über ihre Wange und durchnässte ihren schwarzen Pullover.

»Ich fühle mich nicht so gut«, sagte sie.

Peter schlang ihr einen Arm um die Taille, versprach, sie irgendwohin zu bringen, wo es ruhiger war. Schwerfällig lehnte sie sich an ihn. Dann waren sie plötzlich in seinem Schlafzimmer. Er legte Mika hin, und sie beobachtete benommen, wie er die Tür schloss. Sie absperrte. Die Partygeräusche verstummten. Dann nickte sie ein. Als sie aufwachte, war Peter über ihr und drückte sie auf die Matratze.

Sie versuchte, ihn wegzustoßen, aber ihre Bewegungen waren träge, zäh wie Schleim, der an einer Wand herabtropft. »Nein«, sagte sie. Dann noch einmal, lauter: »Nein.« Er legte seine nach Terpentin riechende Hand auf ihren Mund, quetschte ihre Wangen, bis Tränen in ihren Augen brannten. Sie konnte nichts tun, außer ihn durch den wässrigen Schleier anzusehen, sein Gesicht zerfiel in die Bruchstücke eines kubistischen Gemäldes. Das dort über ihr war nicht Marcus, sondern Peter. Falsch war das, ganz falsch. Das war nicht das, was sie wollte. Sie beobachtete den Wecker auf seinem Nachttisch, die Minuten verstrichen: 00:01, 00:02, 00:03. Der exakte Zeitpunkt, an dem Penny gezeugt wurde. Dann verdrehten sich ihre Augen, sie blickte zur Decke hinauf. Das Bett knarrte, es hörte sich an, als würden einzelne Stücke von ihr abgehackt. Ein einziger Moment nur, der ihr Leben entzweischnitt, es in davor und danach teilte.

Keuchend schreckte Mika hoch. Ihre Finger suchten nach der Kehle, spürten den flatternden Puls. Die Erinnerung verblasste, und sie schloss die Augen. Atmete tief ein und aus. Sie war in Sicherheit. Es war vorbei. Gedanken schossen durch ihren Kopf, die Realität vertrieb nach und nach die geisterhaften Träume und Erinnerungen. Die Albträume. Penny. Thomas. Die Galerie. Neue Angst schlang sich um ihre Lunge und drückte zu. *Ihr Flug geht um elf Uhr fünfzehn.* Vielleicht konnte sie die beiden noch am Flughafen abfangen. Sie zog sich an, nahm eine Jogginghose und das Sweatshirt, das auf dem Boden lag. Als sie ihr Zimmer verließ, saß Hana in der Küche. Wortlos begann Mika, nach ihren Schlüsseln zu suchen.

»Okay, ich wünsche dir auch einen guten Morgen«, sagte Hana und trank einen Schluck Kaffee.

Immer hektischer suchte Mika: unter einem Papierstapel, zwischen den Sofakissen. Wo waren die verdammten Schlüssel? Ihr Unterkiefer bebte. »Penny und Thomas reisen heute ab, und ich habe es total verkackt. Ich muss zum Flughafen und sie finden, aber ich finde ja noch nicht einmal meine beschissenen Schlüssel.« Mika presste die Hände auf die Augen, bis sie nur noch weiße Punkte sah.

»Meinst du vielleicht die hier?« Jetzt erst bemerkte Mika, dass Hana nicht allein war. Bei ihr stand ein schlankes, zart gebautes Mädchen mit braunen Haaren, das nun ihren klimpernden Schlüsselbund hochhielt. Das Metall funkelte in der hellen Morgensonne. »Ich bin übrigens Josephine«, erklärte das Mädchen lächelnd und präsentierte dabei ein tiefes Grübchen auf der linken Wange. Hana grinste ebenfalls breit.

»Danke.« Mika schnappte sich die Schlüssel und schob

ihre Füße in ihre Schuhe, die direkt neben der Haustür standen.

»Soll ich dich fahren?« Hana lief ihr nach, als sie hinausging.

»Nein.« Mika winkte ab. »Ist schon gut. Alles wird gut.«

Die Fahrt zum Flughafen nahm sie kaum wahr. Hektischer Spurwechsel, dann und wann eine Hupe. Ihr Herz raste, als würde sie im Ozean ertrinken. Sie parkte unmittelbar vor dem Abflugterminal und sprang aus dem Wagen. Überall hingen Schilder: BE- UND ENTLADEZONE. PARKEN NICHT GESTATTET. Ein Wachmann in neongelber Weste blies in seine Trillerpfeife. »Ma'am, Sie dürfen Ihren Wagen hier nicht abstellen.«

Mika hörte nicht hin. Zu sehr war sie damit beschäftigt, vor dem Gebäude nach einem dunklen Haarschopf zu suchen, nach einem hochgewachsenen Mann mit mürrischem Blick. Nein, draußen waren sie nicht. Mika rannte durch die Glastür, erinnerte sich dunkel daran, mit welcher Fluglinie sie reisten: Alaska Airlines. Hastig lief sie zum entsprechenden Schalter, suchte die Warteschlangen ab. Keine Penny, kein Thomas. Wie spät war es? Hinter dem Schalter war eine Digitaluhr, sie zeigte 10:35 Uhr. Nun hetzte sie zur Anzeigetafel im Abflugbereich, konnte sich aber nicht an die Flugnummer erinnern. Abflugzeit und Ziel reichten aber aus, sie fand den richtigen Flug. BOARDING, stand in Großbuchstaben daneben. Eine Hand legte sich um ihren Oberarm und zerrte an ihr. »Lady, Sie dürfen dort nicht parken.«

Mit einem heftigen Ruck riss sie sich los. Sie bekam kaum noch Luft. Was gerade geschah, schien unausweichlich zu sein. Eine Ereigniskette, die vor sechzehn Jahren in Gang gesetzt worden war. Wieder sah sie Mrs. Pearson im Krankenhaus vor sich, wie sie Penny wegbrachte. Ihre Hände hielten ein winziges Bündel. Ihr Baby. Genau wie jetzt. Penny war fort. Wieder fort. Die Erkenntnis überrollte sie wie eine kalte blaue Welle, ließ ihre Knie weich werden. »Penny«, flüsterte sie.

»Ich meine es ernst, Lady«, meldete sich wieder der Wachmann. »Ich lasse Ihr Auto sonst abschleppen. Und dann werde ich die Polizei rufen müssen.« Steif wie ein Brett stand Mika da. Ihr Körper gehorchte ihr nicht mehr. Der Wachmann stellte sich dicht vor sie, wedelte mit der Hand vor ihrem Gesicht herum. »Nun kommen Sie schon, zwingen Sie mich nicht, die Polizei zu rufen. Meine Schicht hat gerade erst angefangen. Wenn Sie jetzt sofort zu Ihrem Wagen zurückkehren, werde ich die ganze Sache einfach vergessen.«

Endlich nickte Mika, ging mit schleppenden Schritten davon. Ihr Geist hatte sich von ihrem Körper gelöst. Es war fast so wie damals, als sie am Morgen danach Peters Wohnung verlassen hatte. Er schlief noch, sie war davon aufgewacht, dass sein Arm quer über ihrer Brust lag. Vorsichtig hatte sie sich darunter hindurchgeschoben, sich auf den Bettrand gesetzt und ihre untere Körperhälfte untersucht. Den Schaden. Ein Tier, das abschätzt, ob es zu stark verletzt ist, um zu fliehen. Ihr Rock war noch da, Strumpfhose und Slip fehlten. Wenn sie ihre Oberschenkel berührte, tat es weh, sie waren mit Blutergüssen übersät, die Spuren seiner Finger. Schwankend stand sie auf, schaffte es irgendwie, zur Tür zu schleichen. Bei jedem noch so kleinen Geräusch begann ihr Herz zu rasen. Zu groß war ihre Angst, er könnte aufwachen. Persephone, die sich an Zerberus vorbeischleicht.

Sie konnte erst wieder frei atmen, als sie aus dem Gebäude rannte. Ziellos lief sie über den Campus. Zerfetzte Strumpfhose, zerfetzte Haut, zerfetzte Seele. Ihr Körper war zum Schauplatz einer Apokalypse geworden. An alles andere konnte sie sich nur noch vage erinnern. Gelbliches Erbrochenes. Bleiches Sonnenlicht. Kalter Wind, der durch die kurzen Grashalme fuhr und auf ihren Wangen brannte, ihre nackten Schenkel peitschte. Zwei schwarze Flecken: Krähen, die sich um eine halb leere Schale mit Wassermelone stritten. Blaues Licht auf einem der speziellen Telefone. Wenn Mika den Hörer abnahm, würde jemand kommen und sie in Sicherheit bringen. Kurz dachte sie darüber nach, verwarf die Idee dann aber ebenso mühelos, wie sie ein Bonbonpapier entsorgte. *Wie viele Sexualpartner hatten Sie bereits?* Bestimmt würde die Polizei sie das fragen, auch wenn es niemanden etwas anging. Acht, würde Mika dann antworten, und an zwei von ihnen konnte sie sich kaum erinnern. Doch an Peter erinnerte sie sich genau. Daran, dass sie Nein gesagt hatte. Aber würden sie ihr das glauben? Einem Mädchen, das seine Zeit mit Malerei vergeudete, sich auf Verbindungspartys herumtrieb und jemandem im Hinterhof einen geblasen hatte? Wann waren die sexuellen Entscheidungen einer Frau zu einem Gradmesser ihrer Ehrlichkeit geworden? Mika wusste es nicht. Doch sie wusste, dass es so war.

Ein lautes Hupen ließ Mika zusammenfahren. Sie war am Flughafen, und der Kerl in der Warnweste beobachtete sie vom Straßenrand aus. *Los*, formte er lautlos mit den Lippen und zeigte Richtung Ausfahrt.

Sie fuhr bis zu dem Wartebereich für Abholer, schaltete den Motor aus, schlug mit aller Kraft auf das Lenkrad ein und sackte darüber zusammen. Wieder einmal war sie verloren. Verloren und ganz allein.

Warum musste in ihrem Leben nur immer alles schiefgehen?

Mika lehnte sich zurück. Sie hatte Penny in bester Absicht etwas vorgelogen. Doch das spielte keine Rolle. Entscheidend war, dass es Penny verletzt hatte. Und das hatte Mika ganz sicher nicht gewollt. Hatte damit nicht sowieso alles angefangen? Penny vor der Wahrheit zu beschützen, das war ihr Ziel gewesen. Vor der Wahrheit über Peter, über sie selbst, vor der Tatsache, dass diese Welt ein unfassbar schrecklicher und grausamer Ort sein konnte. Sie hatte Penny zeigen wollen, dass die Adoption für sie beide das Beste gewesen war: Penny hatte dadurch eine liebevolle Familie bekommen, Mika die Erfüllung ihrer Träume.

Sie ließ das Fenster herunter, spürte die kühle Morgenluft auf ihren tränennassen Wangen. Roch den Regen, das frisch gemähte Gras. Dann holte sie ihr Handy aus der Tasche, und noch bevor es ihr bewusst war, hatte sie Pennys Nummer gewählt.

»Hier ist Penny, hinterlasst eine Nachricht«, meldete sich die Mailbox. Wahrscheinlich waren sie bereits in der Luft.

»Penny«, presste Mika hervor. Ihre Stimmbänder verkrampften sich. »Ich bin's. Aber das weißt du natürlich. Es tut mir leid. Ganz schrecklich leid.« Sie verstummte, sammelte sich kurz. »Ich schulde dir eine Erklärung. Als du mich kontaktiert hast, nachdem du mein Instagram-Profil gesehen hattest …« Ihre Finger bohrten sich in den Sitz, und plötzlich wurde aus dem Leder weicher Flanell, die Fasern von Pennys Krankenhausdecke, als sie ihr Baby im Arm gehalten und ihm die Flasche gegeben hatte. Mika sprach einfach immer weiter, ließ die Wahrheit aus sich heraussprudeln. Erzählte, wie überrascht sie nach Pennys Anruf gewesen war. Wie sie sich ihr Leben angesehen und danach mit absolut leeren Händen dagestanden hatte. Wie sich anschließend alles verselbstständigt hatte. Höchstens eine Minute dauerte das, obwohl es sich wie eine Stunde anfühlte. Am Ende schloss sie mit einem weiteren »es tut mir leid«. Sie hätte sich auch ihr ganzes restliches Leben lang bei Penny entschuldigt. »Ich weiß nicht, was ich mir dabei gedacht habe. Ich ... Wahrscheinlich wollte ich einfach nur, dass du stolz auf mich bist. Bitte ruf mich an. *Bitte.*« Sie drückte auf den Knopf, und eine körperlose Stimme forderte sie auf, die Eins zu drücken, um die Nachricht zu senden. Mika zögerte. Die sündhafte Wahrheit schien ihr so viel gefährlicher zu sein als die Lügen. Langsam schob sie ihren Finger in Richtung der Zahl – ein Messer, kurz davor, die Wunde aufzureißen. Hastig drückte sie die Eins und sackte in sich zusammen.

Das war geschafft.

Ein Windstoß fuhr durch ihr Haar und schob ihr die Strähnen aus dem Gesicht. Sie blieb eine Weile sitzen, beobachtete den wolkenverhangenen Himmel, hörte den startenden Flugzeugen zu. Es kam ihr vor, als hätte sie eine Zeitreise hinter sich. Schließlich schickte sie eine Nachricht an Hana: **Ich brauche dich.** Sofort kam eine Antwort: **Ich bin da. Warte hier auf dich. Josephine ist weg. Komm nach Hause.**

Mika startete den Motor und fuhr nach Hause. Zu Hana, bei der sie sich immer einfach nur geliebt gefühlt hatte. Wie versprochen wartete Hana auf sie, mit offenen Armen, und Mika ließ sich fallen, weinte sich an ihrer knochigen Schulter aus. Ihre Körper waren ähnlich gebaut und passten perfekt zusammen, füllten jeweils die Lücken des anderen. Genau das hatte sie sich immer von Hiromi gewünscht. Aber ihre Mutter war zu hart – steinharte Augen, harte, schwielige Hände. Einfach hart. Vielleicht war genau das der Knackpunkt, wenn man Kinder hatte: Man konnte nicht verhindern, dass sie verletzt wurden, aber man konnte ihnen immer einen weichen Landeplatz bieten.

Hana schob Mika ins Haus und setzte sich mit ihr auf die Couch. »Erzähl mir alles. Ich mache dir ein Omelett.«

»Wir haben keine Eier«, sagte Mika noch, dann fing sie wieder an zu weinen. Sie zog die Sofadecke zu sich heran und wischte sich an der weichen Chenille die Nase ab.

Hana zog sanft die Hände von Mikas Gesicht, nahm sie in den Arm und strich ihr über das Haar. »Schon okay«, sagte sie wieder und wieder, bis Mika schließlich etwas ruhiger atmete.

»Du bleibst hier sitzen. Ich finde schon etwas, das dich tröstet … und ein paar Taschentücher.« Zwanzig Minuten später reichte Hana ihr eine Schale mit Nudelsuppe. Sie wartete, bis Mika ein paar Bissen genommen hatte, und drängte sie, auch von der Brühe zu trinken. »Und jetzt erzähl mir, was passiert ist.«

Also berichtete Mika ihr, wie alles den Bach runtergegangen war. Wie Hiromi in der Galerie aufgetaucht war und sie bloßgestellt hatte. Wie sie Penny und Thomas am Flughafen gesucht und am Ende eine wirre Nachricht auf Pennys Mailbox gesprochen hatte. »Glaubst du denn, dass sie noch mal Kontakt zu dir suchen wird?«, fragte Hana.

Stumm zuckte Mika mit den Schultern. Sie kämpfte gegen den Drang an, auf ihrem Telefon nachzusehen, ob Penny angerufen oder geschrieben hatte. Natürlich war es dafür viel zu früh. Penny und Thomas saßen ja noch im Flugzeug. »Ich bin mir nicht sicher. Ich weiß ja nicht einmal, was besser ist: die Lügen oder die Wahrheit.« Langsam ließ sie die Suppe in ihrer Schale kreisen.

Hana spitzte nachdenklich die Lippen. »Soll ich Pearl Jam absagen?« Die Tour sollte in drei Wochen beginnen.

»Was? Nein!« Mika wischte sich noch einmal die Nase ab. »Sei nicht albern. Natürlich sollst du fahren. Wir müssen schließlich nicht beide zum Trauerkloß mutieren.«

»Aber du brauchst mich.«

»Nein. Ganz sicher nicht. Ich verbiete dir, auch nur darüber nachzudenken.« Mika stellte die Schale auf dem Couchtisch ab. Ein kurzer Krampf fuhr durch ihren Unterleib, doch sie ignorierte ihn. »Und jetzt genug von mir. Erzähl mir von Josephine.«

Hana wurde rot, und ein breites Grinsen erschien auf ihrem Gesicht. »Da gibt es nicht viel zu sagen. Ich habe sie gestern Abend im *Sheila's* kennengelernt.« Einer schäbigen Hipsterkneipe für Lesben. »Sie ist Künstlerin. Was sie mit Mixed Media und ihren Händen macht, ist unglaublich.« Vielsagend wackelte Hana mit den Fingern.

»Zu viel Information.« Mika winkte entschieden ab, auch wenn ein Lächeln über ihr Gesicht huschte.

»Wollte es nur mal erwähnt haben.« Hana zuckte mit den Schultern. »Ich weiß auch nicht … ich glaube, diese Entrümpelungsaktion hier im Haus war für mich ein Wendepunkt.«

»Du bist glücklich«, stellte Mika fest.

»Ich bin glücklich«, nickte Hana.

»Das freut mich. Hab dich lieb, Schönheit.«

»Hab dich noch mehr lieb, Schönheit«, erwiderte Hana und fügte leise hinzu: »Wenn du es nicht willst, fahre ich auch nicht.«

Mika schüttelte den Kopf, brachte das Nein aber nicht über die Lippen, weil sie plötzlich einen dicken Kloß im Hals hatte. Sie wusste, dass Hana es ernst meinte. Sie würde die Tour für sie absagen. Allein schon das Versprechen ließ Mikas Herz beinahe zerspringen.

Kapitel SIEBZEHN

Mika verließ das Haus nicht mehr. Zweiundsiebzig Stunden lang lebte sie von thailändischem Lieferessen und Cola Light und versank in einem Serienmarathon: *Law & Order, Special Victims Unit*. Bei jedem Blinzeln tauchten die Szenen von der Galerieeröffnung vor ihrem inneren Auge auf. *Zwinker.* Pennys Gesicht, als Hiromi auf sie gezeigt und gefragt hatte »Wer ist das?«. *Zwinker.* Thomas, der den Arm um Pennys Schultern legte, während sie das Gesicht an seine Brust drückte – so klein, traurig und verloren. *Zwinker.* Penny, die zu ihrem Vater hochblickte, ihn mit tränenverschmierten Wangen fragte, warum – warum hat Mika gelogen? Die Bilder und der Schmerz blieben vernichtend scharf.

Alle paar Minuten sah sie auf ihr Handy – keine Nachrichten von Penny oder Thomas. Sie versuchte, die beiden aus ihren Gedanken zu vertreiben, erwischte sich aber immer wieder dabei, dass sie doch an sie denken musste. Sie vermisste Pennys Lächeln, ihre mitreißende Energie. Auch Thomas fehlte ihr mit seiner charmant-mürrischen Art, seiner unübersehbaren Liebe zu Penny. Ein Schiff hatte an der Insel angelegt, die sie mit Penny und Thomas bewohnte. Es war gekommen, um Mika zu holen, zurück ins Exil, für das sie bestimmt war.

Irgendwann tauchte Hana aus ihrem Zimmer auf, damit beschäftigt, sich eine goldene Creole ins Ohrläppchen zu schieben. Sie ging wieder mit Josephine aus. Schon zum dritten Mal diese Woche. »Immer noch *Special Victims Unit*?«

Mika rutschte auf der Couch herum. Sie trug ein altes Grateful-Dead-T-Shirt, das sie irgendwann bei Leif stibitzt hatte, und dazu eine weite Jogginghose. Ihr Handy lag in Reichweite auf dem Couchtisch, umgeben von leeren Essenskartons, Coladosen und Chipstüten. Gestern Abend war Mika ganz unten angekommen und hatte sich die gerösteten Maiskörner reingezogen, die seit Ewigkeiten hinten im Küchenschrank gelegen und vermutlich noch dem Vorbesitzer gehört hatten. »Jawohl, Staffel 11. Die Folge, in der Stabler und Benson einen Sugardaddy verdächtigen, nachdem die Leiche einer jungen Frau in einem Koffer gefunden wurde.«

»Ach ja, die alte Geschichte.« Hana ließ eine Puderdose in ihre Handtasche fallen. »Und du bist sicher, dass du nicht mitkommen willst?«

»Pft. Würde mir nicht im Traum einfallen, dir dein Date zu versauen.«

»Dann sind das also deine Pläne für den Abend? Fernsehen und Lieferdienst?« Hana nahm einen der Essenskartons vom Couchtisch und roch daran.

Mika bedachte sie mit einem genervten Blick. »Ja, und dabei werde ich ausschließlich über Dinge nachdenken, die mir bewusst machen, wie banal mein Leben ist.«

Hana stellte den Karton wieder hin. »Okay, aber könntest du, während du in deiner Elendsspirale feststeckst, vielleicht auch mal etwas essen, das Gemüse enthält?«

»In Pad Thai ist Gemüse«, erwiderte Mika beleidigt.

Abfällig schnaubend öffnete Hana die Haustür. »Ich schlafe heute bei Josephine. Wir sehen uns morgen.«

Mika reckte die Daumen. Sie hörte, wie Hanas Wagen wegfuhr, und rollte sich wieder auf der Couch zusammen. Mit einem *Ping!* kündigte ihr Handy den Eingang einer neuen Nachricht an. Mikas Puls beschleunigte sich. So war die Hoffnung: ein Heliumballon, der sich weigert, am Boden zu bleiben, und sich in einem Baum verfängt. Zuletzt waren die Nachrichten immer von Hiromi, Leif, Charlie oder Hayato gekommen. Sie hatte alle ohne Unterschied gelöscht. Trotzdem nahm sie das Telefon in die Hand, innerlich schon auf die nächste Enttäuschung eingestellt.

Penny.

Ihr Name leuchtete auf dem Display. **Ich habe deine Nachricht abgehört**, hatte sie geschrieben. **Wann können wir reden?**

Ruckartig setzte sich Mika auf und schaltete den Fernseher aus. **Jetzt gleich?**, antwortete sie. Sie stand auf und lief im Zimmer auf und ab, das Telefon fest in der Hand. Fünf quälend lange Minuten später klingelte es. Sofort nahm sie den Anruf an. »Hi.«

»Hi.« Penny klang weniger fröhlich als sonst. Und das war ihre Schuld. Mika hatte Penny das Strahlen geraubt. Ihr Selbstwertgefühl hing so sehr davon ab, wie ihre Tochter sich fühlte, was sie über das Leben, über sie dachte. »Also …«

»Du hast also meine Nachricht erhalten.« Mika versuchte, möglichst lässig zu klingen. Als wollte sie sagen: *Los, bestrafe mich. Schlag ruhig fest zu, ich halte das aus.*

»Ja, ich habe sie mir angehört, als wir nach Hause gekommen sind.« Vor drei Tagen? Penny hatte die Nachricht schon vor drei Tagen abgehört? »Es hat eine Weile gedauert, bis ich meine Gefühle sortiert hatte.«

In Mikas Kehle bildete sich ein dicker Kloß. »Ich verstehe.«

»Ich aber nicht«, erwiderte Penny scharf.

»Okay.« Mika ging in die Küche, holte sich ein Glas aus dem Schrank und füllte es mit Wasser aus dem Hahn. Wann hatte sie das letzte Mal Wasser getrunken? Sie klemmte das Telefon zwischen Schulter und Ohr und fragte: »Was verstehst du nicht?«

»Warum hast du mich nicht behalten?« Verzweiflung gab diesen Worten einen harten Klang.

Die Frage brachte Mika aus dem Konzept. Aber irgendwann musste sie ja mal gestellt werden. Schließlich hatte sie die ganze Zeit im Hintergrund gelauert, hatte gedroht, Penny und sie auseinanderzureißen. »Weil ich es nicht konnte.« Sie verließ die Küche, hockte sich auf die Armlehne der Couch. Dachte daran zurück, wie überfordert sie damals gewesen war. Und dann fielen ihr die Instagram-Posts ein, die sie sich angesehen hatte, die von den frischgebackenen Müttern mit ihren Babys. Die ermutigenden Kommentare dazu. *Du schaffst das! Du bist eine toughe Mama! Weiter so!* Wie sie einander angefeuerten, sich weiter anzustrengen, bis über die Schmerzgrenze hinaus. Alles durchdrungen von der Botschaft: Eine gute Mutter lässt ihre Kinder nicht im Stich. Sie entzieht sich nicht ihrer biologischen Pflicht. Tat sie es doch, stimmte mit ihr etwas nicht. Oder mit ihrem Kind. Empfand Penny das etwa auch so? Dass ihre DNS verkorkst war?

Eine volle Minute lang blieb es still in der Leitung. Dann fragte Penny: »Wolltest du mich haben?«

»Und wie ich dich haben wollte.« Mika atmete tief ein und aus. Ja, sie hatte Penny gewollt, trotz Peter, trotz Hiromi. Trotz des wortlosen Unmuts ihrer Mutter. »Ich wollte dich haben, aber ich wollte auch gewisse Dinge für dich. Etwas Besseres. Ich wollte, dass du in einem großen Haus aufwächst, in einer richtigen Familie mit Eltern, Cousins, Cousinen und Großeltern. Ich wollte, dass du auf eine gute Schule gehen kannst, mit neuen Sachen und tollen Klamotten. Ich wollte, dass du alles bekommst, was ich nie hatte und was ich dir niemals hätte geben können. So sehr wollte ich dich.« Für Mika war es der ultimative Beweis ihrer Liebe gewesen, dass sie Penny zur Adoption freigegeben hatte. Penny hatte etwas Besseres verdient. Wieder sagte Penny lange Zeit nichts, aber Mika konnte ihren Atem hören, ein und aus, gleichmäßig wie ein Metronom. »Ich weiß, dass das alles total beschissen ist. Ich habe dich angelogen, und das wird mir ewig leidtun.« Mit dem Mut der Verzweiflung fügte sie hinzu: »Falls du … falls du irgendeine Möglichkeit siehst, mich noch einmal in dein Leben zu lassen, werde ich dich niemals wieder anlügen, das verspreche ich dir.«

Das eisige Schweigen hielt einen Moment an. Dann fragte Penny: »War es, weil du dich für mich geschämt hast?«

Mika fuhr auf. »Nein!«, platzte es aus ihr heraus. Wie konnte Penny das nur glauben? »Im Gegenteil, ich wollte nicht, dass du dich für *mich* schämen musst.« Mika war sich der erstickenden Ansprüche an die Mutterschaft bewusst – immer stark genug sein zu müssen, klug genug. Gut genug eben. Aber das durfte sie nicht auf Penny abwälzen. Dieses Gefühl, dass etwas in ihrem Inneren fehlte, schäbig war. »Mein Leben ist nicht schön. Eigentlich ist es die totale Katastrophe.« Das entlockte Penny ein leises Lachen, also machte Mika weiter: »Ich meine, ich habe eine offene Tüte Schokochips auf dem Küchentresen liegen, damit ich jedes Mal reingreifen kann, wenn ich daran vorbeigehe.«

Wieder lachte Penny, doch nur kurz. Beinahe wehmütig fragte sie dann: »War irgendetwas davon echt?«

Schuld und Reue tobten in Mika. Für sie war alles echt gewesen: die Umarmungen, das warme Kribbeln im Bauch, die Sehnsucht. Die Liebe. Aber sie verstand nun, was sie angerichtet hatte. Durch die Lügen hatte sie ihrer Beziehung die Bedeutung genommen, zumindest in Pennys Augen. »Ganz ehrlich, ich habe Wahres und Erfundenes vermischt. Hana ist wirklich meine beste Freundin, und sie steht tatsächlich voll auf Roller Derby. Aber ich lebe hier nicht allein. Ich wohne mit Hana zusammen, weil ich mir nichts Eigenes leisten kann, und sie leidet unter einem Sammelzwang, obwohl das in letzter Zeit deutlich besser geworden ist. Leif ist mein Ex-Freund. Er hat keinen Uni-Abschluss in Biochemie, trotzdem ist das seine große Leidenschaft. Die nutzt er heute dazu, Marihuana anzubauen. Er hat einen eigenen Laden dafür hier in Portland. Er trägt überwiegend Hanfklamotten und ist einer dieser Bankenhasser.«

»Das klingt jetzt irgendwie total logisch.« Eine gewisse Wärme war in Pennys Stimme zurückgekehrt.

»Als wir damals zusammen waren, hat er immer so einen Kristall als Deo benutzt.« Mika machte eine Kunstpause. »Der hat so gar nicht gewirkt«, flüsterte sie dann voller Dramatik, als würde sie Penny damit ein schreckliches Geheimnis anvertrauen. Penny kicherte. Erleichtert ließ sich Mika auf die Couch fallen und zupfte am Band ihrer Jogginghose herum. »Was willst du sonst noch wissen? Ich beantworte dir jede Frage.«

Penny wurde wieder ernst. »Da gibt es wirklich noch etwas.« Sie zögerte. »Eigentlich wollte ich dich das schon in Portland fragen, aber irgendwie war es nie der richtige Moment dafür.«

»Schieß los.«

»Mein Vater … ich meine, mein biologischer Vater. Weißt du … irgendetwas über ihn? Vielleicht seinen Namen oder so?«

Jetzt war es Mika, die schlagartig ernst wurde. Kurz stellte sie sich vor, sie würde Penny von Peter erzählen. Von der Vergewaltigung. Bei diesem Wort zuckte Mika innerlich zusammen. *Vergewaltigung.* So ein hässlicher Ausdruck. Und es fiel ihr immer noch schwer, ihn in Zusammenhang zu bringen mit dem, was ihr zugestoßen war. Ihr Körper erinnerte sich noch genau an die Brutalität des Missbrauchs, aber ihr Verstand widersetzte sich dem. *Nein, mir nicht. Mir kann das nicht passiert sein.* Sie war nicht die Einzige, die Schwierigkeiten hatte mit dem Begriff. In den Medien und bei den Nachrichtenagenturen bevorzugte man den Ausdruck »sexueller Übergriff«. Das klang sanfter, netter. Von einem Übergriff konnte sich eine Frau erholen, doch über eine Vergewaltigung kam sie vielleicht niemals hinweg. Und tief in ihrem Inneren haderte Mika noch immer damit, wie passiv sie in jener Nacht gewesen war. Wie dürftig ihr Nein ausgefallen war. Wie schlaff sie dagelegen hatte. Dass sie selbst so gar nichts zu ihrer Rettung beigetragen hatte. Doch wie sollte sie das Penny erklären? Ihre Tochter war für sie vollkommen losgelöst von diesem Ereignis. Vielleicht war es auch hilfreich gewesen, dass Penny bei ihrer Geburt äußerlich so gar nichts von Peter gehabt hatte. Sie kam ganz nach Mika. Hätte sie vielleicht anders reagiert, wenn Pennys Haut heller gewesen wäre, ihre Augen rund und grün, ihr Haar braun statt schwarz? *Nein,* entschied Mika ohne jeden Zweifel. *Ich hätte sie trotzdem geliebt.* Sie hatte oft auf ihren dicken Bauch hinabgeblickt und ihm das Versprechen gegeben: *Er wird dich niemals kennenlernen.*

»Bist du noch dran?«, fragte Penny.

»Ich überlege noch«, sagte Mika. »Ich …« Sie schluckte. Manchmal suchte sie im Internet nach Peter. Er lebte heute als Künstler in New York, hatte eine Familie. Für Mika war es beinahe verstörend, dass er anderen gegenüber liebevoll sein sollte, nachdem er sie innerlich zerquetscht hatte wie eine faulige Frucht. Sein richtig großer Durchbruch ließ noch auf sich warten, aber er konnte davon leben, zumindest wenn er hin und wieder auf Bestellung hübsche Landschaften malte. »In meiner Vergangenheit gibt es ein paar Dinge, die nicht leicht zu erklären sind.« Plötzlich wurde Mika bewusst, dass Penny genauso ein Opfer von Peter war. Sie beide mussten diese Last tragen. Aber noch sollte Penny nichts davon erfahren. Irgendwann würde sie es ihr vielleicht sagen. Aber vorher würde sie ihrer Tochter die Gewissheit vermitteln, wie wundervoll sie war, wie stark. Dass sie *geliebt* wurde.

So könnte Penny verstehen, dass ihr Ursprung nicht bestimmend war für ihren Weg durchs Leben. »Vorerst weißt du alles, was du wissen musst. Mir ist klar, dass es unfair ist, aber ich muss dich bitten, darauf zu vertrauen, dass ich dir alles sagen werde, wenn ich dazu bereit bin. Bitte respektiere, dass ich über gewisse Dinge noch nicht sprechen kann.« In diesem Moment spürte sie es. Eine leichte Veränderung in ihrer Beziehung, von Freundschaft hin zu … sie war sich nicht sicher. Doch es war mehr. Die Anerkennung der Tatsache, dass Penny erst sechzehn und Mika schon fünfunddreißig war. Dass beinahe zwei Jahrzehnte Lebenserfahrung zwischen ihnen lagen. Sie würde Penny deswegen nie herabsetzen, doch sie würde diese Tatsache zumindest nutzen, um ihre Tochter zu beschützen.

Mika hörte, wie Penny einmal tief durchatmete. »Okay«, sagte sie schließlich, »das kann ich akzeptieren.«

Mit einem Seufzer der Erleichterung fuhr Mika fort: »Ich hoffe, dass du mir irgendwann verzeihen kannst. Du bist sicher noch wütend auf mich, was auch vollkommen okay ist – «

»Ja, das bin ich«, unterbrach Penny sie. »Aber ... nicht so wütend, dass ich nie wieder mit dir reden möchte. Ich ... ich habe einfach noch so viele Fragen. Und ich würde dir gerne vertrauen, weiß aber nicht, ob ich es kann.«

»Okay, du brauchst Zeit. Das kann ich akzeptieren«, sagte Mika mit Pennys Worten. »Ich hoffe, du kannst mir auch verzeihen, dass ich dich zur Adoption freigegeben habe.« Jetzt konnte sie genauso gut in die Vollen gehen.

»Also, von meiner Seite aus gibt es da nichts zu verzeihen«, sagte Penny. »Das ist ja so, als würdest du dich dafür entschuldigen, dass der Himmel blau ist, oder dafür, dass ich japanisch oder als Frau zur Welt gekommen bin. Manche Dinge sind eben einfach, wie sie sind. Das ist ein Teil von mir.«

Tränen stiegen in Mikas Augen auf. »Danke.«

»Na ja.« Penny zögerte kurz. »Ich denke, ich sollte jetzt Schluss machen. Hier ist es schon ziemlich spät.«

Mika setzte sich auf und wischte sich die Nase. »Na klar, sicher. Meinst du ... Könnten wir vielleicht bald mal wieder telefonieren?«

»Willst du dann beim nächsten Mal mich anrufen?«, schlug Penny vor.

»Gerne.« Mika versuchte, nicht zu eifrig zu klingen, zu verzweifelt. Sie verabschiedeten sich. Anschließend saß Mika eine Weile reglos da, ging in Gedanken das Gespräch durch und dann ihr Leben. Nach Peter und nach Penny hatte sie nicht mehr viel über ihre Zukunft nachgedacht. Sie konnte sich das Leben nicht mehr vorstellen, die unendlich vielen, wundervollen Möglichkeiten. Aber jetzt … Jetzt ging sie erst mal in die Küche und holte den Mülleimer unter der Spüle hervor. Mit Schwung schob sie den ganzen Abfall vom Couchtisch in den Eimer, dann nahm sie die Sofadecke, unter der sie sich verkrochen hatte, faltete sie ordentlich und legte sie über die Armlehne der Couch. Nachdem das erledigt war, setzte sie sich wieder und starrte auf ihr Telefon. Einige verpasste Anrufe von Hiromi. Da sie noch immer nicht mit ihrer Mutter sprechen wollte, beschloss sie, zunächst jemand anderen zurückzurufen.

Hayato nahm beim dritten Klingeln ab. »Hey, du bist es!«

»Hey«, antwortete Mika fröhlich, »wie geht es dir?«

»Gut, alles bestens. Und wie sieht es bei dir aus?« Im Hintergrund lief ein Fernseher, Mika erkannte die Stimme eines bekannten Nachrichtensprechers.

»So weit ganz gut«, meinte sie lächelnd. »Allerdings hatte ich gehofft, ich könnte dich vielleicht auf einen Drink einladen und mit dir über das Thema Jobsuche sprechen.«

Kapitel ACHTZEHN

»Was ist dein Lieblingsfilm?«, fragte Penny eine Woche später. Sofort überkam Mika der Drang, etwas Gehobenes anzugeben – *Die Verurteilten, Schindlers Liste, Der Pate* –, doch dann entschied sie sich für den Film, den Hana und sie sich immer und immer wieder anschauten. »*Dumm und Dümmer*«, antwortete sie.

Penny hatte ihn noch nicht gesehen, holte das aber am folgenden Wochenende nach. »Warum ist das dein Lieblingsfilm?«, wollte sie bei ihrem nächsten Anruf von Mika wissen.

»Keine Ahnung. Er ist witzig, oder?« Mika lehnte am Küchentresen, das Telefon fest am Ohr. Sie war gerade von ihrem ersten Vorstellungsgespräch bei Nike zurückgekommen und trug noch Bluse und Bleistiftrock, allerdings ohne Schuhe. Bei einigen zuckerlastigen Drinks hatte sie Hayato ihr Herz ausgeschüttet, hatte ihm von Penny, der Adoption, den Lügen und ihrer prekären finanziellen Lage erzählt und ihn gebeten, ihr bei der Jobsuche zu helfen. Was er sehr gerne getan hatte. Auf seinen Rat hin hatte sie die Stellenanzeigen auf der Homepage von Nike durchforstet und sich für die erste Stelle beworben, die ihren Qualifikationen entsprach: Verwaltungsassistentin II. Hayato sorgte dann dafür, dass ihre Bewerbung auf dem Stapel ganz nach oben rutschte.

»Total witzig«, stimmte Penny ihr zu.

Mika dachte noch ein wenig über ihre Frage nach. »Für mich war der Film eine Art Fluchtmöglichkeit. Ich hatte keine ganz so leichte Kindheit. Meine Eltern sind sehr traditionell, bei uns zu Hause ist Humor nicht gerade großgeschrieben.«

»Waren sie wütend, als du mit mir schwanger geworden bist?«, fragte Penny.

»Eigentlich weiß ich das gar nicht.« Vor Mikas innerem Auge blitzte Hiromis Gesicht auf. Sie hatte noch immer nicht mit ihrer Mutter gesprochen. Was nicht ungewöhnlich war. Oft vergingen Tage, Wochen oder sogar Monate, in denen sie keinen Kontakt hatten. Aber irgendwann kam Mika immer zurück. Sie erinnerte sich noch daran, wie Hiromi kurz nach ihrem Umzug in die Staaten wegen ein paar Bananen einen Zusammenbruch erlitten hatte.

Kauf nicht immer so viele, hatte Shige gemahnt, als er die faulenden Früchte in der Küche bemerkte.

Es geht nicht anders, hatte Hiromi ihm erklärt. *Ich verstehe nicht, warum sie nur so große Mengen verkaufen. Wer braucht schon ein Dutzend Bananen?*

In Japan war es nicht üblich, dass Kunden die ausliegenden Bündel zerteilten, und Hiromi war davon ausgegangen, dass es in Amerika ebenso gehandhabt wurde. Sie beschloss, sich beim Manager des Ladens zu beschweren. In gebrochenem Englisch bat sie ihn, kleinere Bananenbündel anzubieten. Der Mann hatte nur gelacht und gesagt, sie könne doch selbst Hand anlegen. Hiromi dachte, er wollte sich über sie lustig machen, Mika aber hatte verstanden und zeigte es ihrer Mutter. Genau das band Mika an Hiromi – der Gedanke, dass die eine ohne die andere verloren sein könnte.

»Meine Mutter war enttäuscht«, sagte sie zu Penny. Sie hielt inne. Fühlte die abfällige Reaktion ihrer Mutter wie heiße Wüstensonne auf sie niederbrennen. *Was weißt du schon darüber, wie man ein Kind großzieht?* »Sehr enttäuscht.«

»Was manchmal schlimmer ist«, meinte Penny.

»Oh ja.« Mika seufzte schwer.

Die Zeit verging. Mika wurde noch einmal von Nike zu einem Gespräch eingeladen, Penny beendete das Schuljahr. Es folgten diverse Partys und ein Ball, den sie mit ihren Freunden besuchte. Bei Hanas letztem Roller-Derby-Match vor der Pearl-Jam-Tour war Penny via FaceTime dabei. Mika bekam den Job bei Nike und absolvierte eine schwindelerregende Werkstour mit einer sehr kompetenten, aber wenig freundlichen Mitarbeiterin aus der Personalabteilung. Abends schickte sie Penny ein Foto ihres Mitarbeiterausweises mit dem Kommentar: *Jetzt ist es offiziell*. Bei Mikas gefakter Galeriesuche hatten sie bei ihrem Videoanruf kichernd die Korken knallen lassen und angestoßen, als es so weit war. Diesmal schickte Penny das Partyhut-und-Luftschlangen-Emoji. Mehr nicht. Sie war zurückhaltender im Umgang mit Mika. Ihre Beziehung glich nicht mehr einem Haus, das in Flammen stand, sondern dem, was danach kam – dem mühsamen Wiederaufbau.

Zwei Wochen später strich Mika gerade ihre schwarze Hose glatt, als eine Nachricht von Penny reinkam: **Viel Erfolg am ersten Tag. Rufst du mich danach an?**

Ich weiß noch nicht genau, wann ich zu Hause sein werde, aber ich melde mich auf jeden Fall, tippte Mika. Sie strich sich die Haare hinter die Ohren. Ein bisschen überwältigend war es schon, dass ihr Platz von nun an in der Firmenzentrale des Nike-Konzerns sein sollte. Über hundert Hektar umfasste der Campus. Fünfundsiebzig Gebäude. Tausende von Mitarbeitern. Aber alles halb so wild. Ihr Telefon klingelte. Als sie sah, wer anrief, huschte ein erleichtertes Lächeln über ihr Gesicht. »Hi.«

»Hi. Findest du dich zurecht?«, fragte Hayato. »Sonst kann ich auch rauskommen und dich zum Serena-Williams-Gebäude bringen.«

»Nein, alles gut«, versprach sie.

»Großartig. Ich freue mich wirklich, dass es geklappt hat.«

»Ich mich auch. Und noch mal vielen Dank, dass du ein gutes Wort für mich eingelegt hast. Ich weiß nicht, wie ich mich je dafür revanchieren soll.«

»Lade mich zum Mittagessen ein und vielleicht noch auf den ein oder anderen Schokoladenmartini, dann sind wir quitt.« Er schwieg für einen Moment. »Nur blöd, dass wir nicht in derselben Abteilung arbeiten. Aber lass uns heute zusammen Mittagspause machen. Wir könnten uns um zwölf in der Cafeteria treffen. Weißt du schon, wo die ist? Im Mia-Hamm-Gebäude.«

Mika wusste tatsächlich, wo die Cafeteria zu finden war, allerdings hatte sie keine Ahnung, wer Mia Hamm war. »Wir sehen uns dort.«

»Alles klar. Hab einen schönen ersten Tag. Ich bin gespannt, was du zu berichten hast.« Sie beendeten das Gespräch, und Mika machte sich auf den Weg zum Serena-Williams-Gebäude – wenigstens wusste sie, wer das war. Der Vormittag verflog geradezu, sie lernte viele neue Gesichter kennen und richtete sich ihren Computer ein. Mittags traf sie sich mit Hayato zum Essen. Sie tranken Cola Light und aßen Salat. Anschließend zeigte er ihr sein Büro, ein offen gestalteter Raum mit mehreren großen Zeichentischen. Außerdem waren da etliche Staffeleien, auf denen Entwürfe präsentiert wurden: Schuhe mit buntem Blumendesign und dem unverwechselbaren Swoosh.

»Unsere Sommerkollektion für das kommende Jahr«, erklärte Hayato und schob die Hände in die Taschen. »Ich starre diese Entwürfe jetzt schon seit Tagen an. Irgendetwas stimmt noch nicht. Eigentlich sollen sie an diesen Künstler erinnern, der die Porträts berühmter Leute mit riesigen Blumenmustern unterlegt.«

»Es sind die Farben«, sagte Mika ganz automatisch.

»Was genau meinst du?« Hayato warf ihr einen prüfenden Blick zu.

Mika ging näher an die Bilder heran. Sie wusste, welchen Künstler er meinte. Er war zu ihrer College-Zeit gerade richtig durchgestartet und inzwischen ganz oben angekommen. »Ich kenne den Künstler.« Sie wurde rot. »Also, ich habe von ihm gehört. Er verwendet traditionelle Farben für moderne Porträts. Bei seinem Bild der Flüchtlingsfrau aus Nordkorea mit dem Baby zum Beispiel hat er dieselben Farben benutzt wie Giotto in dem Gemälde *Die Flucht nach Ägypten* aus dem 14. Jahrhundert. Damit wollte er …« Sie schüttelte den Kopf. »Aber so tief musst du gar nicht in die Materie vordringen. Jedenfalls: alte Farben, neue Ideen, dieselben Probleme.«

»Wir sollten also Retro-Nike-Farben verwenden«, meinte Hayato und nickte nachdenklich.

Mika zuckte mit den Schultern. »Ihr könntet es versuchen.«

Hayato holte eine Packung Stifte aus seinem Schreibtisch. Er wählte drei Farben aus und malte auf dem Druck herum. Mika spürte, wie sich in ihrem Inneren etwas regte. Neid. Die Sehnsucht, zu malen und sich davon verschlingen zu lassen. Ob Hayato ihr das ansah? Nach Peter waren die Malfarben aus ihrem Leben verschwunden. Sie hatte sämtliche Kunstkurse geschmissen und ihr Hauptfach gewechselt aus Furcht, ihm zu begegnen. *Ich habe alles verloren: Zeit, mich selbst, meine Zukunft.* Kein Wunder, dass sie das Gefühl hatte, sie sei beraubt worden. Erst ihr Körper, dann die Malerei und zum Schluss ihr Baby.

»So etwa?«, fragte Hayato, in dessen Augen pure Inspiration leuchtete.

»Genau.« Sie schenkte ihm ein ermutigendes Lächeln.

»Du hast die Nuss für mich geknackt. Woher wusstest du das?«

Wieder zuckte Mika mit den Schultern. »Das hätte jeder gewusst.«

»Nein, nicht jeder. Aber vielen Dank.«

»Gerne. Ist doch immer wieder schön, wenn Kunst für schnöden Mammon ausgeschlachtet wird«, scherzte sie. Dann wurde ihr klar, wie gemein das klang. War sie verbittert, weil sie sich ihre große Liebe so lange versagt hatte? »Entschuldige.«

Hayato schüttelte den Kopf. »Nein, ist schon okay.« Er lachte das Unbehagen einfach weg. »Morgen wieder zusammen Mittagessen?«, fragte er, während er Mika hinausbegleitete, und sie sagte zu.

Nach der Arbeit fuhr sie zum Einkaufen. Während sie durch den Supermarkt lief, überprüfte sie ihren Kontostand. Das Essen mit Hayato hatte eine spürbare Lücke gerissen. Deshalb beschloss sie, dass nur Ramen und Cornflakes drin waren, aber kein Wein.

Sobald sie zu Hause war, rief sie Penny an. »Hey, wie war es denn so?«, wollte die wissen.

Mika streifte die flachen Schuhe ab und knöpfte ihre Hose auf. »Gut. Ich muss vor allem Tabellen erstellen und Meetings für meinen Boss planen.« Mikas Boss war ein netter Mann namens Augustus. Gus, abgekürzt. Er hatte ein rundes, immer leicht gerötetes Gesicht und einen kaum hörbaren Südstaatenakzent. Außerdem war er verheiratet und ganz verknallt in seine Frau, die ihm jeden Tag ein Mittagessen einpackte. Und er hatte keinerlei Anspielung auf Mikas japanische Herkunft gemacht, sich aber große Mühe gegeben, ihren Namen richtig auszusprechen.

»Also, es gibt Neuigkeiten«, begann Penny nun. »Ich habe heute die Zusage von der University of Portland bekommen.«

Mika hielt inne. Das Sommercamp für Läufer, für das sich Penny während ihres Besuches beworben hatte. Natürlich hatte Mika es nicht vergessen, hatte sich aber auch nicht getraut, danach zu fragen. Sie wollte vermeiden, dass Penny sich unter Druck gesetzt fühlte. »Wirklich?«, fragte sie leichthin, aber doch mit einer angemessenen Portion Neugier.

»Ja«, bekräftigte Penny. »Und ich denke, ich möchte es machen.«

»Das ist großartig.« Mika versuchte gelassen zu klingen. Cool. »Wäre dein Dad denn damit einverstanden, wenn du noch einmal herkommst?« Thomas war in ihren Gesprächen eigentlich kaum aufgetaucht. Penny hatte ihr versichert, dass er von ihrem neuerlichen Kontakt wusste. Was er jetzt wohl von ihr hielt? Sie musste wieder an den Abend der Galerieeröffnung denken, als sie gemeinsam Wein geholt hatten. Wie er da mit ihr geredet hatte, mit dieser rauen Stimme, die gleichzeitig weich war wie dicker Samt. *Das hier hat Penny gutgetan. Uns beiden.* Sie hatte

Thomas' Respekt verspielt, sein Vertrauen, das sie sich so hart erarbeitet hatte. Und er wirkte nicht wie jemand, der anderen leicht verzieh, vor allem nicht, wenn es um Penny ging. Mika wurde bewusst, dass sie diese Eigenschaft an ihm schätzte. In diesem Punkt hatten sie etwas gemeinsam. Aber sie hasste es, diejenige zu sein, gegen die sich seine Enttäuschung und seine Verachtung richteten.

»Ach ja«, seufzte Penny. »Er meinte, es sei meine Entscheidung. Aber genau in diesem Ton hat er mir auch damals die Erlaubnis gegeben, die Stützräder von meinem Fahrrad abzumontieren. Als wäre es ihm lieber, wenn ich es nicht tue, während ihm gleichzeitig klar ist, dass er mich sowieso nicht davon abhalten kann.«

»Wann beginnt das Läufercamp denn?«, wollte Mika wissen.

»In der dritten Juniwoche. So bleiben mir noch ein paar Wochen zwischen dem Schulende hier und dem Camp. Wahrscheinlich komme ich einen Tag früher, damit ich mich schon mal einleben und vielleicht ein wenig Zeit mit dir verbringen kann.«

»Na klar, auf jeden Fall.« In ihrem Kopf zählte Mika bereits die Tage. Jetzt war erst Ende Mai. »Wir könnten zusammen in den asiatischen Supermarkt gehen. Oder wieder zu einem Roller-Derby-Match. Oder du könntest meine anderen Freunde kennenlernen, Charlie und Tuan.«

»Das wäre super.« Penny zögerte kurz, bevor sie hinzufügte: »Meinst du, ich … könnte vielleicht auch deine Eltern kennenlernen?«

Eine drückende Schwere legte sich auf Mikas Brust. »Ich weiß es nicht, Penny. Ich werde mit ihnen reden, kann dir aber nichts versprechen. Meine Mom und ich, wir … haben so unsere Probleme.« Hiromis Unzufriedenheit hatte

Mikas gesamte Kindheit überschattet. Wie konnte sie Penny willentlich dieser Finsternis aussetzen?

»Ist schon okay«, versicherte Penny, aber Mika hörte deutlich, dass es nicht so war. »Ich verstehe das. Ich meine, bei der Galerieeröffnung konnte sie mich ja kaum ansehen.«

Frustriert biss sich Mika auf die Lippe. »Ich werde mit meiner Mom reden. Mal sehen, was ich tun kann.«

»Schon gut.« Pennys Stimme klang ein wenig belegt. »Ist keine große Sache.« Aber Mika spürte, wie wichtig ihr das war. Sie schwor sich, es möglich zu machen. Wusste Penny das denn nicht? Für sie würde Mika alles tun.

*

Sie wartete noch zwei ganze Tage, bis sie ihre Mutter anrief. Es war Freitagabend, als sie sich auf die Couch setzte und Hiromis Nummer wählte. Als es anfing zu klingeln, schaltete sie den Fernseher auf stumm.

»Mi-chan«, meldete sich Hiromi. »Ist das wirklich meine Tochter? Ich war mir nicht mehr sicher, ob ich noch eine habe.«

»Okasān.« Mika rieb sich die Stirn. »Wie geht es dir?«

Ihre Mutter berichtete von einem Sturm in ihrer Gegend und dass ihr Vater sich den Magen verdorben habe. Selbstverständlich sprachen sie nicht über die Galerieeröffnung und die Geschehnisse an jenem Abend. In der zehnten Klasse war Mika einmal beim Klauen erwischt worden – ein Teil aus der Modekollektion einer weißen Sängerin, die im Kimono herumlief und ihre Augen mit Kholstift umrahmte. Die Sängerin hielt das nicht für kulturelle Aneignung, sondern für aufrichtiges Interesse an Japan. Wenn sie sich schon nicht als richtige Japanerin fühlte, so dachte Mika, dann hatte die Sängerin erst gar kein Recht, sich als eine auszugeben. Wie auch immer, Hiromi hatte sie im Büro des Sicherheitsdienstes abgeholt. Während der gesamten Heimfahrt sprach sie kein Wort mit Mika. Ebenso beim Abendessen und während der folgenden drei Tage. Das war die Wurzel allen Übels zwischen ihnen: dieses hartnäckige, emotional vernichtende Schweigen.

Mika ließ sich in die Polster fallen, schloss die Augen und konzentrierte sich auf das Versprechen, das sie Penny gegeben hatte. »Okasān«, unterbrach sie schließlich, »ich habe jetzt einen neuen Job, und ich habe wieder Kontakt zu Penny.«

Am anderen Ende der Leitung wurde es still. Mika warf einen Blick auf das Display, um nachzusehen, ob sie noch verbunden waren. Ja, waren sie. Also drückte sie das Telefon wieder ans Ohr und fuhr fort: »Sie kommt im Juni her, um an einem Trainingslager für Geländeläufer teilzunehmen. Sie ist Läuferin, hat schon eine Menge Medaillen gewonnen«, fügte sie stolz hinzu. »Und sie möchte euch kennenlernen.« Mika starrte zur grob verputzten Decke hinauf, während sie auf die Antwort ihrer Mutter wartete.

»Ich muss jetzt Schluss machen«, sagte Hiromi. »Dein Vater braucht mich.« *Klick.* Sie hatte aufgelegt, einfach so.

*

Endlich kam der Juni.

»Ich kann es kaum erwarten, nur noch zwei Wochen«, zwitscherte Penny fröhlich am Telefon. »Ich habe jede Menge neue Laufklamotten bekommen. Und ich werde mir das Zimmer mit einem supernetten Mädchen aus Kalifornien teilen, sie heißt Olive.«

»Olive wie die Olive?«, hakte Mika nach. Sie war zu Hause. In letzter Zeit verbrachte sie ihre Abende immer öfter dort. Zog ein ruhiges Essen daheim einem Restaurant vor. Trank Wasser anstelle von Wein. Und das alles mit dem Ziel, etwas Geld beiseitelegen zu können. Denn zum ersten Mal seit sehr langer Zeit hatte Mika ihre Zukunft im Blick. Sie lebte für Penny.

»Ja, genau. Warte kurz.« Ein Knistern, dann hörte sie Penny gedämpft mit jemandem sprechen. »Ich telefoniere gerade, Dad.« Also war es Thomas. Mika lauschte angestrengt, konnte aber nicht verstehen, was er erwiderte, sie hörte nur den dumpfen Klang seiner Stimme. »Mit Mika. Ja, verstanden, Geld liegt in der Küche. Geh ruhig, ich komme klar. Ich hole mir einfach eine Pizza oder so. Tut mir leid«, sagte Penny wieder ins Telefon, »man könnte meinen, er hätte mich noch nie allein zu Hause gelassen.« Mika stellte sich Thomas im Anzug vor, auf dem Weg zu einem Date. Mit welchem Typ Frau würde er wohl ausgehen? Führte Thomas vielleicht so eine Art Superheldendoppelleben? Sexbesessener Witwer bei Nacht, Superdaddy bei Tag? »Ich meine, er kommt doch sowieso in ein paar Stunden wieder. Morgen steht irgendeine superwichtige Aussage an, und er muss noch die letzten Details durchgehen, aber er wird zwischendurch mindestens dreimal anrufen: einmal, wenn er im Büro angekommen ist, dann wieder, kurz bevor er fertig ist, und ein drittes Mal, um mir zu sagen, dass er sich jetzt auf den Heimweg macht.« Okay, also war Thomas doch kein sexbesessener Superheldenwitwer. Er machte einfach nur Überstunden. »Ist ja auch egal, wo war ich gerade? Ach ja …« Penny begann wieder zu erzählen, und Mika hörte ihr glücklich zu.

Am Samstag hielt Mika vor dem Haus ihrer Eltern und hupte. Ihre Mutter riss sofort die Tür auf, hinter ihr folgte wesentlich langsamer Mikas Vater. Der Himmel war strahlend blau, nirgendwo war ein Wölkchen in Sicht.

»Mi-chan«, schimpfte Hiromi, während sie über den betonierten Fußweg durch den Vorgarten eilte. Dabei wedelte sie mit einem Geschirrtuch, als könnte sie so den Lärm dämpfen.

Mika stieg aus und ging vorne um den Wagen herum. Sie hielt ein Stück Papier in der Hand, das sie Hiromi entgegenstreckte. »Hier.«

»Was ist das?« Ihre Mutter musterte das Papier.

»Ein Scheck.« Mika hatte ihn an diesem Morgen ausgestellt: einhundert Dollar. Das entsprach fünf Prozent des Darlehens, das ihre Eltern ihr in der Kirche gewährt hatten. »Sobald ich mein nächstes Gehalt bekomme, kriegt ihr wieder einen.«

Hiromi räusperte sich, schob den Scheck aber in die Tasche ihrer Kittelschürze. »Und was ist das?« Nun deutete sie auf den Rücksitz von Mikas Wagen. Die Fenster waren heruntergelassen, und auf der einen Seite ragte die buschige Krone eines kleinen Ahornbäumchens heraus.

»Das ist ein Baum, den ich in unseren Garten pflanzen werde.« Und zwar in das Loch, das zurückgeblieben war, nachdem Hana den verkümmerten, toten Baum ausgerissen hatte. »Ich würde gerne etwas heranwachsen sehen.« Sie grinste ihre Mutter an – grinste, weil es ein schöner Tag war, grinste, weil ihr Leben gut war.

»Den musst du jeden Tag gießen«, warnte Hiromi.

Mika verdrehte die Augen. »Ich weiß.«

»Mindestens zwanzig Minuten.«

»Verstanden.« Mika ging zurück zur Fahrertür. Auf keinen Fall würde sie sich einfangen lassen und ins Haus gehen. Hoffentlich konnte sie jetzt einen Abgang machen. *Bitte.*

Hiromi rieb eines der Blätter zwischen Daumen und Zeigefinger. »Hier sind weiße Flecken drauf. Könnte ein Pilz sein.«

»Dem Baum geht es gut.« Mika riss die Wagentür auf und setzte sich hinter das Steuer. Als sie den Motor startete, klopfte Hiromi gegen das Fenster. Mika ließ es herunter. Sie vermisste Charlies Auto mit den automatischen Fensterhebern und der Klimaanlage. In ein oder zwei Jahren konnte sie sich vielleicht etwas Neues leisten, einen Gebrauchten natürlich.

Hiromi starrte erst ins Wageninnere, bevor sich ihr Blick widerwillig auf Mika richtete. »Dein Vater und ich möchten sie kennenlernen. Das Baby«, verkündete sie mit gesenkter Stimme, als ob das Thema tabu wäre.

Für einen Moment starrte Mika ihre Mutter an. Sie öffnete ihren Mund und schloss ihn wieder. Penny, sie meinte Penny. Aber Penny war kein Baby mehr. Das Baby, das Mika damals weggegeben hatte, gab es nicht mehr. Hastig schob sie den Gedanken beiseite, da sie sich nicht damit auseinandersetzen wollte. »Ihr wollt Penny kennenlernen?«

Hiromi nickte knapp. »Du kannst mit ihr zum Essen zu uns kommen.«

»Oder wir könnten auswärts essen«, schlug Mika vor. Sie hatte das Haus ihrer Eltern schon seit Jahren nicht mehr betreten.

»Nein, das ist zu teuer«, beschied Hiromi. »Bring sie mit zu uns. Ich werde kochen.«

»Okay.« Mika blieb nichts anderes übrig, als zuzusagen. Und sie tat es ja für Penny. Penny wollte ihre biologischen Großeltern kennenlernen, Penny wollte sehen, wo Mika aufgewachsen war. »Ich werde es ihr sagen. Sie wird sich sehr darüber freuen.«

Hiromis Gesicht blieb reglos. »Vergiss nicht, den Baum zu gießen.«

Kapitel NEUNZEHN

Eine Woche vor Pennys Ankunft bekam Mika eine Nachricht von Thomas. Er begann mit einem knappen **Hi**. Mika war gerade im Büro und warf nur einen flüchtigen Blick auf ihr Telefon. Sie sah sich im Raum um. Alle waren mit ihren Aktenordnern beschäftigt oder klimperten auf ihren Tastaturen. Natürlich konnte keiner von ihnen wissen, dass der Adoptivvater ihrer Tochter gerade eine Nachricht geschrieben hatte und dass sie seit der Galerieeröffnung, als Hiromi Mikas Welt in Trümmer gelegt hatte, kein Wort mehr miteinander gewechselt hatten.

Hi, schrieb sie zurück und duckte sich dabei in ihrem Arbeitsabteil.

Hier ist Thomas.

Ja, ich weiß.

Kurz erschienen drei Punkte in einer grauen Sprechblase auf dem Display, dann: **Ja, natürlich, tut mir leid. Penny fliegt am Sonntag. Könntest du sie abholen? Mir wäre es lieber, wenn sie nicht allein mit einem Uber oder Taxi fährt.**

Mika richtete sich auf. **Schon in Planung.** Penny und Mika hatten alles besprochen: Mika würde Penny am Flughafen abholen, sie dann zu ihrem Wohnheim auf dem Campus bringen und ihr dabei helfen, sich dort einzurichten. Wenn Penny anschließend noch Lust dazu hatte, würden sie irgendwo etwas essen gehen.

Sie ist noch nie allein geflogen. Ich habe ihr angeboten, sie zu begleiten, aber das wollte sie nicht. In einer zweiten Nachricht fügte er hinzu: **Dieses Nein kam sehr schnell und nachdrücklich.** Mika stellte sich vor, wie er in seinem Büro saß, hinter einem riesigen Mahagonischreibtisch. In Anzug und Krawatte. Mit tiefen, mürrischen Stirnfalten. Hasste er sie?

In diesem Moment kam Gus an ihrem Arbeitsabteil vorbei, ihr Boss. Mika ließ das Telefon auf den Tisch fallen, drehte ihren Stuhl und legte beide Hände auf die Tastatur. Dann winkte sie ihm fröhlich zu. »Überarbeite dich nicht«, sagte er mit einem großmütigen Lächeln. Sie grinste, stieß ein gekünsteltes Lachen aus und wartete, bis er verschwunden war, bevor sie Thomas antwortete. **Ich habe alles im Griff.**

Zwanzig Minuten später schrieb er wieder: **Bist du sicher? Es macht dir nichts aus?**

Nein, gar kein Problem. Wir haben den Nachmittag schon durchgeplant. Callboys, Drogen, das volle Programm. Nachdem sie die Nachricht abgeschickt hatte, biss sich Mika auf die Unterlippe. **Das war ein Witz. Noch zu früh?**

Es vergingen ein paar Minuten, in denen sie weiter an ihrer Tabelle arbeitete. Dann schrieb Thomas: **Viel zu früh.** Also hasste er sie wirklich. Ganz eindeutig.

Mach dir keine Sorgen, tippte sie. **Sie ist bei mir in guten Händen, versprochen.**

Er antwortete nur: **Sie soll mir eine Nachricht schicken, wenn sie angekommen ist.**

*

Am Sonntag bog Mika in die Anfahrtsschleife im Ankunftsbereich des Flughafens ein, wo Penny bereits auf sie wartete und ihr mit einer Hand fröhlich zuwinkte. In der anderen hielt sie einen burgunderroten Koffer. Ihr Haar trug sie heute zu einem glatten Pferdeschwanz gebunden. Mika entriegelte den Kofferraum und stieg aus. Die beiden begrüßten sich synchron und fielen sich dann wie selbstverständlich um den Hals. Mika hielt Penny einen Moment länger fest als nötig, dann verstaute sie den Koffer und sie nahmen in dem verrosteten Corolla Platz.

Penny schnallte sich an. Entweder bemerkte sie den feinen Riss in der Windschutzscheibe und das Klebeband am Seitenspiegel nicht, oder sie war zu höflich, um es zu erwähnen. »Oh Mann, ich hätte es fast nicht geschafft. Mein Dad hat mich heute Morgen am Flughafen abgesetzt, und ich schwöre dir, er hätte beinahe geheult. Am liebsten hätte er mich wohl gekidnappt. Kann man sein eigenes Kind kidnappen?«

Mika sah konzentriert in den Rückspiegel. »Er hat mir ein paar Nachrichten geschickt.« In der ersten hatte er sie daran erinnert, wann Penny ankam. **Sie landet um 12:15 Uhr.** Dann, eine Stunde später: **Pennys Flug hat Verspätung.** Mika hatte ihm eine freundliche Antwort geschickt, um ihn zu beruhigen. Pennys Vertrauen gewann sie langsam zurück, aber bei Thomas war das schwieriger. Was auch verständlich war. **Ich weiß, kein Problem. Ich bin schon am Flughafen, auf dem Parkplatz für Abholer**, hatte sie deshalb geschrieben. Genau dort, wo sie beim letzten Mal die verzweifelte Nachricht auf Pennys Mailbox gesprochen hatte. **Bin also auf jeden Fall da, wenn Penny kommt.**

»Ich weiß, er ist einfach schrecklich. Ich habe ihm eine Nachricht geschickt, sobald das Flugzeug den Boden berührt hat.« Penny fächelte sich Luft zu. »Ganz schön heiß hier. Könntest du die Klimaanlage hochdrehen?«

»Klar doch«, grinste Mika. »Mach einfach das Fenster auf.«

Pennys Wangen röteten sich noch stärker, und sie kurbelte das Fenster herunter. Sie verließen den Flughafenzubringer und fuhren an einigen Hotels und einem schwedischen Möbelhaus vorbei. Mika bemerkte, wie Pennys Blick zwischen ihr und der Straße hin und her huschte. Irgendwann klappte sie die Sonnenblende herunter, sodass ihr Gesicht halb im Schatten verschwand. Mit dem Wind in den Haaren und dem Geruch von Sommer in der Nase kam sich Mika vor wie ein Teenager. Als sie ziellos durch die Straßen gefahren war oder mit Hana bei Starbucks rumgehangen hatte; praktischerweise hatte der vierundzwanzig Stunden geöffnet. *Immer auf der Suche nach Ärger*, hatte Hiromi einmal gesagt. Aber eigentlich waren sie nur auf der Suche gewesen. Punkt.

Penny holte einen Lipgloss aus ihrer Tasche und trug ihn auf. Bisher hatte Mika sie noch nie mit Make-up gesehen. Sie spitzte nachdenklich die Lippen, sagte aber nichts. Inzwischen hatten sie die Eighty-Second erreicht und fuhren durch den nördlichen Teil der Stadt. Die University of Portland befand sich im Stadtteil St. Johns, auf einer Anhöhe über dem Willamette River. Mit seinen ausgedehnten Rasenflächen und den weiß verzierten Ziegelbauten hätte der Campus ebenso gut irgendwo an der Ostküste liegen können. Ein Schild am Eingang verkündete stolz die Schulpartnerschaft mit Notre Dame. Penny holte einige Unterlagen aus ihrem Rucksack, unter denen sich auch ein Lageplan befand. »Hier heißt es, wir müssten erst zur Corrado Hall, dort ist die Anmeldung und die Zimmervergabe.« Sie zeigte nach rechts, und Mika bog in einen kleineren Seitenweg ein.

Sie fanden einen Parkplatz in der Nähe des Wohnheims. Mika öffnete den Kofferraum und holte Pennys Koffer heraus. »Hier, das ist für dich.« Sie tauchte kurz über der Rückbank ab und zog ein nagelneues Kopfkissen und ein Bettwäscheset hervor, bereits gewaschen. Der Stoff war mit winzigen gelben Chrysanthemen bedruckt.

»Für mich?« Verblüfft blinzelte Penny gegen die Sonne an.

»Jawohl. Ich weiß, sie sagen, es wird alles gestellt, aber ich dachte mir, du hättest vielleicht lieber etwas mit einer höheren Fadendichte und ein unbenutztes Kissen. Gutes Bettzeug ist äußerst wichtig«, verkündete Mika, als vermittelte sie uraltes Wissen.

Penny nahm Bettwäsche und Kissen entgegen und starrte beides an. »Danke. Das ist total lieb von dir. Aber kannst du dir das leisten?« Hastig fügte sie hinzu: »Ich meine, dein Auto ...«

»Sch-sch.« Liebevoll tätschelte Mika eine der angerosteten Dellen. »Du verletzt ihre Gefühle. Wenn du dir Sorgen machst, dass ich heute Abend vielleicht aufs Essen verzichten muss, weil ich dir Kissen und Bettwäsche gekauft habe, kann ich dich beruhigen. Ich kann es mir leisten. Ganz ehrlich.« Zwei Tage zuvor hatte sie sogar wieder einen Scheck für ihre Eltern ausstellen können. Hiromi hatte ihn entgegengenommen und so misstrauisch beäugt, als könnte er jederzeit explodieren. Dann hatte sie ihn in ihrer Schürzentasche verschwinden lassen und sich nach dem Baby erkundigt und wann Mika mit ihm vorbeikommen wolle. Sie hatten sich für die kommende Woche zum Abendessen verabredet. Penny freute sich wahnsinnig darauf, ihre biologischen Großeltern kennenzulernen. Mika weniger. Viel weniger.

Penny lächelte und drückte die neue Bettausstattung an ihre Brust. Mika schloss den Wagen ab und stellte sich an ihre Seite. »Bereit? Hey, alles klar?«, fügte sie hastig hinzu, als sie sah, dass Penny nervös auf ihrer Unterlippe herumkaute.

»Ja, es ist nur …« Penny drückte das Kissen noch fester an sich, als wäre es eine schützende Decke, unter der sie sich vor einem aufziehenden Sturm verkriechen wollte. »Da werden Läufer aus allen Teilen des Landes sein. Die sind alle so gut … ich meine, deshalb wurden sie ja für dieses Programm ausgewählt.«

Ihre Verletzlichkeit löste in Mika etwas aus. Sie packte Penny an den Schultern. »Du wirst großartig sein«, prophezeite sie. Gäbe es doch nur eine Kraft, die so stark ist wie der Glaube einer Mutter an ihr Kind. Dann sähe die Welt sicher anders aus. »Sag es. Sag: Ich werde großartig sein.«

»Ich werde großartig sein«, murmelte Penny mit hochroten Wangen.

»Wie war das?« Mika schüttelte sie und erhob die Stimme. Ein paar Studenten, die gerade vorbeikamen, blieben stehen und beobachteten die durchgeknallte Asiatin mit ihrer jugendlichen Doppelgängerin. »Leute, die nicht an sich glauben, kann ich nicht hören«, schrie sie beinahe.

»Ich werde großartig sein!«, wiederholte Penny fast ebenso laut.

Lächelnd ließ Mika sie los. »Schon besser.« Gemeinsam gingen sie zum Wohnheim hinüber, in dessen Eingangshalle ein violett-goldenes Banner verkündete: WILLKOMMEN AN DER UNIVERSITY OF PORTLAND. An der Anmeldung empfing sie ein Mädchen mit langen Locken. »Penelope Calvin, du wohnst in Zimmer 205. Einfach die Treppe rauf und dann links.« Sie überreichte ihnen die Schlüssel und winkte den Nächsten in der Schlange heran. Umgeben von anderen Familien gingen sie in den ersten Stock hinauf und suchten Pennys Zimmer. Im Flur wimmelte es von Menschen; Mika bemerkte, dass sich weibliche *und* männliche Teenager in den Zimmern einrichteten. »Du hast gar nicht erwähnt, dass dein Camp koedukativ ist«, sagte Mika. Sie spähte in ein Zimmer, wo ein hohläugiger Junge mit schlaffem Popstarhaarschnitt eine karierte Steppdecke auf dem Bett ausbreitete, während seine Mutter Getränkedosen in den kleinen Kühlschrank räumte.

»Ach nein?« Penny schob den Schlüssel ins Schloss, drehte ihn und betrat ihr Zimmer. »Komisch, ich dachte, ich hätte es erzählt.«

»Definitiv nicht.« Mika schleppte Pennys Koffer ins Zimmer: ein Fenster, auf jeder Seite ein Hochbett mit Leiter, darunter ein Schreibtisch, an der Wand ein paar Schränke. Zusätzlich zu dem Gemeinschaftsbad auf dem Flur gab es im Zimmer ein Waschbecken mit Spiegel. Alles in allem war es eines der hübscheren Wohnheime. Mika hatte damals in einem älteren Gebäude gewohnt, in einem Zimmer von der Größe eines Schuhkartons. Ihr allerdings war es riesig erschienen, ein Ort voller Möglichkeiten. Penny schleifte ihren Koffer in die Mitte des Raums und öffnete den Reißverschluss. Unmengen an Kleidung quollen daraus hervor, vor allem Sportsachen, enge Tanktops und knappe Shorts. Obenauf lag das Roller-Derby-Shirt, das sie von Mika bekommen hatte. Penny schüttelte es aus, legte es sorgfältig wieder zusammen und verstaute es in einem der Schränke.

Wenig später traf Pennys Zimmergenossin ein, eine sommersprossige Rothaarige, deren Name Olive perfekt zu ihr passte und die das menschliche Äquivalent eines Ausrufezeichens war: hochgewachsen, straff und voller Energie. »Oh mein Gott! Wir werden so viel Spaß haben! Nach welchem Schema hast du letzten Sommer trainiert? Ich habe montags ein Fahrtspiel über acht Meilen gemacht, dienstags fünf bis sieben Meilen entspannt mit Achtzig-Meter-Strides, mittwochs habe ich Steigungsabschnitte gemacht …«

Mika verstand kein Wort, aber Penny nickte wie ein eifriges Hündchen. Sie hörte nur mit einem Ohr zu, während sie begann, Pennys klumpige Matratze zu beziehen.

»Hey.« Der Junge mit der Popstarfrisur lehnte in der offenen Tür, die Hände halb in den Hosentaschen vergraben. Cool, so cool. Fast hätte Mika die Augen verdreht. »Devon.« Sein Kinn zuckte kurz.

»Penny«, erwiderte Penny strahlend. Olive stellte sich ebenso knapp vor.

»Ein paar von uns wollen nachher zusammen essen gehen und hinterher Frisbee spielen. Seid ihr dabei?«, fragte Devon.

Unsicher sah Penny zu Mika hinüber. »Eigentlich hatte ich schon was vor …«

Obwohl sie enttäuscht war, hob Mika grinsend beide Hände. »Kein Problem, das können wir auch verschieben.«

»Und es macht dir wirklich nichts aus?«

»Natürlich nicht.« Wieder rang sich Mika ein Lächeln ab, versteckte ihre wahren Gefühle hinter einer fröhlichen Fassade.

»Cool«, meinte Devon. »Wir treffen uns dann draußen.«

»Danke.« Penny fiel Mika um den Hals. »Ich ruf dich an.« Und schon war sie wieder mit Olive in eine Diskussion über Strides vertieft. Mika wartete noch einen Moment und beobachtete die Mädchen mit beinahe trauriger Faszination, dann ging sie.

Da sie die Tür nicht ganz hinter sich zuzog, hörte sie noch, wie Olive zu Penny sagte: »War das deine Mom? Die ist ja total hübsch!«

»Sozusagen. Sie ist meine biologische Mom.«

»Ah, bei dir gibt's was zu entdecken«, stellte Olive fest. »Erklär's mir beim Abendessen.«

Mika verließ das Wohnheim und spazierte noch ein wenig auf dem Campus herum, wobei sie sich vorkam wie eine schräge Alte, obwohl sie erst fünfunddreißig war. Ihre Gedanken kreisten um das eigene Davor und Danach, und brennende Sehnsucht erfasste sie. Wie sehr hatte sie sich verändert, obwohl sie immer dieselbe hatte bleiben wollen. Sie setzte sich auf eine Bank. Vor ihr erstreckte sich eine weite grüne Rasenfläche.

»Mika.« Es war, als würde der Sommerwind ihren Namen zu ihr herantragen. Sie blinzelte, fragte sich, ob das echt war. Nein, nur eine Erinnerung. Wie ein Hologramm erschien sie vor ihr: Frühling in ihrem ersten Collegejahr, noch konnte sie ihren Babybauch unter weiten Pullis verstecken. Doch langsam spürte sie sein Gewicht, Penny drückte gegen ihre Rippen, deshalb hatte sie sich auf ein Mäuerchen setzen müssen, um durchzuatmen. »Mika«, rief es wieder, nun ein wenig näher. Sie hob den Kopf. Es war Marcus. »Ich war mir nicht ganz sicher, ob du es bist.« Er blieb direkt vor ihr stehen, den Gurt einer Messenger Bag quer über seiner Brust, Farbspritzer an den Händen. »Wo hast du denn gesteckt? Du hast meinen Kurs geschmissen.« Stumm blickte sie zu ihm hoch. Die Sonne stand direkt hinter ihm, hob seine Wangenknochen hervor. Sie musste an Rembrandts Selbstporträt denken. »Ist alles in Ordnung? Du hast dir doch nicht etwa einen neuen Mentor gesucht, oder? Denn wenn du Malerei IV bei Collins belegt hast ...«

Mika zog ihren Rucksack auf ihren Schoß und umfasste ihn mit beiden Armen. »Ich ... ich ...« Sie kämpfte mit den Worten. Und dann spürte sie es, den imaginären Druck von Peters Hand auf ihrem Mund. Terpentingeruch schien in der Luft zu hängen. Sie konnte nicht sprechen. Ihr Herz klopfte so wild, dass es aus ihrer Brust zu springen drohte. Penny trat sie. Mika sprang auf, hätte Marcus beinahe umgestoßen, der noch dichter herangekommen war. »Ich male nicht mehr«, stieß sie hervor, während sie sich an ihm vorbeischob. »Ich bin nicht gut genug.«

»Das stimmt nicht. Ich habe selten jemanden mit einer größeren Begabung gesehen.«

Mika starrte auf ihre Füße. Auf ihre schmutzigen Sneakers. Das Outfit, das sie auf der Party getragen hatte, hatte sie weggeworfen. Hatte sich geschworen, niemals wieder hohe Schuhe, Röcke oder Make-up zu tragen. Sie wollte nicht länger hübsch sein. Fürchtete sich davor. Hübsch zu sein kam einer Aufforderung gleich. Nein, korrigierte sie sich. Eine Frau zu sein kam einer Aufforderung gleich. Marcus ging einen Schritt auf sie zu.

»Ich muss los«, murmelte sie, dann hastete sie davon. Sie rannte den ganzen Weg bis zu ihrem Wohnheim, hetzte durch die fahle Morgenluft. In ihrem Zimmer angekommen verriegelte sie die Tür und ließ sich erschöpft dagegenfallen. Die Decke schien sich auf sie herabzusenken, die Wände schienen dichter heranzurücken. Ihre Hände zitterten, ihr Herz raste, ihr Atem ging keuchend. Sie hatte keine Ahnung, wie lange der Anfall dauerte. Später erinnerte sie sich nur noch daran, wie sie völlig gerädert und hungrig in ihrem Bett aufgewacht war. Das war ihre erste Panikattacke.

Mika blieb noch ein wenig sitzen, bis das Hologramm vollständig verblasst war. In den Monaten nach der Vergewaltigung schien sie sich von sich selbst abgespalten zu haben; als weilte ihr Geist nicht länger in ihrem Körper, sondern würde um ihn herumschweben. Erinnerungen aus dieser Zeit betrachtete sie nicht mit eigenen Augen, sondern wie ein Wesen von ganz weit oben.

Schließlich fuhr Mika nach Hause und machte sich eine der Gesichtsmasken, die sie für Penny und sich besorgt hatte. Als das Zeug anfing zu brennen, wusch sie es ab, machte ein Foto von ihrem roten Gesicht und schickte es an Hana. **Wie schlimm ist es?** Als Hanas Antwort kam, hatte sich ihre Haut wieder etwas abgekühlt. **Hast du *Der Mann in der Eisernen Maske* gesehen?**, schrieb sie. Mika grinste. Dann klingelte ihr Telefon, und Hanas Name erschien auf dem Display.

»Hi.« Sie ließ sich auf die Couch fallen und zog die Knie an die Brust.

»Sollte heute nicht Penny da sein?«, fragte Hana. Bei ihr war es still im Hintergrund. »Ich dachte, ihr geht zusammen essen und macht es euch hinterher gemütlich. Du hast mir doch von deinen großen Plänen erzählt: erst das Restaurant, wo sie am Tisch das Fleisch filetieren, und anschließend ein Wellnessabend.«

Mika spielte an ihren Zehen herum. »Sie hat mich sitzenlassen wegen ihrer goldigen Labradormitbewohnerin. Aber sie hat versprochen, dass wir später noch quatschen.«

Mika war nicht sicher, was sie empfinden sollte. Noch vor ein paar Monaten war sie ein glänzender Stern in Pennys Universum gewesen.

»Uff«, ächzte Hana. »Du wurdest also vom Thron gestoßen?«

»Ich befürchte, ja.« Vielleicht fühlte sich Thomas ja auch so. Mitleidsparty, Tisch für eine Person. Sie hätte gerne geweint, aber dann hätte ihr Gesicht wahrscheinlich noch schlimmer gebrannt.

»Ich habe Neuigkeiten, die dich vielleicht aufmuntern.«

»Gerade jetzt bräuchte ich wirklich Neuigkeiten, die mich aufmuntern.«

»Pearl Jam spielt am Donnerstag in zwei Wochen in Seattle, danach ist über das Wochenende Pause. Freitagabend mache ich was mit Josephine, aber den Samstagabend habe ich für mein Hauptweibchen reserviert. Mach dich also bereit für ein paar echt miese Entscheidungen.«

Mika streckte die Beine aus und ließ sich tiefer in die Couch sinken. In Gedanken ging sie ihren Zeitplan durch. Das nächste Wochenende hatte sie für Penny reserviert – da gingen sie zum Essen bei ihren Eltern. Am Wochenende darauf kam Thomas, Penny war dann also vermutlich den ganzen Samstag mit ihm zusammen. Und wenn er am Sonntag wieder abreiste, würde Penny mit ihrem Team in einen Bus steigen und an die Küste fahren, um dort Dünenläufe zu trainieren. Dünenläufe. Für Mika klang das so absurd, als würde man Russell Crowe vorschlagen, er solle noch einmal in *Les Misérable* auftreten. »Das passt perfekt und klingt unglaublich verlockend. Kann es kaum erwarten. Wir sollten auch noch Hayato und Charlie einladen und vielleicht ein paar Klubs unsicher machen.«

»Ist gebongt.«

Sie unterhielten sich noch ein wenig, hauptsächlich darüber, wie sich die Dinge mit Josephine entwickelten. Langsam schien die Sache ernst zu werden. Nachdem Mika aufgelegt hatte, kündigte das Telefon piepend eine neue Nachricht an.

Ist mit Penny alles okay? Es war Thomas.

Habe sie in ihrem Wohnheim abgeliefert und ihre Mitbewohnerin kennengelernt, antwortete Mika.

Sie hat mir geschrieben, aber nur ein Daumen-hoch, schrieb Thomas. Mika musste laut auflachen, aber sie antwortete nicht darauf. Stattdessen dachte sie über Thomas nach. Und darüber, was es hieß, ein Kind zu haben. Wie unzertrennlich man anfangs mit dem Baby verbunden war. So hatte Mika es empfunden, als sie mit Penny schwanger gewesen war, obwohl sie gewusst hatte, dass sie ihre Tochter nicht behalten würde. Irgendwo hatte sie einmal gelesen, Säuglinge wüssten nicht, wo sie selbst endeten und ihre Mutter begann. Für das Baby war beides eins – wie das Salz und das Meer.

Kapitel ZWANZIG

Am Montagmorgen streckte ihr Boss Gus den Kopf in Mikas Arbeitsabteil. »Klopf, klopf. Könntest du diese Woche vielleicht ein paar Überstunden machen? Ich muss ein Kollaborationsmodell für einen der Aktionäre erstellen. Eigentlich sollte Shelly das machen, die musste sich aber aus familiären Gründen freinehmen, also haben sie es mir aufs Auge gedrückt. Ich könnte eine helfende Hand gebrauchen.« Er trug sein Anliegen voller Leidenschaft vor und hob flehend die Hände, um die Dringlichkeit zu unterstreichen.

Mika schob ihr Telefon weg und richtete sich auf. »Natürlich, kein Problem.« Das war eine gute Ablenkung. Ohne Hana fühlte sie sich ein bisschen einsam. So war sie etwas zu sehr auf das Wiedersehen mit Penny fixiert, auf den Freitag, an dem das Abendessen bei Mikas Eltern stattfinden sollte. Schon beim Gedanken daran wurde sie nervös. Wie würde es sich anfühlen, das Heim ihrer Kindheit wieder zu betreten? Wie lange war sie nicht mehr in diesem Haus gewesen? Mindestens zehn Jahre.

Und was am allerwichtigsten war: Wie würde Hiromi Penny behandeln? In ihrer Vorstellung lag ihre Mutter bereits auf der Lauer. Aber sie schwor sich, dass ihre Tochter nicht das Opfer von Hiromis Scharfzüngigkeit werden würde.

»Großartig! Es müsste alles auf dem Server liegen. Sieh

es dir einfach an, wir setzen uns dann nach der Mittagspause zusammen und besprechen das Ganze.« Damit verschwand Gus, und ein feines Lächeln breitete sich auf Mikas Gesicht aus. Sie machte sich sofort an die Arbeit, kam am Dienstag und am Mittwoch sogar extra früher ins Büro, um ordentlich ranklotzen zu können. Trotzdem schaffte sie es, Hayato zum Lunch zu treffen, bei dem sie sich dem Onlinestalking seiner neuen Flamme Seth hingaben.

Der Freitag verflog regelrecht. Um drei Uhr nachmittags schickte sie Gus eine E-Mail, um ihm mitzuteilen, dass die fertigen Unterlagen für ihn bereitstanden. Seine Antwort kam prompt: **Gute Arbeit, nimm dir den Rest des Tages frei. Du hast es verdient.**

Deshalb war Mika etwas früher an der Uni, um Penny abzuholen. Eigentlich wollte sie im Wagen warten und Hana eine Nachricht schicken, um ihr zu sagen, wie sehr sie sich auf das Wiedersehen am Wochenende freute. Keinesfalls hatte sie damit gerechnet, Penny beim Rumschmusen – Mika war nicht sicher, ob sie diesen Begriff schon jemals benutzt hatte, doch jetzt tat sie es, was sie gleichermaßen überraschte und bedauerte – mit Devon zu erwischen, dem Typen mit der Popstarfrisur. Die beiden standen viel zu eng zusammen. Seine Hände ruhten auf ihren Hüften. Und Pennys Hände lagen ... *an seiner Brust?* Mika konnte es nicht fassen. Ihr erster Impuls war, das zu beenden. Sie drückte mit aller Kraft auf die Hupe. Einige Passanten blieben stehen, und Penny löste sich von Devon. Er hatte zumindest den Anstand, einen Schritt zurückzuweichen und sich verlegen durchs Haar zu streichen. Penny sagte noch etwas zu ihm, griff nach ihrem Rucksack und kam zum Auto.

»Hi«, begrüßte Mika sie, als sie einstieg.

»Hi. Du bist früh dran.« Penny sackte auf dem Beifahrersitz zusammen und vergrub ihr knallrotes Gesicht in den Händen. »Versteh das jetzt nicht falsch, aber das war oberpeinlich.«

»Tut mir leid, ich bin mit der Hand abgerutscht«, erwiderte Mika ein wenig zu schnell. »Altes Auto, übersensible Hupe, verstehst du?« Tatsächlich war die Hupe extrem schwergängig. Mika hatte vor ewigen Zeiten etwas auf dem Lenkrad verschüttet, und seitdem klemmte sie. Doch es war gut zu wissen, dass sie noch funktionierte. Mika fuhr los und behielt Devon mithilfe des Rückspiegels im Auge. »Ihr zwei habt euch also ... angefreundet?«

Da sie den Campus verlassen hatten, richtete Penny sich im Sitz auf. Nach kurzem Zögern sagte sie: »Wir sind irgendwie zusammen.«

Vor ihnen sprang die Ampel auf Rot, und Mika bremste. »So richtig zusammen? Aber noch nicht lange, oder?« *Das ging ja schnell*, dachte sie. Doch sie sollte sich besser kein Urteil erlauben. Sie war bereits einen Monat nachdem sie miteinander geschlafen hatten, bei Leif eingezogen.

Ein Lächeln huschte über Pennys Gesicht. Verlegen schob sie sich die Hände unter den Hintern. »Letztes Wochenende haben wir es offiziell gemacht. Wir sind ein Paar.«

Zwar hatte Mika wenig Ahnung von den Datinggepflogenheiten unter Teenagern, aber so viel wusste sie, dass »ein Paar sein« etwas Ernstes sein musste. Zumindest war das so, als sie sechzehn gewesen war. Vorsichtig sah sie zu Penny hinüber. »Das ist eine große Sache.« Die Ampel wurde Grün, und Mika gab Gas, um auf den Highway aufzufahren.

»Eigentlich nicht.« Penny gab sich cool. »Hör mal, können wir das vielleicht nicht an die große Glocke hängen? Mir wäre es lieber, wenn das unter uns bleibt.«

»Ich soll es nicht deinem Dad sagen, meinst du«, präzisierte Mika, während sie über eine Brücke fuhren.

Penny nickte bestätigend. »Er wird ein Riesendrama daraus machen, weil Devon und ich im gleichen Wohnheim wohnen.«

»Ich weiß nicht …« Mika war unsicher. Einerseits wäre sie gerne Pennys sicherer Hafen, und Devon schien kein schlechter Kerl zu sein. Ihrer Meinung nach war das nicht mehr als jugendliche Schwärmerei. Entweder hatte sich das Ganze in ein paar Wochen erledigt oder nicht. *Was war schon dabei?* Außerdem sprach sie ja sowieso kaum mit Thomas. Solange er nicht danach fragte, würde sie es einfach nicht ansprechen. War eine Unterlassungslüge überhaupt eine Lüge? Mika wusste es nicht genau; Philosophie hatte sie am College ebenfalls hingeschmissen. »Okay, ich werde ihm nichts sagen.« Sie fragte sich, ob Caroline und Penny auch ihre kleinen Geheimnisse gehabt hatten. Ob Caroline ihre Tochter hin und wieder einfach früher aus der Schule geholt hatte, um mit ihr Eis essen zu gehen. *Sag es nicht deinem Dad*, hätte sie dann vielleicht gesagt. *Das ist eine Sache unter uns Mädels.* Ein Teil von Mika sehnte sich nach dieser Art von Nähe.

»Danke«, sagte Penny. »Ich weiß es wirklich zu schätzen, dass du mir vertraust.« Fast hätte Mika geantwortet: *Dir vertraue ich, aber der Welt dort draußen nicht.* Doch sie unterdrückte den Impuls. »Also, erzähl mir von deinen Eltern«, fuhr Penny fort. »Gibt es irgendetwas, das ich wissen sollte, bevor ich sie kennenlerne?«

Sie hatten den Stadtkern von Portland verlassen und fuhren nun durch die Randbezirke – vorbei an dem koreanischen Supermarkt, wo nie die Ausweise kontrolliert wurden; an dem rund um die Uhr geöffneten Starbucks, in dem Mika und Hana zusammen geweint hatten, als Kurt Cobain gestorben war; an der Junior Highschool, zu der Mika immer mit einer Zigarette in der einen und ihren Träumen in der anderen Hand geschlurft war. Oft hatte sie sich am Sportplatz auf die Tribüne gehockt und sich gewünscht, irgendwo anders zu sein. Hatte den Rauch in ihre Lunge gesogen und sich selbst davon überzeugt, dass sie zu Großem bestimmt war. Dass sie große Dinge *erreichen* konnte. »Ich bin nervös«, gestand Penny, als Mika in eine Nebenstraße abbog. Hier spielten ein paar Kinder mit einem Gartenschlauch.

»Musst du nicht sein«, versicherte Mika, während sie direkt vor dem Haus ihrer Eltern parkte. Als sie die grünen Dachschindeln sah, durchzuckte sie ein Schmerz, als wären die alten Wunden ihrer Kindheit plötzlich wieder aufgerissen worden. »Sie stehen nicht so auf Umarmungen. Wenn sie sich verbeugen oder grüßend nicken, mach es einfach genauso.« Der Satz *Ich liebe dich* wurde in Mikas Familie nicht ausgesprochen. Liebe bewies man durch Taten. Indem man arbeitete, um Geld zu verdienen. Indem man Essen kochte. Indem man seinen Eltern gehorchte. »Und falls meine Mom dir etwas zu trinken anbietet, nimm nicht das Flaschenwasser. Es ist nicht frisch. Sie füllt die leeren Flaschen immer auf und stellt sie dann in den Kühlschrank.« Wobei Hiromi die Flaschen zwischen den einzelnen Füllungen nicht ausspülte. »Eigentlich solltest du bei allem, was in Flaschen kommt, prüfen, ob es schon mal geöffnet wurde. Zu meinem Geburtstag hat sie einmal Billiglimonade gekauft und sie dann in eine alte Sprite-Flasche gefüllt.«

»Okay …« Penny musterte die riesige Satellitenschüssel, die an der Hauswand angebracht war. Sie gingen langsam zur Tür und blieben davor stehen. Mika registrierte, wie sich die Vorhänge bewegten. Ihre Mutter beobachtete sie also. »Haben sie je nach mir gefragt?«

Mika sah die Anspannung in Pennys Miene. Sie wollte sie nicht belügen, wusste aber, wie schmerzhaft die Wahrheit für sie sein würde. Also entschied sie, beidem aus dem Weg zu gehen. »Ich war nie sonderlich freigiebig mit diesen Informationen. Es war nicht leicht für mich, über dich zu sprechen.« Nach einer kurzen Pause fragte sie: »Bereit?«

Penny nickte entschlossen. »Bereit.«

Während sie nach dem Türknauf griff, drehte sich Mika noch einmal zu Penny um. »Eins noch: Denk immer daran, dass wir jederzeit gehen können. Ein Wort von dir, und wir sind weg. Du entscheidest.« Sagte sie das zu Penny oder zu sich selbst?

»Verstanden«, nickte Penny.

Mika öffnete die Haustür. Dahinter warteten Shige und Hiromi. Während Mika ihre Schuhe auf dem improvisierten *genkan* abstellte und Penny ihrem Beispiel folgte, glaubte sie, in die Vergangenheit versetzt zu werden. Zurück zu dem Zeitpunkt, als Shige das Haus für sie gekauft hatte. An der Hand ihrer Mutter war sie durch die Räume gelaufen, das ZU-VERKAUFEN-Schild hatte noch im Vorgarten gestanden. Mit jedem Zimmer, das sie sich ansah, war Hiromis Nase ein wenig höher gewandert. Alles war falsch: Es gab keine Schiebetüren, die in die Badewanne integrierte Dusche im großen Badezimmer gefiel ihr nicht, ebenso wenig die Speisekammer in der Küche. Und dass der Garten nach Norden ausgerichtet war, passte ihr ebenfalls nicht – so würde die Wäsche ja niemals richtig trocknen.

Mika setzte ein unsicheres Lächeln auf. Ob Penny wohl spürte, wie tief Hiromis Unzufriedenheit in diese Wände eingedrungen war? »Okāsan, Otōsan«, begann Mika. *Mutter, Vater*. »Das ist Penny.« Beinahe hätte sie hinzugefügt *meine Tochter*, verbot sich das aber.

Hiromi und Shige neigten grüßend die Köpfe, und Penny machte es ihnen nach. »Es freut mich, Sie kennenzulernen«, sagte sie.

Dann starrten sie einander eine Weile schweigend an. Hiromi hatte sich hübsch gemacht und ihr schickstes Kleid angelegt, locker geschnitten und mit Ziernähten auf Hüfthöhe. Ihr Vater trug einen Anzug. Beide hatten Hausschuhe an den Füßen. Der Flauschteppich war frisch gesaugt, und auf dem Tisch warteten ungefähr ein Dutzend verschiedene Gerichte: Sesamtofu, zu perfekten Bällchen geformter Reis, Spargel in Dashi. Alles Mikas Lieblingsspeisen. Hiromi musste stundenlang in der Küche gestanden haben.

Ihre Mutter beendete das Schweigen, indem sie die Hände ausbreitete und sagte: »Mi-chan hat uns erzählt, du sein eine Läuferin.«

»Du *seist* eine Läuferin«, korrigierte Mika ihre Mutter.

»Das habe ich doch gesagt«, protestierte Hiromi. »Habe ich nicht genau das gesagt, Shige?«

»Ich *bin* eine Läuferin«, schaltete sich Penny hastig ein, was ihr einen prüfenden Blick von Hiromi einbrachte. »Ich nehme hier an einem Trainingslager der University of Portland teil. Zu Hause gehe ich auf eine spezielle Sportschule. In der zehnten Klasse habe ich es in die Schulmannschaft geschafft.«

»Du bist also schnell?«, fragte Shige mit einem anerkennenden Blick.

Penny nickte. »Schnell und ausdauernd, auf beides kommt es an.«

»Du musst wirklich gut sein, wenn du an dem Programm der Universität teilnehmen darfst. Ich habe gelesen, dass sie eine Universitätspartnerschaft mit Notre Dame haben«, sagte Hiromi beeindruckt.

»Ich gebe mein Bestes«, erwiderte Penny stolz. Dann senkte sich wieder angespanntes Schweigen über den Raum. Ebenso gut hätten sie Wildfremde in einem Bus sein können, die zufällig alle die gleiche Klimaanlagenluft atmeten.

»Habt ihr Hunger?«, fragte Hiromi schließlich.

»Oh ja«, platzte es aus Penny heraus. »Äh, ich meine, wir können gerne jetzt essen, ich kann aber auch noch warten. Wie es euch lieber ist.«

»Lasst uns essen, lasst uns essen«, drängte Shige, als wäre das opulente Mahl allein sein Werk. Sie gingen zum Tisch, wo Penny, Mika und Shige Platz nahmen.

»Möchte jemand etwas trinken?«, fragte Hiromi. »Wasser? Ocha?« Sie musterte Penny wie ein besonders spannendes Ausstellungsstück.

»Wasser wäre super«, bat Penny. Sie nahm ihre Serviette vom Tisch und breitete sie über ihren Schoß.

»Aus dem Hahn«, präzisierte Mika.

Penny grinste, und Mika grinste zurück. Hiromi füllte ihre Gläser und brachte sie zum Tisch. »Ich habe das gekocht, was Mika als kleines Mädchen immer gerne gegessen hat«, erklärte sie, während sie auf ihren Stuhl rutschte. Automatisch legten Mika, Shige und sie die Hände aneinander und sagten: »Itadakimasu.«

Dann griff Shige nach seinen Hashi und nahm sich vom *teba shichimi*, dem mit sieben Gewürzen marinierten Hühnchen.

»Bedient euch«, forderte Hiromi sie auf. »Probiert den Spargel, das Dashi habe ich selbst gemacht.«

Penny starrte verlegen in ihren Schoß. Hiromi hatte nur Hashi eingedeckt. Kurz entschlossen stand Mika auf und holte zwei Gabeln aus der Küche. Eine gab sie Penny, die andere behielt sie selbst.

»Du benutzt keine Hashi?«, fragte Hiromi mit beleidigtem Unterton.

»Okāsan«, murmelte Mika warnend. Bestimmt gab ihre Mutter ihr die Schuld dafür, dass Penny nicht japanisch genug war.

»Ich werde es dir zeigen. So habe ich es auch Mi-chan beigebracht.« Shige rückte seinen Stuhl näher an Pennys heran und nickte ihr auffordernd zu. »Versuch es.« Seine Stimme klang warm und freundlich.

Nach kurzem Zögern nahm Penny die Stäbchen in die Hand. Mikas Geist stolperte zurück in eine Vergangenheit, die längst vergessen schien. Als sie noch in Japan gelebt hatten, in Daito, einer kleinen Stadt in der Präfektur Osaka. In einem gelben Trägerkleid kniete sie an dem niedrigen Esstisch. Vor ihr stand eine Schüssel mit Edamame, und sie übte mit ihren Hashi. Ihre Eltern waren im Nebenzimmer und stritten sich. Mika stand auf und schlich sich näher heran. Direkt vor dem gelben Licht, das wie eine geschwungene Klinge durch die angelehnte Tür fiel, blieb sie stehen. *Ich will nicht in Amerika leben,* sagte ihre Mutter flehend. Sie war in einen prachtvollen Kimono gekleidet.

Einmal im Monat traf sie sich in Kyoto mit einer befreundeten Maiko zum Mittagessen. Dazu legten sie ihre besten Kimonos an und brachten auch ihre Kinder mit. Mika spielte dann immer mit einem kleinen Jungen auf dem Boden des Restaurants, zwischen den Füßen ihrer Mutter, die in *tabi* und *zōri* gekleidet waren. Als sie diesmal nach Hause gekommen waren, hatten sie festgestellt, dass Shige früher von der Arbeit gekommen war. Und dass er betroffen den Kopf hängen ließ.

Du musst dir einfach einen anderen Job bei der Firma suchen, beharrte Hiromi, als wäre damit alles geregelt.

Wütend winkte ihr Vater ab. Damals hatten sich die Falten noch nicht ganz so tief in sein Gesicht gegraben. *Es gibt keine anderen Jobs. Das ist unsere einzige Möglichkeit. Wir werden umziehen, Ende der Diskussion.*

Mika lehnte sich gegen die Wand. Die Mauern des Hauses waren mit Stahl verstärkt, sie hielten einem Erdbeben ebenso stand wie einer wütenden Ehefrau. *Was soll ich denn dort anfangen?*, fragte Hiromi klagend.

Du wirst tun, was deine Aufgabe ist. Du wirst mir eine gute Ehefrau und unserer Tochter eine gute Mutter sein, antwortete Shige. Das ließ Hiromi verstummen. Ihre Kultur verbot es ihr, sich ihrem Ehemann zu widersetzen.

»Ja, man ist eben nie zu alt, um noch etwas Neues zu lernen«, stellte die Hiromi der Gegenwart fest. Mika begriff, dass diese Spitze gegen sie gerichtet war. Es funktionierte doch jedes Mal. Hiromi schaffte es immer, dass Mika sich so klein und unbedeutend fühlte wie ein Niesen.

Sie fingen an zu essen, wobei Penny ihre Hashi so geschickt handhabte wie ein Reh seine Hufe auf Eis. Aber sie gab nicht auf, und Hiromi starrte sie durchdringend an, als wollte sie ihre Enkelin aufsaugen. Im Wohnzimmer klingelte ein Handy. »Shige«, sagte Hiromi mahnend.

Er stand auf und holte das Telefon. »Ständig kriege ich Anrufe von irgendwelchen Telefonverkäufern, die mir ihre Sachen aufschwatzen wollen.« Shige brachte das Telefon zum Schweigen.

»Sie können diese Nummern blockieren«, meinte Penny. »Hier, ich zeige es Ihnen.« Shige reichte ihr das Handy, und Penny tippte kurz darauf herum. Als sie ihm das Gerät zurückgab, fügte sie hinzu: »Sie können Ihre Nummer auch auf eine spezielle Liste setzen lassen, damit Sie nicht mehr angerufen werden.«

»Du bist clever«, stellte Hiromi lächelnd fest und drückte Shiges Arm.

Nach dem Essen blieb Mika in dem holzverkleideten Korridor zurück und sah zu, wie Penny durch das Haus ging. In den Augen ihrer Tochter brannte der Wunsch, all die Türen zu öffnen, die Hiromi immer so sorgsam verschlossen hielt. Penny war im Entdeckermodus. »Welches Zimmer war früher deins?«, fragte sie.

»Das hier.« Mika zeigte auf die Tür rechts von Penny.

»Darf ich es mir ansehen?«

Hiromi war in der Küche beschäftigt, wie das Klappern von Geschirr und der rauschende Wasserhahn anzeigten. Shige hatte es sich in seinem Sessel gemütlich gemacht und sah sich wie immer bei halber Lautstärke die Abendnachrichten an.

»Schätze schon«, meinte Mika, weil sie es einfach nicht über sich brachte, Nein zu sagen. Direkt gegenüber befand sich das giftgrün geflieste Bad, in dem Mikas Vater früher immer mit einem Paar Essstäbchen den Abfluss gereinigt und sich dabei leise murmelnd darüber beklagt hatte, dass Mika viel zu viele Haare habe und viel zu viel Mascara benutze. Penny öffnete die Zimmertür und trat ein. Alles war unverändert: der gleiche kotzgrüne Flauschteppich wie im Wohnzimmer und im Flur, eine alte Milchglaslampe an der Decke, die warmes gelbes Licht spendete. Der Platz reichte gerade mal für einen Futon an der Wand und einen Schreibtisch. Dort hatte Mika oft stundenlang gesessen und gezeichnet. »Viel zu sehen gibt es nicht«, gab Mika zu. Hiromi hatte schon vor Jahren ihre Teenieposter abgenommen, genau wie die Porträts, die Mika selbst gezeichnet hatte.

Penny schritt durch den kleinen Raum. »Hier hast du geschlafen?«

Mika stand in der Tür. Beim Anblick ihres alten Zimmers fiel ihr plötzlich das Atmen schwer. »Ja.«

»Aber du hattest schon ein Bett, oder?« Penny war vor dem welligen dunkelblauen Futon stehen geblieben. Darüber hing ein Kindergartenfoto von Mika an der Wand. Am ersten Tag dort hatte Hiromi alleine am Rand des Gruppenraums gestanden, während die übrigen Mütter sich über ihre Urlaube in Sunriver ausgetauscht hatten. Sie fühlte sich sichtlich unwohl unter diesen Müttern mit der milchweißen Haut, die Jazzaerobic machten, im Büro Überstunden schoben und zu Hause Mikrowellenessen auf den Tisch brachten.

»Das lässt sich zu einem Bett ausrollen«, erklärte Mika.

Caroline hatte ihr Bilder von Pennys Zimmer geschickt: Kirschblütentapete an den Wänden, die sie auch während ihrer Videoanrufe im Hintergrund bemerkt hatte und die noch immer makellos aussah. Wertige, weiße Möbel. Ein Bett mit Rüschenhimmel. Mika hatte sich immer vorgestellt, dass Caroline und Thomas ihre Tochter mit allem versorgten, was sie selbst sich nicht leisten konnte. Aber dann dachte sie an Penny und Shige vorhin beim Essen, wie er ihr beibrachte, die Hashi zu benutzen. *Manche Dinge kann man mit Geld nicht kaufen.*

»Hier hast du gebüffelt.« Penny strich mit den Fingern über die künstliche Maserung der Schreibtischplatte.

»›Büffeln‹ ist ein sehr dehnbarer Begriff.« Eher hatte sie Fluchtpläne geschmiedet. Heute waren ihr die hohen Ziele von damals peinlich. Vermutlich gehörte es zur Torheit der Jugend, dass man sich selbst größer machte, als man war.

Mit einem schiefen Grinsen zog Penny die Schreibtischschublade auf; darin lagen Mikas Notizbücher. Ihre Skizzenblöcke. »Darf ich sie mir ansehen?« Sie nahm einen der Blöcke heraus. Diese sechzehn Seiten Zeichenpapier hatte Mika mit mühsam zusammengekratzten Münzen bezahlt. Sie waren mit Gouache-Porträts gefüllt, vor allem Profilansichten der Menschen, die Mika gut kannte. Das erste zeigte Hana, die Haare zu Braids geflochten, das Gesicht der Sonne zugewandt. »Oh mein Gott, sind die von dir? Hast du das gemalt?«

Mika nahm ihr den Block aus der Hand, klappte ihn zu und legte ihn zurück in die Schublade. »Das ist doch nichts. Die Proportionen stimmen überhaupt nicht.« Sie hörte die Stimme ihrer Mutter im Kopf. *Wer soll das sein, deine Freundin? Du hast ihr Gesicht viel zu rund gemalt. Sie sieht fett aus.*

Deshalb hasste sie es hierherzukommen. Diese Wände bargen zu viele Erinnerungen, zu viele Worte, die Mika niemals wieder hören wollte.

»Ich wusste ja, dass du Kunst und Malerei liebst, aber ich dachte immer, dass du sie nur … genießt. Nicht, dass du selbst welche erschaffst.« Penny zeigte auf die geschlossene Schublade. »Die sind unglaublich gut.«

»Das ist lange her.«

»Du hättest deine eigenen Sachen in der Galerie ausstellen sollen.« Unnachgiebig verschränkte Penny die Arme vor der Brust und legte die Stirn in Falten.

»Ich male nicht mehr.« Ein Kloß formte sich in Mikas Kehle, ihre Augen brannten.

»Warum hast du aufgehört?« Nun war Pennys Blick so eindringlich, dass er sich tief in Mika hineinzugraben schien.

Verbissen starrte Mika auf ihre Füße und verschränkte nun ebenfalls die Arme. »Ich bin erwachsen geworden. Geldverdienen war angesagt.« *Das Leben zwingt dich in die Knie und sorgt dafür, dass du deine versponnenen Ziele aufgibst und gegen praktische eintauschst.* Penny biss sich kurz auf die Lippe, dann setzte sie zum Sprechen an, aber Mika war schneller: »Ich habe es eine Weile versucht und im ersten Studienjahr ein paar Kurse belegt, aber dann ist nichts daraus geworden.« *Was ist deine Geschichte?*, hatte Marcus sie gefragt.

»In deinem ersten Studienjahr hast du mich gekriegt«, stellte Penny fest. Mika begriff, zu welchem Schluss ihre Tochter gerade kam. Dass Mika die Malerei ihretwegen aufgegeben hatte.

»Ich habe schon aufgehört, bevor du kamst.« Sanft strich Mika über Pennys Haarspitzen, ließ eine Strähne durch ihre Finger gleiten. »Und danach wollte ich nicht mehr malen. Was soll ich sagen? Ich habe all meine Farben an dich abgegeben.« Sie beugte sich vor, bis sie einander ganz nah waren. Penny durfte auf keinen Fall glauben, dass sie die Fehler ihrer Mutter schultern musste. »Und ich würde es jederzeit wieder tun.«

Penny lächelte. Plötzlich fühlte sich Mika unglaublich erschöpft, emotional ausgelaugt. Sie seufzte schwer. »Wir sollten besser gehen, es wird langsam spät.« Sie verließ den Raum und ging zu ihrer Mutter in die Küche. »Wir müssen los«, verkündete sie.

Hiromi stellte gerade Schüsselchen mit Milchpudding auf ein Tablett. Kühl und enttäuscht sah sie Mika an. »Ich habe Nachtisch gemacht.«

Mika rieb sich die Nase, aus den Augenwinkeln sah sie, wie Penny sich neben sie stellte. »Der Verkehr ist sicher schlimm, und ich bin müde.«

Nun trat Penny einen Schritt vor. »Es war sehr schön, Sie kennenzulernen, Mrs. Suzuki. Vielen Dank, dass ich zu Ihnen zum Essen kommen durfte, ich fand es wirklich toll.«

Sofort fühlte Mika sich schuldig. »Wir kommen irgendwann wieder«, versprach sie.

»Nächsten Samstag«, platzte Hiromi sofort heraus. »Dann mache ich Tsukemono. Ich könnte es dir beibringen.«

Voller Vorfreude hob Penny den Kopf. »Wirklich? Das fände ich super.« Fragend sah sie Mika an.

»Nächsten Samstag? Da kommt dich doch dein Vater besuchen.« *Und ich werde mich mit Hana gnadenlos volllaufen lassen*, ergänzte sie in Gedanken.

Penny runzelte die Stirn. »Stimmt ja. Verdammt.«

»Wie wäre es denn unter der Woche?« Hiromi gab einfach nicht auf. Mika hatte ganz vergessen, dass ihre Mutter die Beharrlichkeit einer Bulldogge an den Tag legte, wenn sie etwas wollte. Noch heute hatte sie vor Augen, wie Hiromi sich verbissen an das Lenkrad geklammert hatte, als sie Mika einmal durch dreißig Zentimeter hohen Schnee quer durch die Stadt zur Tanzstunde gefahren hatte. »Shige könnte dich abholen.«

Sofort war Penny wieder fröhlich. »Ja, sehr gerne.« Zu spät begriff Mika, dass diese Einladung nicht für sie galt.

Hiromis Lippen verzogen sich zu etwas, das beinahe als Lächeln durchging. »Ich gebe dir meine Telefonnummer. Ich weiß inzwischen auch, wie man Nachrichten schickt. Und den Nachtisch packe ich dir ein.« Also tauschten Hiromi und Penny Nummern aus, und Hiromi füllte Pennys Milchpudding in einen Schmandbecher um.

Mika schlängelte sich durch die Straßen der Vororte. Dann setzte sie den Blinker, um auf die Hauptstraße abzubiegen, die sie zum Highway bringen würde. »Und, war das okay? Oder war es zu viel für dich?«, fragte sie. Sie blickte starr geradeaus. Es wurde bereits dunkel, die helleren Sterne erschienen am Himmel.

»Sie sind toll«, fand Penny, löste den Deckel von dem alten Schmandbecher und spähte hinein. »Dein Dad ist total süß, und deine Mutter ist irgendwie krass, aber auf eine gute Art. Ein bisschen wie meine Trainerin daheim. Ist es für dich wirklich okay, wenn ich diese Woche noch mal allein zu ihnen gehe?«

Mika zögerte. In erster Linie machte sie sich Sorgen, dass Hiromi auf Pennys zerbrechlichem Wesen herumtrampeln könnte. Allerdings hatte sie sich Penny gegenüber anders verhalten als sonst. Warmherziger. Unbeschwerter. Sie hatte guten Willen gezeigt. Mika fuhr auf den Highway auf. Schließlich verdrängte sie ihre Zweifel und sagte: »Ja, natürlich.« Vielleicht lief es diesmal ja anders ab, wer konnte das schon wissen?

Mika konzentrierte sich auf die Straße und den endlosen dunklen Himmel. Der Gedanke an einen Neubeginn ließ sie nicht los. War es überhaupt möglich, noch einmal ganz neu anzufangen? Wenn sie sich eines von Herzen wünschte, dann war es das.

Kapitel EINUNDZWANZIG

»Das macht dann siebenundzwanzig Dollar. Soll ich die Rechnung offen lassen?« Der stark behaarte Barkeeper, der offenbar nichts von Hemden hielt, musste schreien, um sich über die laute Musik hinweg verständlich zu machen, während er Hana, Mika und Hayato drei Tequilas hinschob. Schwere Bässe wummerten, bunte Lichter flackerten. Heute war Eighties-Nacht. Remixe von Whitney Houston und Cyndi Lauper dröhnten aus den Boxen.

Hana quetschte sich zwischen zwei schwarzen Plastikbarhockern hindurch und gab dem Barkeeper ihre Kreditkarte. »Ich übernehme das. Und ja, lass die Rechnung ruhig offen«, brüllte sie noch lauter, da er sich bereits wieder abgewandt hatte.

Die drei hoben ihre Schnapsgläser und stießen damit an. »Kanpai!«, rief Hayato, schob sich die Zitronenscheibe zwischen die Zähne und trank. Mika und Hana machten es ihm nach, der Alkohol brannte in der Kehle. Anschließend drängten sie sich durch die Menge, vorbei an ein paar Dragqueens in Spandexanzügen und einem Wandgemälde, das Lady Gaga in Nonnentracht und mit dem Jesuskind im Arm zeigte.

»Wir sollten nachher noch ins *Golden Eagle* gehen«, beschloss Hana und meinte damit eine Gay Bar im Nordosten der Stadt. »Da geht es etwas entspannter zu, eher Bären, die auf Rockabilly stehen.«

Hayato packte Mikas Hand und wirbelte sie herum. Er hatte sich dem Motto des Abends angepasst und trug einen weißen *Miami Vice*-Anzug mit türkisgrünem Hemd. »Ich will tanzen!«

Mika zog eher die *Flashdance*-Nummer ab, mit langem Off-Shoulder-Sweatshirtkleid, Beinstulpen und hohen Absätzen. Sie folgte Hayato auf die Tanzfläche. Käfigtänzer rekelten sich an Stangen, ihre muskulösen Körper waren mit bunten Farben bemalt, die im Schwarzlicht leuchteten. Eine Zeit lang blieben die drei zusammen, doch schließlich seilten sich Hayato und Hana gemeinsam ab. Mika gönnte sich eine Pause und suchte sich ein freies Stück Wand, um sich anzulehnen. »Ich liebe dein Outfit«, rief ihr ein schlanker Blonder zu, der sich in genau denselben Klamotten an ihr vorbeischob. Ihr Handy, das sie im BH verstaut hatte, vibrierte. Als sie es herausfischte, stellte sie erstaunt fest, dass Thomas' Name im Display aufleuchtete. Sie hielt sich das freie Ohr zu und ging in Richtung Innenhof. »Thomas?«, rief sie über den Lärm hinweg.

»Mika, hörst du mich?«

»Warte kurz.« Sie trat in den Hof hinaus, wo sich kleine Grüppchen zusammengefunden hatten, um zu reden und zu rauchen. Sie zog sich in eine Ecke zurück, die dicht zur Straße hin lag. Die Juninacht war drückend heiß. »Kannst du mich jetzt verstehen?«

»Ja. Hör mal, es ist mir furchtbar unangenehm, aber in meinem Hotel gab es ein Gasleck.«

»Oh nein.«

»Ist schon okay. Das heißt, eigentlich nicht, denn ich habe überall rumtelefoniert, um ein anderes Hotel zu finden, aber wegen irgend so einer Comic Convention ist alles ausgebucht.« Stimmt, an diesem Wochenende fand die

Comic Con von Portland statt. Wie aufs Stichwort spazierte auf der Straße ein Pärchen in aufeinander abgestimmten Thor-Kostümen vorbei. »Weißt du etwas, wo ich unterkommen könnte? Vielleicht jemanden mit einem freien Airbnb?«

Nachdenklich legte Mika den Finger an die Lippen. »Nein, tut mir leid.«

»Scheiße.«

Obwohl ... Hana übernachtete bei Josephine, und ihr Zimmer stand sowieso schon eine Weile leer, da sie auf Tour war. »Na ja, das klingt jetzt vielleicht komisch, aber Hana ist zurzeit unterwegs. Ich hätte also ein freies Zimmer.« Mika ließ das Angebot im Raum stehen.

Thomas zögerte. »Ich weiß nicht.«

»Vergiss, was ich gesagt habe.« Mika schlug ihre Stirn gegen die Ziegelmauer.

»Nein, es ist ein großzügiges Angebot. Aber wäre das nicht unangenehm? Würdest du dich damit wirklich wohlfühlen?«

»Es wird nur dann unangenehm, wenn wir es unangenehm machen«, sagte sie. »Ich habe überhaupt kein Problem damit, solange es für dich und Penny okay ist.«

Thomas schnaubte belustigt. »Die werde ich damit lieber nicht behelligen. Sie war total aus dem Häuschen, weil sie sich heute Abend mit ihren neuen Freunden die *Rocky Horror Picture Show* ansieht. Aber sie hat bestimmt nichts dagegen. Außerdem will ich nicht, dass sie sich Sorgen macht.«

Mika löste sich von der Mauer. »Okay, dann komme ich gleich vorbei und hole dich ab.« Sie war mit dem Auto hier, das ganz in der Nähe stand. Falls nötig, hätte sie für den Heimweg ein Uber genommen. Aber so viel hatte sie noch nicht intus. »Schick mir einfach die Adresse von deinem Hotel und gib mir noch ein paar Minuten, damit ich mich von meinen Freunden verabschieden kann.«

*

Thomas hatte ein Hotel in Universitätsnähe gebucht und stand bereits an der Straße, als Mika vorfuhr. Sie machte sich nicht die Mühe, auszusteigen, und entriegelte nur den Kofferraum – diesmal ohne Probleme –, damit Thomas sein Gepäck verstauen konnte.

»Danke«, sagte er, als er auf dem Beifahrersitz Platz nahm.

»Gern geschehen.« Mika fuhr los.

»Das ist ein anderer Wagen«, stellte Thomas fest. Aus den Augenwinkeln sah sie, wie er die Finger in den abgewetzten Sitz drückte. »Das ist mein echtes Auto«, erklärte sie. »Das, mit dem ich euch letztes Mal chauffiert habe, gehört meiner Freundin Charlie. Sie hatte es mir für die Woche geliehen.«

»Verstehe«, sagte Thomas. »Wirklich hübsch.«

Mika lachte. »Es ist grauenvoll. Eigentlich wird es nur noch von Panzerband, Klebstoff und meinen Gebeten zusammengehalten, aber wir sind jetzt schon ziemlich lange zusammen.« Liebevoll tätschelte sie das Armaturenbrett.

»Nein, es ist toll, ehrlich. Und dieser Geruch ist einzigartig, es riecht nach …« Angestrengt suchte er nach Worten.

»Schimmel. Ich habe einmal im Regen das Fenster offen gelassen.« Sie hielten an einer roten Ampel, und Mika ertappte ihn dabei, wie er auf ihre entblößte Schulter starrte. Hastig zog sie das Kleid hoch. »Ich war mit Freunden unterwegs. Eighties Night im *Cockpit*.« Thomas sagte nichts.

»Und Penny ist heute also bei der *Rocky Horror Picture Show*?« Sie war ein paarmal mit Hana dort gewesen, natürlich stilecht in Netzstrumpfhosen und mit rotem Lippenstift. Mika fragte sich, ob Devon auch mitgegangen war. Sie stellte sich den Jungen mit der Popstarfrisur in einem Lederkorsett vor und musste unwillkürlich grinsen.

»Ja. Ich wusste erst gar nicht, was das ist. Also, natürlich kenne ich den Film, aber offenbar ist das ›voll das Event‹«, erklärte er und deutete mit den Fingern Gänsefüßchen an. »Sie ist unglaublich gut darin, mir das Gefühl zu geben, ich wäre absolut uncool.« Thomas' Lippen verzogen sich schmerzlich.

Eine Minute später waren sie da. Mika zeigte Thomas alles und bezog Hanas Bett mit frischer Wäsche. Dann streifte sie die High Heels ab, zog sich eine Jogginghose über und band ihre Haare zu einem High Bun zusammen. »Möchtest du etwas trinken oder essen?«, fragte sie, bereits auf dem Weg zum Kühlschrank. Ein Blick hinein offenbarte die magere Auswahl: ein bisschen Salat und ein paar Flaschen Bier, aber die gehörten Hana. »Ich hätte Kopfsalat, Bier oder Wasser.«

»Ein Bier wäre toll.« Thomas stand im Wohnzimmer, die Hände halb in den Hosentaschen vergraben. Mika öffnete die Flasche und reichte sie an Thomas weiter, bevor sie es sich mit einem Glas Wasser auf der Couch gemütlich machte. Thomas setzte sich ans andere Ende, die Beine entspannt ausgestreckt. Mika musterte sein Profil, die markanten Wangenknochen, die gerade Römernase. Mit diesen Proportionen wäre er das perfekte Modell für eine Skulptur.

Fragend sah Thomas zu Hanas Zimmertür hinüber. »Wo ist Hana eigentlich? Du hast es gar nicht erwähnt.«

Mika streckte sich und umklammerte mit den Zehen die Kante des Couchtisches. »Na ja, eigentlich ist sie dieses Wochenende da, aber sie schläft bei ihrer Freundin. Sie ist jetzt seit ungefähr einem Monat mit Pearl Jam auf Tour.«

»Na, das ist doch mal was.«

»Ja. Sie arbeitet als Dolmetscherin für Gebärdensprache.«

»Stimmt, das hat sie uns erzählt, als wir bei diesem Roller-Derby-Spiel waren.«

»Ihr bei der Arbeit zuzusehen ist wirklich faszinierend. Sie bringt dabei ihren ganzen Körper ein, es ist wie Performancekunst. Sie hat mich eingeladen, sie bei der Tour zu begleiten, aber ich habe abgelehnt.«

Seine Lippen zuckten. Nachdem er einen Schluck Bier getrunken hatte, fragte er: »Warum das?«

Mika runzelte die Stirn. »Ich war früher schon mit ihr auf Tour. Es ist total abgefahren und macht einen Riesenspaß, aber ich habe mich dafür entschieden, diesmal hierzubleiben … um die Sache mit Penny wieder einzurenken und mich auf meinen Job zu konzentrieren.«

Thomas nickte nachdenklich. Beide verstanden sie. Penny war der ultimative Grund, zu bleiben. »Penny hat mir erzählt, dass ihr danach ein gutes Gespräch hattet.« Er wedelte mit der Hand, als wollte er die verkorkste Vergangenheit mit der Galerieeröffnung, Mikas Lügen und ihrer wirren Mailboxnachricht an Penny unter einen Hut bringen.

»Wirklich?« Mika schluckte. Für einen kurzen Moment brachte sie es nicht über sich, ihn anzusehen. Langsam stellte sie ihr Glas auf dem Tisch ab. Sie hatte nur darauf gewartet, dass Thomas den Abend in der Galerie und seine Folgen ansprach. Mit Penny hatte sie das geklärt. Wollte Thomas nun auch noch mit ihr abrechnen?

Er ließ sich tiefer in die Couch sinken und spreizte die Beine. »Ja. Genau so hat sie es gesagt: ›Wir hatten ein gutes Gespräch.‹ Mehr nicht.«

»Ja, ich denke auch, dass es ein gutes Gespräch war. Zumindest ein aufrichtiges«, präzisierte Mika.

Thomas schwieg einen Moment. Dann sagte er: »Weißt du, sie hat mir deine Mailboxnachricht vorgespielt.«

Mika wurde übel. Bitterste Scham schwappte in ihr hoch.

»Es war sehr mutig, die Karten so offen auf den Tisch zu legen«, sagte er mit ernster Stimme und sah sie durchdringend an.

Verblüfft riss Mika die Augen auf. Ein unangenehmes Prickeln erfasste sie, und sie tat sein Lob mit einem spöttischen Schnauben ab. »Ich wollte es richtig machen, mehr nicht.« Mutig fand sie das nicht. Sie musste daran denken, wie sie damals aus Peters Wohnung geflüchtet war. Und irgendwie war sie seitdem nur noch auf der Flucht gewesen – voller Furcht vor der Zeit, vor sich selbst, davor, wieder verletzt zu werden. Doch nun schien sie ihr Tempo gedrosselt zu haben, um Penny in ihr Leben zu lassen. Plötzlich fühlte sie sich so verletzlich, so ängstlich, dass sie gegen aufsteigende Tränen ankämpfen musste. »Aber danke. Und danke, dass du ihr erlaubt hast, den Sommer hier zu verbringen.«

Nun war Thomas derjenige, der höhnisch schnaubte. »Ich hätte sie wohl kaum davon abhalten können, selbst wenn ich es versucht hätte.« Er trank sein Bier aus und lehnte sich mit einem schweren Seufzer zurück. »Als ihr beide wieder Kontakt miteinander aufgenommen habt, war ich misstrauisch.«

Mika stieß den Atem aus. »Das verstehe ich.«

»Sie meinte, du hättest sie mit zu deinen Eltern genommen. Das hat mir auch Bauchschmerzen bereitet. Bei meiner ersten Begegnung mit deiner Mutter ... Sie hat Penny angeglotzt wie ein Kalb mit drei Köpfen.«

Mika war sich nicht sicher, was sie Thomas über die Beziehung zu ihrer Mutter verraten sollte. Wie viel Einblick in ihr Leben wollte sie ihm gewähren? »Meine Mom wollte nicht, dass ich Penny bekomme«, gestand sie schließlich leise. Thomas schnappte nach Luft. »Sie ... sie dachte, ich käme mit der Mutterrolle nicht klar, und hat mich während der Schwangerschaft so gut wie gar nicht unterstützt.«

»Das tut mir leid.« Was war das für ein Ausdruck in seinen Augen? Trauer? Mitgefühl?

»Ist schon gut.« Mika winkte ab. »Was vergangen ist, ist vergangen.« Natürlich stimmte das so nicht, aber sie wollte jetzt nicht zu tief graben. Dabei konnte bloß etwas sehr Hässliches zutage treten. Uralter Dreck, der sich nur schwer entfernen ließ. »Ich hatte auch Bedenken, als ich Penny mit zu meinen Eltern genommen habe. Aber es ist gut gelaufen. Besser, als ich gedacht hatte. Ich glaube, meine Mom hat Penny gern.«

»Sie hat mich danach ganz begeistert angerufen und mir berichtet, dass sie demnächst irgendetwas mit deiner Mutter kochen will ...«

»Tsukemono. Eingelegtes Gemüse«, erklärte Mika.

»Außerdem sagte Penny, dass sie sich nun zum ersten Mal wie eine Japanerin fühle.«

Mika war einen Moment lang sprachlos vor Betroffenheit. »Wow, das tut mir leid«, sagte sie dann, weil sie genau wusste, wie sich das für ihn anfühlen musste: Wenn man versuchte, seinem Kind alles zu geben, um dann feststellen zu müssen, dass es nicht genug war. Dass man selbst nicht genug war. Dass es mehr brauchte. Kinder waren das Beste und das Schrecklichste, was einem passieren konnte.

Thomas zuckte mit den Schultern. »Das ist alles nicht ganz einfach.«

»Stimmt. Weißt du, Thomas ...« Mika wartete, bis sie seine ungeteilte Aufmerksamkeit hatte. »Ich arbeite wirklich hart an meiner Beziehung zu Penny. Ich hätte sie niemals belügen dürfen. Aber ich war verunsichert wegen ... wegen einer ganzen Reihe von Dingen«, gestand sie. »Ich wollte einfach gut genug für Penny sein.« *Gut genug für dich. Für einfach alle. Für diese Welt.* Doch das sagte sie nicht laut.

Thomas nickte bedächtig. »Das glaube ich dir.« Er trommelte mit den Daumen auf das Etikett der Bierflasche. »Obwohl, ich hätte dir von Anfang an sagen können, dass es keine gute Idee ist, dein Kind anzulügen.« Er tippte sich auf die Brust. »Das weiß ich aus eigener Erfahrung.«

»Ach?«

»Wir hatten früher eine Katze, und als Penny fünf war, verschwand das Tier. Eines Morgens wurden Caroline und ich von grauenvollen Schreien geweckt. Ich denke, ein Kojote hat sie erwischt. Doch anstatt Penny zu sagen, dass die Katze tot war, behaupteten wir, sie wäre bloß weggelaufen. Penny hat eine halbe Ewigkeit nach ihr gesucht, bis sie dann irgendwann das Halsband fand, mit einem Blutfleck darauf. Das war vermutlich ein Schock fürs Leben. Caroline hatte immer Probleme damit, die schwierigen Themen anzusprechen. Selbst bei ihrer eigenen Krebsdiagnose war das so. Sie wollte es Penny nicht gleich sagen, und ich war damit einverstanden. Tja, hinterher ist man immer klüger. Wir hätten ihr das mit der Katze sagen sollen, und wir hätten mit ihr über die Krankheit ihrer Mutter sprechen sollen.« Thomas grinste reumütig, ein Anblick, der

Mika durch Mark und Bein ging. »Aber mit Sicherheit werde ich ihr nicht sagen, wie viel ich während meiner Collegezeit gesoffen habe.« Er beugte sich vor und ließ die leere Bierflasche zwischen seinen Fingern baumeln. »Aber Eltern haben ihre Kinder wahrscheinlich schon immer belogen. Das Konzept ist nicht auf deinem Mist gewachsen, also solltest du nicht zu hart mit dir ins Gericht gehen.«

Da Mika keine Ahnung hatte, wie sie mit Thomas' Verständnis umgehen oder sich dafür revanchieren sollte, sagte sie nur: »Im Kühlschrank ist noch Bier, falls du noch eins willst.«

Thomas stemmte sich von der Couch hoch und zeigte auf ihr fast leeres Wasserglas. »Soll ich nachfüllen?«

»Besser nicht«, erwiderte sie. »Ich trinke bewusst nicht mehr viel, bevor ich ins Bett gehe.«

Thomas schlug den Kronkorken von seinem frischen Bier am Küchentresen ab. »Ich traue mich kaum, zu fragen.«

Mika streckte sich träge. »Wenn ich zu viel Flüssigkeit intus habe, muss ich die ganze Nacht pinkeln.« Die schwache Blase war ein Überbleibsel ihrer Schwangerschaft. Eine Erinnerung daran, dass Pennys Körper einmal in ihrem eigenen gewesen war. Mika hatte die Details dieser neun Monate inzwischen vergessen, so wie die meisten Erinnerungen im Laufe der Zeit verblassen. Selbst die, die man unbedingt festhalten möchte. Aber ihr Körper würde niemals vergessen. Vielleicht ist es das, was den Menschen altern lässt. Die Last der Ereignisse, die man auf den Schultern trägt und die tiefe Gräben im Gesicht hinterlässt. Ja, genau so war es. Der Geist vergaß vielleicht, aber der Körper niemals.

Kapitel ZWEIUNDZWANZIG

Mika stand mit einem Becher Kaffee in der Küche und beobachtete, wie Thomas aus Hanas Zimmer kam. Im Gehen zog er sich ein dunkelblaues T-Shirt über den Kopf. Hastig wandte sie sich ab und blinzelte, doch da hatte sie seinen flachen Bauch bereits gesehen, den feinen Pfad aus Haaren, der in seinem Hosenbund verschwand. Seinen Pfad des Glücks.

»Guten Morgen«, brummte Thomas verschlafen.

»Hi.« Mika erschrak, als sie hörte, wie schrill ihre Stimme klang. »Ich habe Kaffee gemacht.« Sie holte einen Becher aus dem Schrank und schob ihn zu Thomas hinüber.

»Danke.« Er schenkte sich ein.

»Milch ist im Kühlschrank.« Den Becher noch immer in der Hand, lehnte sich Mika an den Tresen und verschränkte die Arme. Sie hatte sich eine Leggins und ein Schlabbershirt übergezogen. An jedem anderen Morgen wäre sie nur in Unterwäsche durch das Haus spaziert.

»Schwarz ist super.« Er nippte an seinem Kaffee und stellte den Becher dann ab. Auf dem Küchentresen stand eine Schale mit drei Orangen, die er mit säuerlicher Miene anstarrte, fast so, als hätte er einen schlechten Geschmack im Mund.

»Ist mein Kaffee wirklich so übel? Unten an der Ecke gibt es ein Ziegen-Yoga-Studio Schrägstrich Café«, erklärte Mika hilfsbereit.

»Nein, das ist es nicht. Ich …« Er verstummte.

»Ja?«

Verbissen presste er die Lippen zusammen und schüttelte den Kopf. »Nichts.« Wieder starrte er auf die Orangen.

»Los, spuck's aus.«

»Es sind die Orangen. Die gehen einfach gar nicht.«

»Okay …«

»Ich hasse diese Nabellöcher.« Thomas überlief ein Schauer, und er schien ein wenig blasser zu werden.

»Du meinst die hier?« Mika nahm eine Orange in die Hand und betrachtete die Mulde in der Schale, die wie ein Bauchnabel aussah. Früher hatten in ihrer Obstschale Plastikzitronen gelegen.

»Ja.«

»Hm.« Sie legte die Orange wieder zurück, mit dem Nabel nach unten. Dann drehte sie die übrigen Früchte so, dass die Löcher nicht mehr zu sehen waren. »Sonst noch irgendwelche Lebensmittelphobien, von denen ich wissen sollte?«

»Nein, aber ich habe Angst vor Gänsen.« Inzwischen war die Farbe in Thomas' Gesicht zurückgekehrt. Mika wollte das Thema eigentlich fallenlassen, aber dann sagte er: »Ich spreche nicht gern darüber.«

»Jetzt muss ich es wissen.« Sie warf ihm über den Becherrand hinweg einen auffordernden Blick zu.

Thomas lehnte sich gegen den Tresen. »Schlechte Erfahrungen in der Kindheit. Ich hatte eine Plüschgans, die ich abgöttisch liebte, bis mein Bruder mich irgendwann mit dem Tier in der Hand ums Haus jagte und damit drohte, dass sie mir die Augen auspicken würde. Als ich später einmal einer echten Gänseherde gegenüberstand, haben die mich ebenfalls gejagt. Seitdem komme ich mit diesen Vögeln einfach nicht mehr klar.«

»Ich liebe diese Einblicke in dein Leben«, stichelte Mika. »Sie sind aus psychologischer Sicht wahnsinnig hilfreich.« Sie grinsten sich an. Fast träge fiel das Sonnenlicht durch das Küchenfenster herein und hing dick wie Honig zwischen ihnen in der Luft. Mika räusperte sich. »Also, ähm, wann geht eigentlich dein Flug?« Penny war bei ihrem Sanddünenlauf, und ein Blick durch Hanas offene Zimmertür verriet ihr, dass Thomas' Reisetasche bereits gepackt war.

Er warf einen Blick auf seine Armbanduhr. »Erst am späten Nachmittag. Ich werde wahrscheinlich schon früher zum Flughafen fahren und mir dort irgendwo ein gemütliches Eckchen suchen. Ich sehe mir gerade mal wieder die komplette *Herr der Ringe*-Trilogie an.«

Mika war fassungslos. »Wow. Das ist vermutlich das Traurigste, was ich jemals gehört habe.«

Thomas stützte die Ellbogen auf den Küchentresen. »Ich spiele auch mit dem Gedanken, Elbisch zu lernen.«

»Okay, streich das Letzte«, befahl Mika mit einem tiefen Seufzer. »*Das* ist das Traurigste, was ich je gehört habe.«

Thomas lachte kurz auf. »Das ist eine äußerst beliebte Sprache.«

»Klar, vor allem beliebt bei einsamen Jungfrauen, die noch auf ihr erstes Barthaar warten«, platzte es aus Mika heraus. Sie wurde rot. Hatte sie das gerade wirklich gesagt?

Thomas' Miene blieb regungslos, aber in seinen Augen funkelte es verdächtig. »Das ist ein wirklich verletzendes Klischee.« Er unterbrach sich, schien nachzudenken. »Ich könnte mich um dein Loch kümmern.«

Mika schluckte. »Wie bitte?«

Er zeigte mit dem Kopf Richtung Fenster, das auf den Garten hinausging. »Das Loch in eurem Garten. Als kleines Dankeschön dafür, dass ich hier übernachten durfte.« Nun erinnerte sich Mika wieder an den Abend, als Penny und er zum Essen gekommen waren. Damals war Thomas um das Loch herumgestiefelt und hatte gefragt, ob sie Maulwürfe hätten.

Sie lächelte entspannt. »Nicht nötig, darum habe ich mich bereits gekümmert.« Sie hatte an der Stelle den Ahornbaum eingepflanzt, von dem Hiromi dachte, er sei von einem Pilz befallen.

Thomas ging zum Fenster hinüber. »Sieht gut aus.«

Mika dachte über ihren Gast nach. Über ihr Gespräch letzten Abend und darüber, dass sich dieser Morgen wie ein Neubeginn anfühlte. Und um den zu würdigen ... »Okay.« Sie trank ihren Kaffee aus und stellte ihn in die Spüle. »Auf geht's, Trauerkloß.«

Thomas drehte sich zu ihr um. »Was?«

»Ich werde dem ein Ende bereiten.«

Er runzelte die Stirn. »Mir ist klar, dass wir so unsere Differenzen hatten, aber Mord geht dann doch etwas zu weit, finde ich.«

»Haha«, sagte Mika ausdruckslos.

Thomas stellte seinen Kaffeebecher weg. »Wohin gehen wir?«

Mika schnappte sich ihre Schlüssel und riss mit einem breiten Grinsen die Haustür auf. »Das wirst du schon sehen.«

*

»Donuts?« Thomas hatte die Hände in die Hosentaschen geschoben und wippte auf den Fußballen vor und zurück. »Das ist besser als Mordor und Elbischunterricht.«

Die beiden Typen vor ihnen, die beinahe identische Skinny Jeans trugen, drehten sich um und musterten Thomas von den Schuhspitzen bis hinauf zum graumelierten Haar. »Würdest du das mit dem *Herr der Ringe*-Jargon bitte lassen?«, zischte Mika. »Könnte sein, dass ich hier auf Bekannte treffe.« Mit »hier« war Voodoo Donuts in der Altstadt gemeint. Zu Anfang hatte der Laden immer nur von neun Uhr abends bis zwei Uhr morgens geöffnet. Während ihrer Zeit am College waren Hana und Mika des Öfteren sturzbetrunken hier aufgeschlagen und hatten sich mit glasierten Vanilledonuts mit Cornflakescrunch und Bacon-Maple-Bars vollgestopft. Bald hatte der Laden auch tagsüber geöffnet, weshalb Mika und Thomas nun in der Warteschlange standen, um eine der heißbegehrten pinken Donutboxen zu erstehen. »Außerdem arbeiten wir hier gerade an deiner Spontanität.«

Die Schlange bewegte sich, und die beiden gingen ein paar Schritte weiter. »Ich bin ein äußerst spontaner Mensch«, behauptete Thomas voller Stolz und schaukelte dabei auf den Ballen. »An den Wochenenden mache ich mein Bett nicht. Und manchmal essen Penny und ich Frühstückssachen zum Abendessen.« Herausfordernd zog er die Brauen hoch.

»Oh mein Gott!« Mika drückte die Hände an die Brust, um ihre Fassungslosigkeit zum Ausdruck zu bringen. Die Typen vor ihnen kicherten. »Ich glaube, mein Herz ist gerade vor lauter Schock stehengeblieben.« Thomas grinste verlegen, woraufhin sie ihm einen Rippenstoß verpasste. »Na komm, wir pumpen uns jetzt mit Zucker voll, und dann stellen wir die Stadt auf den Kopf.« Wieder schob sich die Schlange weiter, und sie betraten den Laden. Rosafarbene, gelbe, braune und beige Linoleumfliesen bedeckten den Boden, die Wände waren rosa und gelb gestrichen. Absolut grauenvoll. Doch es duftete herrlich, als würde man in einem Bottich voll Zucker, Zimt und Hefe schwimmen. Bei dem Zwirbelbartträger hinter der Theke bestellten sie sechs der beliebtesten Sorten und gingen damit zum Wagen zurück. Sie stellten die rosa Schachtel auf die Mittelkonsole. Mika blickte auf den Fluss, der vor ihnen lag.

Schließlich öffnete sie die Schachtel und nahm einen Old Dirty Bastard heraus, einen Hefedonut mit Schokoladenglasur, Oreokeksen und Erdnussbutter. »Ich hätte dir wirklich so gerne ein T-Shirt gekauft.« Im Laden hatte Mika versucht, Thomas ein T-Shirt aufzudrängen, das mit dem Logo von Voodoo Donuts bedruckt war: Baron Samedi und der Spruch THE MAGIC IS IN THE HOLE. Wie schon bei den Orangen war Thomas kreidebleich geworden. Er trug generell keine bedruckten T-Shirts. Viel zu ausgefallen. Eine Eigenart, die Mika anfangs befremdlich vorgekommen war, die sie inzwischen aber irgendwie liebenswert fand.

»Du hast mich zu einem Frühstück mit gratis Herzinfarktrisiko eingeladen, das reicht voll und ganz.« Thomas nahm sich einen Apple Fritter und biss hinein. »Oh mein Gott«, nuschelte er mit vollem Mund und verdrehte die Augen. »Das ist der beste Donut, den ich je gegessen habe.«

»Nicht wahr?« Mika grinste breit. »Ich weiß. Früher war ich mit Hana ständig hier.«

Thomas schluckte die Köstlichkeit hinunter. »So was von gut.« Dann wählte er einen Key Lime Crush, den er mit zwei Bissen verschlang. Genüsslich leckte er sich die

Marmelade von den Fingern. »Bei meinem nächsten Besuch müssen wir mit Penny hierherkommen. Was Essen angeht, ist sie eine richtige Genießerin, aber sie hat den Laden nie erwähnt. Bestimmt hält sie mich für cool, weil ich ihn vor ihr entdeckt habe.«

Schmunzelnd sah Mika auf die Uhr am Armaturenbrett. Es war noch früh, Thomas' Maschine ging erst in sechs Stunden. Sie überlegte, was sie ihm als Nächstes zeigen könnte. Das Freaykbuttrue-Kuriositätenmuseum, den Bauernmarkt oder noch mehr in Richtung Essen? Was würde Thomas gefallen? Versonnen beobachtete sie die Boote auf dem Fluss, die sich von der Strömung tragen ließen. Schließlich startete sie den Wagen. »Bereit, weiterzuziehen?«

Thomas gab einen zustimmenden Laut von sich. Zumindest hielt Mika es dafür. Es war schwer zu sagen, weil sein Mund noch voller Cap'n-Crunch-Donut war.

Eine halbe Stunde später bog Mika auf einen Parkplatz ein, der von hohen Nadelbäumen beschattet wurde. Ein kleiner Laden pries auf einem handgeschriebenen Schild DIE BESTEN SANDWICHES AUF DIESER SEITE DES FLUSSES UND KAJAKVERLEIH an.

»Kajakfahren?«, fragte Thomas, allerdings klang es diesmal anders als bei seiner Frage nach den Donuts. Auf dem Weg hatte er noch zwei verputzt, und nun war sein Knie mit einer feinen Puderzuckerschicht bedeckt.

»Kajakfahren«, bestätigte Mika. Ihr war wieder eingefallen, dass Thomas am College im Ruderteam gewesen war.

»Gott, ich war nicht mehr auf dem Wasser seit …« Er schüttelte den Kopf. »Ich weiß nicht einmal mehr, wie lange es her ist.« Er knackte mit den Knöcheln und runzelte die Stirn. »Ja, okay, damit kriegst du mich.« Sie mieteten sich zwei Kajaks und trafen unten am Flussufer auf einen kräftigen Mann mit Bart, der ihnen wasserdichte Beutel, Schwimmwesten und rote Pfeifen aushändigte. »Nur für den Fall, dass ihr auf Roslyn trefft«, erklärte er.

»Roslyn?«, wunderte sich Mika, die bereits ihre Schwimmweste anlegte.

»Ja, ein Alligator. Wir glauben, dass sie früher mal als Haustier gehalten wurde.« Lachend winkte er ab. »Aber die kriegt ihr wahrscheinlich sowieso nicht zu Gesicht. Und falls doch, einfach pfeifen.«

»Pfeifen, ist klar.« Mika zog nun wesentlich zögerlicher am Reißverschluss ihrer Weste.

Thomas hängte sich seine Pfeife um den Hals. »Sonst noch etwas?« Die Vorfreude machte ihn offenbar ganz hibbelig. Seit sie hier waren, hatte er kein einziges Mal auf seine Uhr geschaut oder die Worte »Verkehr« und »Flughafen« in den Mund genommen.

»Nö. Die Kajaks gehören jetzt für drei Stunden offiziell euch. Aber das Geschäft läuft heute etwas schleppend, ist also nicht schlimm, wenn ihr ein wenig überzieht«, erklärte der Bärtige.

Thomas bedankte sich und stapfte zu einem orangefarbenen Kajak. Mika folgte ihm, die Weste noch immer halb geöffnet. »Äh ... Thomas ... vielleicht sollten wir woanders hingehen.«

»Was? Wieso?« Er wirbelte herum.

»Na ja, wegen ...« Sie senkte die Stimme, damit der bärtige Typ sie nicht hören konnte. Der stieg allerdings bereits die Treppe Richtung Parkplatz hinauf. »Wegen Roslyn.«

»Dem Alligator? Hast du etwa Schiss?«, fragte Thomas ungläubig. Als ob er Alligatoren normalerweise zum Frühstück verspeiste.

»Natürlich habe ich Schiss.«

»Verstehe.« Thomas versuchte, sich ein Grinsen zu verkneifen. »Der Typ hat bestimmt nur einen Witz gemacht. Die Pfeife brauchen wir, falls wir irgendwo feststecken oder uns verirren. Außerdem – wenn es hier wirklich einen Alligator gäbe, hätten sie doch Warnschilder aufgestellt, oder?« Okay, das klang logisch. »Und wir hätten etwas mehr an die Hand gekriegt als nur eine Pfeife.« Noch logischer. Thomas sah auf den Fluss hinaus, und leise Wehmut schlich sich in seinen Blick. »Aber wenn du wirklich absolut nicht willst …« Er verstummte, ließ den Kopf hängen und sah Mika unter gesenkten Wimpern hervor an. Der traurigste Hundeblick, der ihr seit Langem begegnet war.

»Ach, verdammt, na gut. Aber wenn uns irgendetwas mit Schuppen begegnet, schubse ich dich in die Schusslinie.«

Thomas legte feierlich eine Hand aufs Herz. »Ich werde jede Kreatur, der wir begegnen, anflehen, mich zuerst zu fressen.«

Sie kletterten in ihre Kajaks und stießen sich mit den Paddeln vom Ufer ab. Thomas übernahm die Führung und ließ seinen Bug mit der Gelassenheit des erfahrenen Profis durch das ruhige Wasser gleiten. Mika beobachtete, wie die Muskeln an seinen Armen sich anspannten, wann immer er sein Paddel einsetzte, um zu steuern. So entfernten sie sich immer weiter vom Steg und trieben ziellos dahin. Thomas strahlte wie ein Kind am Cupcakebuffet, und seine Freude schlang sich wie ein Lasso um Mika und riss sie mit.

»Penny würde das lieben«, rief er ihr zu.

»Stimmt.« Lächelnd stellte Mika sich vor, wie sie zu dritt

über den Fluss paddelten und Pennys ansteckendes Lachen über das Wasser hallte, allzeit bereit für ein Abenteuer. Schnell machte sie ein paar Fotos und schickte sie an Penny, dann verstaute sie ihr Handy wieder in dem wasserdichten Schutzbeutel.

Thomas fuhr weiter den Fluss hinunter, und Mika war vollkommen zufrieden damit, einfach hinter ihm herzupaddeln. Hin und wieder hielt er an und sah sich um, um sicherzugehen, dass sie mithalten konnte. Ein bübisches Grinsen hatte sich auf seinem Gesicht ausgebreitet – er wirkte um Jahre jünger, unbeschwert. Die Sonne schien, die Vögel zwitscherten, und es fühlte sich an, als wären sie die einzigen Menschen weit und breit.

Als sie ein kleines Seerosenfeld erreichten, legte Mika das Paddel quer über ihren Schoß und lehnte sich entspannt zurück. Sie ließ sich im Wasser treiben und genoss die warme Sonne und Thomas' Glücksgefühle.

Klonk. Etwas stieß gegen das Heck von Mikas Kajak. Nervös drehte sie sich um. *Roslyn?* Das Kajak schwankte, neigte sich leicht zur Seite. Mika geriet in Panik, verlagerte ihr Gewicht, bewegte sich zu hektisch. Das Kajak kippte und riss sie mit. Mit einem erstickten Schrei landete sie im Wasser. Für einen Moment tauchte sie komplett unter. Als ihr Kopf wieder an die Oberfläche kam, rang sie nach Luft. Nasse schwarze Haarsträhnen hingen vor ihrem Gesicht wie ein Vorhang, durch den sie Thomas zu ihr herüberpaddeln sah.

»Kleines Rendezvous mit Roslyn?« Er hielt direkt neben ihr an und deutete mit seinem Paddel auf das Wasser. Mika schob sich die Haare aus dem Gesicht. Quasi auf Augenhöhe mit ihr schwamm ein Biber. Seine Nase zuckte, sodass die langen gelben Nagezähne sichtbar wurden. Einen

Moment lang starrte das Tier sie an, dann fuhr es herum, klatschte mit seinem flachen Schwanz einmal auf das Wasser und schwamm davon. »Etwas zu pelzig für einen Alligator«, stellte Thomas sachlich fest.

Mika strafte ihn mit einem finsteren Blick, wandte sich ab und schwamm zu ihrem Kajak zurück. Erfolglos versuchte sie, sich wieder in das Boot hineinzuziehen. Zu spät fiel ihr ein, dass sie schon bei einfachen Klimmzügen vor Schmerzen schrie. Ihren nassen, voll bekleideten Körper wieder in das Kajak zu hieven, war nahezu unmöglich. Am Ende musste Thomas ebenfalls ins Wasser und ihr helfen. Schwimmend, mit den Kajaks im Schlepptau, steuerten sie eine sandige Bucht am Ufer an. Völlig durchnässt stapften sie ans Ufer, die Klamotten klebten ihnen am Körper. Thomas zog sein Shirt aus, und Mika stellte fest, wie unglaublich faszinierend der Boden unter ihren Füßen sein konnte. Er wrang den Stoff aus und zog sich wieder an. Mika verschränkte zitternd die Arme vor der Brust. Eigentlich war es ein warmer Tag, aber hier befanden sie sich im Schatten. Jeder Windstoß fühlte sich an wie ein Peitschenhieb auf ihre Haut.

Thomas musterte sie von oben bis unten. »Warte kurz«, befahl er. Er verschwand im Wald und kehrte mit trockenen Zweigen, Blättern und etwas Borke zurück. Mika sah zu, wie er mithilfe der Nylonkordel seiner Pfeife eine Art Bogen bastelte. Anschließend hockte er sich hin, baute noch etwas anderes zusammen und fing an, seinen improvisierten Bogen vor- und zurückzuziehen. Das trockene Laub begann zu qualmen, dann züngelten die ersten Flämmchen. Thomas pustete vorsichtig, und die Flammen wurden größer. Schließlich legte er ein paar größere Holzstücke darauf.

Mika ging näher heran und streckte die Hände über das Feuer. »Wer hätte gedacht, dass in dir auch noch ein Bear Grylls steckt«, meinte sie trocken.

»Wie bitte? Bei dem ist doch alles bloß gestellt.« Thomas klang fast ein wenig beleidigt.

»Wirklich?«, wunderte sich Mika. Thomas nickte nur – Thema beendet. »Wo lernt man denn, aus Stöcken, Blättern und einer Nylonkordel ein Feuer zu zaubern?«

»Ich war als Kind bei den Pfadfindern«, sagte er mit einem Achselzucken. Er hielt kurz inne. »Bleib hier und wärm dich auf. Ich hole uns noch etwas Holz.«

»Pfadfinder«, flüsterte Mika, während sie Thomas dabei beobachtete, wie er am Waldrand Äste zusammensuchte. »War ja klar.«

Ein paar Minuten später prasselte ein ordentliches Lagerfeuer. Sie zogen ihre Schuhe aus und stellten sie zum Trocknen davor. Mikas Wangen wurden angenehm warm. Thomas saß ihr gegenüber, die Knie angezogen, die Ellbogen darauf abgestützt. Wie gebannt starrte Mika in die Flammen und lauschte dem Gesang der Vögel. »Das mit dem Biber tut mir leid.«

»Mach dir keinen Kopf. Ich bin sicher, die Biber werden andauernd mit Alligatoren verwechselt.« Thomas wandte den Blick ab und presste die Lippen zusammen, um ein Grinsen zu unterdrücken. Plötzlich ließ er den Kopf hängen. Mika sah, wie seine Schultern zuckten. Er lachte. Er lachte sie *aus*.

»Wahnsinnig witzig«, sagte sie trocken.

Er blickte sie mit einem breiten Grinsen an. »Nein, ich verstehe das total. Er war furchteinflößend. Absolut verständlich, dass du Panik bekommen hast. Du hast überhaupt nicht überreagiert.«

Mika bohrte ihre Zehen in den Sand. »Dieser Biber war riesig.«

»Wenn ich die Geschichte rumerzähle, werde ich einen Monsterbiber aus ihm machen, einen Hundert-Pfund-Koloss, mindestens«, versprach Thomas.

»Ich bin mir ziemlich sicher, dass sie höchstens fünfzig Pfund schwer werden. Aber dein Mutantenbiber-Ansatz gefällt mir.« Und ihr gefiel auch, wie sich das feuchte T-Shirt um seine Schultern spannte. Um nicht länger hinzusehen, suchte sie sich einen Stock und begann im Feuer herumzustochern. »Allerdings solltest du wissen, dass ich bei der nächsten Begegnung mit einem übergroßen Möglicherweise-Alligator-Biber ohne zu zögern hinter dir in Deckung gehen werde. Natürlich wäre es äußerst tragisch, wenn Penny auf diese Weise ein Elternteil verliert, aber …« Mika sprach nicht weiter, als ihr bewusst wurde, was sie da gerade gesagt hatte. Hastig ruderte sie zurück. »Oh, Scheiße, das tut mir leid«, sagte sie kleinlaut. Sie hatte es komplett vergessen. *Caroline.* Hilflos sah sie zu Thomas hinüber.

Thomas warf ihr über die Flammen hinweg einen langen Blick zu. »Schon gut«, sagte er schließlich mit undurchdringlicher Miene.

Mika vergrub ihre Hände im Sand und ballte sie dann zu Fäusten. »Nein, ist es nicht. Ich bin ein unsensibles Arschloch. Es tut mir ehrlich leid«, protestierte sie. »Penny hat gesagt, dass du nicht gerne darüber sprichst. Ich verstehe das, du bist noch nicht darüber hinweg.«

In seinen Augen blitzte etwas auf, und es vergingen ein paar angespannte Sekunden, bevor er antwortete. »Kommt man über den Tod eines geliebten Menschen denn jemals wirklich hinweg?«

»Nein.« Mika wich seinem Blick aus.

Das Licht war perfekt. Die Bäume spiegelten sich im Wasser, ihre hellgrünen Blätter schienen dem Sommer entgegenzulächeln. Bald schon würden sie sich einrollen, braun werden, im kalten Herbst vergehen. Fast jedes Leben bewegte sich in zerbrechlichen Bahnen. Nach Pennys Geburt hatten sich die Panikattacken verschlimmert. Anfangs war Hana nur lieb und geduldig gewesen. Sie hatte ihr zur Seite gestanden, wenn Mika zusammenbrach, ihre Sicherung durchbrannte, sie in Einzelteile zerfiel.

Ich glaube, ich sterbe, hatte sie einmal keuchend zu Hana gesagt. Doch in Wahrheit, hatte Mika damals gedacht, versuchte ihre Seele einfach nur, in einen Körper zurückzukehren, der ihr nicht mehr passte. Ein halbes Dutzend Anfälle später war Hanas Geduld langsam erschöpft. Sie wechselte die Strategie und ging zu liebevoller Grausamkeit über. Also zwang sie Mikas Füße in ein Paar Schuhe und die ganze Mika hinaus auf den Campus und zur kostenlosen Therapie. Dort hatte Mika Suzanne kennengelernt, eine Psychologiedoktorandin, die sich ihr so vorsichtig näherte, als wäre sie ein scheues, misshandeltes Pferd. Suzanne brachte ihr bei, die Angst durch Atmung zu kontrollieren. Nachdem sie sich beruhigt hatte, schlug Mika mit geballten Fäusten auf ihre Knie ein und sagte: *Ich muss darüber hinwegkommen*. So hatte ihre Mutter es ihr beigebracht – über Widerstände hinauszuwachsen. Und wie es ein Narrativ für gute Mütter gab, so gab es auch ein Narrativ für gute Opfer. Lass dich nicht davon bestimmen. Sei tapfer. Sei kein Opfer.

Suzanne beugte sich zu ihr, und ihre Makrameehalskette pendelte in der Luft, als sie voller Mitgefühl und vielleicht mit einem Hauch von Mitleid sagte: *Über so etwas kommt man nicht hinweg, Süße. So etwas muss man durchleiden.*

Und genau das sagte Mika jetzt für Thomas. »So etwas muss man durchleiden«, flüsterte sie.

Mit brennendem Blick sah er sie an. »Das trifft es genau.« Ein trauriges Lächeln huschte über sein Gesicht. »Caroline hat immer diesen Witz gemacht. Jetzt, wo ich darüber nachdenke, erscheint er mir ein bisschen morbide. Sie hat mich damit aufgezogen, dass ich geistig hin und wieder etwas weggetreten war, wie gefangen in einem Traum. Manchmal hat sie mir von hinten die Arme um den Hals geschlungen und gesagt: ›Wach auf, Thomas. Ich liebe dich. Ich brauche dich.‹ Dann hat sie gelacht, als wäre das ein Riesenspaß. Als sie starb, war ich bei ihr. Und obwohl da überall Schwestern und Pfleger waren, konnte ich nicht anders. Ich habe ihr ins Ohr geflüstert: ›Wach auf, Caroline. Ich liebe dich. Ich brauche dich.‹« Er unterbrach sich. Seine Augen waren gerötet, und auch Mikas Augen wurden feucht. »Das habe ich noch nie jemandem erzählt.«

»Nach Pennys Geburt habe ich oft mit ihr gesprochen«, platzte es aus Mika heraus. *Hi, Baby, heute bist du schon zwei Wochen alt, und ich hoffe, es geht dir gut. Ich fühle mich leider nicht so toll …* So etwas hatte Mika dann gesagt. Das hielt sie von der totalen Selbstzerstörung ab.

Thomas nickte verstehend. »Anfangs habe ich auch mit Caroline gesprochen. Im Laufe der Zeit geschah es dann immer seltener, und eines Tages war es ganz vorbei.« Er räusperte sich und wischte sich die Nase. »Jedenfalls habe ich es durchlitten. Inzwischen habe ich den Fluss durchquert, ich schleppe es nicht mehr mit mir herum. Ich bin dankbar für das Leben, das ich mit Caroline führen durfte, und ich bin dankbar für Penny. Ich bereue nichts davon. Aber …« Er holte tief Luft und fuhr fort. »Penny meinte, ich würde nicht gerne über sie sprechen?«

»Ja.«

»Das ist meine Schuld.« Er warf noch einen Ast ins Feuer. »Nach Carolines Tod war ich so wütend. So versunken in meiner Trostlosigkeit. Ich habe es Penny nicht leichtgemacht.«

»Wie war sie denn?« Kaum hatte sie die Frage ausgesprochen, hätte Mika sie am liebsten wieder zurückgezogen. Sie wollte Caroline mögen, gierte aber auch danach, irgendeinen Makel an ihr zu entdecken, an diesem Phantom, das Pennys andere Mutter war.

Nun lächelte Thomas wieder. »Caroline war ein erstaunlicher Mensch. Freundlich, gütig, liebevoll. Während ihrer Zeit als Krankenschwester blieb sie nach ihren Schichten oft länger und besuchte die Patienten, die keine Familie hatten. Sie war eine tolle Ehefrau und eine tolle Mutter. Wir waren ein gutes Team. Ich wünschte, sie könnte Penny heute sehen. Könnte sehen, wie gut sie sich gemacht hat.«

»Das klingt, als wäre sie perfekt gewesen.« Mika versuchte, ihren Neid zu unterdrücken. Wie sollte sie da jemals mithalten können?

Thomas sah sie nachdenklich an. »Nein, perfekt war sie nicht. Ganz und gar nicht. Sie hatte ein ziemliches Temperament, und sie hat Schweigen oft als Waffe eingesetzt.« Sofort musste Mika an die stille Unzufriedenheit ihrer Mutter denken. Daran, dass Penny nicht über Caroline hatte sprechen wollen. An ihren eigenen Widerwillen, den Mund aufzumachen nach der Sache mit Peter. An die verschiedenen Arten von Schweigen, die Frauen so gut beherrschten und gezielt einsetzten. Daran, wie gefährlich das sein konnte. »Einmal hat sie ganze zwei Tage nicht mit mir gesprochen, nachdem ich mit ein paar Kumpels einen über den Durst getrunken hatte.«

»Ach du Schande«, sagte Mika.

Thomas nickte und stocherte mit einem Finger im Sand herum. Er lächelte trocken. »Sie war ein Kontrollfreak, hat alles wie eine Besessene geputzt und war ziemlich perfektionistisch. Manchmal dachte ich, ich könnte nie gut genug für sie sein. Aber sie hat mich trotzdem geliebt, und ich habe sie geliebt.«

Nachdenklich sah Mika ihn an. Liebe konnte so viele Formen annehmen, und sie beide wussten, wie es sich anfühlte, Liebe zu haben und sie zu verlieren.

Plötzlich hörten sie ein Motorgeräusch, das sich langsam näherte. Die Vögel flogen aus den Bäumen auf. Ein kleines Fischerboot glitt heran und hielt dicht am Ufer. »Hey!« Der Bärtige vom Kajakverleih legte die Hände um den Mund und rief: »Eure Boote sind überfällig, und an diesem Strand darf man kein Feuer machen. Das ist öffentliches Gelände.«

Thomas und Mika sprangen auf. Während der Bärtige sein Boot noch dichter ans Ufer steuerte, löschte Thomas das Feuer mit Sand. Gemeinsam luden sie die Kajaks ein.

»Sorry«, sagte Thomas, als sie zum Steg zurückfuhren. Der Wind spielte mit seinen Haaren. »Wir hatten einen Zusammenprall mit Roslyn.«

Der Bärtige lachte schallend. Er hob den Arm und zeigte auf einen Weinblatt-Ahorn am Ufer, dessen Äste tief über das Wasser hingen. Zwischen ihnen war ein schmutziger Plüschalligator aufgehängt worden. Er trug ein Pappschild um den Hals, auf dem in dicken Edding-Buchstaben der Name *Roslyn* stand. »Roslyn hat also wieder zugeschlagen.«

*

Mika drehte sich um und wartete, während Thomas im Auto seine feuchten Klamotten gegen trockene, saubere Sachen tauschte. Schließlich tauchte er mit einem Sweatshirt in der Hand auf. »Hier.« Er reichte es ihr.

»Oh, danke.« Mika zog es über und trug nun das Logo des Dartmouth-Ruderteams auf der Brust.

Sie brachte ihn zum Flughafen, und sie verabschiedeten sich. Mika bot an, das Sweatshirt zu waschen und es ihm dann zu schicken. Er aber meinte, er werde es sich einfach abholen, wenn er in ein paar Wochen wieder in der Stadt sei. Zu Hause ging Mika erst einmal unter die Dusche. Als sie aus dem Bad kam, wartete eine Nachricht von Thomas auf sie.

Gehe gleich an Bord. Vielen Dank für den schönen Vormittag. Ich hatte ganz vergessen, wie gerne ich auf dem Wasser bin.

Das Bild von Thomas in seinem Kajak stieg vor ihrem inneren Auge auf. Voller Selbstvertrauen, mit diesem feinen, ansteckenden Lächeln im Gesicht, den Blick auf den breiten Fluss gerichtet. Sie kannte diesen Blick, kannte das Gefühl. Genauso ging es ihr, wenn sie Farben betrachtete. Als wären sie ein Teil von ihr. **Jederzeit wieder**, antwortete sie.

Es war wirklich fantastisch. Mit Familie und allem hat man so viel um die Ohren, aber ich habe das Gefühl, es steckt noch in mir, schrieb er zurück.

Oh ja, du bist der GOAT der Kajakfahrer.

Seine Antwort bestand aus nur einem Wort: **GOAT?**

Mika band sich den Bademantel zu, bevor sie ihn aufklärte. **Greatest of All Time.**

Ich meine, da einen Hauch von Sarkasmus herauszulesen. Bist du etwa immer noch beleidigt wegen dem Biber?, stichelte er.

Keine Ahnung, wovon du sprichst, tippte Mika mit einem immer breiter werdenden Grinsen im Gesicht.

Danke, antwortete er schlicht.

Gern geschehen. Freut mich, dass du Spaß hattest. Sie sammelte ihre Kleidung vom Boden auf, darunter auch sein Sweatshirt, und stopfte alles in die Waschmaschine. Als sie zu ihrem Handy zurückkehrte, hatte Thomas noch einmal geschrieben: **Nein, ernsthaft. Du hast was gut bei mir.**

Adoption Across America
Landeszweigstelle
56544 W 57th Ave. Suite 111
Topeka, KS 66546
(800)555-7794

Liebe Mika,

wie geht es Ihnen? Ist es zu fassen, wie schnell die Zeit vergeht? Penny ist nun dreizehn, und es ist eine wahre Freude, zusammen mit Ihnen zu verfolgen, wie sie heranwächst. Anbei erhalten Sie wie immer die erforderlichen Unterlagen bezüglich der Adoptionsvereinbarung zwischen Ihnen, Mika Suzuki (biologische Mutter), und Thomas und Caroline Calvin (Adoptiveltern) für Penelope Calvin (adoptiertes Kind). Dazu zählen:

- Ein jährlicher Bericht der Adoptiveltern über die Entwicklung und Fortschritte des Kindes in Form eines Briefes
- Fotografien und/oder andere Erinnerungsstücke

Sie können mich gerne anrufen, falls Sie Fragen haben.

Mit den besten Grüßen

Monica Pearson
Adoptionsagentin

Sehr geehrte Ms. Suzuki,

Penny hat letzte Woche ihren dreizehnten Geburtstag gefeiert und ist jetzt in der siebten Klasse. Sie kommt gut zurecht und hat in den meisten Fächern hervorragende Noten. Momentan denkt sie darüber nach, sich einem Geländelaufteam anzuschließen, und sie wünscht sich ein Kätzchen zu Weihnachten. Ich habe einige Bilder ihres letzten Wissenschaftsprojekts beigelegt.

Mit freundlichen Grüßen
Thomas

Kapitel DREIUNDZWANZIG

Mika starrte auf die Orangen.

»Ist da irgendwas?« Penny neigte fragend den Kopf und spitzte die Lippen. »Hast du eine Riesenspinne gesehen? In den Nachrichten haben sie mal einen Beitrag darüber gebracht, dass sich tropische Spinnen oft in Obstlieferungen verstecken.«

Mika schüttelte stumm den Kopf und trat dichter an die aufgestapelten Früchte heran, um einem Vater mit drei lärmenden Kindern und seinem Einkaufswagen auszuweichen. Uwajimaya, der asiatische Markt, war an diesem Samstagmorgen besonders laut, hell und voll. »Nein. Keine Riesenspinne.«

Enttäuscht verzog Penny den Mund. »Mist.«

Mika nahm eine Orange und drehte sie in den Händen, um sie sich genauer anzusehen. »Hast du gewusst, dass dein Vater die Nabellöcher von Orangen nicht mag?«

»Oh ja. Er ist ein totaler Freak.« Penny stellte ihren Einkaufskorb ab, in dem sich bisher nur Meiji-Schokoriegel, Mikado Sticks und White-Rabbit-Milchbonbons befanden – alles, was man für eine ausgewogene Ernährung brauchte. Dann drehte sie einen Teil der Orangenauslage so zurecht, dass die Seiten mit den Nabellöchern nach oben zeigten.

Mika zog ihr Handy aus der Gesäßtasche und machte ein Foto davon. »Sollen wir ihm das Bild schicken?«

»Aber sicher.« Fröhlich hob Penny ihren Korb vom Boden auf.

Mit einem fiesen Grinsen schickte Mika die Nachricht ab, und lachend widmeten sich beide wieder ihren Einkäufen. Staunend betrachtete Penny den abgepackten, getrockneten Tintenfisch, die lebenden Tiere in Aquarien und Berge von Pak Choi. Sie sog die Bilder und Gerüche in sich auf wie ein verdurstender Bambusstrauch. Thomas reagierte auf ihre Nachricht und schickte ein Foto von einem Biber, dessen Augen er irgendwie neongrün eingefärbt hatte. Mika beschloss, Penny das Bild besser nicht zu zeigen. Wie sollte sie das erklären? *Ich dachte, ich hätte einen Alligator gesehen, aber in Wirklichkeit war es ein Biber. Dabei bin ich mit meinem Kajak umgekippt, und dein Vater musste mich aus dem Wasser fischen.* Zum einen war das furchtbar peinlich. Mikas Wangen brannten bereits, wenn sie nur daran dachte. Und zweitens waren die Orangen etwas, worüber sie sich zu dritt amüsieren konnten, während der Witz mit dem Biber … das war eine Sache zwischen Mika und Thomas. Auf Penny könnte dieses Szenario irgendwie komisch wirken, oder – noch schlimmer – zu intim.

Nachdem sie ihre Einkäufe bezahlt hatten, bestand Mika darauf, dass sie sich eine Portion Takoyaki gönnten. »Gebratener Tintenfisch, Streetfood«, erklärte sie Penny, als sie sich einen Sitzplatz im Food-Court suchten. In Japan galt es als unhöflich, im Gehen zu essen. Mika stellte die Schale mit den kugelrunden Snacks in die Mitte des Tisches und listete auf, woraus sie gemacht waren: Teigbällchen mit einem eingebackenen Stück Tintenfisch, kleinen Tempurastückchen, eingelegtem Ingwer oder Frühlingszwiebeln. Penny brach die hölzernen Hashi auseinander und begann zu essen. Mika liebte es, wie furchtlos ihre Tochter war.

Penny kaute prüfend auf dem ersten Bissen herum. »Das ist lecker. Schmeckt mir.« Sobald das erste Bällchen verschlungen war, schob sie sich schon das nächste in den Mund, um dann mit vollen Backen zu verkünden: »Ich überlege, ob ich mit Devon schlafen soll.«

Mika verschluckte sich, hustete röchelnd und trank hastig etwas Wasser. Penny warf ihr einen Blick zu. »Alles okay?«

Mika schlug sich ein paarmal auf die Brust. »Tut mir leid. Du willst mit ihm *schlafen*?«, fragte sie vorsichtig. Ihr Hals brannte immer noch ein bisschen. Vielleicht hatte sie sich ja verhört. Oder sie hatte zwar das Richtige gehört, es aber falsch verstanden. Vielleicht war »miteinander schlafen« ja in diesem Fall nicht das, was Mika darunter verstand. Vielleicht stand das im Teeniesprech von heute ja bloß für eine Art Übernachtungsparty, bei der man sich fest in seine Decke wickelte und dann in der Dunkelheit still nebeneinanderlag, ohne sich anzufassen.

»Du weißt schon, Sex«, sagte Penny mit gesenkter Stimme.

Wieder nippte Mika an ihrem Wasser und versuchte verzweifelt, ein ermutigendes Lächeln aufzusetzen. »Das ist ein großer Schritt.« Etwas anderes wollte ihr im Moment nicht einfallen, außer vielleicht, Penny daran zu erinnern, dass sie erst sechzehn war. Ein Baby. *Mein Baby.*

Penny knüllte ihre Serviette zusammen. »Ich bin bereit. Da bin ich mir sicher. Weil, na ja, ich glaube, ich liebe ihn.«

Devons Gefühle mochten da anders sein, aber Mika brachte es nicht über sich, ihr das zu sagen, Pennys Herz zu brechen. Ihrer Befürchtung Ausdruck zu verleihen, dass Penny möglicherweise nicht in dem Maße geliebt wurde, wie sie es wollte und verdient hatte. Stattdessen sagte sie: »Liebe ist nicht immer zwingend erforderlich.« Während sie Penny musterte, machte sie sich Gedanken über das Weltbild ihrer Tochter – wie begrenzt es war, wie speziell und ein bisschen naiv. Hatte Hiromi sie etwa auch so gesehen, als sie ein Teenager war? Angespannt rutschte Mika auf ihrem Stuhl herum. Welch zutiefst beunruhigender Gedanke, man könne so sein wie die eigene Mutter.

Penny biss sich auf die Unterlippe und warf Mika einen scheuen Blick zu. »Dürfte ich dich fragen ... Ich meine, wie war denn dein erstes Mal?«

Angestrengt starrte Mika auf eine Tanuki-Statue in der benachbarten Abteilung für Wohnaccessoires. Der dickliche Marderhund tanzte mit schielenden Augen, und zwischen seinen Beinen hingen zwei riesige Hoden – das sollte angeblich Glück bringen. »Mein erstes Mal?« Ein Blinzeln versetzte Mika zurück in das Cheerful Tortoise, eine Bar auf dem Campus. Sie hatte die Hüften kreisen lassen und über die Menge hinweg diesen süßen Typen angelächelt. Jordan war sein Name gewesen, Hauptfach Politikwissenschaften. Er trug Birkenstocksandalen mit Socken, wohnte mit vier anderen Jungs zusammen und hatte in seinem Zimmer statt einer Lampe einen Scheinwerfer stehen. »Es war weder besonders einprägsam noch sonderlich romantisch, aber es hat Spaß gemacht«, antwortete Mika ehrlich und mit einem sentimentalen Lächeln. »Und es hat ein bisschen wehgetan.« Sie fühlte, wie ihr das Blut in die Wangen stieg, spürte, wie Pennys Aufmerksamkeit wuchs. Sie hatte Jordan erst hinterher gesagt, dass sie noch Jungfrau gewesen war. Er hatte darauf bestanden, es noch einmal zu versuchen, diesmal mit mehr Ruhe. Im Hintergrund hatte Wilco gespielt, während er sich wieder auf sie legte. Mika starrte auf die Tischplatte. »Penny …« Sie gab sich Mühe, gelassen und unvoreingenommen zu klingen. »Bist du dir sicher mit Devon? Du kennst ihn doch kaum.« Gerade mal seit vier Wochen, hätte sie gerne noch hinzugefügt. Dabei kam sie sich vor wie der größte Heuchler aller Zeiten. Aber wozu hatte man Kinder, wenn nicht, um sie vor den Fehlern zu bewahren, die man selbst gemacht hatte?

»Doch, ich kenne ihn«, sagte Penny. In ihren Augen zeigte sich Entschlossenheit. Dabei hatten diese Augen so vieles noch gar nicht gesehen. »Wir haben eine Menge Zeit miteinander verbracht, jeden Tag eigentlich. Außerdem habe ich alles andere im Prinzip schon gemacht, weißt du.«

Mika richtete sich steif auf. »Nein, und das muss ich auch nicht wissen.« Je weniger Details, desto besser.

»Ich bin bereit, das weiß ich«, beharrte Penny.

»Okay.« Als Mika sich geschlagen gab, entspannte sich auch Penny ein wenig. »Devon ist in Ordnung. Wir haben ausführlich darüber geredet, und er hat mir keinen Druck gemacht oder so.«

»Okay«, sagte Mika wieder. Mit einem tiefen Atemzug fügte sie sich in das Unvermeidliche. Es würde geschehen. Offenbar war das ein zeitloses Phänomen – Kinder, die nicht auf ihre Eltern hörten. Und Mika spürte, dass sie definitiv ein Teil dieser ewigen Schleife war. »Was ist mit Verhütung? Habt ihr darüber auch gesprochen?«

Pennys Wangen färbten sich dunkelrot. Vielleicht hatte sie bei dem Thema an Mika gedacht, dass sie so früh schwanger geworden war. Dass sie nicht so werden wollte wie ihre leibliche Mutter: ein Teenager mit begrenzten Möglichkeiten. »Er hat gesagt, er wird ein Kondom benutzen, außerdem nehme ich schon seit ein paar Jahren die Pille … Probleme mit der Regel.«

»Klingt so, als hättet ihr an alles gedacht.« Mika stand auf und räumte den Tisch ab. Hiromi hatte mit ihr nie über Sex gesprochen. Und in der Highschool wurde das Thema unter der Überschrift Nein-Sagen, Schwangerschaft und Geschlechtskrankheiten abgehandelt. Niemand hatte ihr gesagt, wie schön es sein konnte. Und wie kompliziert.

»Ja, das haben wir. Versprochen«, versicherte Penny, die noch sitzen geblieben war. »Und … meinst du, das könnte unter uns bleiben?«

Mika hielt inne, den Pappteller und die benutzten Hashi noch in der Hand. »Du meinst, ich soll es nicht deinem Dad erzählen?«

Penny wedelte lässig mit der Hand. »Ist doch keine große Sache. Es gibt einfach Dinge, die ihn nichts angehen.«

Mika setzte sich wieder. Penny verlangte von ihr, Thomas anzulügen. *Das kann ich nicht tun.* Wie ein Blitz traf sie diese Erkenntnis. »Das gefällt mir irgendwie nicht, Penny. Du musst ja nicht über das Thema Jungfräulichkeit mit ihm diskutieren, aber du solltest ihm zumindest von Devon erzählen. Dass du jetzt mit jemandem zusammen bist. Ich meine, ich weiß aus eigener Erfahrung, dass die Wahrheit immer ans Licht kommt.« Sie versuchte es auf die scherzhafte Tour.

Pennys Miene verschloss sich, sie wich Mikas Blick aus. »Ich denke, ich muss jetzt zurück ins Wohnheim.«

»Wie bitte?« Mika klang betroffen. Penny hatte an diesem Wochenende frei. Eigentlich sollte sie bei ihr übernachten.

»Ja, mir ist gerade eingefallen, dass ich Olive versprochen habe, noch mit ihr an unseren Lauf-Zeiten zu arbeiten.«

»Ernsthaft?« Skeptisch zog Mika eine Braue hoch.

»Ernsthaft.« Penny stand auf, griff nach ihrer Einkaufstüte und umklammerte die fest. »Bist du fertig?«

Sie gingen zum Auto, und Pennys Verärgerung folgte ihnen wie ein dunkler Schatten. Mika wusste nicht, was sie sagen sollte. *Was ist da gerade passiert?* Die Fahrt war noch schlimmer. Pennys Ablehnung pulsierte förmlich in der Stille. Mika glaubte zu hören, wie das Band zwischen ihnen einen Riss bekam. Wie sollte sie den wieder flicken? Sie parkte vor dem Wohnheim und wandte sich zu ihrer Tochter, um noch etwas zu sagen. »Ich – «

Zu spät. Penny hatte bereits die Wagentür zugeknallt.

*

Einige Stunden später hatte sich Mikas Verwirrung gelegt. Nachdem sie ihr Gespräch in der Stille des leeren Hauses noch ein paarmal durchgegangen war, wusste sie nicht genau, ob sie verletzt oder sauer auf Penny sein sollte.

»Sie ist wütend auf mich?« Mika schnaubte vor sich hin und empfand Unaussprechliches für Penny. Wie stur und bockig ihre Tochter sein konnte! Andererseits ... »Sie ist wütend auf mich«, sagte sie, ein wenig ruhiger jetzt. Sie überlegte, ob sie Thomas anrufen sollte. Vielleicht konnte er ihr einen Rat geben, wie sie am besten mit Penny umgehen sollte. Aber eigentlich war es Penny, mit der sie sprechen wollte. Sprechen musste. Und so wählte sie, während draußen langsam die Sonne unterging, die Nummer ihrer Tochter. Sie wollte nicht mit diesem ungeklärten Konflikt im Hinterkopf schlafen gehen. Hieß es nicht, man solle niemals wütend zu Bett gehen? Außerdem wollte Mika sich nicht verstecken, sich nicht widerstandslos Pennys wechselnden Wetterlagen anpassen.

Es klingelte ein paarmal, und Mika versuchte angestrengt, ihre strapazierten Nerven zu beruhigen.

»Hi«, sagte Penny. Mehr nicht.

»Ich will nicht, dass du sauer auf mich bist«, platzte es aus Mika heraus. Sie wartete. *Ich habe sie zur Welt gebracht. Das mit dem Muttersein sollte doch von ganz allein klappen.*

»Ich will ja auch nicht sauer auf dich sein«, gestand Penny.

Mika atmete einmal tief durch und starrte durch das Wohnzimmerfenster auf die dunkle Straße hinaus. »Okay, nachdem wir das geklärt haben …« Sie zögerte kurz. »Natürlich sollst du mir alles sagen können. Ich will dein Resonanzboden sein, dein sicherer Hafen, aber ich bin eben auch deine – « Im letzten Moment verkniff sie sich das Wort *Mutter*. »Ich bin eine Erwachsene, und es bringt mich in eine schwierige Lage, wenn ich deinen Vater anlügen soll.«

Nach kurzem Schweigen stieß Penny einen Seufzer aus. »Ich schätze, das kann ich verstehen.« *Wo ist sie gerade?* Mika versuchte sich vorzustellen, wie Penny im Wohnheim auf dem Flur stand, die Nase ablehnend gerümpft und ein wenig gerötet vom Weinen. Vielleicht war Devon auch da. »Ich werde meinem Dad sagen, dass in unserem Wohnheim auch Jungs untergebracht sind, und ich werde ihm von Devon erzählen. Nicht, weil du es verlangst – «

»Natürlich nicht«, warf Mika ein.

»Sondern weil ich will, dass er D kennenlernt.« Wieder seufzte sie. »Vermutlich wird er wie immer behaupten, er sei nicht wütend, sondern nur enttäuscht.« Mikas Lippen zuckten kurz. Das klang ganz nach Thomas. »Aber von der Sache mit dem Sex werde ich ihm wohl eher nichts sagen«, fuhr Penny so entschieden fort als, würde sie eine Grenzlinie in den Sand ziehen.

Obwohl Penny es nicht sehen konnte, nickte Mika. »Dein Körper, deine Entscheidung.«

»Wir mögen uns wirklich. Ich weiß, ich bin noch ein Teenager, und mehr seht ihr alle wahrscheinlich nicht in mir – «

»Doch, ich sehe noch einiges mehr in dir«, unterbrach Mika sie. »Ich halte dich für äußerst klug und für abgeklärt genug, um zu wissen, was du willst.«

»Danke. Das bedeutet mir eine Menge.«

»Mir ist schon klar, dass diese Sache irgendwie unangenehm ist.« Plötzlich hatte Mika einen Kloß im Hals. »Aber versprich mir, dass du zu mir kommst, wenn du irgendetwas brauchst. Es ist vollkommen okay, wenn du es dir noch einmal anders überlegst, auch wenn du am Anfang Ja gesagt hast. Selbst wenn ihr schon dabei seid und du befürchtest, dass er wütend werden könnte. Denn ein richtiger Mann wird dann nicht wütend.« Mika ballte die freie Hand zur Faust. Spürte wieder, wie sie sie gegen Peters Brust gestemmt hatte. *Nein.* Der unaufhaltsame Drang, ihre Tochter beschützen zu müssen, stieg in ihr auf.

»D ist nicht so«, versicherte Penny. »Ganz bestimmt nicht. Und ich will es.«

»Okay«, sagte Mika leise. Penny blieb noch ein wenig am Telefon und unterhielt Mika mit Geschichten über ihre Facetime-Versuche mit Hiromi. Wie sie sich eine ganze Weile mit Hiromis Daumen unterhalten hatte. Und in Mika machte sich nach und nach ein Gefühl der Erleichterung breit, wie beim Anblick der ersten Sonnenstrahlen nach einem heftigen Gewitter.

*

Thomas rief am Montag an, gerade als Mika sich ihre Handtasche umgehängt hatte, um mit Hayato auf dem Nike-Firmengelände zu Mittag zu essen. Die beiden hatten große Pläne: Fotos der letzten Adelshochzeit erörtern und dabei Schokokuchen essen. Wirklich wichtige Pläne also.

Er ließ ihr nicht einmal Zeit für eine Begrüßung. »Penny hat einen Freund«, verkündete er ohne jede Einleitung.

»Sie hat es dir also gesagt.« Mika lief an ein paar Kerlen vorbei, die mindestens eineinhalb Mal so groß waren wie sie, und schenkte ihnen ein freundliches Lächeln. Sie war sich ziemlich sicher, dass sie berühmte Basketballspieler waren.

»Sie will ihn mir vorstellen, wenn ich das nächste Mal komme. Kennst du ihn schon?«

»Offiziell nicht, aber ich habe ihn ein paarmal gesehen.« Mika trat durch die breiten Glastüren des Mia-Hamm-Gebäudes und winkte Hayato zu, der bereits auf sie wartete. Mit erhobenem Zeigefinger bat sie ihn, ihr noch eine Minute Zeit zu lassen. Er formte mit den Lippen ein lautloses *Kein Problem* und spielte weiter an seinem Handy herum.

»Macht er den Eindruck, als hätte er irgendwelche antisozialen Tendenzen?«, fragte Thomas ausdruckslos.

Manchmal klang dieser Mann, als wäre er einem Schwarz-Weiß-Film entsprungen. Aber vermutlich würde es ihm nicht gefallen, wenn Mika ihn als »altertümlich« bezeichnete. Sie zog die Nase kraus. »Du willst wissen, ob er ein Springmesser bei sich trägt und auf Ärger aus ist?«

Thomas holte tief Luft. »Ich wünschte, ich könnte darüber lachen.«

»Tut mir leid.« Mika verschränkte die Arme. Vor dem Gebäude gab es ein ausladendes Wasserspiel, inklusive Springbrunnen. Auf den kleinen Wellen dümpelten ein paar Enten vor sich hin. »Ich bin jedenfalls froh, dass sie es dir gesagt hat. Als wir neulich zusammen Takoyaki gegessen haben – «

»Takoyaki?«

»Gebackene Tintenfischbällchen.«

»Hä?« Sie hatte Thomas' Gesicht genau vor Augen, die Stirn leicht gerunzelt, wie immer, wenn er verwirrt war und sich darüber ärgerte.

»Na ja, eigentlich bestehen sie nicht ganz aus Tintenfisch, sondern …« Sie nahm das Handy vom Ohr und blickte kurz in den Himmel hinauf. Sie kam gerade zu weit vom Kurs ab. »Auch egal. Jedenfalls hat Penny mir beim Essen von Devon erzählt und dass die Sache wohl langsam ernst wird. Daraufhin habe ich sie dazu ermutigt, dir von ihm zu erzählen.«

Stille. »Also …«, begann Thomas gedehnt, »wusstest du schon eine Weile, dass sie mit jemandem ausgeht?«

Mika unterdrückte einen Seufzer. »Erst seit ein paar Wochen. Sie hat mich darum gebeten, es niemandem zu erzählen. Tut mir leid. Sie ist stinksauer geworden, als ich meinte, sie müsse es dir sagen.« Zu gut erinnerte sich Mika an Pennys Zorn, den sie übergestreift hatte wie ein paar alte Lederstiefel, um dann auf ihr herumzutrampeln. »Ich habe mich einfach nicht mehr wohlgefühlt bei dem Gedanken, dass du keine Ahnung davon hast.« Wieder diese Stille. »Sei nicht sauer«, schob Mika hinterher.

»Bin ich nicht«, versicherte ihr Thomas nach einem

Moment des Schweigens. »Ich bin froh, dass sie mit jemandem redet, dem ich vertrauen kann.«

Mika spürte, wie ihr eine Last von den Schultern fiel, die sie schon viel zu lange mit sich herumgetragen hatte. Leise bedankte sie sich.

Noch lange nachdem sie das Telefonat beendet hatte, noch während ihrer Mittagspause mit Hayato und auch den ganzen restlichen Tag über gingen Mika diese fünf kostbaren Worte nicht aus dem Kopf: *jemand, dem ich vertrauen kann.*

Kapitel VIERUNDZWANZIG

Drei Tage später schickte Thomas eine Nachricht: **Ich überlege, mir einen Schnurrbart wachsen zu lassen.**

Mika saß gerade in einem der gläsernen Besprechungszimmer, umgeben von diversen Unterlagen. Gus hatte ihre Vorarbeit zu dem Kollaborationsmodell so gut gefallen, dass er sie gebeten hatte, ihm auch beim nächsten behilflich zu sein. *Ich weiß, dass du das hinkriegst,* hatte er voller Überzeugung gesagt.

Bitte nicht. Mika hielt eine schnelle Reaktion für ratsam.

Du hast recht, kam es zwei Stunden später von ihm. **Ein Ohrring wäre eindeutig besser.**

Penny wäre entsetzt, erwiderte Mika, als sie das Büro verließ.

Woraufhin er meinte: **Ein Grund mehr also.**

Okay, aber wenn du es schon unbedingt machen musst, dann auch richtig. Lass dir gleich beide Ohren piercen, antwortete Mika, als sie zu Hause ankam. Sie schob sich ein Fertigessen in die Mikrowelle, setzte sich mit Essen und Handy an den Tisch und wartete auf seine Antwort.

Das wäre ein kühnes Statement, schrieb er, während sie den ersten Bissen nahm.

Nachdem sie eine Weile nachdenklich gekaut hatte, antwortete sie: **Dir würde man es abkaufen**.

Am Donnerstag der folgenden Woche fuhr Mika gerade ihren Computer runter, als Thomas wieder schrieb: **Der Typ macht am Samstag einen Tagesausflug mit Penny, eine Wanderung zu irgendeinem Wasserfall. Ich habe sie gefragt, ob ich mitkommen kann. Habe sogar angeboten, alles zu bezahlen.**

Mika verabschiedete sich winkend von Gus, der noch in seinem gläsernen Büro saß. Er streckte kurz den Kopf durch die Tür: »Schönes Wochenende!« Sie erwiderte den Gruß. **Was du hoffentlich nicht ernst gemeint hast**, tippte sie dann.

Nur halb ernst, kam sofort von ihm zurück.

Dann kommst du am Wochenende also nicht? Kein gemeinsamer Kirchgang? Mika stieg in ihren Wagen und ließ die Fenster herunter. Draußen war es noch hell und vor allem drückend heiß. Sie wartete auf seine Antwort. Eigentlich hatten sie Pläne für dieses Wochenende gehabt: Am Sonntag sollten Penny, Thomas und Mika mit Hiromi und Shige in die Kirche gehen.

Doch, ich komme, und wir gehen in die Kirche. Aber ich muss trotzdem den Flug heute Abend nehmen, war schon zu spät zum Umbuchen.

Nachdenklich knabberte Mika an ihrem Daumen herum. Am Samstag wollte sie mit Charlie, Tuan, Hayato und seinem neuen Freund Seth zu einem Weingut rausfahren. **Ich hätte da eine Idee**, schrieb sie.

Ich liebe Ideen, fand Thomas.

Wenn Penny am Samstag beschäftigt ist, könntest du ja etwas mit mir und meinen Freunden unternehmen. Wir wollen nachmittags zu einem Weingut fahren und hinterher vielleicht noch in einige Bars, in denen sich vorwiegend Kerle mit ausgefallenen Bärten aufhalten.

Mikas Zehen krümmten sich zusammen, wie wenn man sich auf dünnes Eis vorwagt. Das war etwas anderes als ein spontaner Kajaktrip. Diesmal lud sie Thomas dazu ein, ihre Freunde kennenzulernen und damit ein Teil ihres Lebens zu werden. Aber irgendwie ... fühlte sich das absolut natürlich an. Mit angehaltenem Atem wartete sie auf seine Antwort.

Ich wollte mich schon längst mal näher mit der Subkultur der ausgefallenen Bärte befassen, schrieb er.

Ein strahlendes Lächeln huschte über ihr Gesicht. **Dann ist das deine große Chance. Nutze sie! Bist du dabei?**

Es dauerte kaum eine Sekunde, bis er antwortete. **Ich bin dabei.**

*

Was soll ich anziehen?, schrieb Thomas am Samstagmorgen. **Anzug und Krawatte?**

Mika grinste. Jedes Mal, wenn sie eine Nachricht von Thomas bekam, kribbelte es, auch wenn sie so tat, als wäre es nicht so. Nein, das waren keine Schmetterlinge in ihrem Bauch. Absolut nicht. **Hast du zufällig einen Smoking eingepackt?**

Im Ernst?

Nö, antwortete Mika, auch wenn sie ihn gerne im Smoking gesehen hätte. Aber er war auch in Jeans und T-Shirt kein schlechter Anblick. Sie hatte noch genau das Bild vor Augen, als er nach der Übernachtung aus Hanas Zimmer gekommen war und sein Shirt noch nicht ganz übergestreift hatte. Dieses kleine Stückchen Bauch, das sie kurz gesehen hatte. **Aber eine Baskenmütze wäre vielleicht nicht schlecht.**

Ich werde Jeans tragen, entschied Thomas.

Wie wäre es mit einem flotten Schal dazu?, schlug Mika grinsend vor und biss sich auf die Lippe.

Wir sehen uns dann um eins, antwortete er.

Mika holte Thomas an seinem Hotel ab und fuhr mit ihm zu Charlie. »Tut mir leid, dass Penny ihre Zeit nicht mit dir verbringen wollte«, meinte sie. Sie fuhren an einer Bank und an einem Typen auf einem Einrad vorbei.

Thomas streckte die Beine aus. »Eigentlich sollte es mir nichts ausmachen. So läuft das nun einmal, oder? Man versucht, seine Kinder in eine bestimmte Richtung zu führen, um dann festzustellen, dass sie ihre eigenen Wege gehen wollen und einfach über Bord springen. Dann kann man nur noch hoffen, dass man ihnen genug mitgegeben hat, damit sie gut zurechtkommen.«

Irritiert runzelte Mika die Stirn. »Das klingt so, als würde man etwas, das man liebt, formen, nur damit es einen am Ende verlässt.«

Ein paar Herzschläge lang sah Thomas sie durchdringend an. Sie spürte die Wucht seines Blicks auf ihrer Wange. »Genau so ist es.«

»Ich weiß nicht, ob mir das gefällt.« Nervös rutschte sie auf ihrem Sitz herum und starrte nach vorne. Aus den Augenwinkeln sah sie, wie ein trockenes Lächeln über Thomas' Gesicht huschte.

Als sie vor Charlies Haus hielt, stand der weinfarbene Kleinbus schon bereit, Charlie wartete am Bordstein. Sie winkte Mika zu und ihr Lächeln wurde breiter, als sie Thomas auf dem Beifahrersitz bemerkte. Sobald Mika ausgestiegen war, kam Charlie auf sie zugelaufen.

»Mika«, begrüßte ihre Freundin sie mit etwas höherer, schrillerer Stimme als sonst. »Was für eine Überraschung!

Ich wusste gar nicht, dass du jemanden mitbringst. Hi, ich bin Charlie.« Sie streckte Thomas die Hand entgegen.

»Thomas«, sagte er und schüttelte ihre Hand.

»Ah, Pennys Vater. Freut mich, dich kennenzulernen.« Charlie schenkte ihm ein strahlendes Lächeln.

»Ich denke, es dürfte kein Problem sein, weil wir ja sowieso für acht bezahlt haben«, erklärte Mika. So viele Sitzplätze gab es in dem Kleinbus und für die musste man auch zahlen. Die Freunde hatten die Kosten unter sich aufgeteilt.

»Oh nein, das ist überhaupt kein Problem«, versicherte Charlie. »Ganz und gar nicht. Wie sage ich immer? Je mehr, desto besser.« Sie bedachte Thomas mit einem erwartungsvollen Blick.

Der trat verlegen von einem Fuß auf den anderen und schaute zur Seite.

»Sollen wir dann mal los?«, schlug Mika vor.

»Äh ... oh, ja.« Charlie kriegte sich wieder ein. »Lasst uns fahren. Die anderen sind alle schon an Bord. Was nicht heißen soll, dass ihr zu spät seid oder so. Außerdem, wie sage ich immer so schön? Besser spät als nie ...« Leicht betreten verstummte sie. »Also dann, nach euch.«

Sie gingen zu dem Kleinbus hinüber, Thomas voran. Mit dem Fuß auf der ersten Stufe blieb Mika stehen und drehte sich zu ihrer wirren Freundin um. *Was ist in dich gefahren?*, bedeutete sie ihr lautlos.

Charlie grinste nur umso breiter. *Oh – mein – Gott*, hauchte sie zurück. Sobald sie eingestiegen waren, verkündete Charlie: »Alle mal herhören, Mika hat einen Freund mitgebracht.« In diesem Moment war Mika dankbar dafür, dass es im Inneren des Busses so dunkel war. So würde es vielleicht nicht auffallen, dass sie rot wurde. Sie hätte

Thomas nicht einladen dürfen. Was hatte sie sich nur dabei gedacht? So impulsiv hatte sie schon sehr lange nicht mehr gehandelt, nicht mehr seit der Zeit vor Penny. Vor Peter.

Verlegen ließ sich Mika auf einen der schwarz gepolsterten Sitze fallen. Als Thomas neben ihr Platz nahm, sagte sie: »Es tut mir leid. Charlie ist sonst nicht so komisch. Vielleicht hat sie heute schon zu tief ins Glas geguckt.«

»Ist schon gut«, sagte Thomas etwas steif.

Nun, der Auftakt war qualvoll. Hayato räusperte sich, dann begann die Vorstellungsrunde: Tuan – Thomas, Thomas – Hayato. Und Seth, Hayatos gut aussehender, blonder neuer Freund, stellte sich bei allen vor. »Freut mich, dich kennenzulernen, Mann«, sagte er, als er Thomas die Hand schüttelte.

»Gleichfalls«, erwiderte Thomas.

Seth setzte sich wieder neben Hayato, der Kleinbus fuhr los, und eine Zeit lang hockten alle stumm da und musterten Thomas. »Hey, ich glaube, du hast da was«, durchbrach Seth plötzlich die Stille. »Da, am Kragen.« Er zupfte am Kragen seines eigenen Hemds.

Stirnrunzelnd strich Thomas mit dem Finger an der Krageninnenseite entlang und zog hinten im Nacken ein Preisschild hervor. »Oh ja, richtig. Neues Hemd«, erklärte er gelassen. »Ich habe es heute Morgen in der Nähe meines Hotels gekauft. Wie es scheint, steckt man Hemden heutzutage nicht mehr in die Hose ...« Er trommelte mit den Fingern auf seinen Knien herum.

»Mir gefällt's«, befand Charlie. »Du solltest Tuan verraten, wo du es herhast.«

Auf dieses Stichwort hin beugte Tuan sich zu Thomas hinüber und erkundigte sich nach dem Laden, nach Thomas' Hotel und ob ihm die Gegend gefalle. Mika atmete auf und wandte sich Hayato und Seth zu. Es entwickelten sich einige entspannte Gespräche, und eine Stunde später schlängelte sich der Kleinbus einen Serpentinenweg hinauf, der sich wie der Schwanz einer trägen Katze über einen Hügel zog.

Dann blieb er zischend stehen. Alle begaben sich nach draußen, in die Spätnachmittagssonne, wo sie von der Sommelière begrüßt wurden. Sie trug eine Fleeceweste mit dem Logo des Weinguts und führte sie zu einem Aussichtspunkt, von dem aus man das Tal mit unzähligen Reihen grüner Rebstöcke überblicken konnte. Ein sanfter Wind strich durch Mikas Haar. Die Sommelière erklärte ihnen, dass Essen und Verkostung bald beginnen würden, und lud sie ein, sich die Zeit bis dahin mit ein paar Rasenspielen zu vertreiben – Krocket, Hufeisenwerfen, sogar einen riesigen Jenga-Turm gab es.

»Sieh nur, Cornhole!« Seth drückte Hayatos Hand. »Ein Sackloch-Spiel! Hat jemand Lust?« Fragend sah Seth sich in der Gruppe um.

Thomas hob die Hand. »Es ist zwar schon eine Weile her, aber im College habe ich das ständig gespielt.«

Seth gab Hayato einen Kuss, der daraufhin kurz seinen Po tätschelte. »Viel Glück, Babe.«

Mika winkte Thomas zu. »Amüsiert euch gut.«

Die beiden Männer zogen los und bereiteten Bretter und Beanbags vor. Wenig später war Mika von Charlie, Tuan und Hayato umzingelt. »Hey.« Sie wich einen Schritt zurück. »Schon mal was von Wohlfühlzone gehört?«

Charlie lächelte milde. »Er hat sich ein neues Hemd gekauft«, stellte sie fest.

Achselzuckend erwiderte Mika: »Na und?« Ein paar Schritte von ihnen entfernt deckte die Sommelière den

Tisch mit Geschirr, Weingläsern und Flaschen ein. »Hey, Tuan, warum entführst du Charlie vor dem Essen nicht zu einem Spaziergang in den Weinbergen? Das sieht total romantisch aus.«

»Nö.« Auf Tuans Zügen hatte sich ein erwartungsvolles Grinsen ausgebreitet. »Das hier ist besser.«

»Dann lasst uns doch über Seth sprechen.« Mika gab nicht auf.

»Seth ist großartig, ich bin total in ihn verknallt, und ich bin mir ziemlich sicher, dass es ihm mit mir genauso geht«, sagte Hayato und fügte dann hinzu: »Weißt du, wann ich mir neue Hemden kaufe?«

Thomas' Lachen wurde vom Wind herangetragen; es schlang sich um Mika und drohte, sie mit sich fortzureißen. Entschlossen stemmte sie die Füße in den Boden. »Du kaufst dir ständig neue Hemden«, konterte sie trocken. Was der Wahrheit entsprach. Während der gemeinsamen Mittagspausen surften sie oft auf Modeseiten – Herren- und Damenmode – und überlegten, welche Farben am besten zu ihrem japanischen Aussehen passten. Gelb auf keinen Fall.

»Wenn ich ein Date habe«, stellte Hayato klar. »Ich kaufe mir neue Hemden für Dates.«

»So ist das bei uns aber nicht«, protestierte Mika. Eindeutig zu hastig. »Er ist Pennys Vater.«

Fragend neigte Charlie den Kopf. »Und?«

»Und?«, wiederholte Mika aufgebracht. »Diese Grenze werde ich ganz sicher nicht überschreiten. Außerdem bin ich mir nicht einmal sicher, ob er überhaupt bereit wäre, sie zu überschreiten.«

»Oh doch, wäre er«, behauptete Hayato altklug. »Ich sage nur: neues Hemd. Und dann auch noch die lässige

Variante. Männer stecken ihr Hemd vor allem dann nicht in die Hose, wenn sie die Aufmerksamkeit auf ihren ... ihr wisst schon was lenken wollen.« Vielsagend ließ er seinen Blick nach unten wandern.

Verzweifelt stellte sich Mika auf die Zehenspitzen und reckte den Kopf. »Ich glaube, unser Tisch ist fertig.« In einem anderen Leben hätte sie sich vielleicht jemanden wie Thomas gewünscht. Eine Familie mit Penny. Aber das hier war wieder einmal nur ein Köder des Universums, hinter dem sich eine Flutwelle aufbaute, die sie dann überrollen würde. Ein zweites Mal würde sie die Zehen sicher nicht ins Wasser tauchen.

Mika ging davon und setzte sich allein an den Tisch, bis Charlie sich zu ihr gesellte. Einen Moment lang beobachteten sie Thomas und Seth. Mika konzentrierte sich auf Thomas, wie er seine Ärmel hochgekrempelt hatte, das Spiel seiner Unterarmmuskulatur, wenn er warf.

»Es ist ein bisschen beängstigend, nicht?«, fragte Charlie.

»Noch einmal: Ich habe keine Ahnung, wovon du sprichst.« Manchmal war es schlimmer, sich die eigene Angst einzugestehen. Aber die Wahrheit ... die Wahrheit war, dass Mika Angst hatte. Seit Peter hatte sie sich der Bedeutungslosigkeit ergeben, zu verängstigt, um zu malen, zu reisen, zu lieben, zu lachen. Zu verängstigt, um Risiken einzugehen. Sie hatte sich zusammengefaltet wie ein Origamikunstwerk, hatte sich kleiner und kleiner gemacht – ein Fetzchen Papier, das durch die Lücken des Lebens rutschte.

»Es ist völlig in Ordnung, sich nach etwas zu sehnen, weißt du«, sagte Charlie ruhig. »Und es ist auch völlig in Ordnung, wenn mal etwas schiefgeht. Die Dinge regeln sich am Ende von ganz allein.«

So spricht der wahre Optimist, dachte Mika. »Und was ist, wenn sie sich nicht regeln?«

Charlie zog eine Augenbraue hoch. »Und was ist, wenn sie es doch tun?«

Touché. Sie schwiegen wieder. Mika sah erneut zu Thomas hinüber. Sie dachte an Penny, an den Ausflug ins Museum und daran, wie sie das Gemälde von Sturz des Ikarus betrachtet hatten. Sie dachte über das Fallen nach. Wäre es das wert?

*

»Wir bieten Ihnen heute eine Pinot- und Pastetenverkostung an.« Die Sommelière nahm eine Flasche und schenkte ein wenig rubinrote Flüssigkeit in jedes Glas. »Sie werden die frischen Fruchtaromen bemerken.« Zum Beweis ließ sie den Wein im Glas kreisen und hob es an die Nase. »Himbeere und Erdbeere, ergänzt durch Kräuter und eine feine Würze.«

»Cheers!« Charlie hob ihr Glas. Alle sechs nahmen einen Schluck, behielten ihn kurz im Mund und spuckten ihn dann wieder aus. »Oh, das hätte ich fast vergessen.« Charlie sprang auf. »Ich habe Partygeschenke mitgebracht.« Sie verschwand kurz und kehrte dann mit einer Tasche zurück, aus der sie einen Stapel schwarze Filzkappen hervorholte.

»Das mit der Baskenmütze war also gar kein Witz«, raunte Thomas. Mika lachte leise. Seine Ärmel waren noch immer aufgekrempelt, und an seinem Haaransatz hatten sich nach dem Sackloch-Match mit Seth feine Schweißperlen gebildet.

Charlie beugte sich über den Tisch und verteilte die Baskenmützen. Sie liebte Partygeschenke, Kostüme oder

Mottoessen – eben alles mit einem gewissen Extra. Lächelnd gab sie Mika eine Mütze.

»Du wirst umwerfend aussehen«, versicherte sie Thomas, als sie ihm seine überreichte.

»Muss ich sie aufsetzen?« Unschlüssig ließ er das Barett um seinen Finger kreisen.

»Nein«, sagte Mika, und Charlie sagte gleichzeitig: »Ja.«

»Wenn du in Rom bist …« Thomas setzte sich die Baskenmütze auf, und Mika musste zugeben, dass er damit leicht verwegen wirkte. Grinsend ließ sich Charlie wieder an Tuans Seite nieder.

»Ich habe auch ein Spiel mitgebracht«, sagte sie fröhlich und holte einen Stapel Karteikarten aus ihrer Tasche. Allgemeines Stöhnen am Tisch. »Haltet die Klappe. Wir werden ein tiefgründiges Band zwischen uns allen knüpfen. Also, fangen wir an …« Sie drehte die erste Karte um und las vor: »Dein Haus mit all deinen Besitztümern darin steht in Flammen. Nachdem du deine Liebsten und deine Haustiere gerettet hast, bleibt dir noch genügend Zeit, um ein weiteres Mal hineinzulaufen und eine einzige Sache zu holen. Was wäre das? Und warum?«

Sie unterbrachen das Spiel, als die Sommelière den nächsten Pinot vorstellte, diesmal einen kraftvollen mit Aromen von dunklen Früchten und Holz. Tuan nahm genüsslich einen Schluck von dem trockenen Rotwein. »Ich fange an«, schlug er vor. »Nur eine einzige Sache?«, fragte er.

»Nur eine einzige Sache, und zwar mit Begründung«, bestätigte Charlie.

»Ganz klar meinen Bumblebee Transformer. Den habe ich, seit ich zwölf bin, und ich will ihn eines Tages meinen Kindern vererben«, erklärte Tuan.

Charlie lächelte, und Hayato meldete sich als Nächster. »Ich denke, ich würde meine Manga-Sammlung retten.«

»Da bin ich voll eurer Meinung«, nickte Seth. »Auf jeden Fall ein Erinnerungsstück aus der Kindheit. Bei mir wären es meine Baseballkarten.«

Nun war Thomas an der Reihe. Er streckte die Beine aus, wobei seine Knie kurz Mikas streiften. Ihr Magen machte einen kleinen Hüpfer. »Na ja, die wichtigsten Dokumente wie Versicherungsunterlagen, Pässe, Geburtsurkunden und so etwas bewahre ich sowieso in einer feuerfesten Schatulle auf«, erklärte er etwas verlegen. Die Gruppe kommentierte das geschlossen mit Daumen runter. »Okay, okay.« Thomas hob beschwichtigend die Hände. »Ich würde die Asche meiner Frau retten. Der Grund ist wohl offensichtlich.«

Mika kam es vor, als hätte man einen Eimer kaltes Wasser über ihr ausgekippt. Sie konnte Thomas nicht übelnehmen, dass er die Asche seiner Frau retten wollte. Trotzdem glaubte sie wieder Carolines übermächtigen Schatten zu spüren: Caroline, die perfekte Partnerin, perfekte Mutter, perfekte Frau. Eben alles, was Mika nicht war und niemals sein würde.

»Was ist mit dir, Mika?«, fragte Charlie.

Mika starrte ins Tal. Die Päckchen von Caroline fielen ihr ein, all die Briefe und die Fotos von Penny, die sie in einer Kommodenschublade aufbewahrte. Auf alles andere könnte sie verzichten: Klamotten, Make-up etc. »Bilder.« Sie unterbrach sich, weil sich in ihrem Magen ein Klumpen bildete. »Bilder von Penny. Wobei mir einfällt, dass ich die endlich mal digitalisieren sollte, weil Hana unser Haus irgendwann mit Sicherheit abfackeln wird.«

Thomas schenkte ihr ein Lächeln, und Mika spürte, wie seine Wärme durch ihre Haut drang.

»Ich würde auch noch meine Gitarre mitnehmen«, schob Tuan hinterher. »Und während unser Haus abbrennt, würde ich dir ein Ständchen bringen, Charlie.«

Diese schien über alle Maßen gerührt.

Mika tat so, als müsste sie sich übergeben. »Wenn du jetzt auch noch sagst, dass du ihr beim Schlafen zusiehst, stürze ich mich diesen Abhang hinunter.«

»Das ist vollkommen übertrieben und einfach nur fies«, sagte Charlie mit einem Stirnrunzeln. Mika seufzte. Sie warteten, bis die Sommelière die letzte Kostprobe eingeschenkt hatte – ein Pinot, der sich durch Eleganz und sanfte Milde im Abgang auszeichnete.

»Also gut, nächste Frage.« Charlie nahm eine Karte und las sie vor: »Wofür seid ihr in eurem Leben am dankbarsten?«

»Gute Freunde«, sagte Hayato sofort.

»Neue Freunde«, ergänzte Seth. Die beiden küssten sich.

»Charlie, ist doch klar«, meinte Tuan.

»Oh, heute Abend werden wir eindeutig deine besondere Musik auflegen«, befand Charlie und drückte ihm einen Kuss auf die Lippen. »Und was ist mit euch?« Sie drehte sich zu Thomas und Mika um.

»Das ist leicht.« Thomas' Lippen waren durch den Wein dunkel verfärbt. »Für meine Tochter Penny.«

Mika streckte die Beine und fing seinen Blick ein. »Dito«, sagte sie. Die beiden lächelten sich verschwörerisch an. Ihre Liebe zu Penny schweißte sie zusammen.

Kapitel FÜNFUNDZWANZIG

Charlie und Tuan schoben sich leicht angeschickert über die Tanzfläche in der Bar des *Alison*, eines hübschen kleinen Hotels in der Nähe des Weinguts, wo sie zu Abend essen wollten. Hayato und Seth unterhielten sich mit dem Barkeeper.

»Hi.« Thomas ließ sich neben Mika in die Sitznische gleiten.

»Hi«, erwiderte sie den Gruß. »Wo hast du gesteckt?«

Thomas grinste sie an. Sein Blick war leicht benebelt, was sicher etwas mit den drei Weingütern zu tun hatte, die sie heute besichtigt hatten. »Ich war auf einer Mission.« Er rutschte ein Stück vor, holte einen Stapel Karteikarten aus seiner Gesäßtasche und legte ihn auf den Tisch.

»Nein!« Mika riss die Augen auf, dann sah sie verstohlen zu Charlie hinüber. Die hatte das Gesicht an Tuans Brust vergraben. »Du hast sie geklaut«, rief sie fassungslos. »Also, etwas derart Hinterhältiges hätte ich von dir niemals erwartet.«

»Die Tat geschah ohne jeden Vorsatz. Lässt sich vor Gericht problemlos verteidigen.« Thomas grinste noch breiter. »Eigentlich war ich nur auf dem Weg zur Toilette, als ich draußen unseren Bus gesehen habe. Die Tür war offen. Ich meine, wenn Charlie nicht will, dass ihre Karten gestohlen werden, hätte sie sie eben besser bewachen müssen.«

»Das stimmt natürlich.« Mika nickte ernst. Dann legte sie einen Finger auf den Stapel, schob die oberste Karte herunter und drehte sie um. »Du hast vier Minuten Zeit, um deinem Spielpartner so detailliert wie möglich dein bisheriges Leben zu schildern«, las sie vor, legte ihr Smartphone auf den Tisch und startete die Timer-App. »Du fängst an.«

Thomas machte es sich in der Nische gemütlich. Nachdenklich kratzte er sich am Kinn. »Ich wurde in Dayton, Ohio, geboren, meine Eltern waren dreiundzwanzig Jahre verheiratet, und ich habe einen älteren Bruder.« Er beugte sich vor. Unter dem Tisch drückte sein Schenkel gegen Mikas Bein. Keiner von ihnen versuchte, etwas daran zu ändern. »Ich denke, ich hatte eine recht normale Kindheit. Footballspiele im Winter, Baseball im Frühling. Mein Dad liebte Sport, und er liebte es, seine Söhne mit ins Stadion zu nehmen. Für ihn war es wohl ziemlich enttäuschend, als ich mich auf dem College fürs Rudern entschied. Er ist an einem Herzinfarkt gestorben, als ich neunzehn war.«

»Das tut mir leid.« Noch zwei Minuten und zwanzig Sekunden übrig.

»Danke. Kurz danach bin ich Caroline begegnet, auf einer Party. Wir haben den Abend zusammen verbracht, und irgendwann begann ich zu heulen. Ich dachte, dass sie mich danach nie wiedersehen wolle, aber ... sie ist einfach so lieb damit umgegangen. Und das Gefühl, nicht allein zu sein, war toll.« Als Mika den Schmerz in seinen Augen sah, spürte sie wieder diesen Klumpen in der Magengegend. »Wir haben direkt nach unserem Collegeabschluss geheiratet und uns gegenseitig im weiteren Studium unterstützt. Sie hat mit mir für den Jura-Zulassungstest gebüffelt, ich mit ihr für ihr Schwesterndiplom. Und wir haben versucht, eine Familie zu gründen. Meine Eltern hatten mich schon früh gekriegt, und bei Caroline war es dasselbe. Sie hatte alles durchgeplant: früh schwanger werden, ein paar Kinder, dann in Rente gehen, wenn die Kinder auf dem College sind. Wir wollten zusammen die Welt bereisen.« Thomas rieb sich die Stirn, wich Mikas Blick aus. »Anfangs dachten wir, es läge am Stress, dass sie nicht schwanger wurde. Studium, Prüfungen, das alles. Es verging ein Jahr, dann noch eines. Carolines Arzt schickte uns zu einem Spezialisten. Einige Tests später hatten wir das eindeutige Ergebnis. Ich habe heute noch Carolines Gesicht vor Augen, diese Mischung aus Verzweiflung und Frustration in ihrem Blick. Ihr kam es vor, als hätte ihr eigener Körper sie verraten. ›Es ist mein biologisches Recht‹, sagte sie. Ich war da entspannter, eher nach dem Motto: Wenn es uns bestimmt ist, Eltern zu sein, dann werden wir es auch. Aber Caroline hatte ein klares Ziel. Sie wollte ein Baby. Sie wollte Mutter sein. Nach langen Diskussionen entschieden wir uns dann, es mit Adoption zu versuchen. Unsere Hoffnungen wurden ein paarmal enttäuscht: Die Frau in New York, die urplötzlich beschloss, ihr Kind nun doch zu behalten. Dieses Mädchen in Florida, das ihr sechs Monate altes Baby nur in Pflege geben wollte, in der Hoffnung, es irgendwann zu sich holen zu können – «

Der Timer klingelte. »Erzähl weiter«, bat Mika, die noch mehr hören wollte. Caroline war also unfruchtbar gewesen. Sie hatte sich von ihrem Körper verraten gefühlt, so hatte Thomas es genannt. Mika hatte es ganz genauso empfunden, weil ihr Körper Peters Baby angenommen hatte, obwohl sie doch Nein gesagt hatte. Nein, ich will das nicht. Caroline hingegen hatte deutlich Ja gesagt, aber ihr Körper hatte auch nicht auf sie gehört. Irgendwie hatten sie dadurch etwas gemeinsam – für sie beide war ihr Körper zu Feindesland geworden. Bei Caroline durch die Unfruchtbarkeit, bei Mika durch die Vergewaltigung.

Thomas schüttelte den Kopf. »Nein, jetzt bist du dran.« Er klopfte sich auf die Brust. »Regelbesessen, schon vergessen? Erzähl mir von dir. Ich will alles wissen über die kleine Mika.« Er stellte den Timer wieder auf vier Minuten und startete ihn.

»Na ja …« Mika trank einen Schluck von ihrem Wein. »Ich wurde in einem Vorort von Osaka geboren.«

»Moment.« Thomas stoppte die Uhr.

»Hey, das ist nicht fair«, protestierte Mika stirnrunzelnd.

»Du wurdest gar nicht in den Staaten geboren?«

»Nein. Wir sind hierhergezogen, kurz bevor ich in die Schule kam.« Ein dürres Zweiglein war Mika damals gewesen, ein zartes Blatt. Sie schaltete den Timer wieder an. »Mein Dad hat für einen Technologiekonzern gearbeitet, der Pleite machte, als die Finanzblase in Japan geplatzt ist.« Shige war ein Opfer der Eiszeit auf dem Arbeitsmarkt geworden. »Zum Glück wurde ihm von einem anderen Konzern eine Stelle in den Vereinigten Staaten angeboten.« Wieder wurde Mika von einer Erinnerung überrollt: Sie saß in einem Auto, auf dem Weg zum Flughafen. Schwere Lastwagen rauschten vorbei, dann passierten sie einen Weinberg. Die Trauben an den Weinstöcken waren so groß wie Golfbälle, weiße Papiertüten schützten sie vor den Vögeln und dem Wetter.

»Wir haben im Flugzeug unser eigenes, mitgebrachtes Essen gegessen.« Hiromi hatte sich geweigert, die Nüsse und die Schokoladenkekse zu essen, obwohl sie gratis waren. Allem Amerikanischen begegnete sie mit tief empfundenem Misstrauen. Mika hatte während der Landung die ganze Zeit aus dem Fenster gesehen, hatte beobachtet, wie das braune Wasser des Columbia River immer näher kam, wie es Richtung Westen floss. Sie fuhr fort: »Meine Mom war nicht gerade begeistert davon, dass wir nach Amerika zogen, ich aber schon. Ein neuer Ort, eine neue Welt, so schien es mir.« An dieser Stelle hatten sich Mikas und Hiromis Wege getrennt. Mika war mit aller Kraft losgerannt, während Hiromi es nicht einmal über sich brachte, ein paar zögerliche Schritte zu gehen. »Während der ersten Monate haben wir in einer Mietwohnung gelebt, die meine Mutter nie verlassen hat. Für die Einkäufe hat sie mir ein paar Dollar in die Hand gedrückt und mich zum Supermarkt geschickt. Einmal hat mich ein Polizist aufgehalten und nach Hause gebracht.« Mikas Blick huschte zum Timer. Noch knapp eine Minute.

»Was ist dann passiert?«

Mika holte tief Luft und verzog das Gesicht. »Er hat das Jugendamt angerufen. Es war ein Riesentheater. Sie konnten keinen Dolmetscher finden, haben aber schließlich meinen Dad bei der Arbeit erreicht. Er konnte die Situation dann aufklären. Als die vom Amt weg waren, hat meine Mutter es immer noch nicht verstanden. ›In Tokyo fahren Kinder sogar alleine U-Bahn‹, sagte sie. ›Sie ist meine Tochter. Wie können die mir vorschreiben wollen, wie ich mit meiner eigenen Tochter umzugehen habe?‹« Mika zählte die Sekunden runter: drei, zwei, eins. Der Timer piepte. »Zeit ist um«, verkündete sie, bevor Thomas etwas sagen konnte, und zog die nächste Karte vom Stapel. »Was ist deine größte Angst?«

Thomas dachte einen Moment nach. »Das ist schwierig. Ich denke, ich habe Angst davor, jung zu sterben, so wie mein Vater und Caroline, und dadurch vieles unerledigt zurückzulassen. Vielleicht kommt auch daher mein Hang, immer alles kontrollieren zu wollen.« Er warf Mika einen fragenden Blick zu. »Und bei dir?«

Zuerst kam ihr Peter in den Sinn, aber diesen Gedanken verwarf sie. Sie fürchtete ihn nicht. Sie fürchtete die Gewalt. Sie hatte Angst, dass ihr so etwas noch einmal passieren könnte. Doch in ihrem Leben gab es eine viel größere, unmittelbarere Bedrohung. »Ich denke, ich fürchte mich vor meiner Mutter.« Irgendwann während ihres Gesprächs waren frische Weingläser auf ihrem Tisch erschienen. Mika nahm einen Schluck.

Interessiert beugte Thomas sich vor. Jetzt berührten sich ihre Knie und ihre Ellbogen. »Da wirst du wohl etwas mehr ins Detail gehen müssen.«

Mika holte tief Luft und spürte, wie sich der trotzige Knoten, der sich immer in ihr bildete, wenn es um ihre Mutter ging, noch fester zusammenzog. »Vielleicht fürchte ich auch, ich könnte so sein wie sie.« Gab es nicht dieses Sprichwort über Söhne, die die Sünden der Väter wiederholen? Das passte wohl eher auf Mütter und Töchter. »Oder ich fürchte sie im Allgemeinen – ihre Missbilligung ist wie ein Fluch. Während meiner Kindheit schien ihr nichts gut genug zu sein: weder das Haus, in dem wir wohnten, noch der Job meines Vaters oder ich. Ach, keine Ahnung. Vielleicht wäre es besser gewesen, wenn wir in Japan geblieben wären.« Hiromi wollte in Japan leben, wollte, dass ihre Tochter eine Japanerin war. Aber Mika war eine japanische Amerikanerin, und es war die amerikanische Seite, die ihre Mutter zutiefst verabscheute.

Thomas neigte fragend den Kopf. »Vielleicht konnte sie einfach nicht damit umgehen, mit dem Neubeginn in einem fremden Land.«

»Das ganz sicher.« Mehr fiel Mika dazu nicht ein, aber dann gestand sie leise: »Ich glaube, meine Mutter hasst mich.« *Du vergeudest dein Leben,* hatte Hiromi in Bezug auf die Malerei zu Mika gesagt. Doch gemeint hatte sie damit: *Du hast mein Leben vergeudet.*

»Möglicherweise weiß sie nicht, wie sie dich lieben soll.«

»Macht das denn einen Unterschied?«

»Ich glaube schon.« Thomas schwieg kurz. »Eltern machen Fehler«, fügte er dann hinzu.

»Das ist nicht dasselbe wie bei Pennys Periodenparty.« Frustriert schüttelte Mika den Kopf. Sie dachte über die Beziehung zu ihrer Mutter nach. Das ewige Schweigen. Als sie beim Ladendiebstahl erwischt wurde. Als sie völlig fertig zu ihr gekommen war, sie wirklich gebraucht hätte. *Ich bin schwanger.*

»Mir ist klar, dass es nicht dasselbe ist. Ich will damit nur sagen, dass man die Sache voller Überzeugung und aufs Beste hoffend angeht und gleichzeitig mit einplant, dass man ihnen später die Therapie bezahlen muss, weil man es total verbockt hat.« Er hielt einen Moment inne. »Das war ein Witz.«

»Haha.« Mika war in Gedanken immer noch bei der Frage, was Eltern an ihre Kinder weitergaben. Peter und der Missbrauch waren Teil ihrer DNS, hatte Suzanne ihr erklärt. *Wie einprogrammiert. Dein zentrales Nervensystem wurde neu verkabelt.* Was ihr zugestoßen war, hatte sich in ihr eingenistet. Was hatte Hiromi dann an sie weitergegeben? Welche Bürden hatte Hiromi ihrer Tochter aufgeladen? Genau wie Mika hatte auch Hiromi eigene Träume: mit ihrer Familie in Japan zu leben, ein Leben zu führen, das ihr versprochen und dann aufgrund von Umständen, die sich ihrer Kontrolle entzogen, entrissen worden war.

Vielleicht war ihr *ikigai* gar nicht das Leben einer Hausfrau. Hiromi war einmal eine Maiko gewesen. Sie hatte in einem Haus gewohnt, das sie geliebt hatte. Sie hatte ein *Vorher*. Auch sie hatte ein Geisterleben. »Die Wirklichkeit ist verdammt ernüchternd«, stellte Mika fest.

Thomas' Knie drückte sich an ihres. Sie sah ihn an. Plötzlich spürte sie, wie er unter dem Tisch nach ihrer Hand griff. Automatisch streckte sie die Finger aus, und er schob seine Hand in ihre. Einen Moment lang saßen sie einfach so da, Hand in Hand, hielten sich aneinander fest. Mika schossen Charlies Worte durch den Kopf: *Es ist in Ordnung, sich nach etwas zu sehnen ... Es ist in Ordnung, wenn mal etwas schiefgeht ... Die Dinge regeln sich am Ende von ganz allein.*

Schließlich erhob Thomas mit der freien Hand sein Glas. »Auf feste Bindungen.«

Mika stieß mit ihm an. »Auf feste Bindungen.«

*

Das wärmende Glücksgefühl in Mikas Bauch hielt während der Rückfahrt an. Thomas und sie saßen ganz hinten im Kleinbus, und irgendwie landete ihr Kopf an seiner Schulter. Draußen vor dem Fenster verschmolzen die Sterne miteinander wie auf einem Van-Gogh-Gemälde. Sie hörte, wie Charlie und Tuan sich küssten. Wie Hayato Seth etwas zuraunte. Hörte die Verkehrsgeräusche und das leise Klappern der Fenster, wenn der Fahrtwind dagegendrückte.

Vor Charlies Haus stiegen Hayato und Seth in ein Uber um. Thomas fragte Mika, ob sie sich einen Wagen teilen sollten. »Klar«, stimmte sie zu, obwohl es eigentlich keinen Sinn ergab. Mika lebte auf dieser Seite des Flusses, während Thomas' Hotel sich am anderen Flussufer in der Innenstadt befand. Es war dasselbe wie bei seinem letzten Besuch. Aber sie wollte ihn noch ein wenig länger um sich haben. Und falls Thomas bewusst war, dass seine Unterkunft nicht auf Mikas Nachhauseweg lag, ließ er es sich nicht anmerken.

Sie fuhren auf der Rückbank eines SUV zum Hotel. Mika beobachtete das Spiel von Licht und Schatten auf Thomas' Gesicht, während sie mit dem Fahrer über die Route sprach. Ein ansteckender Rhythmus mit viel Bass drang aus den Lautsprechern. Als das Auto über eine Temposchwelle raste, hob es Mika mit einem Aufschrei aus dem Sitz. Thomas streckte die Hand aus und umfasste schützend ihr Knie. »Alles in Ordnung?«

»Alles gut«, murmelte sie. Ihr Mund war völlig ausgetrocknet und schlaff.

Er ließ seine Hand auf ihrem Knie liegen, und als sie über eine Brücke fuhren, rutschte er ein wenig näher heran. Wieder sah er sie fragend an. »Okay?«

»Okay«, bestätigte sie flüsternd. Seine Augen funkelten in der Dunkelheit wie Smaragde. Wärme breitete sich in ihrem Bauch aus.

Als sie vor dem Hotel ankamen, hielt er ihr die Wagentür auf. »Wie wäre es mit einem Schlummertrunk?«

Einer mehr konnte nicht schaden. Wieder stimmte sie zu und glaubte beinahe einen Windstoß auf der Haut zu fühlen, als nun auch noch der letzte Widerstand schwand. Ikarus erhob sich in die Luft.

Wie verzaubert folgte sie Thomas durch die Lobby und in den Fahrstuhl. In der kleinen Kabine war das Licht viel heller, was irgendwie ernüchternd auf sie wirkte. Ein älteres Ehepaar fuhr ebenfalls nach oben. Thomas sah starr geradeaus, während Mika den Blick über seine Brust wandern ließ, bis hinunter zu seinem lose herabfallenden Hemdsaum. Adrenalin und Vorfreude brannten in ihren Adern. Das Pärchen stieg aus, und auf einmal schien die Luft drückend schwer zu sein, voller Magie. Musik dudelte aus den Lautsprechern, irgendein klassisches Stück, das Mika kannte, aber nicht benennen konnte.

Sie fuhren weiter hinauf.

Fünfte Etage.

Sechste.

Siebte.

»Mika.« Der Glanz in Thomas' Augen kam nicht vom Alkohol. Plötzlich umfassten seine Hände ihre Hüften. Sie schob das Kinn in die Höhe. Ihre Lippen trafen sich, erwartungsvoll geöffnet. Fünf spannungsgeladene Stunden voller Gier und Verlangen brachen aus ihnen hervor und verschmolzen miteinander. Wie eine Flutwelle erfasste er sie, und Mika hieß ihn willkommen, schlang ein Bein um seine Taille, als er sie mit dem Rücken gegen die samtige Wandbespannung drückte. Ihre Hände krallten sich in sein Haar. Ping. *Einundzwanzigste Etage,* verkündete eine Computerstimme. Irgendwie schafften sie es, ineinander verschlungen zu bleiben, stolperten Hand in Hand den Flur hinunter. Es war ein langer Flur. Ein zu langer Flur. Irgendwann blieb Thomas stehen und widmete sich wieder Mika. Zwischen zwei Zimmertüren presste er sie an die Wand und fiel noch einmal über ihre Lippen her.

Schließlich beendete er schwer atmend den Kuss und murmelte dicht an ihrem Hals: »Ich habe das Gefühl, dich zu überfallen.«

»Schon okay«, stöhnte Mika. Und das meinte sie ernst. Gott, wie sehr sie ihn wollte. Alles in ihr brannte darauf.

Er begann, an ihrem Ohr zu knabbern, und hielt sie noch fester gepackt. Mika fing an zu stöhnen, als er an ihrem Hals saugte, legte den Kopf in den Nacken, damit er weitermachte. Mehr davon, sie wollte mehr davon. Ja, bitte, vielen Dank. Durch halb gesenkte Lider starrte sie auf die Zimmertür neben sich. Erinnerte sich daran, wie Penny eine solche Tür geöffnet hatte, im Bademantel, und ihre Tampons entgegengenommen hatte. Gnadenlos kehrte die Realität zurück. Er war Pennys Vater. Mika schob die Hand auf seine Brust, packte sein Hemd. »Warte. Hör auf.«

Ihr Verstand fuhr noch immer Karussell, als Thomas sich von ihr löste und einen Schritt zurücktrat. »Ja, natürlich. Tut mir leid.«

»Nein, du musst dich nicht entschuldigen«, sagte Mika hastig. Gerade mal ein halber Meter trennte sie voneinander, und doch schien er so unüberwindbar zu sein wie der Grand Canyon. »Ich denke einfach nur, dass wir das besprechen sollten.«

Unsicher fuhr sich Thomas durchs Haar. »Ja, da könntest du recht haben. Lass uns etwas trinken.«

Mika nickte. »Unten in der Lobby. Ein Drink an der Bar«, präzisierte sie. Denn Thomas plus Mika plus ein Bett war im Moment definitiv keine gute Idee.

Er warf ihr einen angespannten Blick zu. »Dann fahren wir mal wieder runter.«

*

In der Bar wählte Mika den Stuhl gegenüber von Thomas, also so weit wie möglich von ihm entfernt, ohne sich einen eigenen Tisch suchen zu müssen. Er wusste noch, was sie beim letzten Mal getrunken hatte, und bestellte denselben

Rotwein. Wenig später hatten sie ihre Drinks. Dann starrten sie einander eine volle Minute lang wortlos an. Thomas' Finger spannten sich um das Glas. Mika presste ihre Schenkel zusammen und dachte, dass diese Hand eben noch über ihr Bein gestrichen hatte, über ihre Hüfte, und wie es sich wohl anfühlte, wenn sie unter ihr Shirt wanderte.

»Thomas«, begann sie ernst.

»Mika«, entgegnete er, noch immer mit unterdrückter Leidenschaft in der Stimme.

»Wir haben uns geküsst.« Sie setzte sich möglichst gerade hin.

»Ja, das haben wir.« Seit wann war Thomas denn so umgänglich?

»Es hat mir gefallen.«

»Mir auch.« Ohne sie aus den Augen zu lassen, nahm er einen Schluck von seinem Scotch. »Und ich würde dich gerne noch öfter küssen.«

Nervös fuhr sich Mika mit der Zungenspitze über die Zähne. »Mir geht es genauso.« Thomas grinste verschlagen. »Aber was ist mit Penny?« So, nun hatte sie es gesagt. Sie hatte den Elefanten gestupst, der im Raum stand.

Er seufzte schwer, und die Lust verschwand aus seinen Augen. »Ja, was ist mit Penny?«, murmelte er.

Mika fummelte am Fuß ihres Weinglases herum, die Anspannung schlug ihr auf den Magen. »Ich arbeite mit aller Kraft daran, eine gute Beziehung zu ihr aufzubauen, und ich will sie auf keinen Fall verlieren. Aber das mit uns ...« Mika musste nicht mehr sagen, ihre raue Stimme verriet auch so, wie sehr sie ihn wollte.

»Ich spüre das auch«, versicherte Thomas. »Offensichtlich ist da etwas zwischen uns.« Diese Feststellung sorgte dafür, dass Mika sich ein wenig entspannte. Es war also nicht bloß Einbildung. Er empfand dasselbe. Thomas mochte sie tatsächlich.

Er beugte sich über den Tisch, nahm ihre Hand und drehte sie um, sodass er mit dem Daumen ihre Handfläche streicheln konnte. »Wenn du es Penny sagen möchtest, können wir das tun. Aber ich finde, wir sollten es erst einmal für uns behalten. Es ist offensichtlich, dass wir uns zueinander hingezogen fühlen und viel Spaß miteinander haben.« Er befeuchtete seine Lippen. »Lass uns das erst mal nur zu zweit erkunden. Wenn sich herausstellt, dass es etwas Ernstes ist, dann – «

»Dann sagen wir es ihr«, unterbrach Mika ihn.

»Dann sagen wir es ihr«, bekräftigte er feierlich.

Mika nickte langsam. »Also gut.«

Er lächelte, sie lächelte zurück. Flauschige Zufriedenheit umgab sie. Sie genossen ihre Drinks, und Thomas verabschiedete sie vor dem Hotel mit einem langen, zärtlichen Kuss. Er hielt ihr die Autotür auf, als sie ins Taxi stieg. »Wir sehen uns dann morgen«, sagte er.

»Morgen?« Mika fielen fast schon die Augen zu, so müde war sie.

»In der Kirche? Mit Penny und deinen Eltern?«, rief er ihr in Erinnerung.

Schlagartig war Mika wieder wach. »Genau.« Thomas beugte sich zu ihr, küsste sie noch einmal und warf die Autotür zu. Als der Wagen davonfuhr, berührte Mika verträumt ihre Lippen. In ihrem Kopf kreiste nur ein Wort, ein Wort voller berauschender Möglichkeiten: *vielleicht, vielleicht, vielleicht.*

Kapitel SECHSUNDZWANZIG

Am nächsten Morgen wurde Mika durch eine Nachricht von Thomas geweckt. **Habe gestern beim Einschlafen an dich gedacht.**

Sie rollte sich auf den Rücken. Ihr Schädel pochte ein wenig, doch das war nichts im Vergleich zu dem, was Thomas' Worte mit dem Rest ihres Körpers anstellten. Und schon piepte ihr Telefon erneut. **Habe ich deiner Freundin wirklich ihre Spielkarten geklaut?**

Mika grinste breit. **Jawohl. Und du hast eine Baskenmütze getragen.**

Was der Baskenmütze sicher viel Freude bereitet hat, antwortete er.

Ganz bestimmt. Wieder sah sie vor sich, wie Thomas die Mütze mit einem entspannten Grinsen aufgesetzt hatte. Sie gönnte sich einen verträumten Moment, in dem sie sich vorstellte, er wäre jetzt hier bei ihr im Bett. Dann piepte es wieder.

Ich fahre gleich los, um Penny abzuholen. Schickst du mir bitte die Adresse der Kirche?

Ruckartig setzte Mika sich auf. Die Kirche. Thomas würde ihre Eltern kennenlernen. Und Penny würde da sein. Mit einem Mal war diese einfache Sache schrecklich kompliziert geworden. Würde Penny merken, dass sich die Beziehung zwischen Thomas und ihr verändert hatte? Ihr Telefon meldete sich wieder; Thomas hatte noch eine

Nachricht hinterhergeschickt. **Bist du da? Penny freut sich schon.**

Ich bin da, antwortete Mika, während sie hektisch Klamotten vom Boden aufhob, prüfend daran roch und sie dann wieder fallen ließ. Sie schickte eine Nachricht mit der Kirchenadresse. **Bis gleich.**

*

Frisch geduscht, mit einem Kaffee to go in der Hand, hielt Mika vor der Kirche ihrer Eltern. Fröhlich winkte sie Thomas und Penny zu, die vor dem Eingang warteten.

»Hi«, begrüßte sie die beiden, nachdem sie ausgestiegen war. Ihre Haarspitzen waren noch nass, und in der Eile verschüttete sie etwas Kaffee. Verlegen leckte Mika den Becherrand ab.

»Hi«, sagte Thomas voller Wärme. Beide beugten sich vor, als wollten sie sich umarmen, hielten dann aber inne. Penny stand daneben und beobachtete sie. Rasch legte Thomas seiner Tochter den Arm um die Schultern und zog sie an sich.

»Ach, Dad.« Genervt verdrehte Penny die Augen und trat zur Seite. »Ich werde mal nachsehen, ob Hiromi und Shige schon drin sind.« Fröhlich marschierte sie durch die Kirchentür.

Mika und Thomas folgten etwas langsamer. In dem dunkelblauen Anzug mit passender Krawatte sah er wirklich atemberaubend aus, gleichzeitig fragte sich Mika, was sich wohl darunter verbarg. Ihre Gedanken wanderten zurück zu ihrer Aufzugfahrt, zu dem Hotelflur. Wie seine kräftigen Hände ihre Hüften gepackt hatten. Wie er einen Pfad aus Küssen über ihren Hals gezogen hatte. Apropos Hals … die

Spiegelung in der Glastür verriet ihr, dass dieser einen verräterischen roten Fleck aufwies, das Ergebnis von Thomas' Bartstoppeln auf ihrer Haut. Panisch verdeckte sie ihn mit der Hand.

Thomas grinste nur. Er *grinste*. »Gut geschlafen?«, fragte er ohne eine Spur von Reue.

»Wie ein Baby«, schoss sie zurück. Sie rieb hastig über den Fleck. »Und selbst?«

»Zuerst habe ich mich ein bisschen herumgewälzt, aber dann bin ich eingeschlafen.«

»Ich habe sie gefunden.« Penny war zurück. »Sie sitzen bereits drin, haben uns aber Plätze freigehalten, in der zweiten Reihe. Los jetzt«, sagte sie mit diesem Ihr-seid-viel-zu-langsam-Tonfall. Mika verriet ihr nicht, dass ihre Eltern immer zu früh kamen und auch immer auf denselben Plätzen saßen. »Und denk dran, Dad, die beiden sind nicht so der Kuscheltyp. Wenn sie sich zur Begrüßung verbeugen, mach es ihnen einfach nach.«

»Verstanden.« Thomas nickte, und eine Locke fiel ihm in die Stirn wie ein Tintenklecks. Am liebsten hätte Mika sie aus seinem Gesicht gewischt.

Sie betraten den Kirchenraum, wo Mikas Eltern wartend in ihrer Reihe standen. Als Mika den Gottesdienst das erste Mal mit ihnen besucht hatte, waren sie vom alten Pastor zum Neujahrsbuffet in der darauffolgenden Woche eingeladen worden. Das hatte in Hiromi stille Glücksgefühle ausgelöst. Zu diesem Zeitpunkt hatten sie schon einige Monate in den USA gelebt, waren aber sozusagen allein umhergeirrt. Nun hatte ihre kleine Familie endlich einen Ort gefunden, an dem sie willkommen war.

Tagelang hatte Hiromi *osechi ryori* vorbereitet, das sie zu dem Neujahrsbuffet beisteuern wollte. Mika ging ihr beim

Verpacken der Speisen zur Hand. Jedes Teil – Omeletteröllchen, Fischküchlein, eingelegte Lotoswurzel – wurde wie eine kleine Kostbarkeit in die Lackbehälter gelegt. Am Morgen des großen Tages half sie ihrer Mutter dabei, ihren besten Kimono anzulegen. Shige trug Anzug. Als sie in der Kirche eintrafen, war es, als hätte jemand die Nadel von der Schallplatte genommen. Niemand hier trug Kimono. Trotzdem blieben sie bis zum Schluss, denn die Gemeinde hieß sie freundlich willkommen, sie wurden warmherzig aufgenommen. Zu Hause half Mika ihrer Mutter aus dem Kimono und sah dabei zu, wie Hiromi ihn sorgfältig faltete: erst die Seiten, dann mehrmals übereinander wie ein Origamiblatt. Anschließend verstaute sie ihn in einer Plastikkiste im Schrank. Sie hat ihn nie mehr getragen.

Thomas begrüßte Mikas Eltern. »Es freut mich sehr, Sie kennenzulernen. Vielen Dank, dass Sie Penny so freundlich bei sich aufgenommen haben.«

»Aber natürlich, natürlich.« Ein höfliches Lächeln umspielte Hiromis Lippen.

Shige streckte ihm die Hand entgegen. Falls Thomas überrascht war, ließ er es sich nicht anmerken. Er schüttelte sie, ohne zu zögern. Pastorin Barbara stand jetzt auf der Kanzel, und sie setzten sich – Mika neben ihrer Mutter, Penny zwischen Mika und Thomas. Noch nie hatte Mika jemanden zum Gottesdienst mitgebracht. Leif nicht und Hana genauso wenig. Das war also wildes, unerforschtes Neuland für sie.

»Es ist so schön, Sie heute alle hier zu sehen, insbesondere die neuen Gesichter unter uns«, begann Pastorin Barbara.

Hiromi stieß Mika mit dem Ellbogen an. »Er ist sehr groß«, flüsterte sie auf Japanisch.

»Hai«, antwortete die. *Ja.*

»Zu groß«, sagte Hiromi, wieder auf Japanisch. »Man kann ihm kaum in die Augen sehen, wenn man mit ihm spricht. Die perfekte Größe für einen Mann ist weniger als ein Meter achtzig. Dein Vater ist ein Meter neunundsechzig groß.«

Da Mika nicht wusste, was sie darauf erwidern sollte, sagte sie nichts. Die Predigt ging zu Ende, anschließend sangen sie ein paar Lieder über Freundschaft. Zum Schluss kamen die Bekanntmachungen. »Wir nähern uns mit großen Schritten dem Obon-Fest, für das wir übrigens noch Tänzerinnen brauchen.«

Wieder stieß Hiromi ihre Tochter an. »Du solltest mitmachen«, sagte sie, diesmal absichtlich auf Englisch, damit Penny es mitbekam. Den Tanzunterricht aufzugeben, war Mikas erster Akt der Rebellion gegen ihre Mutter gewesen. Damals hatte sie sich geweigert, ins Auto zu steigen, als sie zur Tanzstunde fahren wollten. Mit verbissener Miene hatte sie sich von ihrer Mutter losgerissen, mit dem Fuß aufgestampft und laut »Nein« geschrien.

Jetzt sagte Mika nur leise: »Wohl eher nicht.«

Penny drehte sich zu ihr um. Für einen Moment sah es so aus, als wollte sie etwas sagen, doch sie wurde durch die Abschiedsworte der Pastorin daran gehindert. Nach dem Gottesdienst stürzten sich Penny und Mika voller Begeisterung auf das Süßigkeitenbuffet. Pastorin Barbara trat zu ihnen, um sich vorzustellen. »Vielen Dank, dass Sie heute bei uns waren«, sagte sie an Thomas gewandt. Der nippte an einer Tasse grünem Tee und wirkte vollkommen entspannt, obwohl er aus der Menge herausragte wie eine Birke unter lauter Bonsai. Penny hingegen war voll in ihrem Element, sie grinste ununterbrochen.

Mrs. Ito kam zu ihnen herüber, Hiromis Erzfeindin. Höflich verbeugte sie sich vor Hiromi. »Suzuki-san, wie geht es Ihnen? Ich bin gekommen, um Ihre Gäste zu begrüßen.«

Mika schob sich dichter an Penny heran. »Mrs. Ito, das sind meine Tochter Penny und ihr Vater Thomas.«

Mrs. Ito riss den Mund auf und schloss ihn wieder. Dann sagte sie lächelnd: »Oh, ich verstehe. Das ist so eine Große-Schwester-kleine-Schwester-Sache.«

»Nö«, widersprach ihr Mika. »Ich bin mit achtzehn schwanger geworden und habe mein Baby zur Adoption freigegeben. Penny ist meine leibliche Tochter.«

»Und meine Enkelin«, verkündete Hiromi stolz, was ihr einen irritierten Seitenblick ihrer Tochter einbrachte. Na dann.

»Und Thomas ist ihr Adoptivvater«, ergänzte Mika.

»Also …« Mrs. Itos Augen begannen zu funkeln. *Was für ein saftiger Happen Klatsch! Wie komme ich hier jetzt möglichst schnell weg, um es überall herumzuerzählen?* »Das ist ja wundervoll! Ich hätte es wissen müssen. Sie sehen sich wirklich unglaublich ähnlich.« Mika hatte es gehasst, wenn die Leute sagten, sie sähe aus wie Hiromi, da sie immer nur die Fehler ihrer Mutter vor Augen hatte. »Anscheinend haben Sie auch denselben gesunden Appetit.« Vielsagend blickte Mrs. Ito auf Pennys und Mikas Teller.

Aus den Augenwinkeln sah Mika, wie Thomas sich anspannte und von einem Fuß auf den anderen trat. Sie deutete ein Kopfschütteln an. Besser nicht einmischen.

»Penny ist Läuferin«, ging Hiromi dazwischen, »sie braucht viel Energie. Und Mika ist jung, sie kann es sich noch eine Weile leisten, zu essen, was sie will. Wussten Sie, dass Sie inzwischen für Nike arbeitet? In einer Schlüsselposition.« Mika würde ihre Stellung niemals als Schlüsselposition bezeichnen, doch sie wusste, dass man Hiromi besser nicht korrigierte, wenn sie erst einmal Fahrt aufgenommen hatte. »Den lieben langen Tag ist sie auf dem riesigen Firmengelände unterwegs. Sie arbeitet so hart, dass ich mir manchmal Sorgen mache, ob sie überhaupt genug isst. Letzte Woche erst wollte ich ihr vom Gottesdienst ein paar Butterkekse mitbringen, aber die hat Ihr Sohn Kenji ja alle eingesteckt. Wozu er wohl so viel Gebäck gebraucht hat? Er lebt doch noch immer allein, oder? Vielleicht waren sie ja für seine Katzen gedacht.«

Mrs. Itos Augen funkelten, Hiromis ebenso. Während die beiden kleinen, zart gebauten Japanerinnen sich gegenseitig niederstarrten, musste Mika plötzlich an den Film *Gladiator* denken, an den großen Showdown zwischen Russell Crowe und Joaquin Phoenix. *Mein Name ist Maximus Decimus Meridius ...*

»Werde ich Sie denn alle beim Obon-Fest begrüßen dürfen?«, schaltete sich Pastorin Barbara hastig ein. Im Laufe der Jahre hatte sie mit Mrs. Ito und Mrs. Suzuki schon einiges mitgemacht. Mika fragte sich, ob alle Mütter versuchten, einer Jobbeschreibung zu entsprechen, die nicht von ihnen entworfen worden war.

»Ich glaube nicht, dass –«, begann Hiromi stirnrunzelnd. Penny ließ den Kopf hängen, während auf Mrs. Itos Gesicht ein triumphierendes Lächeln erschien.

»Wir kommen gern«, verkündete Mika entschlossen. Sie spürte Hiromis Verunsicherung, als wäre es ihre eigene. »Und wir werden mittanzen.«

»Ach ja?«, fragte Penny verblüfft.

»Ja.« Mika nickte bekräftigend. »Ich werde dir die nötigen Schrittfolgen beibringen, immer abends. Wir haben ja noch zwei Wochen Zeit.« Sie schubste Penny mit dem Ellbogen. »Okay?«

»Okay.« Penny begann zu strahlen. »Dann musst du an dem Wochenende aber unbedingt wieder herkommen, Dad.«

Nun strahlte Thomas ebenfalls. Er warf Mika einen durchdringenden Blick zu, und sie schenkten einander ein verstohlenes Lächeln, bevor er sich seiner Tochter zuwandte. »Das würde ich um nichts in der Welt verpassen wollen, Kleines.«

Kapitel SIEBENUNDZWANZIG

Am Mittwoch verließ Mika um Punkt fünf das Büro. Sie holte Penny an ihrem Wohnheim ab und winkte Devon zu, während ihre Tochter in den Wagen stieg. Zu Hause bestellten sie sich etwas zu essen und stopften sich mit Frühlingsrollen voll, während Mika Penny eine Einführung in den Bon-Odori gab. Dass die genau festgelegten Bewegungen von Generation zu Generation weitergegeben wurden. Dass viele glaubten, an diesem heiligen Tag mit ihren Ahnen zusammen zu tanzen. Ob Penny sich das vorstellen könne? Geister aus längst vergangenen Zeiten an ihrer Seite zu haben? Die ihre Hände führten, wenn sie sie dem Himmel entgegenstreckte?

»Warte kurz«, bat Mika, als ihr Telefon piepsend eine neue Nachricht meldete. Sie war von Thomas. Er hatte eine der Karteikarten abfotografiert, auf der die Frage stand: *Hast du eine geheime Ahnung, wie du einmal sterben wirst?*

Du hast sie mit nach Hause genommen?, antwortete Mika. **Sie aus dem Bus zu entwenden, ist eine Sache, aber das ist eine Hinterhältigkeit der Stufe 2.** Mit einem Blick überzeugte sie sich davon, dass Penny weiter ihre Schritte übte. Das Mädchen wirbelte elegant herum, ihr schwarzes Haar breitete sich wie ein dunkler Fächer aus. **Bei mir wird es bestimmt etwas extrem Peinliches. Vielleicht ertrinke ich in einer Toilette**, tippte sie dann. **Und bei dir?**

Offenbar hatte er seine Antwort bereits vorbereitet. **Von einem Bären gefressen. Definitiv.**

Mika lachte laut auf. **Ich wusste gar nicht, dass es in Ohio so viele Bären gibt.**

Du hast ja keine Ahnung ..., schrieb Thomas zurück.

Penny hielt inne und sah fragend zu ihr herüber. Sie hatte Mikas Glanz in den Augen bemerkt, das verspielte Lächeln in ihrem Gesicht.

»Hana«, log Mika und legte das Telefon weg. »Tut mir leid.« Sie war hin- und hergerissen. Natürlich hätte sie Penny deswegen nicht anlügen sollen. Sie fühlte sich schuldig, war aber auch nicht bereit, mit Penny über die Beziehung zwischen Thomas und ihr zu sprechen. »Versuch diese letzte Schrittfolge noch einmal. Dabei musst du Richtung Horizont blicken, nicht nach unten.« Penny nickte und machte sich wieder ans Werk.

Am Freitagabend übten die beiden wieder. »Wollen wir morgen was zusammen machen?«, fragte Penny, als Mika sie hinterher am Wohnheim absetzte.

»Klar. Ruf einfach an, ich bin da.«

»Cool.« Gerade als Penny die Autotür zuwarf, klingelte Mikas Handy und Thomas' Name erschien auf dem Display. Sie wartete ab, bis Penny im Haus verschwunden war, dann erst nahm sie den Anruf an.

»Hi«, meldete sie sich.

»Hi«, erwiderte Thomas.

»Ich habe gerade Penny nach Hause gebracht. Äh ... falls du anrufst, weil du sie nicht erreichen konntest.« Mika blieb im geparkten Auto sitzen. Die letzten Sonnenstrahlen lugten über den Horizont. Mit der Dämmerung kam die Stille, eine umfassende Ruhe, die Mika liebte.

»Ich habe heute schon mit Penny gesprochen.« Im Hintergrund klimperte etwas. Eiswürfel, die in ein Glas fielen.

»Ach ja?«

»Ja. Ich wollte mit dir sprechen.« Thomas zögerte kurz. »Ist das okay?«

Ein Lächeln zupfte an Mikas Mundwinkeln. »Ja, das ist okay.«

»Gut.«

»Wie war dein Tag?« Mika lehnte sich im Autositz zurück, vollkommen zufrieden damit, noch eine Weile dortzubleiben.

Thomas seufzte. »Mein Tag ist noch nicht zu Ende, ich bin im Büro. Kann sein, dass ich heute hier übernachten muss.«

»Du klingst müde«, sagte Mika.

»Das bin ich auch. Mein aktueller Fall ist wesentlich aufwendiger als gedacht. Ich vertrete eine Designfirma, die eine große Kaufhauskette verklagt, weil sie eine Grafik von ihnen verwendet hat. Eigentlich ist so etwas immer schnell erledigt, weil große Firmen sich normalerweise lieber auf einen Vergleich einlassen, als es auf einen Prozess ankommen zu lassen. Aber dieser Konzern hat anscheinend beschlossen, die Schlacht bis zum letzten Mann auszufechten«, erklärte er. »Aber egal. Bist du bereit für die nächste Karte?«

»Jawohl, bin ich.« An der Straße gingen nach und nach die Laternen an.

»›Teile mit deinem Spielpartner einen der peinlichsten Momente deines Lebens‹«, las Thomas vor.

Mika stöhnte gequält. »Ich passe.«

»Du kannst nicht passen«, bestimmte er. »Aber wenn du dich dadurch besser fühlst, werde ich anfangen.«

»Ich bin ganz Ohr.«

»Auf dem College habe ich eine Wette verloren, und nun habe ich ein kleines Tattoo an meiner Hüfte.«

»Welches Motiv?«

»Einen Tyrannosaurus Rex, der versucht, sich die Schuhe zu binden.« Er sagte nichts für einen Moment. »Meine Freunde fanden das zum Schreien komisch. Du weißt schon, weil der T. Rex doch so kurze Arme hat.«

Fast schon gegen ihren Willen musste Mika lachen. »Ah, jetzt habe ich es kapiert.«

»Du bist dran.«

»Na ja.« Zögernd fuhr Mika mit der Hand über das Lenkrad. »Mein Vater hat mit uns einen Campingausflug gemacht, als ich zehn war.« Hiromi hatte es gehasst. »Vermutlich war das seine Art, sich anzupassen. Er wollte etwas tun, das typisch amerikanisch war. Ich musste jedenfalls dringend aufs Klo, allerdings war das ein echt primitiver Campingplatz, und es gab keine Toiletten.« Mit glühenden Wangen hielt Mika inne. »Muss ich wirklich?«

»Ja, du musst«, sagte Thomas liebevoll. »Ich kann erst weiterarbeiten, wenn ich den Rest gehört habe.«

»Verdammt, also schön. Ich habe die Schuhe meines Vaters übergezogen, bin in den Wald gegangen und habe mich hingehockt, allerdings … habe ich nicht mit einkalkuliert, wie lang seine Schuhe waren, und habe voll draufgepinkelt.« Mika schloss die Augen und gab sich der heißen Scham hin, die über sie hinwegflutete.

Thomas lachte unbeschwert. »Wie haben deine Eltern reagiert?«

»Gar nicht. Ich habe die Schuhe im Wald vergraben und die Ahnungslose gespielt, als sie am nächsten Morgen danach gesucht haben.« Irgendwo im Mt. Hood National

Forest hatte ein Paar Adidas-Latschen seine letzte Ruhestätte gefunden.

Nach diesem Abend gab es keine Textnachrichten mehr. Mika rief Thomas an, oder Thomas rief Mika an. War sie tagsüber im Büro, hinterließ er ihr Nachrichten auf der Mailbox. *Hey, musste gerade an dich denken. Mir ist etwas Saukomisches passiert ... Was ich dir noch erzählen wollte ...* Sie aßen via Telefon zusammen zu Abend und redeten anschließend bis tief in die Nacht, beschritten gemeinsam den Pfad der Fragekarten.

»Gibt es etwas, das du schon immer mal machen wolltest?«, fragte Thomas eines Abends.

Mika rollte sich zusammen. Sie lag in ihrem dunklen Schlafzimmer, draußen vor dem Fenster hing der Mond wie festgenagelt am Himmel. »Früher einmal wollte ich auf Reisen gehen. Zuerst nach Paris. Den Louvre besichtigen und das Musée d'Orsay.«

»Warum hast du es nicht getan?« Am anderen Ende der Leitung raschelte es. Lag Thomas etwa auch im Bett?

»Keine Ahnung.« Sie schob eine Hand unter das Kopfkissen. Wie es wohl wäre, mit Thomas in einem Bett zu liegen? Den Kopf an seine Schulter zu legen? Seinen warmen Atem in den Haaren zu spüren? Es wäre schon schön, jemanden zum Anlehnen zu haben.

»Ist es am Geld gescheitert?«, fragte er weiter.

»Nein, eher an den Umständen.« Peter hatte sie gelehrt, dass die Welt ein grausamer, liebloser Ort war. Es gab zu viele Schatten, in denen die Menschen sich verstecken konnten. Zu viele steile Klippen, von denen man stürzen konnte.

»Möchtest du das näher erläutern?«

»Eigentlich nicht. Was wäre es denn bei dir?«

»Reisen klingt auf jeden Fall gut. Ich spiele mit dem Gedanken, die Kanzlei aufzugeben. Mit Familie war sie die richtige Wahl, aber jetzt habe ich ja wieder mehr Zeit für mich, und ich bin finanziell gut genug aufgestellt, um mich an etwas Neues zu wagen. Auch wenn ich nicht ganz sicher bin, was das sein soll.«

»Eine Karriere als Kajakprofi?«, schlug Mika grinsend vor.

»Vielleicht. Aber ich habe auch meine Elbisch-Pläne noch nicht ad acta gelegt.« Ein leises Schaben, Papier auf Papier. »›Wärst du gerne berühmt, und wenn ja, wofür?‹« Eine neue Karte also. Thomas antwortete als Erster: »Ich denke eher nicht. Eigentlich bin ich ganz zufrieden im Hier und Jetzt, mit dem, was ich erreicht habe. Und du?«

Mikas Finger krümmten sich, griffen nach einem imaginären Pinsel. »Berühmt? Ich weiß nicht. Aber erfolgreich schon, ja, vielleicht auch einigermaßen bekannt. Früher … Früher habe ich gemalt.« *Ich habe selten jemanden mit einer größeren Begabung gesehen.* Das hatte Marcus gesagt. Mika seufzte schwer. »Aber das war nur ein Hobby.«

»Klingt irgendwie nicht so.« Thomas' Stimme wurde noch ein wenig tiefer. »Jetzt verstehe ich auch, warum es Paris sein muss. Ich kann mir uns beide dort gut vorstellen«, fügte er hinzu.

Mikas Herz klopfte bis zum Hals. »Na, die Baskenmütze hast du ja schon«, scherzte sie, doch der Gedanke blieb hängen. Kurz wagte sie zu träumen. Bisher hatte sie sich immer nur allein in den mit Kopfsteinpflaster ausgelegten Gassen gesehen. Aber vielleicht war ja doch jemand bei ihr. Hielt ihre Hand. Trank mit ihr unter einem rot gestreiften Sonnenschirm Kaffee. Küsste sie vor dem Louvre.

»Dann ist es also abgemacht. Du, ich und Paris.«

Seine Worte klangen verlockend wie Sirenengesang. Mika atmete einmal tief durch. »Geht klar, Thomas«, sagte sie, überglücklich, aber schon fast im Halbschlaf. »Du und ich. Paris, wir kommen.« Mit einem Lächeln auf den Lippen schlief sie ein.

*

Die Zeit trudelte so dahin. Mika und Penny veranstalteten einen Altweibertag: Sie legten ein Tausend-Teile-Puzzle, machten Nickerchen auf der Couch, gingen zum Bingo im Gemeindesaal und aßen um fünf Uhr nachmittags zu Abend. Penny beherrschte nun den Bon-Odori, was sie mit einer Übernachtungsparty feierten, bei der es heiße Tamales und rote Lakritzstangen gab, untermalt von den Sendungen eines Shoppingkanalpaars, das sie beide abgöttisch liebten.

»Die sehen aus wie Bruder und Schwester«, stellte Mika fasziniert fest.

»Und was verkaufen sie da? Vitaminpulver? Damit die Leute kein Gemüse mehr essen müssen?«, rief Penny.

»Ich kann einfach nicht wegsehen.«

»Ja, nicht wahr? Als wäre man hypnotisiert.«

Zwei Tage vor dem Obon-Fest rief Thomas an. »Hi«, meldete sich Mika. »Was machst du gerade?« Sie selbst saß mit unterschlagenen Beinen auf der Couch. Eine einzelne Lampe brannte, draußen ging gerade die Sonne unter.

»Ehrlich gesagt bin ich eben erst nach Hause gekommen«, antwortete er. »Und jetzt gehe ich die Post durch, was ich schon die ganze Woche vor mir hergeschoben habe.«

»Soll ich dich später zurückrufen?«

»Nein, ich – « Er verstummte.

»Alles okay?«

»Alles gut«, sagte er nach einer sehr, sehr langen Pause. »Hier ist ein Brief von Adoption Across America.«

»Ach?« Mika beugte sich vor. Wie merkwürdig und wunderschön ihre kleine Welt doch war.

»Vermutlich ist das nur das Erinnerungsschreiben, weil bald mein Jahresbericht an dich fällig ist.«

»Kann es kaum erwarten. Ich werde jeden Tag in den Briefkasten schauen, ob deine fünf Zeilen über Penny schon da sind.« Das klang schärfer als beabsichtigt und auch ein wenig schriller. Thomas' knapp abgefasste Briefe waren einfach so vollkommen anders gewesen als die von Caroline. Bei Caroline hatte Mika beinahe das Gefühl gehabt, ihre mitfühlende Stimme zu hören, Balsam für ihr verwundetes Herz. *Mach dir keine Sorgen, ich passe gut auf deine Tochter auf. Du kannst ganz beruhigt sein. Ich liebe sie genauso, wie du sie liebst.*

Thomas holte tief Luft. »Ich meine, da einen Unterton gehört zu haben. Haben dir meine Briefe denn nicht gefallen?« In seiner Stimme schwang ein Stirnrunzeln mit, er schien irritiert zu sein.

Nervös spielte Mika an ihren Zehen herum. »Carolines Briefe waren immer … länger. Sie haben mir eher das Gefühl gegeben, ein Teil von Pennys Leben zu sein.«

»Und bei meinen war das nicht so?«

Mika seufzte schwer. »Nein, überhaupt nicht.« Am liebsten hätte sie sich für ihre Worte entschuldigt, hätte Ausreden für ihn gesucht. Hätte gesagt: *Schon okay, du hattest sicher viel um die Ohren.* Noch vor einem halben Jahr hätte sie die Sache auf sich beruhen lassen, aber durch Thomas und Penny, durch alles, was passiert war und sich momentan zwischen ihnen entwickelte, fühlte Mika sich irgendwie größer. Mutiger. Eher bereit, auch mal etwas einzufordern. Etwas zu wollen.

Die Stille in der Leitung zeigte ihr, dass Thomas seine Worte sorgfältig wählte. »Scheiße, das tut mir leid.« Er klang unsicher, eine Mischung aus Bedauern und Furcht. »So etwas fällt mir nicht unbedingt leicht. Ich habe es immer nur mit Vertragsklauseln und knappen Formulierungen zu tun. Warum sechs Wörter, wenn man dasselbe auch mit zweien ausdrücken kann?« Er lachte hilflos. »Aber das war gedankenlos von mir. Ich war ein Arschloch.«

»Na ja, als Arschloch würde ich dich nicht bezeichnen.« Jetzt nicht mehr.

»Verzeihst du mir?«

Mika holte tief Luft. Das würde die Verletzung nicht unbedingt heilen. So vieles im Leben ihrer Tochter verpasst zu haben, hatte eine Wunde hinterlassen, die sich niemals wirklich schließen würde. Und Thomas hatte dazu beigetragen, indem er ihr Dinge vorenthalten hatte. Aber trotz allem ... Der Wind des Zorns, der Mikas Segel gefüllt hatte, erstarb. »Ist schon vergessen.«

»Okay.« Thomas klang nicht überzeugt. »Bist du bereit für die nächste Karte? Es ist die letzte.«

Mika lehnte sich zurück und bohrte die Zehen in die Kante des Couchtischs. »Ich bin bereit.«

»›Beende folgenden Satz: Ich wünschte, ich hätte jemanden, mit dem ich ...‹« Er verstummte.

Mikas Antwort kam prompt: »Die kleinen Dinge teilen könnte. Gute Tage, schlechte Tage, Lieblingsfernsehsendungen, peinliche Geschichten.« Sie spürte, wie sie rot wurde. Denn eigentlich, wenn sie ganz ehrlich war, hatte sie in letzter Zeit genau diese Dinge mit Thomas geteilt.

Es ließ sich nicht länger leugnen: Thomas hatte einen festen Platz in Mikas Leben. Sie steckte da jetzt drin. Bis zum Hals. Beinahe glaubte sie, glühende Hitze auf ihrer ausgestreckten Hand zu spüren. Ikarus, der sich der Sonne näherte. Sie berührte. Wie gut sich das anfühlte, diese Wärme, dieses Licht. Wer würde das nicht für immer in sich aufsaugen wollen?

Als Thomas antwortete, umfingen seine Worte sie wie eine schützende Umarmung. »Genauso geht es mir auch.«

Kapitel ACHTUNDZWANZIG

Am Abend vor ihrer Tanzaufführung fuhren Mika und Penny quer durch die Stadt zu Shige und Hiromi. »Ich habe die Kimonos schon seit Jahren nicht mehr rausgeholt«, erklärte Hiromi, als sie die Plastikkiste aus ihrem Schrank wuchtete. Ihre Bewegungen wirkten flüssiger als sonst, unbeschwerter. Als wären die ständigen Schmerzen in Hüfte, Knien und Rücken verschwunden. Als wäre sie wieder jung. Hatte Mika ihre Mutter jemals so fröhlich erlebt? Dann fügte Hiromi hinzu: »Nicht mehr, seit Mika das Tanzen aufgegeben hat.« Ach ja, da war also der zu erwartende Seitenhieb. Wenn Mika getanzt hatte, war immer ein verhaltenes Strahlen in Hiromis Blick gewesen. Stolz. Was Mika sehr schnell wieder zunichtegemacht hatte. *Ihr seid wie zwei Flammen, die alles um sich herum niederbrennen,* hatte Shige gesagt. Lange hatte Mika sich eingeredet, sie habe das Tanzen aufgegeben, um sich besser auf ihre anderen Ziele konzentrieren zu können, vor allem auf die Malerei, aber in Wahrheit hatte sie es aus Trotz getan. Um Hiromi so zu verletzen, wie diese sie verletzt hatte.

»Lass mich.« Sie nahm Hiromi die schwere Kiste ab und stellte sie auf dem Bett ihrer Eltern ab, das mit einem Quilt bedeckt war. Als sie den Deckel abnahm, stieg der Geruch von Mottenkugeln auf.

Neugierig spähte Penny hinein. »Die sind wunderschön.« Obenauf lag der Kimono, den Hiromi zu dem Neujahrsfest in der Kirche getragen hatte, als Mika sechs gewesen war. Ombriertes Rosa, das in ein kräftiges Violett überging, verziert mit handgestickten Kranichen. Mika konnte sich noch gut daran erinnern, wie sie sich als Kind an das Bein ihrer Mutter geschmiegt und die Stickerei an ihrer Wange gespürt hatte.

»Die Yukata sind ganz unten«, sagte Hiromi. Zum Obon-Tanz würden sie leichtere Baumwollkimonos tragen. Als Hiromi den obersten Kimono herausnahm, zitterten ihre Hände. Vielleicht musste sie wieder daran denken, dass sie einst eine Maiko gewesen war, ein strahlender Stern. Nachdem sie drei Yukatas aus der Kiste geholt hatte, half sie Mika und Penny dabei, sie anzuziehen. Zuerst kam das einfache weiße Unterkleid, dann der eigentliche Yukata.

»Arme hoch und ausstrecken«, wies Hiromi Penny an. Mika sah plötzlich sich selbst im Alter von dreizehn dort stehen: die Arme ausgestreckt, den Saum der Kimonoärmel zwischen den Fingern, die Füße von Stoffbahnen bedeckt. Und nicht in der Lage, stillzuhalten. Penny hingegen verharrte reglos wie eine Statue und nahm Hiromis Worte so hingebungsvoll auf wie eine Weissagung. Nun faltete Hiromi den Kimono am Bauch so lange zusammen, bis der untere Saum genau auf Höhe der Knöchel hing. »Und jetzt wickeln«, erklärte sie, während sie die rechte Seite des Yukatas geschickt an Pennys linker Hüfte feststeckte, um dann mit der anderen Seite ebenso zu verfahren. Mit einem violetten Band verschloss sie den Yukata. Nun fehlte nur noch der Obi. Wieder wurden in Mika Kindheitserinnerungen geweckt – nervöses Gezappel nach dem langen Stillstehen, das beklemmende Gefühl, keine Luft mehr zu bekommen, wenn der Obi fest um ihren Bauch gewickelt und dann zu einer perfekten Schleife gebunden wurde. Nun machte Hiromi dasselbe bei Penny. Mikas Augen wurden feucht, ohne dass sie gewusst hätte warum. Doch als Penny sie ansah, glänzten auch in ihren Augen Tränen. Mika spürte, wie ihr das Herz aufging.

»Wie sehe ich aus?«, fragte Penny unsicher.

»Sieh selbst«, antwortete Hiromi nur. In der Zimmerecke stand ein Ganzkörperspiegel. Die drei Frauen gingen hinüber.

Da waren sie also. Hiromi trug noch Alltagskleidung, aber Penny und Mika erstrahlten in ihren makellos gebundenen Yukatas, die langen schwarzen Haare fielen ihnen wie ein dunkler Wasserfall über die Schultern. »Für das Fest stecken wir euch die Haare auf«, entschied Hiromi und holte eine Hana Kanzashi aus der Plastikkiste, eine traditionelle Blumenhaarklammer. »Die hat meiner Mutter gehört«, sagte sie, während sie Pennys Haar geschickt zusammendrehte und dann mit der Klammer fixierte.

»Und, was meinst du?«, fragte Mika. Zusammen blickten sie in den Spiegel – drei Generationen der Suzuki-Frauen. Beinahe konnte Mika die Gärten in Japan hinter ihnen erkennen, in denen sie mit ihrer Mutter früher die Nachmittage verbracht hatte. Perfekt gestutzte Bäume, ordentlich aufgereiht. Der Klang von Tempelglocken. Lautsprecherdurchsagen, die vom Bahnhof herüberhallten. Einst hatte Mika geglaubt, niemals etwas mit Hiromi teilen zu können. Sie waren einander so fremd gewesen, als stammten sie von unterschiedlichen Planeten. Wie sehr hatte sie sich getäuscht. Jetzt hatten sie etwas gemeinsam, der Strom der Mutterschaft trug sie in dieselbe Richtung. Hin zu Penny. Zu einem Kind, das sie beide vergötterten und das eine Liebe in ihnen weckte, die ihr Innerstes in Fetzen reißen konnte. Empfand Hiromi etwa genauso für Mika?

Shige klopfte kurz und kam dann herein. »Ich war noch schnell im Laden.« In seiner Hand hielt er ein Bündel Kiefernzweige. Hiromi begann zu strahlen.

»Was ist das?«, fragte Penny.

»Mukaebi, das Willkommenslicht«, erklärte Mika. »Um den Geistern den Weg nach Hause zu zeigen.«

Draußen im Garten steckte Shige das Bündel an und legte es in eine Kupferschale. Zu viert drängten sie sich um die Schale. Mikas Füße verdeckten einen Farbfleck, dort, wo Hiromi einmal im Monat Shiges Haare färbte. In Japan wären sie zum Stammsitz ihrer Familie gereist, um dort das Feuer zu entzünden. Sie hätten die Gräber ihrer Ahnen besucht, sie gereinigt und Wassermelone und andere süße Köstlichkeiten im *shouryoudana* für sie hinterlassen. Sie hätten mit ihrer Familie ein Festmahl abgehalten. Doch da sie in Amerika lebten, mussten sie in vielerlei Hinsicht kulturelle Kompromisse machen.

Während die Flammen sich an den Kiefernzweigen entlangarbeiteten, wanden sich die Fäden der Tradition über die vielen Generationen bis zu ihnen herab und verbanden die vier miteinander. Mika beobachtete das Spiel der Flammen auf Pennys Wangen. Dann blickte sie zum Himmel hinauf. Ihre Schatten wuchsen in die Nacht hinein, streckten sich von ihren Körpern aus wie Skelette in die tintige Dunkelheit. Mika fragte sich, ob Penny gerade an Caroline dachte, ob sie ihren Geist heimrufen wollte. Und ob sie der Antwort auf die Frage, die sie so beschäftigte, bereits etwas näher gekommen war: *Wer bin ich? Wer bin ich eigentlich?*

*

Flug hat Verspätung, schrieb Thomas am nächsten Morgen, dem Tag des Obon-Tanzes. **Ich komme direkt dorthin.** Hiromi hatte es wieder übernommen, Mika und Penny die Yukatas anzulegen. Dabei nahm sich Mikas Mutter besonders viel Zeit, um Penny herauszuputzen. Wer hätte gedacht, dass Hiromi einmal eine so tolle Obāchan abgeben würde? Anschließend fuhren sie getrennt zum Fest. Der Innenhof des buddhistischen Tempels von Portland war wie verwandelt, die Stimmung von Heiterkeit geprägt. Auf einer Yagura-Bühne schlugen Taiko-Trommler auf ihre Instrumente ein, überall schaukelten Papierlaternen im Wind, und es gab verschiedene Stände mit Spielen und Süßigkeiten.

Hiromi, Mika und Penny schlossen sich sofort dem Kreis der Tanzenden an. Klatschend hielten sie ihre gewölbten Hände aneinander, als würden sie Kohle aufheben. *Graben, graben. Tragen, tragen.* Im Takt der Trommeln bewegten sie sich voran. Nach einer Weile wurde Hiromi müde und setzte sich zu Shige in das schattige Tempelgebäude.

Die Sonne ging bereits unter, und der Himmel war in warme Orangetöne getaucht. Nun strahlten die Laternen umso heller, zogen Motten und andere nachtaktive Geschöpfe an. Bei der nächsten Runde erschien ein breites Lächeln auf Mikas Gesicht. Sie hatte in der Menge eine vertraute Gestalt entdeckt. Thomas stand am Rand des Geschehens. Mit einem schiefen Grinsen winkte er ihr zu. »Dein Dad ist da«, rief Mika zu Penny hinüber.

Die winkte nur kurz. »Ich will aber hier weitermachen.«

»Dann werde ich ihm eben Hallo sagen.« Mika löste sich aus dem Kreis. Es war ein warmer Abend, und einige Strähnen hatten sich aus ihrem Haarknoten gelöst und klebten ihr nun im Nacken.

»Hi«, begrüßte er sie. Mika genoss die Wärme seines Lächelns, seinen entspannten Blick, in dem eine tiefe Glut lag. Thomas hatte sich für den einfachen Look entschieden, T-Shirt und Jeans. »Das ist ja mal was.« Mit einer kreisenden Geste umschrieb er den Festplatz. »Sind deine Eltern auch hier?«

»Im Tempel.« Mit dem Kopf deutete Mika auf das schlichte weiße Gebäude. Leicht verlegen strich sie ihren dunkelblauen, mit leuchtend roten Mohnblumen verzierten Kimono glatt. »Penny ist ein echtes Naturtalent. Aber das hätte ich mir denken können, sportlich, wie sie ist.« Hätte Mika sich einen Augenblick aussuchen können, in dem sie für immer verweilen wollte, dann wäre es dieser gewesen. Genau hier und jetzt. Ihr Körper war unbeschwert, ihr Herz voller Glück.

Thomas wippte auf den Ballen. Sein Haar war jetzt länger, und er strich es mit der Hand aus dem Gesicht. »Sie ist in ihrem Element.« Gemeinsam beobachteten sie, wie Penny mit fließenden Bewegungen an ihnen vorbeiglitt, so selbstverständlich, als hätte sie ihr Leben lang Odori getanzt. »Wenn ich das sehe, fühle ich mich ehrlich gesagt richtig mies.«

»Wieso denn?«

»Ich – wir ... Wir haben nie so etwas für Penny getan.«

Wie hätten sie auch? Mika konnte ihn verstehen, und sie litt mit ihm. Denn das war zum Teil auch ihre Schuld. Sie hatte Penny weißen Eltern überlassen, wohl wissend, dass ihr dadurch immer etwas fehlen würde. Und sie hätte während der Adoption mehr von ihnen verlangen sollen: *Kauft ihr Bücher mit japanischen Charakteren. Findet für sie eine Puppe mit schwarzem Haar und wundervollen braunen Augen. Sorgt dafür, dass sie erfährt, wo sie herkommt. Lernt*

Japanisch, studiert die Kanji. Mika zweifelte keine Sekunde daran, dass Caroline und Thomas Penny liebten. Sie waren mit ihr durchs Haus gewandert und hatten sie getröstet, wenn sie als Baby Fieber hatte. Sie hatten sie zum Fußball angemeldet und sie bei jedem ihrer Spiele angefeuert. Sie hatten ihr die verrücktesten Lebensmittel gekauft, damit sie ihr nicht vorhandenes Backtalent entdecken konnte. Mika hatte genügend Briefe und Fotos, die das bewiesen. Penny war von den beiden wie ein leibliches Kind behandelt worden. Aber reichte das aus? War es jemals genug? »Etwas Japanisches, meinst du? Penny hat mir erzählt, dass ihr mit ihr zu einigen Festen gefahren seid.«

Thomas ließ den Kopf hängen. »Schon, ja, aber das war nicht wie hier. Sie hat nie richtig dazugehört. Einmal sind wir für einen Tag bis nach Cincinnati gefahren, um dort das Kirschblütenfest zu besuchen. Caroline und Penny haben aufeinander abgestimmte Pullis getragen. Wir haben uns die vielen Stände angesehen, und die japanischen Frauen waren ganz entzückt von Penny. Dann haben sie gefragt, wo wir sie denn herhätten.«

»Was habt ihr geantwortet?«

»Dass sie adoptiert sei. Aber dann hat Caroline dichtgemacht. Sie wollte so schnell wie möglich gehen.«

Mika schluckte. Am liebsten hätte sie wütend mit dem Fuß aufgestampft. *So unfair. So verdammt unfair.* »Aber ihr habt doch sicher darüber gesprochen, oder? Vor der Adoption? Darüber, dass sie Japanerin ist und nicht so aussehen würde wie ihr?«

»Ja, das haben wir. Und Caroline meinte, das spiele keine Rolle. Wir würden sie eben auf unsere Art großziehen …«

Bei diesem Geständnis brachen Mikas innere Dämme. Glühend heiße Wut durchbohrte ihre Brust. »Das ist einfach total falsch«, platzte es aus ihr heraus. In ihrer Vorstellung hatte sie Caroline immer idealisiert, sie zu der Mutter gemacht, die sie sich für Penny gewünscht hatte. Zu der Mutter, die sie selbst gerne gehabt hätte. Zu der Mutter, die sie selbst gerne gewesen wäre.

»Ich weiß, und es tut mir leid. Wie gesagt, Eltern machen Fehler. Deshalb hatte ich ja auch nichts dagegen, dass Penny den Sommer hier verbringt. Sie brauchte etwas, das ich ihr nicht geben konnte. Bitte sei nicht sauer«, sagte Thomas ganz ruhig. »Ich liebe Penny. Und ich versuche wirklich alles, um das wiedergutzumachen.« Die sanft vorgetragene Entschuldigung ließ Mikas Zorn verrauchen. Was machte denn eine gute Mutter aus? Vielleicht gab es sie gar nicht, die perfekte Mutter. Vielleicht konnte man nichts weiter tun, als sein Bestes zu geben. Diese Erkenntnis nagte an ihr. Wäre sie selbst eine gute Mutter gewesen? Sie wusste nicht, was sie sagen sollte. Wusste nicht, ob sie Thomas einfach so von seinen Verfehlungen freisprechen sollte. Oder sich selbst.

»Habt ihr mich gesehen?« Vollkommen aufgekratzt kam Penny zu ihnen herübergehüpft, ihre Wangen glühten vor Stolz. Als sie sah, wie glücklich ihre Tochter war, ließ Mikas Anspannung schlagartig nach.

»Aber sicher doch, Kleines. Habe alles auf Video.« Thomas hielt kurz sein Handy hoch. »Wollt ihr noch etwas bleiben, oder seid ihr schon hungrig?« Sie hatten geplant, nach dem Fest zusammen essen zu gehen, nur zu dritt. »Deine Eltern können gerne mitkommen«, sagte Thomas an Mika gewandt. »Sie sind natürlich eingeladen.«

»Das ist ein ganz liebes Angebot, aber sie sind wahrscheinlich müde und wollen lieber nach Hause.« Shige schlief normalerweise schon vor dem Fernseher ein. Außerdem gefiel ihr die Vorstellung, dass sie etwas allein unternahmen, nur sie drei in ihrem fragilen Familienökosystem.

Penny hatte ihr Handy hervorgeholt und schrieb gerade eine Nachricht. »Würde es euch etwas ausmachen, wenn ich nicht mitkomme?«, fragte sie nebenbei. »Olive ist auf dem Weg hierher.«

»Aber was wird dann aus dem Live Cooking am Tisch?« Thomas' Enttäuschung war nicht zu überhören. Schon vor Tagen hatte er in einem Teppanyaki-Restaurant reserviert und Mika und Penny gleich den Link geschickt. **Da gibt es brennende Zwiebelvulkane**, hatte er mächtig stolz dazugeschrieben.

»Oh.« Penny blickte von ihrem Telefon auf. »Ist es dir denn so wichtig, dass ich mitkomme? Ich meine, wenn es dir wirklich, wirklich wichtig ist ...« Sie ließ den Satz unvollendet, aber gerade dadurch wurde deutlich, dass sie sich eigentlich das Gegenteil erhoffte. Dass sie lieber mit ihren Freunden zusammen sein wollte. Teenager eben.

»Nein, natürlich nicht«, sagte Thomas deshalb auch. »Hab du ruhig Spaß mit deinen Freunden.«

Erfreut über den kampflosen Sieg, begann Penny zu strahlen. »Aber ihr zwei solltet auf jeden Fall hingehen.«

»Bist du sicher?« Thomas sah verstohlen zu Mika hinüber, die angestrengt auf ihre Füße starrte.

»Sicher bin ich sicher.« Penny tippte bereits wieder irgendetwas in ihr Handy. »Geht ihr ruhig, macht euch einen schönen Abend.«

Also folgte Thomas Mika mit seiner Reisetasche über der Schulter zu ihrem Wagen. Überdeutlich spürte sie ihn hinter sich, seine Körperwärme, seine Präsenz. Ihr Herz schlug ebenso schnell wie die Taiko-Trommeln. Obwohl die Sonne inzwischen komplett verschwunden war, spürte sie die Wärme noch immer in ihren Knochen. Kurz bevor sie das Auto erreichten, griff Thomas nach ihrer Hand und hielt sie fest. Sofort blieb Mika stehen und drehte sich zu ihm um. Seine grünen Augen musterten sie durchdringend. »Hi«, sagte er mit einem leichten Stirnrunzeln.

»Hi«, erwiderte sie.

»Bin ich ein schrecklicher Mensch, wenn ich zugebe, dass ich eigentlich froh darüber bin, dass Penny uns versetzt hat?«

»Also, wenn du ein schrecklicher Mensch bist, dann bin ich vermutlich auch einer«, gestand sie leise.

Kapitel NEUNUNDZWANZIG

Auf der Fahrt zu Mikas Haus sprachen sie wenig. Thomas starrte aus dem Fenster und trommelte mit den Fingern auf seinem Oberschenkel herum. Wann immer sie an einer Ampel hielten, sah Mika verstohlen zu ihm hinüber. Musterte die Adern an seinem Arm, den Schwung seiner Wangenknochen, das zerzauste Haar mit den grauen Strähnen, die im schwindenden Sonnenlicht glänzten. Einmal erwischte er sie dabei, und sie schaute schnell weg. Aber es entging ihr nicht, dass ein hintergründiges Lächeln über sein Gesicht huschte.

»Ich bin gleich wieder da«, sagte sie, als sie im Haus standen. Sie war schon dabei, ihren Obi aufzubinden. »Ach, würdest du vielleicht …?« Sie stellte sich mit dem Rücken zu ihm und ließ die Arme hängen, während er mit seinen starken Fingern den Obi löste. Als der mehrfach gewickelte Gürtel von ihren Hüften rutschte, blieb er reglos stehen. Mika hielt mit einer Hand den Kimono geschlossen, während sie mit der anderen den Obi vom Boden aufhob. Noch halb von Thomas' Armen umfangen, drehte sie sich um. »Danke.«

»Jederzeit wieder.« Seine Stimme klang rau, und er ließ seine Hände langsam über ihre Hüften gleiten.

»Also, bin gleich zurück«, wiederholte Mika leise. Ihr Griff am Kimono löste sich, und das weiße Unterkleid kam zum Vorschein.

»Okay«, sagte er noch rauer.

»Okay.« Mika legte beide Hände an seine Brust, spürte seine Wärme unter ihren Fingern. Es war beinahe körperlich schmerzhaft, sich von ihm zu lösen. Aber sie brauchte jetzt einen Moment für sich. Eine kurze Atempause. Also ging sie in ihr Zimmer hinüber, schloss die Tür hinter sich und lehnte sich kraftlos dagegen. Langsam und methodisch zog sie sich aus. Faltete den Kimono, wie ihre Mutter es sie gelehrt hatte. Sie konnte hören, wie Thomas sich durch das Haus bewegte, zum Kühlschrank ging, sich ein Bier aufmachte. Als sie schließlich in Jeans und T-Shirt wieder zum Vorschein kam, saß er auf der Couch, eine braune Papiertüte vor sich auf dem Tisch.

»Was ist das?«

»Ein Geschenk für dich, aber vorher ...« Er streckte ihr ein Blatt Papier entgegen. »Der ist für dich.«

»Wie spannend«, befand sie, während sie den Brief auffaltete und anfing zu lesen.

*

Liebe Mika,

Penny wird bald siebzehn, und wir haben ein ziemlich turbulentes Jahr hinter uns. Der altbewährten kindlichen Tradition folgend, den Eltern möglichst große Sorgen zu bereiten, hat Penny sich ohne mein Wissen ein Flugticket nach Portland gekauft, um dort dich zu treffen, ihre leibliche Mutter. Erinnerst du dich noch an meinen ersten Anruf bei dir? Ich schon. Das heißt, eigentlich weiß ich nicht mehr so genau, was ich zu dir gesagt habe. Ich erinnere mich nur an meine Angst. Die Angst davor, meine Tochter

zu verlieren – nicht an dich, sondern an die Welt dort draußen. Und dazu … war ich einfach noch nicht bereit.
Es fällt mir wirklich nicht leicht, das zuzugeben, aber ich lebe eigentlich schon ziemlich lange in Angst. Ich fürchte mich vor der Zukunft. Mit Veränderungen aller Art tue ich mich schwer, was ziemlich schwierig ist, wenn dein Kind sich ständig verändern will und muss. Je fester ich die Dinge im Griff behalten will, desto schneller scheinen sie mir zu entgleiten. Eine ständige Erinnerung daran, wie wechselhaft das Leben ist.
Dabei sehe ich jeden Tag aufs Neue, wie wichtig es Penny ist, ein eigenständiger Mensch zu werden. Wir reden immer seltener miteinander, vor allem in diesem Sommer. Entweder ist sie bei einem Lauf oder bei ihrem neuen Freund – der übrigens vorhat, sie während des kommenden Schuljahres hier zu besuchen. Ich gebe mich ganz als der coole Dad, habe sogar angeboten, dass er bei uns auf der Couch schlafen darf. Sieh nur, wie toll ich mich entwickle! (Okay, unter uns: Neulich stand ich bei uns im Wohnzimmer und habe mir überlegt, wo ich versteckte Kameras anbringen könnte.)
Außerdem will sie sich bei mehreren Colleges bewerben, die meisten davon in anderen Bundesstaaten. Ich verstehe ja, dass Penny langsam zu groß wird für das Heim, das ich für sie geschaffen habe. Ich weiß, welche Rolle ich zu spielen habe. Mein Job besteht nun darin, sie einen Platz finden zu lassen, an dem sie mich nicht mehr braucht. Ihr finanziell unter die Arme zu greifen und zu akzeptieren, dass ich sie nicht für immer festhalten kann. Ich denke, das ist fast wie bei einem Todesfall. Der letzte Trennungsschritt von meinem gemeinsamen Leben mit Caroline.
Wir hätten Penny zusammen zum College fahren sollen.

Hätten danach gemeinsam in unserer Auffahrt im Auto sitzen sollen, weil wir es nicht über uns gebracht hätten, in unser leeres Haus zu gehen. Uns dem Wissen zu stellen, dass Penny es beim nächsten Mal nur noch als Besucherin betreten würde. Ungefähr eine Woche lang hätten wir sie ganz schrecklich vermissen sollen, um uns dann leicht verschämt einzugestehen, dass es so doch eigentlich auch ganz nett ist, nur noch zu zweit. Wie konnte aus meinem Leben zu dritt erst eines zu zweit werden und nun bald allein? Natürlich kenne ich die Antwort: durch den Tod und das Erwachsenwerden.

Langsam wird es für mich leichter, und das liegt zum Teil an dir. Du hast den Druck von meiner Brust genommen. Eine Zeit lang konnte ich nur zurückschauen auf mein Leben. Nun aber blicke ich plötzlich wieder nach vorne. Ich freue mich darauf, herauszufinden, wohin das mit uns beiden führen wird. Freue mich darauf, zu sehen, welchen Weg Penny beschreiten wird, was sie entdecken, zu welcher Persönlichkeit sie sich entwickeln wird. Ich habe auch begriffen, dass der Strom des Lebens sie vielleicht von mir forttragen wird, ich dabei aber immer ihr Vater bleiben werde.

Ich könnte ewig so weiterschreiben. Eigentlich weiß ich gar nicht, wie ich diesen Brief beenden soll. Vielleicht einfach so: Hoffentlich werden die Tage, die vor uns liegen, heller strahlen als jene, die bereits hinter uns liegen. Und nur fürs Protokoll: Ich glaube fest daran.

Thomas

*

Nachdem Mika den Brief gelesen hatte, sah sie Thomas mit großen Augen an. Sie wollte etwas sagen, brachte aber kein Wort über die Lippen. Zu überwältigend war dieser Ausdruck von Großherzigkeit. Thomas war für sie über seinen Schatten gesprungen, hatte etwas getan, das ihm schwerfiel. Und er hatte es für sie getan, hatte sich ihr anvertraut.

»Dein Jahresbericht«, erklärte er mit einem angedeuteten Lächeln. »Diesmal persönlich überbracht und mehr als fünf Sätze lang. Auf die Fotos wirst du allerdings noch ein wenig warten müssen, die stelle ich momentan noch zusammen. Ob du es glaubst oder nicht, es ist heutzutage echt schwer, professionelle Ausdrucke zu bekommen. Klinge ich wie ein Opa, wenn ich so etwas sage wie: Weißt du noch, damals, als man einfach in einen Laden gehen und einen Film entwickeln lassen konnte? Ja, damals war alles noch viel einfacher.«

»Definitiv Opa«, bestätigte Mika lächelnd. »Aber ich werde es niemandem verraten.« Sie hielt den Brief hoch. »Du hättest das nicht tun müssen.« Doch eigentlich wäre sie ihm dafür am liebsten um den Hals gefallen. Das war das schönste Geschenk, das sie je bekommen hatte. Sie hatte Thomas um mehr gebeten, und er hatte es ihr gegeben. Mika unterdrückte ihre Tränen.

»Doch, musste ich«, widersprach ihr Thomas und rieb sich die Hände. »Nun aber zu deinem nächsten Geschenk. Meine Werbung um dich ist noch lange nicht beendet.« Er nahm die braune Papiertüte vom Tisch.

Ein nervöses Kribbeln breitete sich in Mikas Bauch aus, als sie das Geschenk entgegennahm. »Für mich?«

»Für dich«, bestätigte er und ließ seinen Blick vollkommen unaufdringlich über ihren Körper wandern, bevor er ihr wieder ins Gesicht sah.

»Soll ich es aufmachen?« Mika machte es sich neben ihm auf der Couch gemütlich.

»Es ist nichts Besonderes, einfach nur etwas, bei dem ich an dich denken musste.« Nun grinste er breit. »Ist allerdings nicht eingepackt, sorry.«

Ihr Magen machte einen kleinen Purzelbaum. Langsam griff sie in die Tüte und zog den Inhalt heraus. »Ölfarben«, flüsterte sie. Es war ein Einsteigerset, von einer exklusiven Marke. Neun Tuben mit reinen Farbpigmenten: Kadmiumgelb, Alizarin-Krapprot, Ultramarinblau, Viridiangrün, gebranntes Umbra. Mikas Blick wanderte zum Fenster, betrachtete ihr eigenes Spiegelbild darin. *Wer bin ich? Wer bin ich eigentlich?* Plötzlich wurden ihre Hände feucht.

Thomas schob sich dichter an sie heran, sodass ihre Knie sich berührten. Er legte eine Hand auf ihren Oberschenkel. »Du hast mir das Rudern zurückgegeben, da wollte ich dir ebenfalls etwas zurückgeben.«

Sie stellte den Farbkasten auf dem Tisch ab, schob ihn weit von sich. Ihr war kalt. »Das ist großartig, vielen Dank.«

Thomas runzelte die Stirn. »Gefallen sie dir nicht?«

»Ich mache das einfach nicht mehr.« Schnell wandte sie sich ab, damit er ihre Sehnsucht nicht sehen konnte, den brennenden Schmerz in ihrem Inneren.

»Und warum nicht?«

Ihr wurde eng um die Brust, ihr Hals wurde trocken.

»Mika?« Ratlos beugte Thomas sich zu ihr herüber. »Was ist los?« Er zog sie an sich. »Du kannst es mir sagen.«

Mika vergrub das Gesicht an seiner Brust. Langsam streichelte er ihren Rücken, zog sie fester an sich. Dabei gab er tröstende Laute von sich. Er roch nach Seife und

Kaffee. Lautlos begann Mika zu weinen, durchtränkte sein Shirt mit ihren Tränen. Sie ließ den ganzen Schmerz raus, einfach alles.

Schließlich richtete sie sich auf. »Ich will – « Sie verstummte.

»Was willst du?«, fragte Thomas ernst. Er musterte Mika so konzentriert, als läge sie unter einem Mikroskop, als würde er nach und nach alle Schichten abtragen, unter denen sie sich verkroch. Seine Hand glitt hinauf in ihr Haar und umfasste ihren Hinterkopf.

Sie sah ihn an und dachte: *Ich will alles zurückhaben. Die Zeit, die ich verloren habe. Ich will meine Zukunft zurück, meine Unschuld, meinen Mut, das Gefühl von Sicherheit. Ich will mich wieder verlieben, will mich aus dem Käfig befreien, in den Peter mich eingesperrt hat.* Ja, sie wollte alles: Penny, Familie, malen, reisen. Ihr Geisterleben. Aber für den Anfang würde sie sich mit Thomas zufriedengeben. »Dich. Einfach nur dich.«

»Mika.« Er küsste erst ihre Stirn, dann ihre Wangen. »Mika. Du hast mich doch schon.«

Dann zog er sie an sich. Langsam, ganz langsam beugte er sich vor, bis sich ihre Nasen beinahe berührten. »Okay?« Er bat sie um Erlaubnis. Für einen Moment hielt sie sich beinahe krampfhaft an seinem Shirt fest.

»Ja.«

Nun umfing er sie ganz, drückte seine Lippen auf ihre, zunächst noch sanft. Küsste sie so gemächlich und intensiv, dass Mika beinahe explodierte. Geschickt schob er seine Hände zu ihrer Taille hinunter, ließ seine Finger unter ihr Shirt wandern, immer höher hinauf, bis knapp unter ihre Brüste. Mika streckte sich der Berührung entgegen, presste sich an ihn. Er packte fester zu, ließ seine Zunge in ihren Mund gleiten. Keuchend öffnete sie die Lippen, um den Kuss zu vertiefen.

Irgendwie bewegten sie sich durch Raum und Zeit und landeten in Mikas Bett. Das Fenster stand offen, die Paisleyvorhänge waren nicht zugezogen und gaben den Blick frei auf den nächtlichen Sommerhimmel über Portland: feine Wolkenschleier, das Licht der Großstadt wie Dunst über den Wäldern, der aufsteigende Mond. Mikas Herz raste wie der Hufschlag Tausender Pferde. Thomas richtete sich über ihr auf, strich mit dem Daumen über ihre Lippen, küsste sie wieder. Entschlossen packte sie sein Shirt und zog es ihm über den Kopf. »Du auch«, verlangte Thomas. Mika gehorchte und warf ihr Shirt beiseite. Er fuhr mit dem Finger unter ihren BH-Träger und schob ihn herunter. »Wow.«

»Der Anblick gefällt dir also?«, fragte Mika grinsend.

»Absolut.« Er küsste ihr Dekolletee.

Mika schlang ein Bein um seine Hüfte und zog ihn so zu sich herunter. Nun spürte sie, wie sehr er sie begehrte. Sie pressten sich aneinander, küssten sich gierig. Als er sich langsam über ihren Bauch nach unten schob, hinterließ er eine Spur aus Feuer auf ihrer Haut. In aller Ruhe öffnete er ihren Hosenknopf und streifte ihr die Jeans ab.

»Warte«, keuchte sie, obwohl die Hitze in ihrem Inneren kaum noch auszuhalten war.

Sofort hielt er inne. »Habe ich dir wehgetan?«

Nein, aber er könnte es tun. Sie fuhr mit beiden Händen durch sein Haar. »Ich will es. Ich will dich. Aber ich habe ein paar Regeln.«

Seine Miene blieb vollkommen neutral, während sein warmer Atem über ihren Bauch strich. »Okay.«

»Es ist in Ordnung, wenn du oben bist, aber du darfst mir nicht die Hand auf den Mund legen.«

»Das würde ich sowieso nicht tun.« Er wartete kurz. »Was noch?«

Mika schüttelte wortlos den Kopf. Ihr Herz schaukelte wie ein kleines Boot auf dem Kamm einer Riesenwelle. »Ich habe einen ziemlichen Knacks abbekommen«, gestand sie.

»Ich auch«, erwiderte er. Ja, das wusste Mika. Das war etwas, das sie verband. Zwei gebrochene Herzen ergaben zusammen ein ganzes. »Du solltest wissen, dass mein letztes Mal schon einige Zeit zurückliegt«, sagte er.

»Wie lang denn?«, fragte sie verlegen.

»Vor ungefähr einem Jahr bin ich eine Zeit lang mit einer Frau ausgegangen, mit der ich dann auch geschlafen habe ...«

»Dreihundertfünfundsechzig Tage also. Ein ganz schöner Druck.«

»Es hat mir nicht gefallen.« Thomas sah ihr offen in die Augen. »Ich kann das einfach nicht mit jemandem, in den ich nicht – für den ich nichts empfinde.« Mika stützte sich auf einen Ellbogen und strich ihm noch einmal durchs Haar.

»Geht mir genauso.«

»Dann verstehen wir uns ja.« Er stützte sein Kinn auf ihrem Bauch ab, direkt neben dem Nabel. »Gibt es sonst noch Regeln?«

Wieder schüttelte Mika den Kopf. »Nein.«

»Alles klar. Aber du musst wissen, dass ich der Meinung bin, jede Frau sollte nur so berührt werden, wie sie selbst es will.«

Er sagte das mit einer solchen Ernsthaftigkeit, dass Mika sofort dahinschmolz und sich auf den Rücken fallen ließ. »Gute Antwort. Du darfst fortfahren.«

Lachend fing Thomas an, ihren Bauch zu küssen. »Wie ist das?«

Sie rieb sich an ihm. »Das ist gut.«

Immer tiefer zog er seine Spur aus Küssen. »Und das?«

»Ja, das ist auch gut.«

Noch tiefer. Thomas zog ihren Slip herunter, drückte sanft ihre Schenkel auseinander, schmeckte sie. Ihr Atem ging schneller, sie empfand beinahe unerträgliche Lust. »Wie ist es jetzt?« Heiß strich sein Atem über ihre empfindlichste Stelle. Mika konnte nicht antworten, hob ihm fordernd die Hüfte entgegen, näher, näher wollte sie kommen, flehte um Erlösung.

Schließlich schrie sie auf. »Thomas.«

Er kam wieder hoch, zog sich die Hose aus, dann die Unterwäsche.

»Schutz. Hast du ein Kondom?« Fordernd schlang sie ihm die Beine um den Bauch und hielt ihn fest.

»Äh … nein.« Frustriert fuhr er sich durch die Haare. »Verdammt.«

»Vielleicht habe ich noch welche. In der obersten Schublade.«

Thomas löste sich von ihr und zerrte so heftig an der Schublade, dass sie ihm entgegenflog. »Warum hast du so viel Spandex hier drin?« Die Fahrradkleidung, die sie Charlie nie zurückgegeben hatte. »Hab sie.« Er warf die Klamotten achtlos auf den Boden und kam mit dem kleinen, eingeschweißten Päckchen zum Bett zurück. Voller Ungeduld riss er mit den Zähnen die Verpackung auf und streifte sich das Kondom über. Dann schob er sich wieder zwischen ihre Beine und gab ihr einen langen, genussvollen Kuss, während er sanft in sie eindrang. Mika stöhnte. Schnappte nach Luft. Pure Lust überflutete ihren Körper.

Ihre gespreizten Finger krallten sich in seinen Rücken. Dann wanderte seine Hand zwischen ihnen nach unten, berührte sie genau an der richtigen Stelle. Er bewegte sich in einem Rhythmus in ihr, der ihr Gehirn explodieren ließ. Er wartete, bis sie kam, bis sie laut seinen Namen herausschrie. Dann stieß er weiter zu, fester, härter, um schließlich bebend seinen Kopf an ihrer Schulter zu vergraben.

Als sie fertig waren, brach Thomas kraftlos neben ihr zusammen. Das Bett war vollkommen zerwühlt. Mika zog die Decke über ihren ausgelaugten Körper und starrte zum Fenster.

Seine Hand glitt unter der Decke zu ihr hinüber, schob sich in ihre. Einen Moment lang lagen sie einfach nur da und warteten darauf, dass ihr Puls sich etwas beruhigte. Dass sie wieder zu Atem kamen. Dass ihr Geist den Körper einholte und verinnerlichen konnte, wie bedeutsam dieser Moment war.

»Heilige Scheiße«, sagte Thomas schließlich und streichelte ihre Handfläche.

»Ja«, seufzte Mika.

Er stützte sich auf seinen Ellbogen und umfasste mit einer Hand ihre Wange. Als er mit dem Daumen über ihre Lippen strich, hauchte sie einen Kuss auf seine Fingerspitze. Sofort beugte er sich zu ihr hinunter und küsste sie. Ihr Fuß glitt zu seiner Wade hinauf, seine Hand an ihre Hüfte. Dann ließ Thomas sich auf den Rücken fallen. »Wasser. Ich brauche Wasser.« Er stieg aus dem Bett und zog sich gerade seine Boxershorts über, als Mika laut auflachte.

»Dein Tattoo.« Sie rollte sich auf den Bauch und zog die Shorts wieder ein Stück weit herunter. Und dort war er: ein T. Rex, der versuchte, sich die Schuhe zu binden. »Ich dachte, das sollte ein Witz sein.«

»Über erniedrigende Tätowierungen macht man keine Witze«, erwiderte er bierernst. Dann drückte er ihr einen schnellen Kuss auf die Lippen. »Bin gleich zurück.«

Bei seiner Rückkehr hatte Mika die Nachttischlampe eingeschaltet und sich ihren Slip und ein übergroßes Shirt angezogen. Thomas nahm einen langen Zug aus seinem Glas, an dessen Außenseite die Luft kondensierte, und reichte es an Mika weiter. Sich mit ihm dieses Wasser zu teilen, schien beinahe noch intimer zu sein als das, was sie gerade eben gemacht hatten.

Das Summen seines Telefons lenkte Thomas ab. Er fischte das Gerät aus der Tasche seiner Jeans. »Nachricht von Penny.« Seine Miene verfinsterte sich. »Olive ging es nicht gut, sie ist ins Wohnheim zurückgefahren. Jetzt will Penny wissen, wo wir sind. Sie will sich ein Uber nehmen.«

Mit einem Schlag wurde Mika eiskalt. Vor dem Haus wurde eine Autotür zugeschlagen. Die Zeit schien stillzustehen, um sich dann viel zu schnell wieder in Bewegung zu setzen. »Hast du die Haustür verriegelt?« Hastig krabbelte Mika vom Bett.

»Was?« Thomas lief ihr nach.

Draußen klopfte es. »Mika? Dad? Seid ihr da? Ich habe die My-Friends-App benutzt«, rief Penny.

Thomas und Mika stürzten zur Haustür, waren aber nicht schnell genug. Der Knauf drehte sich bereits. Dann kam Penny herein, ein fröhliches Lächeln im Gesicht. »Hab ich euch doch noch erwischt. Los, lasst uns essen gehen.« Sie hielt inne und musterte die beiden: Thomas nur in Unterhose, Mika im Schlabbershirt. Schreckerstarrt wie Hasen in der Schlinge standen die beiden da. Pennys Lächeln wich einem Ausdruck der Verwirrung. »Was ist hier los?«, fragte sie, obwohl es offensichtlich war. Sie trug noch immer ihren Kimono, hatte aber ihr Haar gelöst. Ihre Lippen teilten sich stumm, dann schlug sie die Hände vor die Augen und wandte sich hastig ab. »Oh mein Gott. Oh. Mein. Gott. Fickt ihr zwei etwa?«

»Achte auf deine Wortwahl, Penny«, mahnte Thomas zähneknirschend.

»Willst du mich verarschen?« Trotzig fuhr Penny wieder zu ihnen herum. Vor lauter Wut bildeten sich rote Flecken auf ihren Wangen. Sie fixierte Mika mit stechendem Blick, gleichzeitig begann ihr Kinn zu zittern. Alles in Mika schrie danach, sie zu trösten. »Wie konntest du mir das antun?«

Bei diesen Worten zuckte Mika zusammen. Sie wusste nicht, was sie sagen sollte. Was *konnte* sie überhaupt sagen? Wie sollte sie die Situation so erklären, dass Penny sie auch verstand? »Das war nicht geplant, es ist einfach so passiert …« Okay, das klang nicht nur unglaublich schwach, es entwertete auch alles, was Mika empfand – sowohl in der aktuellen Situation als auch für Thomas. Vielleicht sollte sie es richtigstellen. *Wir haben unsere Beziehung geheim gehalten, weil wir dachten, es wäre so besser für dich.* Aber irgendetwas sagte ihr, dass Penny diese Erklärung erst recht in den falschen Hals bekommen würde. Welcher Teenager ließ sich schon gerne sagen, dass er noch nicht alt genug war, um mit komplexen Situationen umzugehen?

»Penny«, schaltete sich nun auch Thomas ein.

Daraufhin richtete sie ihren ganzen Zorn auf ihren Vater. »Es gibt unzählige Frauen auf der Welt, und du suchst dir ausgerechnet *sie* aus? Meine leibliche Mutter?«

Er schüttelte den Kopf. »Du bist wütend, und das ist auch absolut verständlich. Lass uns darüber reden.«

Ohne ihm zu antworten, tippte Penny auf ihrem Handy herum.

»Penny«, bat Thomas noch einmal.

»Das ist so was von verdammt noch mal unglaublich«, murmelte sie vor sich hin.

»Hör auf, Penny. Jetzt leg das Telefon mal für eine Minute weg.« Frustriert fuhr sich Thomas mit der Hand über das Gesicht. »Sieh mich an, Penny.«

Endlich hob Penny den Kopf. Ihre Augen waren so schmal wie tödliche Dolchklingen. »Wisst ihr was? Im Moment kann ich euch beide nicht in meiner Nähe ertragen.« Ihr Telefon piepte. Sie riss die Haustür auf.

Draußen wartete ein Wagen mit geöffneten Fenstern am Straßenrand. »Hat hier eine Penny ein Uber bestellt?«, rief eine männliche Stimme.

»Wo willst du hin?« Alarmiert trat Thomas einen Schritt vor. »Penny, du wirst nicht durch diese Tür gehen.«

Sie warf ihrem Vater nur einen abschätzigen Blick zu. »Sonst was? Was willst du dann tun?«

Thomas gab sich geschlagen.

»Dachte ich mir schon«, ätzte Penny, bevor sie zur Tür hinaus war, den Fußweg hinunterging und in das Auto stieg. Mika und Thomas konnten nur hilflos zusehen, wie sie davonfuhr.

Kapitel DREISSIG

Mika reagierte sofort. »Wo sind meine Schlüssel?«, rief sie und durchsuchte das Wohnzimmer. Sie griff zwischen die Sofakissen, hob Zeitschriften an und warf den Ölfarbenkasten um. »Ich werde ihr folgen. Scheiße.« Die Fernbedienung war auf ihren Fuß gefallen, und sie hüpfte mit schmerzverzerrtem Gesicht herum.

»Hier.« Thomas fand den Schlüsselbund auf dem Couchtisch. Als Mika ihn nehmen wollte, zog er ihn weg.

»Gib mir die Schlüssel, Thomas.« Fordernd streckte Mika die Hand aus.

»Jetzt atme erst mal tief durch«, befahl er ihr ruhig. »Lass uns einen Moment nachdenken. Du willst ihr also hinterherjagen, und was dann?«

»Dann werde ich mit ihr reden, ich werde …« Mika verstummte. Eigentlich hatte sie keine Ahnung, was sie dann tun sollte. Ihr Instinkt befahl ihr, Penny zu folgen. Was danach kam, konnte sie sich überlegen, wenn sie sie eingeholt hatte. Vielleicht würde sie Penny so lange schütteln, bis sie zur Vernunft kam. Oder vor ihr auf die Knie fallen und sie um Verzeihung anflehen. Ja, das wohl eher.

Thomas ließ sie nicht aus den Augen. »Lass ihr etwas Freiraum. Etwas Zeit, um sich zu beruhigen. Im Moment denkt keiner von uns klar.«

Mika schüttelte den Kopf. Das widersprach absolut ihrem Temperament. »Ich weiß nicht …«

Thomas legte den Schlüsselbund weg. »Vertrau mir. Wir werden einfach auf sie warten.«

Mika dachte über seinen Ratschlag nach. Penny würde zurückkommen. Kinder kamen am Ende immer nach Hause, oder nicht? »Ja, okay.«

Thomas nahm sie in den Arm, drückte sie fest an sich und gab ihr einen Kuss auf den Scheitel. Dann versuchten sie fernzusehen. Es lief eine Sitcom, aber irgendwie hatte keiner von ihnen Lust zu lachen. Thomas schickte mehrere Nachrichten an Penny. Um 21:00 Uhr: **Hey, Kleines, bitte sag Bescheid, wenn du sicher im Wohnheim angekommen bist.** Um 22:00 Uhr: **Das hat dich wahrscheinlich ziemlich mitgenommen. Ruf einfach an, wenn du so weit bist.** Um 22:45 Uhr: **Mein letzter Versuch, versprochen. Ich werde dich nicht mehr nerven.** Um 23:00 Uhr: **Schick mir einfach nur eine Nachricht, damit ich weiß, dass es dir gut geht.**

Schließlich legte Thomas das Telefon weg. »Penny hat die App auf ihrem Handy deaktiviert, ich kann also nicht sehen, wo sie ist. Aber das Uber hat sie am Wohnheim abgesetzt.«

»Wahrscheinlich schläft sie längst«, behauptete Mika mit schwachem Lächeln und einer Überzeugung in der Stimme, die sie gar nicht empfand. Aber sie versuchte, sich ihre Sorge nicht anmerken zu lassen. »Sie wird morgen früh putzmunter sein, während wir die Doofen sind, weil wir die ganze Nacht aufgeblieben sind.«

»Komm her.« Thomas hob einladend den Arm, und Mika kuschelte sich an seine Brust. Obwohl sie sich alle Mühe gaben, wach zu bleiben, nickten sie schließlich auf dem Sofa ein. Die Lichter im Wohnzimmer und auf der Veranda ließen sie an, nur für den Fall, dass Penny zurückkam.

Um zwei Uhr morgens wurden sie von Thomas' Handy aus dem Schlaf gerissen. »Hallo?«, meldete er sich benommen.

»Hallo, spreche ich mit einem Elternteil oder Vormund von Penelope Calvin?«, fragte eine fremde Stimme am anderen Ende der Leitung.

Ruckartig setzte Thomas sich auf. »Hier spricht ihr Vater.«

»Mein Name ist Dr. Nguyen, ich bin Arzt in der Notaufnahme des St. Vincent's Hospital.« Mika krümmte sich, als hätte man ihr ein Messer in den Bauch gerammt. Nicht Penny. Nicht ihr Baby. Nein. »Penelope wurde bei uns eingeliefert, mit Verdacht auf Alkoholvergiftung.«

»Wie bitte? Was?«

»Alkoholvergiftung«, wiederholte der Arzt. »Wir brauchen Ihre Erlaubnis für eine intravenöse Medikamentengabe, außerdem für eine Behandlung mit Sauerstoff und den eventuellen Einsatz einer Nasensonde. Können Sie uns diese Erlaubnis erteilen?«

»Ja, ja, natürlich. Ich erteile Ihnen die Erlaubnis.«

Nun wiederholte der Arzt den Namen des Krankenhauses und erklärte, wo sie Penny finden konnten. »Aber es geht ihr doch gut, oder?«, wollte Thomas voller Verzweiflung wissen.

»Ihre Freunde haben richtig reagiert und rechtzeitig einen Krankenwagen gerufen.«

Als Thomas auflegte, war Mika bereits angezogen und griff nach ihren Schlüsseln. »Ich fahre.«

»Weißt du, wo das Krankenhaus ist?« Hektisch zog Thomas seine Schuhe an und schnappte sich seine Reisetasche.

»Ja. Du warst auch schon mal dort. Es ist die Klinik, in der Penny geboren wurde.« Mika ignorierte den nervösen

Hüpfer, den ihr Herz machte. Seit damals hatte sie dieses Krankenhaus nie wieder betreten.

Im Auto war Thomas unnatürlich still. Seine Hände ballten sich immer wieder zu Fäusten. »Penny hat getrunken? Wer gibt denn einer Sechzehnjährigen Alkohol?«

Eine Menge Leute, dachte Mika. Sie hatte bereits mit fünfzehn regelmäßig vor den entsprechenden Läden herumgehangen und volljährige Kunden angehauen, damit sie ihr und Hana Bier kauften. Krampfhaft umklammerte sie das Lenkrad. Es war kaum Verkehr, und sie flogen regelrecht über den Freeway. Sie antwortete nicht. Konnte es nicht. Zu sehr war sie in ihr ganz persönliches Gebet vertieft. Wie vor vielen Jahren, als sie Penny geboren und dann weggegeben hatte, sprach Mika in Gedanken mit ihrer Tochter. *Bitte, sei okay. Hörst du mich? Wach auf, Penny. Wir brauchen dich doch.*

*

»Penelope Calvin«, sagte Thomas an der Krankenhausinformation. Mika drängte sich an seinen Rücken. Erschöpft und zerzaust, wie er war, schien Thomas in den letzten zwanzig Minuten gealtert zu sein. »Sie wurde vor einer Stunde eingeliefert.« Sie hatten das Auto abgestellt und waren direkt in den Wartesaal der Notaufnahme gelaufen. Rechts von Mika saß ein Mann mit blutiger Nase, daneben eine Frau, die sich stöhnend den Arm hielt.

»Und in welchem Verhältnis stehen Sie zur Patientin?«, fragte die müde Frau hinter dem Schalter. Ihre Trägheit regte Mika nur noch mehr auf. *Penny könnte im Sterben liegen. Vermutlich geht es ihr richtig schlecht. Vielleicht fragt sie gerade in diesem Moment nach mir.* Nach der Geburt hatte

Mika ständig an Hiromi denken müssen. Wie sehr hatte sie sich gewünscht, dass ihre Mutter zu ihr käme. Um sie zu heilen, oder zumindest, um sie in den Arm zu nehmen.

»Ich bin ihr Vater«, erklärte Thomas, während Mika gleichzeitig sagte: »Ich bin ihre Mutter.« Noch nie hatte sie das laut ausgesprochen. *Ich bin ihre Mutter.* Es fühlte sich bedeutungsschwer an, wie der Moment, wenn man einen Berggipfel erklommen hatte. Umso mehr, als Thomas nur stumm ihre Hand drückte. Als die Frau nach einem Ausweis fragte, holte er seine Brieftasche hervor und zeigte ihr seinen Führerschein. Mika folgte seinem Beispiel und fischte ihren aus der Handtasche.

Die Frau prüfte die Ausweise und sagte: »Zimmer fünf.« Sie drückte auf einen Knopf, und die automatische Doppeltür öffnete sich. Thomas verstaute seine Brieftasche, und Sekunden später waren sie durch die Tür und suchten nach der richtigen Zimmernummer. In jedem dieser Räume stand gerade ein Leben auf der Kippe. Mika blieb abrupt stehen, als sie auf einem Plastikstuhl zwischen Zimmer vier und fünf eine vertraute Gestalt entdeckte – Devon.

»Hi, Mr. Calvin, Ms. Suzuki.« Der Junge erhob sich und versperrte so Mika und Thomas den Zugang zu Pennys Zimmer. Seine Augen waren gerötet. »Es geht ihr gut. Der Arzt kam gerade raus und meinte, sie wird wieder gesund. Sie mussten ihr auch nicht diese Sonde legen. Im Moment ist sie im Bad und macht sich frisch.« Er hielt ein Baseballcap in den Händen und knetete nervös den Schirm zwischen seinen Fingern. »Es tut mir so leid. Penny ist plötzlich im Wohnheim aufgetaucht, und sie war völlig durch den Wind. Sie wollte unbedingt auf diese Party gehen, und ich meinte, klar, warum nicht. Eine Collegeparty, verstehen Sie?« Er fuhr sich über das Gesicht. »Es tut mir leid«, sagte er wieder. Sein Atem roch nach Alkohol. Mika wurde übel. Sie stellte sich Penny auf der Party vor, mit einem dieser roten Plastikbecher in der Hand. Hastig schüttelte sie das Bild ab, versuchte ruhig zu bleiben. Was Penny heute Abend passiert war, hatte nichts mit dem zu tun, was vor Jahren in Peters Wohnung geschehen war. »Ich habe gar nicht mitgekriegt, dass sie so viel getrunken hat. Aber dann wurde sie ohnmächtig, und ich habe es nicht geschafft, sie aufzuwecken.« Natürlich war Devon an der Sache beteiligt. Weil immer ein Junge mit im Spiel war.

»Du hast meine sechzehnjährige Tochter auf eine Sauftour mitgenommen?«, fragte Thomas scharf.

Als Devon erbleichte, stimmte das Mika etwas gnädiger. Die Jungs, die sie in der Highschool gekannt hatte, hätten sich beim ersten Anzeichen von Ärger aus dem Staub gemacht, aber Devon schien in Ordnung zu sein. Er war bei ihr geblieben, und das war immerhin etwas. »Es tut mir leid. Penny ... sie ... wenn sie sich etwas in den Kopf setzt ...« Betroffen ließ er den Kopf hängen.

Mika ging einen Schritt auf ihn zu und sagte freundlich: »Du solltest jetzt wohl besser nach Hause gehen, Devon. Es war eine lange Nacht.« Sie sah ihn an. »Penny wird dich sicherlich anrufen. Weißt du, wie du ins Wohnheim zurückkommst?«

»Äh ... ja, okay. Ich kann mir ein Uber rufen.« Devon setzte sein Cap auf. »Penny weiß, dass ich hier war. Ich ... sie bedeutet mir wirklich viel.«

»Das sehe ich.« Am liebsten hätte Mika ihm den Arm getätschelt und gesagt, dass er zwar bescheuert gewesen, sie aber trotzdem froh war, dass Penny jemanden wie ihn hatte. Und dass er am Ende doch das Richtige getan hatte. »Schlaf gut.«

Devon ging, und Thomas schüttelte fassungslos den Kopf. »Was hat er sich nur dabei gedacht? Was hat *sie* sich dabei gedacht?«

Fröstelnd rieb Mika sich die Hände. »Ich weiß es nicht.« Kinder machten ständig Dummheiten. *Das ist unvermeidlich*, dachte Mika und erinnerte sich an ihre eigene Teenagerzeit, an dieses Gefühl, unbesiegbar zu sein. Warum konnte man manche Lektionen offenbar nur auf die harte Tour lernen? »Na komm, gehen wir zu ihr rein.«

Thomas klopfte kurz an die Tür von Zimmer Nummer fünf. »Hey, Kleines, ich bin's.« Er ging hinein, und Mika folgte ihm stumm.

Penny lag im Bett, im Krankenhaushemd, vor sich ein Tablett mit Essen. Die weiße Decke hatte sie bis zum Bauch hochgezogen. Wow, dieses Hemd hatte noch dasselbe Muster wie bei Mika damals. Plötzlich sah sie sich selbst mit neunzehn in so einem Bett liegen. Sah, wie sie Baby Pennys Wange streichelte, sanft die Nase an seiner rieb.

»Was wollt ihr hier?« Pennys Stimme klang rau. Sie hatte dunkle Ringe unter den Augen, ihre Haut war bleich und wächsern.

Thomas schob die Tür zu, die mit einem leisen Klicken ins Schloss fiel, dann stützte er die Hände in die Hüften. »Was soll diese Frage? Wir sind hier, um nach dir zu sehen.«

»Jetzt habt ihr mich gesehen. Ich lebe noch.« Penny drehte sich zur Wand. Stille machte sich breit, und Mika und Thomas wechselten einen hilflosen Blick. Was sollten sie jetzt tun? In der Ecke des Raums stand ein Mülleimer, aus dem ein paar Falten des Kimonos hervorlugten wie die Flügel einer abgeschossenen Taube.

Thomas ging zum Bett hinüber. »Das war ziemlich dumm von dir, Penny.«

Penny fuhr wieder zu ihnen herum und verdrehte die Augen. Mika hätte dafür von Hiromi einmal beinahe eine Ohrfeige kassiert; wie eine wütende Walküre hatte ihre Mutter sich auf sie gestürzt.

Sie seufzte, dann legte sie Thomas beschwichtigend die Hand auf den Arm und schob sich vor ihn. Dass sie mit Zorn hier nicht weiterkamen, war ihr klar. Sie kannte Teenager, wusste genau, wie verstockt ihre wundervollen Herzen sein konnten.

»Du hast uns Angst gemacht«, sagte sie ruhig. »Devon war übrigens auch ziemlich fertig.« Penny zuckte zusammen. Mika hatte offenbar einen Nerv getroffen. »Du hättest dich umbringen können.« Mika trat näher an das Bett heran. »Du bist verletzt, und du fühlst dich im Moment wahrscheinlich echt beschissen«, fuhr sie mit einer Prise Leichtigkeit fort. »Hör mal, dass du wütend bist, ist vollkommen klar. Es tut mir leid, dass du das gesehen hast. Es war bestimmt nicht unsere Absicht, dass du es auf diese Weise erfährst. Aber wir wollten sicher sein, dass es etwas Ernstes ist, bevor wir es dir sagen. Bitte, Penny.« Mika setzte sich in den Sessel neben dem Bett und legte ihre Hand auf Pennys.

Die warf nur einen kurzen Blick darauf, bevor sie ihre Hand wegzog. Ihr ganzer Körper spannte sich an. »Wie hattest du dir das vorgestellt?«, zischte sie. »Hast du gedacht, wenn du mit meinem Dad schläfst, wirst du zu meiner Mom? Dass du sie einfach so ersetzen könntest? Ich habe Neuigkeiten für dich: Ich hatte eine Mutter, und sie ist tot.«

Mika blinzelte verstört.

»Penny«, hörte sie Thomas mahnen.

Ganz langsam stand Mika auf. Hob eine Hand an die Brust, wo es plötzlich ganz furchtbar brannte. »Oh, äh …« Mit unsicheren Schritten ging sie zur Tür, drehte den Knauf. Thomas' Lippen bewegten sich, aber Mika verstand nicht, was er sagte. Es war, als triebe sie unter Wasser, alles schien verschwommen und irgendwie dumpf. »Ich werde dann mal …«, sagte sie. Sie hob das Kinn und fand sich im Flur wieder. Kreischend laut kehrten die Geräusche zurück. Maschinen piepten, Schwestern tauschten sich über Patienten aus, über die Lautsprecher wurde ein Code Gray ausgerufen. Immer tiefer bohrten sich Pennys Worte in ihr Herz. Als Zweitbesetzung hatte sie Mika hingestellt. Als nicht gut genug. Auf einen Schlag waren all ihre Ängste wahr geworden. Manchmal brauchte es nur Sekunden, um einen Menschen zu vernichten, und Penny hatte das gerade mit der Gelassenheit eines erfahrenen Profis getan.

Es roch nach kaltem Kaffee und Desinfektionsmittel. Mika hasste den Geruch in Krankenhäusern. Seit Pennys Geburt war das so. Sie ballte die Fäuste. Die Luft schien dünner zu werden, sie konnte kaum noch atmen. Schwindelig war ihr, schlecht. Sie setzte sich in Bewegung, lief Richtung Ausgang. Raus, sie musste einfach nur raus.

Schritte donnerten hinter ihr durch den Flur. »Mika!« Thomas rief nach ihr.

Sie stürmte durch die Doppeltür, dann durch eine zweite. Endlich frische Luft. In Portland waren die Nächte auch im Sommer kalt, und am kältesten war die Morgendämmerung. Der Himmel nahm bereits das helle Blau des frühen Morgens an, wie ein Bluterguss zwischen Nacht und Tag.

»Mika, bleib stehen«, befahl Thomas. Er packte sie am Arm, und sie fuhr zu ihm herum. Über ihnen tanzen Motten um eine Straßenlaterne. Er ließ sie los und rieb sich den Hinterkopf. »Verdammt, das war hart. Sie ist wirklich wütend, noch wütender, als ich gedacht hatte. Es tut mir so leid, Mika. Das hat sie nicht so gemeint.«

»Vielleicht schon. Ich meine, das alles hier …« Sie deutete auf ihn, dann auf sich. Ihre Wangen röteten sich. »Das mit dir, mir und Penny, das ist eine ziemlich große Sache.«

Thomas blickte auf seine Füße und nickte. »Dessen bin ich mir bewusst, aber wir kriegen das schon hin.«

Wieder dröhnten Pennys Worte durch ihren Schädel. *Ich hatte eine Mutter, und sie ist tot.* Ja, Mika wollte Penny, aber das musste ja nicht zwangsläufig heißen, dass Penny auch Mika wollte. Dass sie gut genug für sie war. Nun hatte sie das mit Penny so verbockt, wie Hiromi es bei ihr verbockt hatte. Mika verschränkte die Arme vor dem Bauch – als bräuchte sie Schutz. »Ich weiß nicht, ob das möglich ist«, sagte sie mit zitternder Stimme. Sie konnte Thomas nicht ansehen. Wollte nicht sehen, was sie im Begriff war zu verlieren. »Sie hat doch recht. Sie hatte wirklich eine Mutter, die sie geliebt und die sich den Großteil ihres Lebens um sie gekümmert hat. Ich bin nicht … Ich kann nicht … Ich kann Caroline nicht ersetzen. Wir können nicht einfach so eine Bilderbuchfamilie werden. So funktioniert das nicht.«

Plötzlich fühlte sich Mika klein, wie ein Teenager. Ein naives Mädchen mit naiven Träumen. Was hatte sie sich nur gedacht? Dass sie Pennys Mutter sein könnte, Thomas' Freundin und dass sie einander heilen könnten? Nun sah sie endlich klar: Penny und Thomas waren auf der Suche nach etwas, nach jemandem, der sie aus ihrer finsteren Trauer herausführte. Das hätte jeder sein können. Durch eine Laune des Schicksals hatte es Mika getroffen. Sie waren in einem entscheidenden Moment zusammengekommen. Aber sie gehörte nicht zu den beiden. Und die beiden gehörten nicht zu ihr. Thomas und Penny bildeten ihre eigene Welt, und Mika war darin nur ein Tourist.

Thomas ging angespannt auf und ab. »Penny ist verletzt, sie braucht nur etwas Zeit, um sich an die Vorstellung zu gewöhnen«, sagte er drängend. »Sie wird darüber hinwegkommen. Sie ist ein Teenager, die ändern doch ständig ihre Meinung.«

Mika spürte, wie sich alles in ihr verkrampfte. »Thomas ... ich glaube nicht ... Ich glaube nicht, dass das funktionieren wird.«

Seine Miene verfinsterte sich. »Sag so etwas nicht.« Sein Telefon piepte, aber er ignorierte es.

Mika atmete tief ein und aus. *Du hast sie nicht verdient,* raunte eine Stimme in ihrem Kopf. *Und ihn hast du auch nicht verdient. Keinen von ihnen.* »Sieh dir doch an, wo wir gerade stehen. Wir sind in einem Krankenhaus. Penny hätte heute Nacht sterben können. Sie ist für all das nicht bereit.« Wieder piepte sein Handy. »Das ist vermutlich Penny.« Mika deutete mit dem Kinn auf das Gerät. Ein dicker Kloß steckte in ihrer Kehle fest. »Du solltest zu ihr gehen. Sie braucht dich jetzt.«

»In Ordnung.« Thomas nickte. An seinem Kiefer zuckte ein Muskel. Er streckte ihr die Hand entgegen. »Dann lass uns reingehen.«

Mika schüttelte den Kopf. »Nein, nur du. Meine Anwesenheit wird sie nur noch mehr aufregen. Und wenn wir schon dabei sind ...« Sie blickte zum Himmel hinauf, stellte sich der unabänderlichen Tatsache. Ohne Mika in ihrem Leben war Penny besser dran. Es wurde Zeit für einen leisen Abgang. »Ich denke … ich denke, es ist besser, wenn wir uns nicht mehr sehen.«

»Mika«, sagte er wütend. »Tu das nicht. Nicht nach allem, was zwischen uns war. Bitte.«

»Es ist doch bereits geschehen.« Jetzt starrte sie auf ihre Füße, fürchtete sich davor, Thomas anzusehen. Die Welt zu sehen. Wie oft musste man jemanden schlagen, bis er endlich liegen blieb?

Noch einmal piepte sein Handy. »Penny wurde entlassen«, stellte er fest. »Ich muss ein paar Formulare unterschreiben.«

Mika nickte. »Ja, natürlich, geh nur. Hier.« Sie wollte ihm die Schlüssel geben. »Nehmt meinen Wagen. Ich glaube nicht, dass Penny mich noch sehen will. Ich nehme mir ein Taxi oder so. Sag dann einfach Bescheid, wo ich das Auto abholen soll.«

Thomas rührte sich nicht. Quälend lange Sekunden vergingen. »Ich finde schon ein Transportmittel für uns«, sagte er ausdruckslos

»Okay.« Mika drückte den Schlüsselbund an die Brust.

Einen Moment lang sah er sie stumm an. Wartete. Als sie nichts mehr sagte, stieß er einen leisen Fluch aus und ging davon. Sobald Thomas fort war, taumelte Mika zur nächsten Bank und presste krampfhaft die Lider zusammen. Atmete einmal langsam ein und aus, öffnete dann die Augen.

Dieser Bereich des Krankenhausgeländes kam ihr bekannt vor. Sie befand sich wieder vor der Wöchnerinnenstation, wo sie entbunden hatte. Wo sie mit Hana gesessen und gewartet hatte, nachdem sie Penny fortgegeben hatte, unfähig, die letzten Schritte bis zur Bushaltestelle zu gehen. Als sie dachte, diese Trauer nicht aushalten zu können, sterben zu müssen ohne Penny. Bis ihr dann irgendwann klar wurde, dass es Schlimmeres gab als den Tod. Sechzehn Jahre waren seitdem vergangen, und nun war sie wieder hier gelandet. Irgendwo klingelten Glöckchen, genau die gleichen, die sie damals bei Pennys Geburt gehört hatte. Die Zeit verlief kreisförmig.

Plötzlich schärfte sich Mikas Wahrnehmung. In ihrem Inneren zersprang etwas. Kernschmelze. Ikarus stürzte. Sie hörte Stimmen, und die Erinnerung verschlang sie in einem heftigen Strudel.

Hiromis kritische Miene beim Anblick von Mikas Bild. *Wer soll das sein, deine Freundin? Du hast ihr Gesicht viel zu rund gemalt. Sie sieht fett aus.*

Ihre Kunst, zermalmt durch Marcus' Hand. *Was ist deine Geschichte?*

Peters Hand auf ihrem Mund.

Sie machen das gut. Mrs. Pearson, als Mika die Adoptionsunterlagen unterschrieb.

Willst du sie noch einmal halten? Hana, die das Mützchen auf Pennys Kopf zurechtzog.

Wie eine Sturzwelle brachen die Erinnerungen über sie herein. Sie ertrank, schnappte nach Luft. Alles floss ineinander – ihre Vergangenheit, ihre Gegenwart. *Sind Sie Mika Suzuki? Haben Sie ein Baby zur Adoption freigegeben?* Penny, erst so lieb, dann so bitter. *Ich hatte eine Mutter, und sie ist tot.* Mika hätte es besser wissen müssen. Sie hätte wissen müssen, dass es so enden würde. *Was weißt du schon darüber, wie man ein Kind großzieht?*, hatte Hiromi gesagt.

Mika krümmte sich zusammen, schlug die Hände vor das Gesicht und weinte. Weinte in der Stille des Morgens, wünschte sich, die Erde möge sie verschlingen. Dann holte sie ihr Telefon aus der Tasche und suchte nach den Tourdaten von Pearl Jam. Sie musste zu Hana, musste weg von hier. Da, Pearl Jam spielten als Nächstes in Eugene. Sie stolperte zu ihrem Wagen, startete den Motor und fuhr los. *Kampf oder Flucht, das ist eine ganz natürliche Reaktion*, hatte ihre Therapeutin Suzanne ihr erklärt, nachdem Mika berichtet hatte, wie sie aus Peters Wohnung geflohen war. Was Peter ihr angetan hatte, hatte sie Suzanne zufolge auf ihr innerstes Selbst zurückgeworfen. *Dein Geist konnte das nicht verarbeiten, also hat dein Körper übernommen. Das hat dich gerettet.* Das war Mikas Überlebensstrategie.

Kapitel EINUNDDREISSIG

Als sie die halbe Strecke nach Eugene hinter sich hatte, hielt Mika an einem Rasthof. **Rate mal, wer dich besuchen kommt?**, schrieb sie Hana. Eine fröhliche Nachricht, die nichts von dem Sumpf verriet, dem sie entstammte.

Hanas Antwort kam zwei Stunden später, als Mika bereits durch die Außenbezirke der Stadt fuhr. **WTF? Du kommst nach Eugene?**

Mika parkte unter einer Überführung und drückte beide Hände auf die Augen. Die schweren Lastwagen, die über sie hinwegdonnerten, ließen ihren kleinen Wagen beben. **Korrigiere, ich *bin* in Eugene. Hoteladresse, bitte.**

Sie presste die Hände auf die Knie und wartete. Endlich schickte Hana ihr einen Link mit dem knappen Zusatz: **Ich warte in der Lobby.**

*

Mika schob sich durch die gläserne Drehtür des protzigsten Hotels von Eugene. Wie versprochen wartete Hana bereits auf sie. Ihre Arme waren fest vor der Brust verschränkt, und sie tippte unruhig mit den Fingern auf ihrem Bizeps herum.

»Hi!«, begrüßte Mika sie lächelnd, wohl wissend, dass ihr das Elend ins Gesicht geschrieben stand. Sie fühlte sich auch so. Als würde sie haltlos in die Tiefe stürzen.

»Hi«, erwiderte Hana vorsichtig. »Das ist ja mal eine Überraschung.«

Es war sieben Uhr morgens, und in der schicken Hotelhalle waren vor allem Familien unterwegs. Mika holte tief Luft. Hier roch es irgendwie zitronig, viel besser als der Desinfektionsmittelgestank in der Klinik. »Ich weiß. Aber ich habe mir eben gedacht: Was soll's? Ich vermisse meine Hana.«

»Aha.« Hana musterte sie skeptisch. »Also hast du dich einfach so am Sonntagmorgen um fünf Uhr ins Auto gesetzt und bist hergefahren?«

»Ganz genau. Ist doch lustig, oder? Ich brauche jetzt einen Drink. Lass uns einen trinken.« Suchend sah Mika sich nach der Bar um.

»Es ist sieben Uhr morgens. Die Bars haben geschlossen.«

»Minibar?« Mika kam sich sehr schlau vor. Sie hatte eine Lösung für jedes Problem.

Hana verdrehte die Augen. »Also schön. Aber nur, weil ich der Meinung bin, dass du momentan nicht öffentlichkeitstauglich bist.«

Hanas Hotelzimmer war schick und modern, ausgestattet mit einem Kingsizebett, einem kleinen Tisch und bodentiefen Fenstern mit Blick auf einen schlammigen Fluss. Mika genoss diesen Ausblick ganze zwei Sekunden lang, bevor sie sich auf die Suche nach dem Minikühlschrank machte, der sehr clever in einem Schrank verbaut war. Sie nahm, ohne genau hinzusehen, eines der Fläschchen heraus, öffnete es und kippte sich den Inhalt in den Hals. Whiskey. Sie wischte sich mit dem Handrücken den Mund ab. Das Brennen in der Kehle gefiel ihr, denn es lenkte sie von dem brennenden Schmerz in ihrem Inneren ab.

»Ich muss schon sagen.« Hana lehnte sich an die Wand. »Das sind nicht gerade positive, gefestigte Vibes, die du hier verbreitest.«

»Wem sagst du das.« Mika fühlte sich nicht gefestigt. Eigentlich fühlte sie sich total instabil. Als würde sie auf angeknacksten Ästen balancieren. Wieder ging sie zum Kühlschrank, vernichtete das zweite Whiskeyfläschchen. Sollte sie vielleicht etwas essen? Nein. Dummer Gedanke. Das könnte ihr den Rausch verderben.

Hana kam zu ihr herüber und nahm eine Flasche Wasser aus der Minibar. »Schieb wenigstens schluckweise was davon ein, zwischen den Shots.«

»Danke.« Mika trank einen ordentlichen Schluck Wasser. Da kein Whiskey mehr da war, ging sie zum Wodka über. Eine gute Marke, die vor allem mit Cranberrysaft hervorragend schmeckte, aber Mika trank ihn pur.

Hana setzte sich auf das Bett. »Wirst du mir jetzt erzählen, was passiert ist? So habe ich dich seit unserem ersten Collegejahr nicht mehr erlebt.«

Mika tippte sich auf die Nase. »Ding, ding, ding! Volle Punktzahl. Was passiert ist? Ich habe es mal wieder verkackt. Das ist passiert. Gibt es nicht so ein Sprichwort, dass sich die Vergangenheit immer wiederholt?« Langsam setzte die Wirkung des Alkohols ein. Ihr Magen erwärmte sich, ihre Glieder wurden taub. Genau das wollte sie jetzt: nichts mehr spüren, so wie während der letzten sechzehn Jahre. Das war sicherer. Zurück zur Minibar. Noch einen Wodka? Oder Tequila? Warum nicht?

»Mika«, mahnte Hana ruhig. »Mika!« Nun klatschte sie in die Hände.

Fragend sah Mika sie an. »Was?«

»Sitz«, befahl Hana, als hätte sie einen Hund vor sich.

Mika ließ sich neben der Minibar auf den Boden fallen. Besser in Reichweite bleiben. Dieser Tequila würde sich schließlich nicht selbst trinken. Sie streckte die Hand danach aus.

»Nein!« Hanas Finger schlossen sich um ihr Handgelenk. Wie hatte sie sich so schnell bewegen können? Oder war Mika einfach sehr langsam? »Du kriegst nichts mehr, bis du mir erzählt hast, was hier los ist.«

Hana schlug die Kühlschranktür zu, und Mika lehnte sich gegen den Schrank, zog die Beine an und drückte die Knie an die Brust. »Ich habe mit Thomas geschlafen, und Penny hat uns erwischt.« Sie legte eine Kunstpause ein. »In Unterwäsche.«

»Ach du Scheiße.« Hana ließ sich gegenüber von Mika nieder.

»Es wird noch schlimmer.«

»Wie viel schlimmer?«

»Ich will noch was zu trinken.«

»Erst nachdem du mit der ganzen Geschichte rausgerückt bist.«

Mika schmollte einen Moment, dann aber begann sie mit Thomas' und ihrem ersten Kuss damals im Hotel. Erklärte, dass sie ihre Beziehung hatten geheim halten wollen, weil sie noch so frisch war. Dass sie hatten warten wollen, bis es wirklich etwas zu berichten gab – bis wirklich etwas aus ihnen geworden war –, um Penny nicht zu beunruhigen. Und wie sie, als sie das nächste Mal miteinander allein waren, übereinander hergefallen waren wie wiedervereinte Liebende. Wie Penny hereingeplatzt war, voller Wut. »Wir sind aufgeblieben und irgendwann auf der Couch eingeschlafen.« Mika dachte daran, wie sie sich in Thomas' Arme gekuschelt hatte. Indem sie die

Sorge gemeinsam trugen, schien es zunächst so, als würde alles gut werden. »Penny hat sich dann wohl betrunken.« Plötzlich wurde ihr bewusst, dass sie gerade dasselbe tat – sie ertränkte ihren Kummer in Alkohol. Schnell verdrängte sie diese Parallele. Immerhin war sie fünfunddreißig, nicht sechzehn. Sie konnte verdammt noch mal tun, was sie wollte. »Schließlich ist sie mit einer Alkoholvergiftung in der Notaufnahme gelandet. Wir sind zu ihr gefahren, und ... sie war so *wütend*. Sie hat ein paar schreckliche Dinge gesagt.« *Ich hatte eine Mutter, und die ist tot.* Wie Gift hatten sich Pennys Worte in sie hineingefressen, ließen jetzt noch ihr Blut in den Adern gefrieren.

Mika legte den Kopf zurück und starrte an die Decke. »Ich hatte Penny zurückbekommen.« Krampfhaft spreizte sie die Finger. »Nach sechzehn Jahren hatte ich sie endlich wieder, und dann habe ich das eine getan, was sie unter Garantie von mir wegtreiben musste. Ich wusste, was auf dem Spiel stand, und ich habe es trotzdem getan.« Dabei hätte es ihr von Anfang an klar sein müssen. Wer der Sonne zu nah kam, verbrannte sich an ihr. Verzweifelt drückte sie die Handballen auf die Augen. »Wie konnte ich nur glauben, ich könnte Penny *und* Thomas haben? Ich bin so dämlich.«

»Moment mal.« Hana runzelte die Stirn. »Was redest du denn da?«

»Sieh dir mein Leben doch an, Hana. Eine totale Katastrophe. Und jetzt ist das Leben von Penny und Thomas ebenfalls eine Katastrophe. Weißt du, was der gemeinsame Nenner ist? Ich.« Sie rammte sich den Daumen in die Brust. Ihre Mutter hatte sie ebenfalls ins Unglück gestürzt. Vielleicht wäre Hiromi in Japan geblieben, wenn sie keine Tochter gehabt hätte, die sie großziehen musste. Hätte sich das Leben aufgebaut, das sie wollte. Alles deutete darauf hin, dass die Antwort Ja wäre.

»Okay, ich gebe zu, die Situation ist nicht ideal.« Hana streckte die Beine aus und überkreuzte die Knöchel. »Die Lage ist kompliziert, und Thomas und du, ihr habt das wohl nicht richtig durchdacht. Aber, Süße, glaubst du wirklich, du hättest das herbeigeführt? Dass du die Macht hast, alles zu verderben?«

Mika nickte stumm.

»Oh, bitte.« Hana schnaubte abfällig. »So weit reicht dein Einfluss nun wirklich nicht.«

Trotzig reckte Mika das Kinn. »Das ist aber auch egal.«

»Es ist überhaupt nicht egal«, betonte Hana. »Was willst du denn nun? Willst du Thomas? Willst du Penny?«

Was willst du? Genau das hatte Thomas sie auch gefragt, und dann hatte sie ihn geküsst. Weil sie es gewollt hatte, aber auch, um der Frage aus dem Weg zu gehen. Um sich selbst gegenüber nicht ehrlich sein zu müssen. »Ich will Penny. Und ich will Thomas. Aber noch mehr als das …« Mika ballte die Fäuste und schlug gegen ihre Knie. »Ich will glücklich sein, und ich will endlich keine Angst mehr haben.« Ihre Gedanken wanderten zu dem Kasten mit Ölfarben, der vergessen im Wohnzimmer auf dem Boden lag. *Was willst du denn mit einem Abschluss in Kunst?*, hatte ihre Mutter gefragt. Wenig später hatte sie Marcus getroffen. Damals hatte sie diesen Glücksfall als Belohnung dafür gedeutet, dass sie sich gegen ihre Mutter durchgesetzt hatte. Doch als durch Marcus auch Peter in ihr Leben trat, wurde daraus eine Strafe. Die Bestrafung dafür, nicht auf ihre Mutter gehört, sich ihren Wünschen widersetzt zu haben. Wie hatte ihr diese Verbindung so lange entgehen können? Alles, was ihr zugestoßen war, hatte nur bestätigt, was ihre

Mutter immer gesagt hatte: dass sie nicht gut genug war. Dass sie abstürzen würde, wenn sie ihre Flügel ausbreitete und flog. Dass es besser war, auf dem Boden zu bleiben.

»Erzähl mir über den Teil mit der Angst«, sagte Hana sanft.

Ein pochender Schmerz schoss durch Mikas Körper. »Hast du nicht auch manchmal das Gefühl, dass das Leben an dir vorbeigezogen ist? Denkst du ab und zu an unsere Zeit in der Highschool? Damals war alles so klar und eindeutig, und dann ... keine Ahnung. Mir wurde der Boden unter den Füßen weggezogen, Hana. Und ich habe solche Angst, dass es wieder passieren könnte.« Liebe bedeutete Schmerz. Leben bedeutete Schmerz. Und es war wieder passiert. Mika bohrte die Fingerspitzen in den Teppich.

»Ich empfinde das nicht so. Aber ich verstehe, dass es dir so geht.«

»Manchmal wünsche ich mir, ich könnte die Zeit zurückdrehen, aber dann gäbe es auch Penny nicht, und ich hätte nie ... Aber es tut alles so weh. Als ich wieder Kontakt zu ihr hatte, war das wie eine zweite Chance für mich. Anfangs wollte ich mich nur vergewissern, dass ich ihr keinen bleibenden Schaden zugefügt hatte, aber dann wollte sie mich kennenlernen. Wollte Zeit mit mir verbringen. Und es hat sich so gut angefühlt, ein Teil ihres Lebens zu sein.« Wie eine Wiedergeburt war es für Mika gewesen. Plötzlich hatte sie das Gefühl gehabt, ihr Leben müsste nicht zwangsläufig wie ein Zug an allem vorbeirauschen.

»Man kann sein Selbstwertgefühl nicht auf anderen aufbauen«, erklärte Hana. »Das muss aus einem selbst kommen.« Sie erhob sich auf die Knie und rutschte heran, bis sie ganz dicht vor Mika hockte. Mit beiden Händen umfasste sie ihr Gesicht. »Glaubst du mir das?«

Mikas Blick huschte fahrig herum, sie konnte Hana nicht in die Augen sehen. Die drückte ihre Wangen zusammen, bis es wehtat. »Aua«, protestierte Mika.

»Sieh mich an, Schnapsdrossel. Ich will, dass du das ein für alle Mal begreifst: Du hast es verdient, zu leben. Du hast es verdient, dir deinen eigenen Raum zu schaffen. Du hast es verdient, dass sich deine Wünsche erfüllen.« Sie ließ Mikas Gesicht los und drückte eine Hand an ihre Brust. »Ich sehe dich. Deine Sehnsucht zu reisen, zu malen, ist immer noch da. Sie nagt schon so lange an dir, und ich habe Angst, was es mit dir macht, wenn du weiterhin alles in dir vergräbst. Du kannst nicht zurück. Niemand kann in die Vergangenheit zurückkehren. Aber man kann selbst entscheiden, wie man sich weiterbewegen möchte. Vorwärts.«

Mika wollte Hanas Worte nicht annehmen. Die Wunde war noch zu frisch, zu empfindlich. »Was ist mit mir passiert?«, fragte sie leise.

»Das Leben hat dir die Scheiße aus dem Leib geprügelt.«

Mika nickte. »Vielleicht begleite ich dich jetzt doch noch auf der Tour.«

Hana lehnte sich zurück. »Nein, das werde ich nicht zulassen. Du baust dir in Portland gerade etwas auf.« Verlegen zupfte sie an ihrem Ohrläppchen. »Außerdem kommt Josephine heute Abend. Und ich meine das jetzt wirklich nur nett, aber du bist schon irgendwie ein Liebestöter.«

Mika begann zu kichern und bekam prompt Schluckauf. »Ein Liebestöter?«

»Lustkiller?«, schlug Hana naserümpfend vor. »Gefällt dir das besser?«

»Viel besser«, entschied Mika. »Darf ich jetzt weitertrinken?«

»Nein.« Hana rappelte sich auf, dann zog sie Mika die Schuhe aus und half ihr, sich das Sweatshirt über den Kopf zu ziehen. »Jetzt darfst du schlafen. Ich muss gleich zur Probe.«

Schwankend stand Mika auf. Ihr Schädel dröhnte, Alkohol und Heulen war eine miese Kombination. Aber schlafen, das klang gut. »Ein kleines Nickerchen vielleicht.« Mika drückte Daumen und Zeigefinger zusammen, um anzuzeigen, wie klein es werden sollte, dann torkelte sie zum Bett hinüber. Als sie unter die Decke schlüpfte, fühlte sie sich wie auf Wolken.

Hana deckte sie zu. »Wenn du aufwachst, kannst du hier duschen und dir ein paar Klamotten von mir leihen. Aber meine Zahnbürste ist tabu. Ruf bei der Rezeption an und lass dir eine bringen.«

»Pfft«, empörte sich Mika. »Da benutzt man *ein* Mal eine fremde Zahnbürste, und schon …«

»Es geht um Grenzen. Selbst die engste Freundschaft braucht gewisse Grenzen.« Hana drückte tröstend ihre Füße.

»Hab dich lieb, Schönheit«, murmelte Mika, während sie sich einkuschelte.

Hana zog die Vorhänge zu und schaltete das Licht aus. Nun war es dunkel und kühl im Zimmer. »Hab dich auch lieb, Schönheit«, erwiderte sie. Die Zimmertür fiel zu, und Mika glitt in den Schlaf.

Kapitel ZWEIUNDDREISSIG

Fünf Stunden später wachte Mika auf, völlig gerädert und im ersten Moment orientierungslos. Eine Zeit lang lag sie einfach im Halbdunkel und hörte sich selbst beim Atmen zu. Zählte, wie oft sich ihre Brust hob und senkte. Schließlich stand sie auf und zog die Vorhänge zurück. Es war früher Nachmittag, die Sonne schien und hinterließ glitzernde Spuren auf dem Wasser des Flusses. Mika machte sich eine Tasse Kaffee und suchte in Hanas Koffer nach sauberer Kleidung. Dann putzte sie sich mit dem Finger die Zähne. Bevor sie das Hotel verließ, aß sie im Restaurant einen Burger und ein Softeis.

Als sie im Auto saß, schrieb sie an Hana: **Fahre jetzt nach Hause. Danke. Habe mein Essen übrigens auf dein Zimmer schreiben lassen, weil du mir ja bestimmt etwas Gutes tun wolltest.**

Kurz nachdem sie Eugene verlassen hatte, kam Hanas Antwort: **Freut mich, dass dir die Sache nicht auf den Magen geschlagen ist.** Nur Sekunden später folgte eine zweite Nachricht. **Denk dran: Viele Leute sterben im Wald, weil sie immer nur in eine Richtung laufen.**

Mika schaffte die sonst zweistündige Fahrt in einer Stunde und vierzig Minuten. Als sie vor dem Haus hielt, entfuhr ihr ein gequälter Seufzer, denn in der Auffahrt stand der alte Honda ihrer Mutter. Hiromi saß auf dem Fahrersitz. Gleichzeitig piepte Mikas Handy. Eine Nachricht von

Thomas. **Ich bringe Penny nach Hause, also zurück nach Dayton. Unser Flug geht in ein paar Stunden. Wollte nur, dass du Bescheid weißt.**

Mika biss sich auf die Lippe. **Danke. Geht es Penny gut?**

Er antwortete sofort. **Ja, es geht ihr gut. Allerdings müssen wir noch ordentlich an ihrer Einstellung arbeiten. Darf ich dich anrufen, wenn wir zu Hause sind? Ich würde unser letztes Gespräch gerne fortsetzen.**

Hiromi stieg aus dem Wagen und blickte durch die Windschutzscheibe zu Mika herein. **Das halte ich für keine gute Idee**, schrieb Mika.

Dann war's das also?, fragte Thomas.

Vorerst schon, antwortete sie, machte in Gedanken daraus aber ein *endgültig*.

Sie legte das Telefon weg und rieb sich die Augen. Trotz ihres Gesprächs mit Hana war alles immer noch … scheiße. Schließlich öffnete sie die Fahrertür und rief Hiromi auf Englisch zu: »Was machst du hier, Mom?« Sie tauchte auf dem Rücksitz ab, um die schmutzigen Klamotten einzusammeln, die sie durch Hanas Sachen ersetzt hatte.

Als sie sich wieder umdrehte, waren Hiromis schwarze Augen fest auf sie gerichtet. »Sprichst du jetzt kein Japanisch mehr?«

Achselzuckend schob sich Mika an ihrer Mutter vorbei, beide Hände fest um die zerknitterten Sachen geschlungen. Hiromi folgte ihr zur Tür und dann ins Haus, wo Mika die Wäsche achtlos auf die Couch warf. Hiromis Nase zuckte kurz, doch sie ging kommentarlos in die Küche und blickte von dort in den Garten hinaus. »Ich hatte dir doch gesagt, dass der Baum gegossen werden muss.« Die Blätter des frisch gepflanzten Ahornbäumchens waren braun geworden und rollten sich ein. Hiromis Hinweis, dass Wesen, denen man Pflege und Nahrung verweigerte, eingehen und sterben konnten, entbehrte nicht einer gewissen Ironie.

Mika blieb stehen, stemmte die Hände in die Hüften und drehte sich zu ihrer Mutter um. Steif aufgerichtet, als stünde sie am Rand einer hohen Klippe. »Bist du aus einem bestimmten Grund hier?«

Gereizt runzelte Hiromi die Stirn. »Ich bin gekommen, um die Kimonos abzuholen. Ich habe angerufen, dich und Penny, aber niemand drangegangen.« Wieder einmal entglitt ihr die Grammatik. Sie hatte es ihrer Zunge nie gestattet, sich ganz der englischen Sprache anzupassen, was Mika wütend machte.

Frustriert fuhr sie sich mit der Hand über das Gesicht. »Ja, super. Ich hole ihn.« Sie ging in ihr Zimmer und hob den Kimono vom Boden auf. Einen Moment lang blieb ihr Blick an dem zerwühlten Bett hängen. Sie dachte an Thomas. An seinen Körper, an die Art, wie sie auf ihn reagiert hatte. Dann hörte sie wieder Pennys Worte im Krankenhaus. Der Riss in ihrem Herzen klaffte ein wenig weiter auf. Wann er wohl irreparabel wurde? »Ich war in Eugene und habe Hana besucht. Und Penny ist schon wieder auf dem Weg nach Ohio«, erklärte sie Hiromi, als sie ihr den Kimono übergab.

»Warum?« Überrascht nahm sie das Kleidungsstück entgegen und strich mit dem Daumen über den Stoff. »Ihr Trainingslager dauert doch noch eine Woche. Wir waren für Mittwoch verabredet, ich wollte Sukiyaki machen.«

Mika ignorierte ihre Mutter. »Pennys Kimono ist leider kaputtgegangen. Ich werde ihn dir ersetzen.« Dann ging sie zur Haustür und öffnete sie – ein klares Zeichen, dass ihre Mutter gehen sollte. *Bitte, geh jetzt.*

Doch Hiromi blieb stur stehen und drückte den Kimono an die Brust. »Was ist denn mit dem anderen Kimono passiert? Und warum reist Penny schon ab?«

Das ließ den letzten Ast, an dem Mika sich festgeklammert hatte, brechen. »Wenn du es unbedingt wissen musst: Penny war gestern Abend auf einer Party und hat zu viel getrunken. Sie ist mit einer Alkoholvergiftung im Krankenhaus gelandet.«

»Warum hast du zugelassen, dass sie auf eine Party geht? Du solltest bei ihr im Krankenhaus sein.« Fassungslos schüttelte Hiromi den Kopf. »Was hast du getan?«

Selbstverständlich gab sie Mika die Schuld. Kraftlos rutschte Mikas Hand von der Tür ab, sie ließ sie offen stehen. Sollte es doch die ganze Nachbarschaft hören. Ihr war es egal, sie hatte die Schnauze voll. Sie hatte lange genug den Mund gehalten. »Warum gehst du automatisch davon aus, dass *ich* etwas getan habe? Weil immer alles meine Schuld ist, richtig? Ist dir eigentlich bewusst, wie schmerzhaft es für mich war, Penny zur Adoption freizugeben?« Wieder sah Mika sich auf der Bank vor der Wöchnerinnenstation sitzen, mit dem Geruch von Desinfektionsmittel in der Nase.

Hiromi schüttelte den Kopf. »Darüber möchte ich nicht sprechen.« Sie wandte sich ab und wollte gehen, aber Mika blockierte die Tür mit ausgestrecktem Arm. »Wir sprechen nie über irgendetwas!«, sagte sie scharf. Tränen liefen ihr über die Wangen. Sie ging auf ihre Mutter zu, die hastig zurückwich. »Und genau das ist das Problem. Also, lass uns jetzt darüber sprechen. Lass uns darüber sprechen, wie ich mein Baby zur Adoption freigegeben habe. Wie ich ganz allein in diesem Krankenhaus lag. Wie ich vergewaltigt wurde.« Ein stechender Schmerz fuhr durch Mikas Bauch.

Das Wort hing zwischen ihnen in der Luft, fiel herab und war frei. Mit leiser Stimme fuhr sie fort: »Hast du das gewusst? Ich wurde vergewaltigt.« Es tat gut, es auszusprechen. Vielleicht waren ihre wohl gehüteten Geheimnisse tatsächlich Lügen. Lügen, die sie sich selbst erzählt hatte. Lügen, die sie ihrer Mutter erzählt hatte. *Niemand hat mich jemals verletzt. Du hast mich niemals verletzt.*

Hiromis Augen wurden feucht. Rasch blinzelte sie die Tränen fort. »Na und? Es geschehen ständig schreckliche Dinge. Man muss einfach weitermachen. Es vergessen. Ich wollte Japan nie verlassen, und trotzdem habe ich es getan.« Mika fuhr zusammen. Das war genau die Reaktion, die sie befürchtet hatte für den Fall, dass sie ihrer Mutter jemals die Wahrheit sagen würde. *Erhebe dein Haupt. Mach dich nicht zum Opfer.* »Warum erzählst du mir das alles?«, wollte Hiromi noch wissen.

»Keine Ahnung«, schluchzte Mika, dann wurde sie ganz ruhig. »Ich weiß es nicht. Vermutlich wollte ich einfach, dass du es weißt.« Wollte die Last loswerden. »Vermutlich wollte ich, dass du mich liebst, wenn ich es dir sage.«

Hiromi breitete die Hände aus. »Aber jetzt ist doch alles in Ordnung. Du hast einen guten Job, du hast Penny. Ständig beklagst du dich. Nie ist irgendetwas gut genug für dich.«

Mika lachte laut auf. Das war stark. »Nie ist irgendetwas gut genug für *dich*.« Sie zeigte mit dem Finger auf ihre Mutter. »Und es ist überhaupt nichts in Ordnung, verdammt.« Mika rieb sich die Wangen und starrte ihre Mutter an. Die Frau, die ihr das Leben geschenkt hatte. Die Frau, die über Jahre hinweg Selbstzweifel in Mika gesät hatte. Hiromi. Mutter, Schöpferin, Zerstörerin. »Du hast nie an mich geglaubt.« Von Hiromis Tochter zu einem Vergewaltigungsopfer, das war wie der Umzug von einem Gefängnis in ein anderes. Waren Mädchen etwa dazu bestimmt? Sah so ihr Leben aus? Bestand es nur aus Sprüngen von einem Käfig zum nächsten?

Hiromi hatte ihre Mauern wieder errichtet. Mika konnte die Ziegelsteine in ihren Augen förmlich sehen. Undurchdringlich. Sie hatten einander noch nie verstanden. »Du hast nie an dich selbst geglaubt«, erwiderte Hiromi.

Kalte, drückende Stille breitete sich aus. Eine Wolke schob sich vor die Sonne, der Raum verfinsterte sich. *Wie soll das enden?*, fragte sich Mika. Jedenfalls nicht so, wie sie es sich gewünscht hätte. Sie dachte an Caroline, die mit Penny im Partnerlook gegangen war. An Hiromi und die erzwungenen Tanzstunden. Daran, dass Mütter in ihren Töchtern eine Art Echo sehen. Einen zweiten Versuch, eine jüngere Version von sich, die das Leben führen konnte, das sie nicht hatten, oder ihr eigenes Leben, nur besser. *Aber Kinder sind nicht unsere zweiten Chancen*, erkannte Mika plötzlich. Es war nicht fair von Hiromi, anzunehmen, in Mika müssten dieselben Sehnsüchte schlummern wie in ihr. Kinder sollten einfach nur die Liebe ihrer Eltern empfangen und sie irgendwann weitergeben.

»Es tut mir leid, dass ich nicht die Tochter sein konnte, die du dir gewünscht hast«, sagte sie mit erstickter Stimme, fühlte sich aber befreit. Als würden ihre inneren Dämme brechen, als würde das letzte Band, das sie an die Erwartungen ihrer Mutter fesselte, endlich durchtrennt. Ihre Vorstellung von einer guten Mutter war unrealistisch gewesen, ein reines Fantasieprodukt. Aber jetzt nicht mehr. Von nun an würde sie sich nicht mehr ständig fragen, was mit ihr nicht stimmte. »Und jetzt entschuldige mich bitte, ich muss morgen arbeiten.« Mika gab die Tür frei.

Nach kurzem Zögern ging Hiromi, mit hängendem Kopf. Mika drückte die Haustür hinter ihr ins Schloss. Dann trat sie ans Fenster, beobachtete, wie ihre Mutter ins Auto stieg und davonfuhr. Mika zog die Vorhänge zu, verriegelte die Tür und lehnte sich dagegen. Ihr Blick fiel zur Couch, auf den Kasten mit den Ölfarben, der darunter hervorragte. Sie ging hinüber, kniete sich hin und zog ihn hervor. Langsam öffnete sie den Kasten, drehte den Verschluss einer Tube ab und drückte sich einen winzigen Tropfen Gelbocker auf den Zeigefinger, verrieb die Pigmente mit dem Daumen auf der Haut. Sie stand auf. Der Bann war gebrochen, die Wahrheit war ans Licht gekommen. Und Mika hatte überlebt.

Kapitel DREIUNDDREISSIG

Sie schlief wieder, tief und fest, wie in stillem klarem Wasser. Als sie aufwachte, lagen die Ölfarben noch immer auf dem Couchtisch, wo sie sie zuletzt hingelegt hatte. Einen Moment lang starrte sie den Kasten an. Ihr Magen knurrte. Doch Mika ignorierte den Hunger. Sie brauchte jetzt andere Nahrung.

Es war kurz vor Ladenschluss, als Mika das *Art Emporium* betrat. Hinter dem Empfangstresen saß ein junger Typ mit Ziegenbärtchen. Er blickte von seiner zerlesenen Ausgabe von *Spiel im Sommer* auf, um sie zu begrüßen.

Sie holte sich einen Einkaufswagen und begann, ihn systematisch zu befüllen: Staffelei, Palette, Firnis, Leinwand, Grundierung, Pinsel. Ölfarben hatte sie ja schon, deshalb ließ sie die aus. Bei den Lösungsmitteln blieb sie wie erstarrt stehen. Terpentin. Obwohl die Flaschen fest verschlossen waren, hing der Geruch von Harz in der Luft. Sie musste würgen. Noch zu früh. Peter tauchte vor ihrem inneren Auge auf, sie spürte wieder seine Hand auf ihrem Mund.

»Kann ich Ihnen helfen?«, rief der Mann ihr vom Tresen aus zu.

Auf dem untersten Regalbrett stand eine Flasche mit Terpentinersatz. Mika schraubte sie auf und roch daran. Ein kerosinartiger Geruch schlug ihr entgegen. Besser, aber zu stark. Nicht ganz richtig.

»Äh … die dürfen Sie nicht öffnen. Sehen Sie nicht, da ist ein Hinweis, dass man den Inhalt nur in gut belüfteten Räumen verwenden darf«, sagte der Typ.

Mika schraubte die Flasche wieder zu, nahm den Terpentinersatz einer anderen Marke und roch daran. Dasselbe. Das hätte sie sich denken können.

»Was machen Sie denn da?« Der Mann vom Tresen kam mit erhobenen Händen auf sie zu. Mika hatte im Zug mal eine ähnliche Szene erlebt, als ein Polizist sich einem Obdachlosen näherte, der sich sämtliche Klamotten vom Leib gerissen hatte.

Mit der Flasche in der Hand sah sie ihn an. »Ich glaube, ich habe die Puzzleteile meiner Vergangenheit ignoriert, weil mir nicht klar war, dass sie der Schlüssel für meine Zukunft sind.«

Verwirrt bohrte sich der Typ die Zungenspitze in die Wange. »Ooookaaayyyyy«, sagte er in diesem wachsamen Tonfall, den man bei Leuten benutzt, mit denen man besonders behutsam umgehen muss. Allerdings schien seine Sorge nicht Mika zu gelten.

»Welche Lösungsmittel kann man noch benutzen außer Terpentin und Terpentinersatz?« Entschlossen stellte Mika die Flasche zurück ins Regal.

»Speiklavendelöl-Essenz, oberstes Regal.« Er zeigte darauf. »Das ist teurer als Terpentin, deswegen haben wir immer nur ein paar Flaschen davon auf Lager.«

Mika stellte sich auf die Zehenspitzen, konnte die Flasche aber gerade mal mit den Fingerspitzen berühren.

Der Typ trat einen Schritt vor. »Soll ich helfen?«

»Nein, danke.« Mit einem kleinen Hüpfer gelang es ihr, die Flasche so anzustupsen, dass sie in ihre ausgestreckte Hand fiel. »Ich komme gut allein zurecht«, erklärte sie mit einem triumphierenden Lächeln. »Das wäre dann wohl alles.« Ihr Wagen war voll. Ihr Herz war voll. Sie hatte ganz vergessen, wie viel Freude Künstlerbedarf bereitete. Vorfreude darauf, etwas Neues zu erschaffen.

Der Typ gab alles in die Kasse ein. Als die Endsumme feststand, musste Mika zur Seite treten und per Handy etwas Geld von ihrem Sparkonto transferieren. »Entschuldigung.« Sie reichte ihm ihre Kreditkarte.

Gelassen zog er die Karte durch das Gerät. »Alles cool. Wir haben hier eine Menge schräger Künstlertypen«, sagte er. Offenbar hatte er ihre Entschuldigung missverstanden. Hinter ihm an der Wand standen Zitate berühmter Künstler: DIE KUNST WÄSCHT DEN STAUB DES ALLTAGS VON DER SEELE, Pablo Picasso; KUNST IST NICHT DAS, WAS MAN SIEHT, SONDERN DAS, WAS MAN ANDERE SEHEN LÄSST, Edgar Degas; DURCH DIE MALEREI ENTDECKT MAN SICH SELBST. JEDER GUTE KÜNSTLER MALT DAS, WAS IHN AUSMACHT, Jackson Pollock; MITHILFE EINES SPIEGELS SIEHT MAN SEIN GESICHT, MITHILFE DER KUNST SIEHT MAN SEINE SEELE, George Bernard Shaw.

»Danke.« Mika packte ihre Gerätschaften zusammen und verstaute sie auf der Rückbank des Wagens. Der Tag neigte sich dem Ende zu, aber sie hatte das Gefühl, als würde er gerade beginnen. Wie eine Wiedergeburt. Zum Schluss hielt sie bei einem Lebensmittelgeschäft an. Kaffee, sie brauchte Kaffee. Sie stürmte durch den Bioladen, wo man Wildsardinen kaufen konnte, aber nichts mit gehärteten Fetten, Maissirup oder künstlichen Aromastoffen. Sie schnappte sich das erstbeste Päckchen Kaffee und stieß beim Umdrehen mit jemandem zusammen. »Entschuldigung«, murmelte sie.

»Mika?«

Sie blieb stehen, blickte hoch. Vor ihr stand ein blonder Riese und rieb sich die Schulter. »Leif.«

»Ich dachte immer, du hasst diesen Laden«, sagte er, einen Einkaufskorb in der Hand. Früher, als Paar, waren sie öfter hergekommen. Zu spät fiel Mika ein, dass es der Laden war, in dem Leif den Kassierer gebeten hatte, seine Einkäufe per Hand einzutippen, damit der Laser nicht seine Lebensmittel berührte. »Alles okay?«, fragte er und musterte sie aufmerksam. »Wir haben uns ja seit der Galerieeröffnung nicht mehr gesehen.« Der Abend, an dem alles schiefgelaufen war.

»Stimmt.« Während sie ihn ansah, dachte sie über ihre Beziehung nach. Was war mit ihnen geschehen? »Vielen Dank noch mal, dass du mir so geholfen hast. Das hättest du nicht tun müssen.«

»Aber natürlich musste ich das«, erwiderte er schlicht. »Du bist mir wichtig, Mika.«

Verlegen starrte sie auf ihre Füße. »Du bist mir auch wichtig. Das tut mir alles schrecklich leid.« Sie wedelte mit dem Paket Kaffee in seine Richtung. »Dass ich dich bei deinen Träumen nie unterstützt habe, dass ich so viel Scheiße gebaut habe …« Jetzt erst begriff sie, dass der Schlüssel zur Sicherheit nicht darin lag, niemals Risiken einzugehen. Sich nicht zu verlieben. Sich selbst in seinen Träumen und Hoffnungen nicht über die nächsten vierundzwanzig Stunden hinauszuwagen. Es war so befreiend, zu träumen. Und das hatte sie Leif übelgenommen.

Der lachte nun fröhlich. »Du denkst, du hättest Scheiße gebaut? Ich war die ganze Zeit nur high, war ständig unzufrieden mit mir selbst und mit dem, was ich im Leben erreicht hatte. Das lag nicht nur an dir, Mika. Wir haben einfach beide festgesteckt.«

Mika schluckte schwer, dann nickte sie. »Ich hätte dir von Penny erzählen sollen.« Ja, sie hätte sich ihm öffnen sollen. Eigentlich hatte sie Leif nie wirklich eine Chance gegeben. Hatte ihm nie das angeboten, was sie Thomas angeboten hatte. War nie vollkommen ehrlich zu ihm gewesen. Einen Teil von sich hatte sie ihm immer vorenthalten. Hatte ihm die Schwangerschaft verheimlicht, die Adoption. Selbst ihre Orgasmen waren nur vorgetäuscht gewesen. Von ihrer Mutter hatte sie gelernt, dass eine Beziehung nur funktionieren konnte, wenn man sich selbst unsichtbar machte. Niemals wütend werden, niemals traurig sein. Mika war dazu erzogen worden, stets friedlich zu bleiben, zu schweigen. Deshalb war sie Leif gegenüber nie wirklich sie selbst gewesen, das begriff sie nun. Zu sehr war sie durch die Missbilligung ihrer Mutter blockiert gewesen, hatte sich zu sehr davor gefürchtet, ihm ihr wahres Ich zu zeigen. Und wie konnte man die Liebe eines Menschen annehmen, wenn man selbst nicht daran glaubte, ihrer würdig zu sein?

Jemand wollte an ihnen vorbei, also drückten sie sich gegen die aufgereihten Haferflockenschachteln im Regal. »Ich habe dich geliebt, Mika«, sagte Leif ruhig. »Aber manchmal …« Er seufzte schwer, bevor er fortfuhr: »Manchmal reicht das eben nicht. Wir mussten beide etwas ändern, mussten beide andere Menschen werden. Mit anderen Menschen zusammen sein.«

Er hatte recht. Gemeinsamer Stillstand war besser gewesen, als allein zu sein, aber es hatte sie eben auch nicht weitergebracht. Wenn überhaupt, hatte es sie gehemmt. »Wir hätten dieses Gespräch schon vor einem Jahr führen sollen«, stellte Mika fest. »Du bist ein großartiger Mensch, Leif. Und ich wünsche dir nur das Allerbeste.«

»Dito.«

»Freunde?« Sie streckte ihm die Hand hin.

Er schlug ein. »Freunde.«

*

Sobald sie zu Hause war, setzte Mika eine große Kanne Kaffee auf. Dann schob sie Sofa und Couchtisch an die Wand. Mit den Zähnen riss sie die Plastikverpackung des Abdecktuchs auf und breitete es auf dem Boden aus. Als Nächstes stellte sie die Staffelei auf und bestückte sie mit einer Leinwand, die bereits auf einen Rahmen gespannt war. Einen Moment lang starrte sie darauf. Gibt es etwas Furchteinflößenderes als eine leere Leinwand?

Als sie den ersten Kohlestift aus der Packung nahm, hatte sie wieder das Bild vor Augen, wie sie sechzehn Jahre zuvor in Marcus' Kursraum stand. *In der Geschichte liegt die Kraft.* Ohne zu zögern, zeichnete sie die erste Linie, dann die zweite. Sie überließ sich dem inneren Antrieb. Mit jedem Strich lockte sie das ersehnte Leben aus seinem Versteck. Es war alles noch da. Ihre ganzen Träume. Sie hatten sich in einer dunklen Ecke verkrochen, zu verängstigt, um ins Licht zu treten. Gehemmt durch die Furcht vor Hitze, vor Schmerz. Aber das war doch überhaupt der Sinn des Ganzen, oder? Etwas zu spüren, die Wunden zu berühren, um zu wissen, dass man überleben würde. Zum ersten Mal seit sehr langer Zeit fühlte sich Mika wieder lebendig. Voller Leben. Und das war wie ein Wunder.

Ein Strich, noch ein Strich, bis sich langsam eine Figur herausbildete. Ein Kopf, der sich einem Scheinwerfer zuwandte. Ein gebeugtes Bein. Angeblich hatte ein bekannter Autor einmal gesagt, der Drang zu schreiben poche wie ein zweites Herz in seiner Brust; das hatte sie irgendwo gelesen. Das eine Herz sei für das alltägliche Leben da, das andere für die Kunst. Nun holte Mika dieses blutende Herz aus ihrem Körper heraus und präsentierte es der Welt. Denn um etwas zu erschaffen, brauchte es immer ein Opfer. Innerhalb weniger Stunden vollendete sie die Vorzeichnung und schlief dann auf dem Sofa ein.

Am Montag ging sie wie immer zur Arbeit und erstellte Tabellen, regelte Gus' Termine, pflegte Daten ein. Wieder zu Hause, verblasste die Welt. Mika und die Malerei tanzten miteinander. *Es ist viel zu lange her. Viel zu lange*, schienen sie einander zuzuflüstern, während sie in ihrem ganz persönlichen Walzer versanken. Das Beste, was Mika je in ihren Händen gehalten hatte, war Penny. Aber auf Platz zwei kam gleich ein Pinsel.

Von nun an zählte sie die Sekunden, bis sie nach Hause gehen konnte. Gefühle explodierten in ihrem Inneren. Ihr Körper und ihr Geist waren nicht länger ausgedörrt, sondern angereichert mit fruchtbarer Erde, in der endlich wieder etwas wuchs. Der Frühling hatte begonnen, und so machte sie fleißig weiter – malte bis in die frühen Morgenstunden, arbeitete tagsüber. Sie brachte ihren ganzen Körper zum Einsatz, ihre Hände, Schultern, Beine, den Rücken. Alles tat ihr weh. Auch wenn ihr Verstand manche Technik vergessen hatte, ihr Körper erinnerte sich. Er erinnerte sich daran, wie man den Pinsel halten musste, wie man Farben mischte, wie man verblendete und schattierte. Ja, ihr Körper erinnerte sich.

Eine Woche verging in diesem Wirbelsturm der Kreativität. Thomas schickte ihr ein, zwei Nachrichten, aber Mika ignorierte sie. Zu sehr war sie in ihrem Rausch gefangen, zu sehr drängte es sie voran, auf der Jagd nach einer Zukunft, die sie verpasst hatte. Schließlich, am Samstagnachmittag, trat sie erschöpft zurück, ließ den Pinsel sinken. Es war geschafft. Das Fieber hatte sich gelegt. Müde sank sie auf die Couch und betrachtete, was sie geschaffen hatte.

*

Hayato stieß einen leisen Pfiff aus. »Das hast du gemalt?« Er stellte das Bild ab und trat ein paar Schritte zurück, um Mikas Werk aus der Distanz studieren zu können.

»Ja.« Mika nickte. Sie befanden sich in seinem Büro bei Nike.

»Und du willst es einfach so verschenken?« Er rieb sich die Stirn. *Warum sollte man so etwas tun?*

»Stimmt genau. Ich will es meiner Tochter Penny schicken.«

»Wie alt war sie noch gleich?«

»Sechzehn, sie wird bald siebzehn.« In einer Woche, um genau zu sein.

»Also viel zu jung, um ein echtes Kunstwerk wertschätzen zu können.« Er holte tief Luft. »Dieses Bild wird einmal viel Geld wert sein. Ich würde dir fünftausend Dollar dafür geben.«

Mika lachte trocken. »Es ist unverkäuflich.«

»Alles ist käuflich.« Immer noch starrte Hayato das Bild an.

»Nein, nicht alles.«

»Da spricht die wahre Künstlerin.«

Fragend sah sie Hayato an. »Würdest du mir dabei helfen, es zu verschicken?«

»Du meinst, ich soll es für dich durch die Nike-Poststelle schleusen und dabei gegen circa ein Dutzend Klauseln meines Arbeitsvertrages verstoßen?« Wie sich herausgestellt hatte, kostete es ein kleines Vermögen, ein Gemälde zu verschicken. Und Mika hatte gerade ihr ganzes Geld für Malsachen und ein Flugticket nach Paris ausgegeben. Sie hatte ihre restlichen Urlaubstage zusammengekratzt und würde eine Woche in der französischen Hauptstadt verbringen. Dort wollte sie sich furchtlos treiben lassen.

»Du musst es nicht tun.« Mika wollte nach dem Bild greifen, aber Hayato hielt sie davon ab. »War nur Spaß. Ich verschicke hier ständig Privatkram, sogar an meine Familie in Japan. Falls du mal nach Tokyo kommst und dort alte Tanten in Ralph-Lauren-Klamotten siehst, sind die höchstwahrscheinlich mit mir verwandt.« Er zwinkerte ihr zu. »Komm, lass es uns einpacken.«

Mika holte eine Rolle Luftpolsterfolie aus dem Schrank. »Warte kurz«, bat Hayato. »Ich will es mir noch einmal ansehen.« Schulter an Schulter standen sie vor dem Bild. »Bist du das?«, fragte er schließlich.

Eigentlich war es schwer zu sagen, wen das Bild zeigen sollte – möglicherweise Mika, möglicherweise Hiromi, vielleicht auch Penny. Die Ballerina stand allein auf der Bühne, auf Zehenspitzen. Ein Bein war in die Luft gestreckt, die Arme weit geöffnet, das Gesicht dem Licht zugewandt. Ein perfektes Replikat von Degas, bis auf die Tatsache, dass diese Ballerina eindeutig Japanerin war, mit braunen Augen und glänzendem schwarzem Haar. Eine kleine Tänzerin. So war Penny von Caroline genannt worden. So hätte Hiromi Mika gerne gehabt. »Ich interpretiere meine Arbeiten nicht.«

»Oh Mann.« Hayato verdrehte die Augen.

Sie ließen noch einen Moment verstreichen, dann machten sie sich vorsichtig ans Werk, mit Luftpolsterfolie, Packpapier und einem riesigen Karton. Auf die Außenseite des verpackten Gemäldes klebte Mika einen Umschlag mit einem Brief. Sie hatte ihn am Abend zuvor geschrieben.

*

Liebe Penny,

am Tag deiner Geburt hat es geregnet. Der Himmel draußen vor den Fenstern hatte die Farbe von flüssiger Asche, und auf der Entbindungsstation hing ein Schild mit der Aufschrift: GEBURTEN SIND UNSERE SPEZIALITÄT. *Darauf habe ich mich konzentriert, als die Wehen kamen, als die Schwestern und Ärzte hektisch herumschrien.* Du hast es fast geschafft, *rief eine der Schwestern …*

*

Mika tröstete sich mit dem Gedanken, dass sie alles getan hatte, was in ihrer Macht stand. Sie hatte Penny das geboten, was Hiromi ihr versagt hatte. Einen Ort, an den sie kommen konnte. Einen weichen Landeplatz, falls sie fallen sollte. Das Versprechen, stets mit offenen Armen willkommen geheißen zu werden. Sie hoffte, dass das genug war. Es war das Einzige, was sie ihr geben konnte. Schon immer. Ihre möglicherweise nicht perfekte, aber bedingungslose Liebe. Und das war genug.

Mika sah zu, wie der Bote das Gemälde abholte, um es auf den Weg zu bringen, nach Ohio. Hoffentlich half es Penny dabei, eine Antwort zu finden. *Wer bin ich?* Mika glaubte, die Antwort nun zu kennen.

Du bist die Kernspaltung, bist zu neuem Leben erwachte Erde, Seidenkimonos und Azaleen im Park. Du bist Bento zum Mittagessen, Flanellpyjamas und zerrissene Strumpfhosen, Ölgemälde und die Nachtwache im Krankenhaus. Du bist Collegeliebe und langes Schweigen, das endlich gebrochen wird. Eine Läuferin, eine Suchende, eine Tänzerin. Ein aufgeschobener Traum, ein wahr gewordener Traum. Du bist die Verkörperung von Liebe.

Kapitel VIERUNDDREISSIG

In Portland hatte der Regen Einzug gehalten. Die ersten Septemberwochen waren immer nass. Aber Mika machte das nichts aus. Sie riss alle Fenster auf, um das Prasseln der Tropfen hören und den Duft der nassen Erde riechen zu können. Ihr Handy meldete eine neue E-Mail. UPS schickte eine digitale Empfangsbestätigung für das Bild. Es war in Dayton eingetroffen, und Thomas hatte dafür unterschrieben. Mika schloss die Mail und legte das Telefon weg. Das war's dann also. Den nächsten Schritt musste Penny tun.

Sie wandte sich ihrem Sandwich zu und verschlang es gierig; erst jetzt wurde ihr bewusst, wie hungrig sie war. Inzwischen musste sie sämtliche Mahlzeiten am Küchentresen einnehmen, weil man sich nirgendwo anders mehr hinsetzen konnte. Das Sofa war ein Stellplatz für Leinwände geworden, und auf dem Esstisch lagerten ihre Malsachen. Die Leidenschaft, der Drang, zu malen, waren wie ein Kelch. Er füllte sich, bis Mika ihn Pinselstrich für Pinselstrich wieder leerte. Dann aber füllte er sich sofort wieder. Es war ein endloser, qualvoller, aufreibender, berauschender und unaufhaltsamer Kreislauf. Dieser Drang war so unwiderstehlich wie die Schwerkraft, Mika musste ihm einfach folgen. Als sich die Haustür öffnete, hörte Mika schlagartig auf zu kauen, die Wangen noch voller Brotkrümel.

Hana kam herein, die Reisetasche lässig über die Schulter geworfen. »Ich bin wieder da, Schatz«, rief sie und ließ die Tasche fallen, die sofort eine Staubwolke aufwirbelte. Ähnlich wie Mika hielt Hana plötzlich inne, mit einem Fuß schon fast auf dem Abdecktuch. »Wow, dieser neue Stil gefällt mir. Der späte van Gogh trifft auf *Die exzentrischen Cousinen der First Lady*.«

Mika schluckte den letzten Bissen hinunter. Vermutlich wirkte das Innere des Hauses wirklich etwas irre. Aber führte Irrsinn letztlich nicht auch zu neuen Entdeckungen? »Wie peinlich. Aber du hast gesagt, du kämst erst in ein paar Wochen nach Hause.«

»Stimmt, und das ist jetzt fast zwei Wochen her«, sagte Hana übertrieben langsam.

War tatsächlich so viel Zeit vergangen? Mika wusste es nicht genau. Natürlich ging sie jeden Tag zur Arbeit, aber irgendwie fühlte sie sich wie im Nebel. Deshalb fiel ihr nichts anderes ein als »Huch!«.

Breit grinsend betrat Hana das mit Stoffbahnen ausgelegte Wohnzimmer. Mika hatte noch ein paar zusätzliche Staffeleien angeschafft, da sie an mehreren Bildern gleichzeitig arbeiten wollte. Dabei war sie ihrem Thema treu geblieben: Hiromi und Shige in einer Reproduktion von Grant Woods *American Gothic*; Josephine und Hana in Gustav Klimts *Der Kuss*; Hayato und Seth in Caillebottes *Straße in Paris an einem regnerischen Tag*. Hana lief zwischen den Bildern umher wie in einer schicken Galerie. Sie blieb vor dem Gemälde stehen, das sie selbst und Josephine zeigte. »Das gefällt mir. Es fühlt sich an, als hättest du mein Innerstes eingefangen.«

In Mikas Brust breitete sich wohlige Wärme aus. »Danke.«

Hana kam zu ihr herüber und stützte die Ellbogen auf den Tresen. »Du hast die Richtung geändert«, stellte sie fest.

Ein verstohlenes Lächeln huschte über Mikas Gesicht. »Ja, das habe ich. Oder, besser gesagt, ich bin noch dabei. Aber ich denke, es geht voran.« Die Welt schien nun ein hellerer Ort zu sein. Ein besserer. »Äh … und ich werde auch eine Weile weg sein.«

»Ach ja?« Fragend zog Hana eine makellose Braue hoch.

»Ja.« Mika nickte. »Nur für eine Woche. Aber ich fliege nach Paris. Und …« Plötzlich hatte sie einen Kloß im Hals. Sie musste an Thomas denken. Paris. *Ich kann mir uns beide dort gut vorstellen.* Hastig schob sie die Erinnerung beiseite. Manche Dinge musste man einfach alleine tun. »Ich spiele mit dem Gedanken, mir eine eigene Wohnung zu suchen. Du weißt schon, damit ich meine Version von den *Exzentrischen Cousinen* voll und ganz umsetzen kann. Meine Van-Gogh-Fieberträume.« Mika grinste schief. »Aber dafür werde ich noch eine Weile sparen müssen, ein paar Monate mindestens.«

»Dann ist es also so weit«, stellte Hana lächelnd fest.

»Ja, es ist so weit.«

»Gut.« Hana zog mit einem Finger Mikas Teller zu sich heran und nahm einen großen Bissen von ihrem Sandwich. Während sie kaute, hob sie die Hand vor den Mund. Nachdem sie alles hinuntergeschluckt hatte, sagte sie: »Also, ich mache jetzt erst mal ein Nickerchen. Und wenn ich wieder wach bin, ist hier gefälligst alles aufgeräumt.«

Mika lachte nur. »Da würde ich mir keine allzu großen Hoffnungen machen.«

»Hab dich lieb, Schönheit.« Hana richtete sich auf.

»Hab dich noch lieber.«

Nachdem Hana sich in ihr Zimmer zurückgezogen hatte, machte Mika ein paar Fotos von ihren Bildern. Dann öffnete sie ihren Instagram-Account. Ebenjenen, den sie so lange vernachlässigt und den Penny schließlich entdeckt hatte. Sie postete die Fotos und fügte das Versprechen hinzu, dass bald noch mehr folgen würden. Und weil sie einfach nicht anders konnte, checkte sie ihre Followerzahl: unverändert zweiunddreißig. Pennys Name war noch immer gelistet.

Prüfend sah Mika zum Esstisch hinüber. Die Farbtuben waren vollkommen ausgedrückt, fast bis auf den letzten Tropfen. Wenn sie am Abend wieder malen wollte, sollte sie besser noch Nachschub besorgen. Sie holte ihre Tasche und ging mit dem Schlüsselbund in der Hand zur Tür. Als sie sie öffnete, blickte sie auf einen schwarzen Hinterkopf. Hiromi stand gebückt auf der Schwelle und stellte gerade eine Plastiktüte ab, in der sich ein eckiger Behälter befand. Mika stieg der Duft von Bentō in die Nase. Ihre Mutter richtete sich auf und spitzte die Lippen. Wortlos starrten die beiden sich an.

Hiromi sprach als Erste: »Du siehst müde aus.« Unwillkürlich hob Mika eine Hand an die Augen. »Hast du genug gegessen?«

Nun schüttelte Mika den Kopf. Ihr Magen knurrte. Das Sandwich lag noch immer halb gegessen auf dem Küchentresen. »Nein.«

»Na dann.« Hiromi streckte ihr die Tüte entgegen.

Mika nahm sie. Spürte, wie Wärme durch das Plastik drang. Hiromi hatte gekocht und das Essen ganz frisch zu ihr gebracht. »Ich wollte eigentlich gerade los, aber vielleicht möchtest du mir beim Essen Gesellschaft leisten?«

»Gerne.«

»Hana holt ein wenig Schlaf nach. Würde es dir etwas ausmachen, wenn wir hier draußen bleiben?« Die Veranda war gerade groß genug für zwei rote Metallstühle und einen kleinen Bistrotisch.

»Das ist doch schön.«

»Okay, ich hole nur schnell die Hashi.« Mika lief zurück ins Haus und suchte das Nötige zusammen. Als sie wieder hinaustrat, hatte Hiromi sich bereits auf einen der Stühle gesetzt.

Nun öffnete sie die Plastiktüte, holte den Behälter heraus und zog den Deckel ab. Weißer Dampf stieg von den Speisen auf. »Heute ist es recht kühl.« Hiromi schob das Essen zu Mika hinüber, und Mika betrachtete die Hände ihrer Mutter. Die raue Haut spannte sich über den Knochen wie Leinwand über einem Rahmen. Mikas eigene Hände sahen nun ähnlich aus, trocken und rissig.

Sie nickte höflich und führte mit den Stäbchen ein wenig Klebreis zum Mund. »Wenigstens regnet es nicht.« Der Himmel war wolkenverhangen.

Es vergingen ein paar Minuten. »Hast du mit Penny gesprochen?«, fragte Hiromi schließlich, den Blick fest auf die Straße gerichtet. Sie hatte dunkle Ringe unter den Augen. Ein Auto fuhr vorbei und schleuderte kleine Steinchen auf den Bürgersteig.

»Nein. Sie redet nicht mit mir.«

Hiromi spitzte die Lippen. »Nun weißt du, wie ich mich fühle.«

Ja, das wusste Mika allerdings. Eine Tochter zu haben, machte einen verletzlich. »Schätze schon, ja.«

Hiromi überkreuzte die Knöchel und reckte das Kinn. »Ich habe getan, was ich konnte«, sagte sie, als stünde sie vor einem Tribunal. Mika dachte an ihre Beziehung zu Penny, an deren Beziehung zu Caroline. Es war unausweichlich. Töchter waren immer enttäuscht von ihren Müttern. Keine Frau konnte das richtig hinbekommen. Dazu waren die Erwartungen viel zu hoch.

Mika legte die Essstäbchen zur Seite und sah ihre Mutter an. Erblickte ein sterbliches Wesen in seiner vollen Größe von einem Meter siebenundfünfzig. »Das glaube ich dir.« Ihre Mutter liebte sie. Das zeigte sich in den Opfern, die sie für Mika brachte: das frühe Aufstehen, die Brandnarben an den Händen vom heißen Öl im Wok, die mühselige Handwäsche spät am Abend. Nur ihre Anerkennung blieb Mika versagt. Das, wonach sie sich am meisten sehnte, was sie aber niemals bekommen konnte, ohne sich selbst zu verraten. Hiromis Wünsche standen in direktem Gegensatz zu Mikas Wünschen, zu dem, was Mika ausmachte. Und nun ging Mika ganz in diesem Selbst auf. In all seinen Facetten – in der Malerin, der Mutter, der Träumerin, der Tochter.

Hiromi sog zischend den Atem durch die Zähne, dann sagte sie mit nachdenklicher Miene: »Shouganai.« Grob übersetzt hieß das »da kann man nichts machen«. Diesen Begriff murmelten japanische Angestellte, wenn sie im Berufsverkehr feststeckten. Eine Mutter sagte es zu ihrer Tochter, wenn der das Herz gebrochen worden war. Oder ein Polizist zu einer Frau, die in der Bahn angegrapscht wurde. Es sollte einen daran erinnern, dass die Welt ein unbeständiger, unkontrollierbarer und manchmal auch grausamer Ort war. Dass man besser weitermachte, ohne die Dinge zu betrauern. Mika antwortete nicht darauf. Sie wollte nicht mehr kämpfen. Deshalb griff sie einfach wieder zu den Stäbchen und aß weiter.

»Du malst wieder?«, fragte Hiromi mit Blick auf Mikas Kleidung und die Farbspritzer auf ihren Händen.

»Ja.« Nach kurzem Zögern fragte Mika: »Möchtest du hereinkommen und es dir ansehen?«

Hiromi schüttelte den Kopf. »Besser nicht. Ich muss wieder nach Hause, zu deinem Vater.« Sie stand auf.

»Okay. Vielen Dank für das Essen.« Überrascht stellte Mika fest, dass sie es ehrlich meinte. Und dass Hiromis Ablehnung diesmal keinen schmerzhaften Stromstoß in ihr ausgelöst hatte.

Hiromi wandte sich zum Gehen, blieb aber noch einmal stehen. »Wirf den Behälter nicht weg«, sagte sie. »Bring ihn mir wieder, wenn du das nächste Mal nach Hause kommst.«

»Ja, das mache ich.« Mika war klar, dass sie ihre Mutter bald wiedersehen würde. Dass sie mit ihren Eltern zur Kirche und zu ihnen zum Abendessen gehen würde. Ob es ihr nun gefiel oder nicht, dieses Band würde sie niemals vollständig durchtrennen können. Aber sie konnte sich weiter vorwärtsbewegen, konnte sich von der Furcht befreien, dass sie ohne ihre Mutter wertlos war. Sie wusste inzwischen, wo sie Liebe finden konnte. Und sie wusste, wo sie gar nicht erst danach suchen musste.

Als sie im Wagen saß, winkte Hiromi ihrer Tochter zu. Mika winkte zurück. Zwei alte Feinde, die ihrer Fehde überdrüssig waren. Mika blieb noch ein wenig auf der Veranda sitzen, lehnte sich zurück und beobachtete den aufziehenden Regen.

Vielleicht würde es ihr niemals gelingen, darüber hinwegzukommen. Über die Vergewaltigung, die Adoption. Aber sie konnte dem Ganzen einen Sinn verleihen, ihm eine Bedeutung geben. Sie konnte ihre Hände in die Finsternis strecken und etwas daraus hervorholen. Sie hatte Peter und die Adoption als Bestrafung gewertet. Die Strafe dafür, eine schlechte Tochter gewesen zu sein, ungehorsam gewesen zu sein. Sie hatte sich selbst die Schuld gegeben. Hatte gedacht, mit ihr stimme etwas nicht. Dass sie es nicht verdient habe, geliebt zu werden oder glücklich zu sein. Aber das war die eigentliche Lüge. Sie würde nicht länger unter der Unzufriedenheit ihrer Mutter leiden, denn sie musste nicht Hiromis unglückliches Leben zu ihrem machen.

Thomas war eine wundervolle Ablenkung gewesen, Penny ebenso. Noch immer wollte sie beide in ihrem Leben haben, so sehr, dass es ihr manchmal den Atem raubte. Sie hatte so viel Liebe zu geben, dass es wehtat. Aber im Moment musste sie etwas anderes tun. Hiromi konnte ihr Geisterleben nicht loslassen, aber Mika gelang es vielleicht. Sie stand auf, nahm ihre Handtasche und fuhr zum Laden für Künstlerbedarf. Penny hatte sie gewünscht, dass sie die tiefen Wasser erforschen möge, aber ebenso gut hätte sie das zu sich selbst sagen können. Kein Gepaddel mehr im seichten Gewässer. Kein unablässiger Sog Richtung Ufer. Kein Ringen nach Luft mehr ohne die geringste Ahnung, welche Strömung sie dorthin gespült hatte, wo sie gerade war. Keine irritierenden Gedanken mehr an das Früher, an ihre Träume im Alter von achtzehn, keine Versuche mehr, ein »Was hätte sein können« einzufangen. Jetzt wurde es Zeit, neue Erinnerungen zu schaffen. Es wurde Zeit, sich auf das weite Meer hinauszuwagen.

Kapitel FÜNFUNDDREISSIG

Mika stellte die Bilder ab und lehnte sie gegen den Wagen. Auf der anderen Seite des Parkplatzes entdeckte sie Leif und winkte ihm zu. Sofort kam er zu ihr herübergelaufen. »Okay, dann zeig mal her.« Er streckte die Hand nach den Gemälden aus, aber Mika schob sich dazwischen. »Bevor du sie dir ansiehst, möchte ich mich dafür bedanken, dass du mir hilfst.«

Leif winkte ab. »Kein Thema. Stanley hat beschlossen, dass er lieber nach Mount Hood übersiedelt. Das Atelier steht deshalb sowieso schon ein paar Wochen leer, und ich überlasse es dir wirklich gerne. Außerdem werde ich es inserieren, und wenn du die Massen anlockst, kriege ich so vielleicht einen neuen Mieter rein. Eine Win-win-Situation. Darf ich sie jetzt sehen?«

Mika holte tief Luft und trat beiseite. Sie hatte inzwischen neun Gemälde fertiggestellt. Zehn wären ideal gewesen, aber die Kunstaktion mit dem ersten Donnerstag im Monat würde im November enden. Wenn sie etwas ausstellen wollte, musste es entweder sofort sein, oder sie musste bis zum nächsten Frühjahr warten.

»Ich bin noch ein bisschen eingerostet«, warnte sie, während Leif eines der Bilder umdrehte. Es war das zweite, das sie vollendet hatte, Hana und Josephine in Klimts *Der Kuss*. Mika knetete nervös ihre Hände. Ihre Arbeiten vorzuzeigen, löste immer Ängste in ihr aus. Menschen kamen in

Galerien, um zu urteilen. »Vielleicht schreibe ich mich für ein paar Abendkurse an der Uni ein.«

Leif hob wortlos die Hand, um sie zum Schweigen zu bringen. Dann stellte er das Bild hin und wandte sich dem nächsten zu – Shige und Hiromi in Mikas Version von *American Gothic*. Er sah sich das nächste an und das nächste. Schließlich kam er zum letzten, einem Selbstporträt: Mika als Jungfrau Maria. Das hatte sie erst vor ein paar Tagen fertiggestellt, nach ihrer Rückkehr aus Paris.

Die Reise hatte ihre Träume nicht nur erfüllt, sondern übertroffen. Sie hatte in einem kleinen Zimmer mit durchgelegenem Bett gewohnt, mitten in der Stadt. Überall war sie zu Fuß hingegangen, hatte sich die *Mona Lisa* angesehen, *Le Sacre de Napoléon*, van Goghs Selbstporträt … aber am Ende war es eine Statue gewesen, die sie zu Tränen gerührt hatte: die Nike von Samothrake, eine kopflose Frau mit gespreizten Schwingen, die sich gegen den Wind stemmte. Gänzlich unerschrocken.

»Die sind fantastisch«, sagte Leif.

Mika strahlte. »Danke.«

Es dauerte nicht lange, die Bilder aufzuhängen, alle neun auf Augenhöhe. Mika bereitete einen Tisch mit Erfrischungen vor und streifte dann auf dem Gelände herum, um den anderen Künstlern dabei zuzusehen, wie sie ihre Stände vorbereiteten. Schließlich kam sie zu der Stelle, wo Thomas und sie ihren ersten prickelnden Moment gehabt und sich beinahe berührt hatten. Wo sie gemeinsam gelacht hatten. Hier spürte sie die Last des Alleinseins, den Druck der einsamen Nächte. Doch er nahm ihr nicht die Luft zum Atmen. Vielleicht würde sie eines Tages jemanden finden, mit dem sie zusammen sein konnte. Inzwischen war sie dafür bereit. Der Wille war da, ihr Herz war nicht länger verschlossen. Mika hatte Penny losgelassen, doch in Wahrheit musste sie selbst loslassen. Sich dem Leben überlassen. Dem unausweichlichen Schmerz und Leid ebenso wie dem Glück und der Freude.

Penny hatte nicht auf den Brief und das Gemälde reagiert, aber Mika gab die Hoffnung nicht auf. Auch wenn sie Jahrzehnte brauchen sollte, um sich zu besinnen, Mika würde da sein. Sie hatte es ernst gemeint: Ich werde auf dich warten.

»Hey! Ich habe schon nach dir gesucht! Was machst du denn hier draußen?« Hana kam auf sie zu, wickelte sich schützend in ihren Mantel. »Die ersten Besucher kommen gerade.«

Mika atmete einmal tief durch und verdrängte Thomas und Penny aus ihren Gedanken. »Dann lass uns gehen.«

*

Innerhalb von Sekunden, so schien es, füllte sich der Ausstellungsraum. Alle waren gekommen, um Mika zu feiern und den schwitzenden Käse zu futtern, den sie bereitgestellt hatte. Tuan und Charlie waren ganz begeistert von ihren Abbildern in Homers *Summer Night*. Irgendwann fand sich Mika in eine angeregte Diskussion mit dem Künstler aus dem Nachbaratelier vertieft, dem sie ausführlich erklärte, wie sie das Konzept entwickelt hatte. »Es ist, als würdest du den europäischen Kanon neu erfinden«, fand er. »Du musst unbedingt meinen Agenten kennenlernen …«

Mika wurde rot. Gerade als sie etwas erwidern wollte, tippte ihr jemand auf die Schulter. »Entschuldige mich kurz«, sagte sie zu dem Künstler und wandte sich um. Ihr blieb der Mund offen stehen. Dunkles Haar, dunkle Augen. Ein Gesicht, das ihrem eigenen unglaublich ähnelte. »Penny! Was … was machst du denn hier?«

»Überraschung«, antwortete Penny kleinlaut und breitete die Arme aus.

Hastig zog sich Mika mit ihr in ein etwas stilleres Eckchen zurück. »Was machst du hier?«, fragte sie noch einmal. »Warte. Weiß dein Dad, dass du hier bist?« Mika stellte sich vor, wie Penny ganz allein ins Flugzeug stieg. Dass Thomas ein leeres Haus vorfand, wenn er aus der Kanzlei nach Hause kam. Alles in ihr schrie danach, Penny zu berühren. Ihr über die Haare zu streichen oder nach ihren Händen zu greifen. Aber sie hielt sich zurück. Sie wollte das Mädchen nicht verschrecken. Wollte ihre Grenzen respektieren. Auch wenn sie sich fragte, ob Penny vielleicht doch noch einen Platz in ihrem Herzen für sie hatte. Auch wenn sie am liebsten laut herausgeschrien hätte: Bitte, lass mich dich lieben!

Penny verdrehte die Augen. »Natürlich weiß er es! Er ist sogar mitgekommen. Na ja, er ist im Hotel geblieben. Er dachte, wir sollten uns vielleicht erst mal allein unterhalten.« Thomas war *hier*? In Portland? »Jedenfalls habe ich deinen Post auf Instagram gesehen, die Ankündigung der Ausstellungseröffnung heute.« Penny kaute auf ihrer Unterlippe herum. »Ich wollte kommen, und ich dachte mir, vielleicht könntest du das ganz gut gebrauchen.« Sie zeigte Richtung Tür, wo Mikas Tänzerin gut verpackt an der Wand lehnte, bereit für die Ausstellung. Plötzlich hatte Mika einen dicken Kloß im Hals. Sie konnte kaum den Blick von Penny wenden. »Es ist doch okay, dass ich hier bin, oder? Ich habe deinen Brief gelesen, und für mich klang das irgendwie nach einer Einladung …«

»Ja.« Schwach und leise kam Mika das Wort über die Lippen, aber gleichzeitig auch glücklich und voller Erleichterung. »Natürlich ist es okay. Ich freue mich so sehr, dich zu sehen.« *Du bist zu mir zurückgekommen.*

»Na, dann ist es ja gut.« Penny trat von einem Fuß auf den anderen, und die beiden sahen sich einen Moment lang wortlos an. Das Lächeln auf ihren Gesichtern überstrahlte die Beleuchtung im Raum.

»Sollen wir es aufhängen?«, fragte Mika schließlich.

Sie fanden noch einen freien Platz an der Wand und hängten die Tänzerin dort auf. Damit waren es zehn Bilder. Die Sammlung war komplett. Penny neigte den Kopf. »Es ist ein wunderschönes Bild. Es hat in meinem Zimmer gehangen, und jedes Mal, wenn ich es ansehe, ist es wie beim ersten Mal. Ich entdecke immer etwas Neues darin.«

Mikas Mundwinkel hoben sich.

»Es erinnert mich an meine Mom. Eigentlich an euch beide. An meine beiden Moms.« Unsicher sah Penny zu Mika hinüber.

Die biss sich kurz in die Wange. »Ich denke, das war auch meine Absicht. Manchmal weiß man nicht, wie das Kunstwerk sich entwickeln wird, bis man es erschafft. Seine Bedeutung, verstehst du? Aber irgendwie hat es sich mir erst jetzt so richtig erschlossen. Du hast dich mehr auf die Suche konzentriert, weniger auf den Verlust.« Bei Mika war es genau andersherum gewesen. Sie hatte sich auf den Verlust konzentriert, auf das, was sie einmal gehabt, auf das Baby, das sie aufgegeben hatte. Die verlorene Zeit mit Penny würde sie niemals zurückbekommen. Ebenso wenig die Zeit, die sie ohne die Malerei gelebt hatte. *Die Vergangenheit steht fest, doch die Zukunft ist im Wandel begriffen.*

»Erklär mir das«, verlangte Penny ernst.

Mika sah sie an. »Du hast dich Hals über Kopf in die Beziehung zu mir und zu Portland gestürzt, ich denke auf der Suche nach etwas, das die Lücke füllt. Du hättest dich vielleicht besser auf das konzentrieren sollen, was du verloren hast, auf deine Trauer. Deine Adoptivmutter ist gestorben. Ich konnte dich nicht behalten. Da ist es vollkommen okay, zu trauern.«

Penny dachte eine Weile über Mikas Worte nach, dann holte sie tief Luft. »Ich vermisse meine Mom ganz schrecklich. Und während meiner Kindheit habe ich dich ganz schrecklich vermisst, auch wenn ich dich gar nicht kannte. Ergibt das Sinn?«, fragte sie eilig.

»Absolut, ja.«

»Keine Ahnung …« Eine Träne lief über Pennys Wange, und sie schnappte wieder nach Luft. »Keine Ahnung, warum ich jetzt heule. Ich bin nicht traurig oder so. Oder vielleicht doch. Aber ich bin auch total wütend.«

Mika atmete einmal tief durch. »Auf mich?«

»Auf dich, auf mich selbst, auf meine Mutter, auf meinen Vater. Auf die ganze Welt.«

»Verständlich«, nickte Mika. »Würde es dir weiterhelfen, wenn ich dir sage, dass ich auch auf meine Mutter wütend bin?«

»Warum bist du wütend auf sie?«

Mika sah kurz über Pennys Schulter zu Hana und Charlie hinüber. Die beiden beobachteten sie, fragten mit einem angedeuteten Lächeln, ob alles in Ordnung sei. Mika antwortete mit einem beruhigenden Lächeln und wandte sich wieder Penny zu. »Warum ich auf meine Mutter wütend bin?« Sie war nicht sicher, auf welch verschlungenen Pfad Penny sie führen wollte, aber sie würde ihr folgen.

Alle Wege führten zu Penny. Sie war immer das eine große Ziel gewesen. »Weil sie nicht an mich geglaubt hat.« Weil sie so voller Zorn war. So unglücklich. Weil sie nicht ertragen konnte, was ihrer Tochter zugestoßen war. Aber Mika war nicht nur wütend, sie verstand es nun auch. Hiromi konnte diese Last einfach nicht tragen, das Wissen, dass ihre Tochter verletzt worden war. Hiromi hatte getan, was sie konnte. Und auch Mika hatte getan, was sie konnte.

Viel zu oft waren Mütter entweder die Bösen oder die Heiligen. Das fing schon bei den Märchen an: die böse Stiefmutter, die so eifersüchtig auf die Tochter ist, dass sie das Mädchen auf dem Boden vor dem Herd schlafen lässt und ihm verbietet, auf den Ball zu gehen. Oder die mütterliche gute Fee, die der Heldin sämtliche Wünsche erfüllt. Warum gab es nichts dazwischen? »Und wieso bist du wütend auf deine?«

»Weil sie gestorben ist. Weil sie mir einen dämlichen Brief hinterlassen hat, auf den ich ihr niemals werde antworten können. Weil sie nie mit mir in den asiatischen Supermarkt gegangen ist.« Pennys Tränen versiegten langsam, sie holte tief Luft.

»Penny.« Mika spürte den Schmerz. Carolines Tod hatte Penny auf dieselbe Bahn gestoßen wie Mika. Beide hatten keine Verbindung mehr zu ihren Müttern. Ein unermesslicher Verlust, der sie allein im Wald zurückließ, wo sie nun selbst herausfinden mussten, wie es im Leben lief. Ohne eine Mutter, von der sie lernen konnten. Alles mussten sie auf eigene Faust entdecken. Deswegen hatte Penny nach Mika gesucht.

Und Mika hatte sich darauf eingelassen, weil sie ebenfalls etwas von Penny wollte: die Möglichkeit, alles wiedergutzumachen. Sie sah in Penny ihre Erlösung, ihre Rettung. Aber das war nicht fair. »Okay, lass hören. Warum bist du wütend auf deinen Dad?« Das konnte sie sich eigentlich denken, aber Mika wollte nicht, dass ihre Beziehung zu Penny so wurde wie die zu Hiromi – durchsetzt von Schweigen und voll offener, schwärender Wunden, die sich niemals schlossen.

»Ihr habt miteinander geschlafen«, antwortete Penny trocken.

»Das streite ich gar nicht ab, aber was genau stört dich daran? Dass ich es war? Würde es einen Unterschied machen, wenn es eine andere Frau gewesen wäre? Eine Fremde?«

Langsam leerte sich die Ausstellung, es wurde spät.

»Es ist echt peinlich, darüber zu reden«, fand Penny.

Wieder kam Mika das Thema Stille in den Sinn. Und dass sie gebrochen werden musste. »Wir müssen es nicht tun, aber ich denke, es wäre besser.«

Penny schwieg einen Moment. »Du solltest ganz allein mir gehören, nicht ihm. Aber auf der anderen Seite weiß ich auch nicht, ob es mich mit einer Fremden weniger gestört hätte. Wahrscheinlich hätte ich mich trotzdem darüber aufgeregt. Mein Dad ist die Konstante in meinem Leben, auf ihn kann ich mich verlassen, verstehst du? Für mich sind meine Eltern für immer durch die ganz große Liebe miteinander verbunden, und wenn ich ihn dann mit einer anderen sehe, fühlt sich das einfach falsch an.«

»Also willst du dich verändern, aber alle anderen sollen gleich bleiben?«

»So ziemlich, ja.« Penny reckte das Kinn.

Mika konnte sich ein Lächeln nicht verkneifen, ließ es

sich aber nicht anmerken. »Klingt für mich irgendwie nicht fair.«

»Das Leben ist nicht fair.«

»Stimmt.«

»Was ist das mit euch beiden überhaupt? War das … etwas Ernstes?«

Mika sog die Wangen ein. Wenn sie sich Offenheit von Penny wünschte, musste sie ihr gegenüber auch offen sein. Auch wenn sie sich die Wahrheit selbst nicht eingestehen wollte. »Das war es, ja, zumindest von meiner Seite aus. Natürlich kann ich nicht für deinen Vater sprechen.« *Ich kann das nicht mit jemandem, für den ich nichts empfinde*, hatte Thomas gesagt. Mikas Kehle schien nun vollkommen blockiert zu sein. »Ich mochte ihn wirklich. Er ist ein toller Kerl, und er ist lustig. Am Anfang waren wir vielleicht einfach nur einsam ohne dich. Du hinterlässt eine ziemliche Lücke, wenn du nicht da bist. Aber dann wurde mehr daraus. Du solltest wirklich mal mit ihm darüber reden«, fand Mika.

»Das habe ich getan«, erwiderte Penny. »Und er hat gesagt, du hättest ihn glücklich gemacht.«

»Er hat mich auch glücklich gemacht«, sagte Mika. Gab es nicht irgendein Sprichwort, in dem es hieß, man suche sich seinen Partner danach aus, wie man sich in seiner Gegenwart fühlte?

»Tja, ich bin emotional jedenfalls erst mal durch.« Penny wischte sich die letzten Tränen aus dem Gesicht.

»Ich auch. Aber ich bin froh, dass du hier bist. Wie läuft es in der Schule?« Mika zupfte an Pennys Haaren und musterte sie nachdenklich.

»Pfft. Ich schwänze gerade, um das Wochenende zu verlängern. Im letzten Jahr ist das sowieso egal.«

»Irgendwie bin ich da anderer Meinung«, sagte Mika.

Grinsend hakte sich Penny bei ihr unter. »Komm jetzt, ich will eine Führung. Erzähl mir alles über deine Bilder. Vor allem darüber, wie sehr ich dich dazu inspiriert habe und dass ich nun für immer deine Muse sein werde.«

Also führte Mika sie durch den Ausstellungsraum und stellte sie Hayato vor, der mit Seth vorbeigekommen war. Wenig später ging ihnen der Wein aus, und der schwitzende Käse war verspeist. Freunde verabschiedeten sich mit Wangenküsschen von Mika, Leif musste los, um eine Lieferung in seinem Laden zu prüfen. Schließlich schrumpfte die Menge auf Hana, Penny, Charlie, Tuan und Mika zusammen.

Hana erhob ihr Glas. »Auf Mika!«, rief sie. »Eine Zeit lang habe ich befürchtet, ich müsste irgendwann deine Leiche aus dem tiefen, dunklen Wald bergen, aber nun habe ich das Gefühl, mein Vögelchen ist flügge geworden und bereit, das Nest zu verlassen. Meine kleine Babyschildkröte wagt die ersten vorsichtigen Schritte Richtung Meeresbrandung …«

Mika stieß mit Hana an. »Ich denke, das waren jetzt genug Metaphern.«

Sie tranken. Penny nippte an ihrer Limonade. Und dann verwandelte sich Hanas Fröhlichkeit mit einem Schlag in Verblüffung. Mika folgte dem Blick ihrer Freundin Richtung Tür. Thomas war gekommen.

*

Thomas stand da. Er trug einen dunkelblauen Pullover und hatte die Hände in den Hosentaschen vergraben. Nachdem er Hana, Tuan, Charlie und Penny mit einem Nicken begrüßt hatte, wandte er seinen Blick zu Mika. »Hi, Mika.« Er sah sie durchdringend an.

Mika blinzelte, vollkommen unfähig zu sprechen. »Hi«, sagte sie dann.

Er kam näher. »Es ist schön, dich zu sehen.«

Mika spürte, dass alle nur sie und Thomas anstarrten. »Schön, dich zu sehen«, brachte sie mühsam heraus.

»Diese Gemälde …« Thomas sah sich im Ausstellungsraum um und strich sich mit der Hand über den Hinterkopf. »Du bist eine fantastische Malerin. Ich hatte keine Ahnung, dass du so viel Talent hast. Als ich das Bild gesehen habe, das du Penny geschickt hast, war ich schon hin und weg, und jetzt … Ich bin absolut überwältigt.«

Mika schluckte. »Ich habe mich an etwas Neues gewagt. Habe mit Spachteltechnik experimentiert, verschiedene Größen ausprobiert, um unterschiedliche Texturen zu schaffen, einen stärkeren Fokus auf die Farben gelegt …« Sie verstummte. Als sich Stille ausbreitete, versuchte sie hastig, sie zu füllen. »Danke, dass du Penny hergebracht hast«, sagte sie, während Thomas zeitgleich fragte: »Sollen wir vielleicht irgendwo hingehen?«

Beide hielten inne. Strahlten. Thomas sprach als Erster. »Dürfte ich dich zur Feier des Tages auf einen Kaffee einladen?«

Vorsichtig sah Mika zu Penny hinüber. Ihre Tochter blinzelte einmal, lächelte verhalten und deutete ein Nicken an. Mika wandte sich wieder Thomas zu. »Ja, sehr gerne.«

»Prima.« Er ging zur Tür und hielt sie ihr auf. Mika holte schnell ihren Mantel und schlüpfte hinein. Doch kurz bevor sie hinausging, zögerte sie. Eigentlich sollte sie bleiben und aufräumen. Und sie hatte sich nicht von ihren Freunden verabschiedet.

»Bist du so weit?«, fragte Thomas.

»Ja, ich bin so weit.« Mika atmete tief ein. Die Worte fühlten sich gut an, wie ein erfrischender Windstoß. Zusammen mit Thomas ging sie hinaus.

Liebe Penny,

heute ist dein sechzehnter Geburtstag, und ich werde ihn nicht mit dir zusammen feiern können. Als ich dich zum ersten Mal im Arm hielt, habe ich meine Wange an deine geschmiegt, habe mit einem Finger dein kleines Ohr gestreichelt und dir einige Versprechen hineingeflüstert. Ich werde dir Kraft geben. Ich werde dich bedingungslos lieben. Ich werde immer für dich da sein. *Es tut mir leid, dass wir nicht mehr Zeit miteinander haben werden.*

Nachdem wir dich aus dem Krankenhaus geholt hatten, heute vor sechzehn Jahren, sind wir mit dir nach Hause geflogen. Ich wollte dich während des ganzen Fluges kein einziges Mal loslassen. Du warst so winzig klein. Und ich hatte Angst, weil so vieles schiefgehen konnte, weil es so vieles gab, das dich hätte verletzen können. In den folgenden Jahren habe ich dich aufwachsen gesehen. Mit sieben Monaten fingst du an zu krabbeln, nur zwei Monate später hast du deine ersten Schritte gemacht. Wir haben das ganze Haus kindersicher gemacht, haben Steckdosensicherungen installiert, scharfe Kanten abgeklebt, die Treppen abgesperrt. Aber du warst neugierig und sehr beharrlich. Du hast die Absperrungen eingerissen, die Sicherungen herausgerissen, hast an den scharfen Kanten herumgenagt. Manchmal hattest du mehr Ähnlichkeit mit einem Welpen als mit einem Baby. Es war unsere Aufgabe, dafür zu sorgen, dass du alles unbeschadet überstehst, und ich habe mich oft gefragt, wie wir das schaffen sollen. Dein Entdeckerdrang nahm kein Ende. Kein Hindernis war dir zu groß. In meiner Vorstellung konnte dir alles gelingen, ich sah dich schon mit stolzgeschwellter Brust die höchsten Berge erklimmen. Immer siegreich.

Mit eineinhalb bist du über die Bürgersteige gerannt, mit zwei zum ersten Mal Tretroller gefahren. Ich bin immer hinterhergehetzt, um dich aufzufangen, bevor du stürzen konntest; habe geweint, wenn ich nicht schnell genug war, um es zu verhindern. Und so ging es weiter, die Zeit verflog in einem Wirbelsturm voller Glück. Ich stand unter jedem Klettergerüst, auf dem du herumgeturnt bist. Bin Schritt für Schritt an den Balancierbalken entlanggegangen, während du oben deinen Gleichgewichtssinn erprobt hast. Immer war ich da, habe mich zähneknirschend bereitgehalten, um dich zu retten. Sei vorsichtig, *habe ich ständig gesagt.* Mach nicht zu schnell. *Das war mein fehlgeleiteter Versuch, die Zeit anzuhalten, damit du noch ein wenig länger mein kleines Mädchen bleiben konntest. Aber wir bewegen uns unaufhaltsam vorwärts, können nicht verhindern, dass wir alt werden, dass wir sterben.*

Mit vier Jahren hast du das Warum für dich entdeckt. Warum muss ich meine Zähne putzen? Warum darf ich nicht noch länger spielen? Warum sehe ich anders aus als Mommy und Daddy? Damals schien ein Blitz in mein Herz einzuschlagen und den Kern all meiner Unsicherheit freizulegen. Meine Furcht, ich könnte nicht genug für dich sein. Dass du Fragen haben könntest, die ich nicht beant-

worten kann. Dass jemand kommen und dich mir wegnehmen könnte. Denn auch wenn du meine Tochter warst, hatte es vor mir schon jemanden gegeben. Wenn man spürt, dass einem etwas Kostbares entgleitet, reagiert man instinktiv und versucht es festzuhalten. Ich sagte dir, es spiele keine Rolle, dass wir unterschiedlich aussehen. Dass einzig und allein zähle, wie sehr wir uns liebten. Doch dein Blick verriet mir, dass dir diese Antwort nicht reichte. Im Laufe der Jahre hast du noch viele Fragen gestellt. Ich habe sie beantwortet – aber nicht so, wie ich es hätte tun sollen. Und ich weiß, dass du gespürt hast, wie unwohl ich mich dabei fühlte. Heute bedauere ich das. Es tut mir leid, was ich alles nicht gesagt habe.

In unserem Kleiderschrank findest du auf dem obersten Regalbrett eine Schachtel (hinter diesem grauenvollen Hut, den dein Vater für unsere Mexikoreise gekauft hat). Darin befindet sich deine ursprüngliche Geburtsurkunde, zusammen mit den Adoptionsunterlagen und Kopien von allem, was ich deiner leiblichen Mutter über die Jahre geschickt habe. Ihr Name ist Mika Suzuki. Du musst wissen, dass wir uns damals auf eine geschlossene Adoption geeinigt haben. Ich weiß also nicht, ob du ihr willkommen sein wirst. Aber ich hoffe es.

Ich hoffe, dass sie deinen unendlichen Wissensdurst stillen kann. Ich hoffe, dass sie dir all die Fragen beantwortet, bei denen ich versagt habe. Ich möchte dir nicht länger im Weg stehen. Lass dich von mir nicht aufhalten. Hiermit hast du meine Erlaubnis, loszurennen. Geh hinaus in die Welt. Natürlich brauchst du meine Erlaubnis nicht, aber du bekommst sie trotzdem. Geh und such nach deiner leiblichen Mutter, mit meinem Segen. Stell die Fragen, die ich nie beantworten konnte. Heute verstehe ich das. Und es tut mir leid, meine Süße, dass ich es nicht früher begriffen habe. Ich glaube, genau darum geht es, wenn man Kinder hat – man muss sie lieben, und dann muss man sie loslassen.

Ich liebe dich.
Mom

Danksagung

Ich habe *Mika im echten Leben* wie im Rausch geschrieben, während ich dabei war, ein Buch zu veröffentlichen und ein zweites fertigzustellen. Ich habe mir geistig und körperlich alles abverlangt, um Mikas Geschichte zu beenden.

Auch meiner Familie habe ich damit alles abverlangt: geistige Abwesenheit beim Abendessen, Sprints zu meinem Handy, um mir Notizen zu machen, plötzliche Totalausfälle, weil mir ein perfekter Dialog einfiel. Mit diesem Buch konnte ich etwas erforschen, was mir in meinen anderen Publikationen nicht möglich war, nämlich die Bindung zwischen Eltern und Kindern. Seit ich vor vier Jahren meine Zwillinge bekommen habe, staune ich, wie intensiv meine Liebe zu ihnen ist. Mutter zu sein ist in vielerlei Hinsicht furchterregend. Wie Caroline am Ende des Buches schreibt, besteht die wahre Kunst darin, zu lieben und loszulassen. Ich bin unendlich dankbar dafür, dass meine Kleinen und mein Partner Craig so viel Geduld mit mir hatten, während ich diese Geschichte entwirrt habe. Und wie geduldig sie auch jetzt wieder sind, da ich mit meinem nächsten Buch angefangen habe (offenbar war das keine einmalige Angelegenheit). Craig, du warst immer meine größte Stütze. Du hast mir durch deine Worte, deine Taten und deine bedingungslose Liebe gezeigt, dass ich gut genug bin, und zwar genau so, wie ich bin. Ich danke dir dafür. Ebenso dankbar bin ich meinen

Eltern und meiner Familie, die mich immer unterstützt haben.

Erin und Joelle – meinen Agenten und Freunden – danke ich dafür, dass sie diesen wilden Ritt mit mir zusammen durchgestanden haben. Und dafür, dass ihnen dieses Buch ebenso am Herzen liegt wie mir. Und dafür, dass sie all meine »Habt ihr es schon gelesen?«-Mails ertragen haben. Eure Mitarbeit hat dieses Buch auf eine Ebene gehoben, die ich niemals für möglich gehalten hätte. Erin, du hast mir dabei geholfen, die Geschichte zu entdecken, die ich erzählen wollte. Joelle, mir fehlen gerade die richtigen Worte, also nur so viel: Auf die zweiten Chancen! Vielen Dank auch an alle bei Alloy and Folio, die sich für dieses Buch eingesetzt haben.

Meiner Lektorin Lucia möchte ich dafür danken, dass sie bei der Lektüre dieses Buches seine Seele erkannt hat. Und ich danke dem ganzen Team bei William Morrow: Liate Stehlik, Asanté Simons, Kelly Rudolph, Jennifer Hart, Jes Lyons, Amelia Wood, Ploy Siripant (ich war sprachlos, als ich das Cover gesehen habe) und Jessica Rozler.

Tami danke ich dafür, dass sie Anwältin geworden ist und nicht Ärztin. Und dafür, dass sie so schwer für mich geschuftet hat. Danke für die langen Telefonate nach Büroschluss (auch dir, Randy). Ihr habt mehr für mich getan, als ihr auch nur ahnen könnt.

Und schließlich danke ich aus tiefstem Herzen den Lesern, Buchclubs und Buchhändlern dort draußen – ihr ermöglicht es mir, das zu tun, was ich liebe.